서
대
로

입 구

7호

6호

5호

1호

3호

호국사

호국사 대로

〈『사세동당』의 주요 등장인물과 가계〉

- 1호집: 치엔모인(시인)과 그의 부인, 치엔멍셔(장남)와 그의 아내와 아기, 치엔쭝셔(차남, 자동차기사)
  천예치우(학자, 치엔 부인 동생), 진산예(치엔 시인의 사돈, 며느리의 아버지)

- 2호집: 리 씨 부부(리스예, 리스마), 리스따마나 따마는 모두 리스예의 부인으로 동일 인물

- 3호집: 관샤오허, 따져빠오(부인), 요우롱팡(첩), 까오디(큰 딸), 짜오디(작은 딸)

- 4호집: 청창슌, (외)할머니, 마 과부(마 부인), 샤오추이(인력거꾼), 그의 아내, 슌치(이발사)와 그의 아내

- 5호집: 4대가 한 집에 사는 사세동당
  치 노인(치 큰 형, 치 어른), 티엔요우(장남)와 그의 부인(티엔요우 부인), 치루이쉬안(장손)과 그의 부인 윤메
  이(샤오슌얼 애미), 치루이펑(둘째 손자)과 그의 부인 똥보 주쯔, 치루이추안(셋째 손자), 증손자 샤오슌얼(슌
  얼), 증손녀(니우니우, 뉴쯔)

- 6호집: 띵쥔(John)과 그의 아내, 샤오원과 그의 아내 원루시아, 리우셔푸(포장사)와 그의 아내

- 그 밖의 등장인물: 바이순장(경찰간부), 란똥양(친일파), 까오(의사), 리콩산(경찰특무과장), 창얼예(치 씨 댁 묘지기)

四世同堂 (사세동당)

저자 소개

老 舍 (본명: 舒庆春)

• 주요작품:《이혼》,《낙타상자》,《사세동당》,《정홍기하》
• 인민예술가 칭호를 받음.
• 홍위병에게 구타당하여 태평호에서 생을 마감.

역자 소개

김종도

• 서울대 사범대학 졸업.
• 연세대 언어학 박사.
• 수원대 교수역임.
• 2007년 정년퇴임.
• 현재 노사연구에 정진.

四世同堂(사세동당)

초판 발행 2016년 4월 11일
2쇄 발행 2016년 7월 8일

저자 老舍 ▮ **역자** 김종도
펴낸이 박찬익 ▮ **편집장** 권이준 ▮ **책임편집** 강지영
펴낸곳 ㈜**박이정** ▮ **주소** 서울시 동대문구 천호대로 16가길 4
전화 02) 922-1192~3 ▮ **팩스** 02) 928-4683 ▮ **홈페이지** www.pjbook.com
이메일 pijbook@naver.com ▮ **등록** 2014년 8월 22일 제305-2014-000028호

ISBN 979-11-5848-112-4 (04820)
      979-11-5848-109-4 (세트)

* 책값은 뒤표지에 있습니다.

老舍 著

김종도 譯

四世同堂

사세동당

(주)박이정

　『사세동당』과의 인연은 우연히 시작되었다. 어릴 적 아버지의 영향
으로 한학에 관심을 가지고 있었던 것이 계기가 되었다. 이 관심이
정년퇴직 때는 꿈으로까지 성장하였으며 정년퇴직은 이 꿈의 실현을
가능하게 해주는 시간적 여유를 주었다. 이 여유를 이용하여 꿈을 실현
하고자 한문 서당이나 사숙을 기웃거려 보았으나 역자에게는 그곳에서
의 교수법이 영 마음에 들지 않았다. 문법을 도외시한 그들의 교수법은
역자를 실망시켰다.

　홀로 꿈을 실현할 길을 모색하던 중에 마음이 자연스레 한문에서
현대 중국어 공부로 기울어지게 되었다. 2년여 중국어와 씨름하면서
중국어의 기본 문형과 발음기호에 익숙해질 무렵에 원서를 읽고 중국어
이해력을 높이고 싶다는 욕심이 생겼다. 이 욕심은 적당한 교재를 반복
해서 읽음으로써 채울 수 있다는 것을 이미 알고 있었던 터라 적절한
교재를 찾는데 마음을 쏟게 됐다.

　바로 이즈음에 『사세동당』이 나를 찾아왔다. 그럼에도 불구하고 『사
세동당』은 쉽게 문을 열어주지 않았다. 그 문의 열쇠를 찾으려 북경으로
날아가 노사의 흔적을 뒤지고 다녔다.

　북경 체재 중에 『사세동당』에 언급된 노사의 유적지를 돌아보았다.
특히 반가운 것은 노사가 말년을 보낸 집을 찾을 때였다. 그곳이 노사의
기념관이 되어 있었으며 기념관에는 부속된 서점이 있는 것을 보고는
반가움에 가슴이 뛰었다. 이 반가움에 겨워 단숨에 노사에 관련된 재료를

한 아름 사들였다. 이때 사들인 책 중에 노사의 아들이 쓴 노사의 전기 『나의 아버지 노사』(舒乙)는 역자를 노사에게 더 가깝게 다가가게 했고 『사세동당』의 이해를 한결 더 깊게 해주었다.

노사에 대한 이해가 어느 정도 깊어지고 『사세동당』을 아끼는 마음이 일어나자 『사세동당』을 번역해야겠다는 결심이 굳어졌다. 결심하기까지는 쉬웠지만 이를 실천에 옮기기는 쉽지 않았다. 첫째 어려움은 역자의 중국어 해독력이 수준에 못 미치는 것이고 둘째는 천여 페이지나 되는 『사세동당』의 방대함 때문이었다. 그러나 이런 어려움은 해결이 불가능한 것은 아니었다.

2년여 씨름 끝에 번역을 완성했을 때는 높은 산꼭대기에 선 것 같은 희열을 맛보았다. 이 희열의 순간에 시원한 바람이 불어 정신이 번쩍 들었다. 이 즐거움을 독자들과도 나누어야 한다는 생각이 들었다. 즐거움을 나누는 방식은 출판하는 수밖에 없었다. 그러나 출판사를 찾기가 쉽지 않았다. 바로 이때 박이정출판사 박찬익 사장이 구원의 손길을 내밀었다. 역자는 지옥에서 부처님을 만난 듯이 그의 손을 잡았다.

일찍이 김동성 교수님께서 강의 중에 고전을 정의하신 적이 있었다. 선생님은 고전이란 여러 세대가 되풀이해서 읽어도 싫증을 내지 않는 책이라 했다. 선생님의 정의대로라면 『사세동당』은 이미 고전이라 할 만하다. 책이 출간된 지 60여 년이 지나도 아직 인기가 시들지 않아 판이 거듭될 뿐만 아니라 그간에 TV 연속극, 연극, 영화로 리메이크되어 누적 독자와 시청자가 수억 명에 이르는 것을 보면 일시적 인기에 영합된 거품에 불과한 베스트셀러는 아니라 할 수 있다. 『사세동당』의 일독을 권한다.

2016년 3월

역자

3부 기황

3
부

기

황

주) 기황 : 굶주림

68

마침 띵쥰은 집에 있었다. 그렇지 않았으면 샤오허와 까오디는 회나무 밑에서 밤을 보내야 했을 것이다.

샤오허는 요와 까오디의 외투를 덮고 달게 자고 있는데 일본인들이 들이닥쳤다.

"일어나요, 아빠! 그들이 왔어요!"

까오디가 나지막하게 소리쳤다.

"누구?"

샤오허는 몽롱하게 물었다.

"일본인!"

샤오허는 침상에서 뛰어내려 급히 외투를 걸쳤다.

"좋아! 아주 좋아!"

그는 조금도 피곤하지 않았다. 일본인이 오자 그는 광명을 보았다. 그는 급히 손가락으로 머리를 빗질하고 눈가를 비볐다. 그런 후에 웃는 것 같지만 웃지 않는 표정을 지었다. 그것이 웃으면서 웃지 않는 것보다는 훨씬 보기 좋은 모습으로 일본인을 맞이했다. 그는 이런 정도로 체면과 예의를 차리면, 여러 말 늘어놓는 것보다 더 쉽게 일본인을 설득하여 물건을 돌려받을 수 있을 것으로 생각했다. 그는 일본인은 정리를 중요시하고 자기를 좋아한다고 믿었다.

그들(3명, 한 명 사복, 두 명 정복 헌병)을 보자 샤오허는 얼굴에 띠고 있는 미소를 발가락에서 머리끝까지로 넓혔다. 몸 전체가 막 피어난 버들가지같이 부드럽게 그들에게 국궁했다.

사복이 손가락으로 문을 가리켰다. 샤오허는 웃으면서 생각했다. 그는 분명히 알 수가 없어서 문을 몇 번 보면서, 방문에 무엇인가 빠진 것이 있어서, 일본인들의 불만을 사지 않았나 하고 생각했다. 그는 문에 아무것도 마음에 맞지 않는 것이 없다는 것을 알아차리고, 거기에 서서 눈을 쉴 새 없이 깜박거렸다. 눈꺼풀이 움직일 때마다 막 잠에서 깨어난 어린애처럼 웃음이 더 늘었다.

사복이 그가 꼼짝하지 않는 것을 보자, 헌병들을 향해 손짓으로 신호를 보냈다. 두 헌병이 그의 옆구리를 끼고 그를 밖으로 끌어내었다. 그는 변함없이 아주 착했다. 그들이 발이 땅에 닿지 않게 밖으로 끌어내어, 문에서 그를 던져버렸다. 그의 웃는 얼굴이 땅바닥에 처박혔다.

까오디는 이미 밖에 나가서 영벽에 기대어 서 있었다.

그는 천천히 기어서 일어났다. 그는 딸을 보았다.

"무슨 일이야? 왜 그래? 까오디!"

"가산몰수야! 침대 하나라도 못 가지고 나가!"

까오디는 울고 싶었으나, 눈물을 꾹 참았다.

"어쩔지 생각해 봐요! 어떻게 할래요! 우리 어디로 가지요?"

샤오허는 다시 웃지 않았다. 그러나 조급하지는 않았다.

"이럴 수 없어! 이럴 수는 없어! 일본인이 우리에게 이렇게 악랄하게 굴 수는 없어!"

"일본인이 아버지와 어떤 관계요? 이렇게 악랄할 수 없다니!"

까오디는 손을 문지르며 물었다. 만약 수천 년 간에 걸친 예교가 그녀를 억제하지 않았으면, 아버지 뺨을 몇 대 올려붙였을지 모른다.

"기다려, 기다려봐! 그들이 다시 오기를 기다려서, 우리 다시 들어가자! 우리는 그들에게 잘못한 것이 없으니, 그들이 우리에게 무지막지하게 대할 리가 없다!"

까오디는 그를 피해서 회나무 아래에 서 있었다.

샤오허는 공손하게 자기 집 문을 향해서 서 있었다. 반 시간 후에 일본인이 안에서 나왔다. 사복이 손전등을 들고 있었다. 헌병이 그 불빛으로 바깥 문에 종이 띠를 붙였다.

샤오허의 심장이 멎는 듯했다. 그러나 경험 많은 배우가 병이 들어서도 극을 완전히 연기할 수 있듯이, 세 명의 등 뒤에 대고 깊이 머리를 숙였다. 절을 다하자, 기진맥진하여 계단에 잠시 앉아서 손으로 얼굴을 받쳐 들고 울기 시작했다. 그의 역사, 문화, 재산, 향락, 철학, 허위, 방법 등이 갑자기 막다른 골목에 이른 것 같았다.

까오디가 가만히 다가와 말했다.

"방법을 생각해 보세요! 울면 무슨 소용이 있어요?"

"나는 끝장났어! 끝장났다고!"

그는 너무 괴로워서 말을 잇지 못했다. 마음을 모질게 먹고 겨우 한마디 했다.

"내가 고발할 거야! 고발할 거야!"

그는 벌떡 일어났다.

"저 세 놈은 틀림없이 일본인이 아니고, 가짜일 것이다! 우리를 속이고 있는 거야! 일본인은 절대로 이런 일을 할 리 없어! 내가 가서 고발할 거야!"

"아버지 되먹지 않은 짓 그만해요!"

까오디는 지금까지 아버지를 욕한 적 없었지만, 이제는 참을 수 없었다.

"일본인이 우리 집을 몰수했어요. 아버지는 어떻게 그들을 고발해요? 저기 붙어있는 차압 종이 띠가 가짜예요? 가짜라면 아버지가 저것을 찢을래요?"

그녀는 목구멍이 막혀 말이 나오지 않았다. 몇 번이나 기침하고 나서야 겨우 말했다.

"어디로 가지? 여기서 저녁 내내 떨 수는 없지!"

샤오허는 아무 생각이 없었다. 사람 덕에 사는 인간은 광풍과 폭우를 이겨내지 못한다.

까오디는 치 씨 집 문을 두드렸다.

치 씨 댁 어른과 아이들은 석탄이 없었지만 모두 잠자리에 들어있었다. 윤메이가 문 두드리는 소리를 듣고, 자기도 모르게 몸서리를 쳤다. 루이쉬안도 그 소리를 듣고 일어나려고 했다.

"잡으러 온 것이 아닐까?"

윤메이가 그를 말리고 자기가 의복을 걸치고 침상에서 내려왔다. 그녀는 가만히 다가가서 문간에서 문틈으로 밖을 내다보았다. 그러나 깜깜해서 어떤 물건도 알아볼 수 없었다. 그녀는 대담하게 가만히 물었다.

"누구세요?"

"접니다. 까오디입니다. 문 좀 열어주세요!"

까오디의 목소리는 크지 않았지만 아주 절박했다.

윤메이가 문을 열었다. 까오디는 문이 열리기를 기다리지 않고 밀치고 들어와서 윤메이 손을 와락 잡았다.

"아주머니, 우리가 보복을 당했어요. 집이 몰수되었습니다!"

윤메이와 까오디 둘 다 부들부들 떨었다.

루이쉬안은 마음을 놓을 수 없어, 외투를 걸치고 나왔다.

"무슨 일이야? 무슨 일이야?"

그는 원래 침착한 사람이지만, 자기도 모르게 당황했다.

"아저씨! 집이 몰수되었어요! 우리를 생각해 주세요!"

까오디의 막혔던 눈물이 쏟아져 내렸다.

루이쉬안은 몇 마디 물어보았다. 사태는 대체로 명백해졌다. 그는 까오디가 착한 사람이라 그녀를 도와주고 싶었다. 그러나 그녀를 도와주면 바로 샤오허를 도와주는 것이다. 그는 주저했다. 그가 선심을 베풀면, 크고 작든 치엔모인 선생을 팔아먹은 부끄러움을 모르는 샤오허를 돕는 것이라 마음이 내키지 않았다.

윤메이는 마음이 독해서가 아니라, 연루되는 것이 두려워서 관 씨 댁을 돕고 싶지 않았다. 요즘 같은 세월에는 조심하고 삼가는 것이 가장 중요하다는 것을 그녀는 깨닫고 있었다.

까오디는 루이쉬안 부부가 미적거리는 이유를 알고 더 간절하게 애원했다.

"아저씨! 아주머니! 다른 사람 개의치 마시고 저 좀 도와주세요! 겨울 추위가 매서운데, 제가 회나무 아래에서 추위에 떨게 하실 겁니까?"

루이쉬안의 마음이 움직였다. 그는 샤오허는 잊고 까오디에게 갈 곳을 마련해 주고 싶었다.

"아가야, 샤오원의 방이 아직 비어 있잖니? 띵쫀에게 가서 물어봐!"

윤메이는 조심하고 삼간다는 것을 잊었다.

"당신도 같이 가서 띵쫀이 당신을 보고 거절하지 않게 하세요! 좋아요. 정말 나무 아래에서 쭈그리고 하룻밤 지내게 하는 것은 할 수 없는 일이요!”

띵쫜이 마침 집에 있었다. 바로 그 집은 그가 세놓는 곳이었다. 그리고 그는 루이쉬안의 체면을 생각해 주었다.

“그러나 방에는 아무것도 없어요!”

“먼저 하루 저녁 지나고 나서 다시 이야기 하자!”

루이쉬안이 말했다.

윤메이가 까오디에게 떨어진 이불 한 채를 찾아주었다.

모두가 띵쫜이 두 마디 한 것 외에 샤오허를 거들떠보지 않았다.

“일본인과 영국인은 같지 않아요. 당신 이제 분명해졌소. 일본인은 안면 몰수하지만, 영국인은 언제나 한결같다오. 못 믿으면 치 선생님에게 물어봐요!”

샤오허는 감히 말을 못했다. 그러나 루이쉬안과 띵쫜에 대해서 감격하지도 않았다. 왜냐하면, 인간이란 서로 이용하기 마련이고 선심이나 우정 따위는 알 턱이 없기 때문이었다. 그는 그들이 자기들을 돕는 것은 일종의 투자로 생각했다. 오늘은 자기가 모든 것을 잃었지만, 반드시 다시 깃발을 올리고 북을 치면서 (일본인이 북평을 버리고 떠나지 않으면!) 다시 그들이 자기와 결탁할 것이니, 다시 일어설 수 있을 것이다. 다시 말하면 따쪄빠오가 오래지 않아 반드시 출옥할 것이라고 그는 생각했다. 그녀가 나오기만 하면, 모든 것을 되찾을 수 있을 것이다.

띵쫜이 가져다준 작은 장의자에 앉아서 샤오허와 까오디는 치 씨 댁의 떨어진 이불로 다리를 덮고, 추위에 떨며 고통스러워했지만, 그래도 마음은 완전히 실망하지는 않았다. 따쪄빠오가 생각나면 그는 비관하는 마음이 없어지면서, 자기도 모르게 한마디 했다.

“까오디! 걱정하지 마라! 네 애미가 나오면, 무엇이든 좋아질 것이다!”

“아버지는 어머니가 나올 수 있다는 것을 어떻게 알아요?”

까오디는 퉁명스럽게 물었다.

“너는 어머니가 영원히 나오지 못하게 저주라도 하는 거니?”

“나는 어머니를 저주하지 않아요. 그러나 나는 어머니가 무슨 일을
저질렀는지 압니다!”

“무슨 일 말이냐? 어머니가 우리에게 돈 벌어서 권세, 술과 밥을
주고 재미있게 놀게 했잖아? 너는 그게 모두가 옳지 않단 말인가?”

까오디는 다시 아버지와 말하고 싶지 않았다.

이튿날 후통 사람들은 모두 관 씨 댁 대문에 붙어있는 종이 띠를
보고서 아주 기분이 좋았다. 모두 일본인이 얼마나 악독한지 분명히
알게 되었다. 한간들이 악을 저지르게 놓아두다가 호인인 척 한간들을
거두어들인다. 그들이 벗겨온 땅 가죽은 물론 그들의 원래 가지고 있던
재산도 몰수한다. 그렇지만 모두 그 종이 띠를 보고 기분이 좋았다.
그들이 다시 관 씨 댁 인간들을 보지 않기를 향이라도 사르면서 빌고
싶었다!

그들은 샤오허가 6호집으로 이사했으리라고는 생각을 못 했다. 그러
나 이러한 실망이 원수가 되게 하는 관계로 발전하여 보복하는 일은
없었다. 그들은 모두 중국인이라서 누구라도 그가 실패하여 물에 빠진
개꼴이 되기를 원치 않았다. 그들은 모두 약속이나 한 듯이 다시 샤오허
에게 인사하지 않았다. 그들은 어느 정도 냉담했으며, 샤오허가 당해
마땅하다고 생각하고 있었다.

그러나 루이펑은 예외였다. 그는 관 씨 댁과 우호관계를 회복할 좋은
기회라 생각했다. 그는 반드시 샤오허와 한담을 나누러 가기로 했다.
게다가 관 씨 댁이 불우한 때를 틈타서 까오디를 손에 넣을 수 있으려면

은근하게 굴어야 한다고 생각했다. 까오디가 미모는 짜오디에 미치지 못하지만, 마누라가 있는 것이 홀아비로 지내는 것보다 훨씬 더 낫다. 이게 그가 절대로 잃어서는 안 되는 기회다.

"어디 가는 거야? 둘째야!"

루이쉬안이 조반을 끝내자 루이펑이 바삐 외출하는 것을 보고 물었다.

"관 선생을 만나러 갑니다."

둘째는 기분 좋게 말했다.

"왜?"

"왜라니? 쯧쯧! 형은 그들을 도와서 거처를 찾아주었잖아요?"

루이쉬안은 지난밤에 미적거리다가 그들을 도와주었다. 그는 선심 때문에 오해를 불러일으킬까 두려웠다—둘째 같은 오해 말이다. 이런 종류의 오해는 시비를 가릴 수 없고, 선악을 구별 못 한다는 욕을 뒤집어쓰기에 이를지 모른다. 둘째의 말을 듣자 그의 얼굴이 굳어졌다. 거의 질책하듯이 둘째에게 말했다.

"너, 가지 마라!"

"뭐라고요?"

둘째는 퉁명스럽게 물었다.

"어쨌든! 가지 마라!"

루이쉬안은 무엇이라고 변명하기 싫었다. 노기 충천하여 소리 질렀다.

루이펑은 아주 기분이 좋지 않았다. 작은 얼굴을 쳐들고 말했다.

"좋아, 좋아요. 가면 안 돼요? 흥! 여기는 자유라고는 없네. 나도 알아요!"

말을 마치자 그는 툴툴거리며 자기 방으로 돌아갔다.

루이쉬안은 정말 한바탕 야단을 쳐서 마음속의 울분을 털어버리고 싶었다. 그러나 어머니를 보아서 마음을 지그시 눌렀다. 서둘러 모자를 쓰고 밖으로 나갔다.

문에 나서자마자 관샤오허를 만났다.

샤오허는 이제까지 이렇게 일찍 일어난 적이 없었다. 오늘은 방안이 얼어 죽을 듯이 추워서 일찍이 밖에 나와 거의 뻣뻣이 굳어버린 다리를 움직이고 있었다. 샤오양쥐안 사람들은 대개가 일찍 일어나기 때문에 그는 이웃들을 거의 다 볼 수 있었다. 그는 어떻게 해야 좋을지 몰랐다. 신분을 상실하지 않은 것처럼 우의를 나눌까. 자기가 지금은 시운이 좋지 않지만 관샤오허는 관샤오허가 아닌가. 죽은 낙타라도 노새보다는 크지 않은가. 그들에게 인사를 하지 않으면 언짢아 여길 것이다. 그는 자기가 "난을 만난 공자"라고 생각하고, 당연히 모두 보살핌과 위로를 받아야 한다고 생각했다. 모두가 반드시 그가 어려움에 처하게 된 경위를 듣고 싶어 할 것이고, 자기는 그들에게 이야기해 줄 책임이 있다고 생각했다.

그러나 아무도 그를 불러주는 사람이 없었다. 그들은 자기를 힐끗 보고는 곧장 눈길을 대문에 있는 봉인으로 옮기고 싸늘하게 지나쳐버린다. 그들은 그와 봉인을 같은 종류로 보는듯하다. 이것이 그를 아주 난감하게 했다. 사람은 따져빠오처럼 재산, 금전, 세력, 기댈 수 있는 일본인이 있어야 한다! 이런 것들이 없으면 상갓집 개처럼 모두가 자기를 거들떠보지 않을 뿐만 아니라 두 발로 차버리고 기분 좋아한다! 여기에 생각이 미치자 그는 화가 났다. 그는 일본 헌병 병영에 찾아가서, 후통 사람 모두가 "반동"이라고 고발하여, 모두 감옥에 처넣고 싶었다.

루이쉬안을 보자 그는 불평할 기회를 잡고 싶었다. 평소에 루이쉬안은 거만하고 냉혹해서 무리와는 어울리지 않는다고 생각했다. 이제는 그가 루이쉬안이 죽은 낙타가 노새보다 더 크다는 뜻을 잘 알기 때문에, 후통의 남녀노소 모두에 비해서 더 총명하다고 생각했다.

"루이쉬안!"

샤오허는 친절하지만 처량하게 불렀다.

"루이쉬안!"

그의 얼굴에 3할은 미소가 7할은 근심·걱정이 끼어있었다. 완전히 비관하지도 않지만, 상당히 가련한 모습을 아주 잘 나타내고 있었다.

루이쉬안은 고개조차 끄덕이지 않고 머리를 쳐들고 지나쳐 갔다. 걸어가면서 그는 자기를 원망했다. 물에 빠진 개를 때리지 않는다는 도리를 샤오허에게 적용시켰나? 샤오허는 개에 그치지 않고 비루먹은 개다. 비루먹은 개가 물에 빠지면 누구나 개에게 벽돌 조각을 던져서 물에 계속 처박아버려 두어야 할 책임이 있다!

샤오허는 그렇게까지 난처하지는 않았다. 그는 루이쉬안을 용서했다.

"루이쉬안이 나에게 거들먹거리는 것은 영국대사관과 관계가 있다!"

이렇게 혼잣말을 하고 있을 때 까오디가 문을 반쯤 열고 그를 불렀다.

"아빠, 들어오세요!"

방안에 들어오자, 샤오허는 방안이 텅 비어 있고, 머리 빗고 화장하는 여자 하나 보이지 않자, 마른 침을 몇 번 삼켰다.

"아빠! 아버지는 어쩌실래요?"

까오디가 솔직하게 물었다.

"아…"

그는 잠시 생각해보았다.

"우리 은행에 돈이 있어! 봐라."

그는 가슴에서 수표책을 꺼냈다.

"나는 언제나 이 보배를 품에 넣고 다닌다! 돈이 필요하면 언제라도 수표를 끊을 수 있다. 아주 편리해! 어머니의 수표책은 어디에 두었는지 모른다!"

"일본인이 우리 집을 몰수했는데, 돈을 남겨두었을 것 같아요? 마음 대로 생각하세요!"

"뭐라구! 뭐? 돈도 몰수했어?"

샤오허는 조급해졌다.

"그럴 수 없어! 안 돼!"

"아버지는 리콩산 일을 기억 못 하세요?"

"음…"

그는 대답하지 않았지만 머리에서 갑자기 땀이 났다.

"다시 꿈도 꾸지 마세요!"

"내 은행에 가보마!"

"아빠, 제발 들어요! 내 수중에 돈이 조금 있어요. 제가 가서 리스예에 게 부탁해서 부서진 침상 두어 개랑 자질구레한 물건들을 사다 달라고 할게요. 저는 나가서 일을 찾아볼게요. 일을 찾으면 제가 아버지 부양할 게요. 그렇게 되면 제발 다시 일본인을 거론하지 말고, 일본인을 도울 생각 말아요. 그러면 저는 일 찾으러 갑니다. 그렇지 않아도 저는 갑니다!"

"어디로 가지?"

"어디에는 갈 수 없을 것 같아요?"

"너 엄마 나오는 것을 보아야지?"

"모르겠어요!"

"너는 무슨 일을 찾을 건데?"

"무슨 일이든 닥치는 대로 해야지요!"

"내가 먼저 은행에 갔다가 돌아온 뒤에 상의해보는 것이 어때?"

"그것이 좋겠네요!"

샤오허는 차도 타지 않고 빨리 은행에 갔다. 은행은 그의 수표를 현금화해 주기를 거절했다.

그는 평생에 처음으로 그렇게 빨리 뛰어서 집으로 돌아온 적이 없었다. "어때요?"

까오디가 물었다.

그는 말이 나오지 않았다. 그는 이미 반은 죽어 있었다. 그는 한 푼도 없었다. 일본인들이 싸그리 빼앗아갔다!

오랫동안 입을 벌린 채 다물지 못했다.

"까오디, 우리 빨리 네 어머니를 구하러 가자. 다른 말 하지 마라! 그녀가 나오면 수가 있을 것이다. 그렇지 않으면…"

"정말 어머니가 못 나오실까요?"

"사람에게 부탁하고 운동해보면 성공 못 할 리 있겠어?"

"란뚱양, 뚱보 주쯔에게 부탁하러 갈까요?"

샤오허의 눈이 뚱그레졌다.

"나를 개의치 마라. 나는 내 식대로 할 거야!"

까오디는 다시 말하지 않았다. 그녀는 리스예를 찾아가서 몇 개의 헌 가구들을 사다 달라고 부탁했다. 그런 후에 거리로 나가서 작은 질버치, 사기 주전자, 더운물 한 주전자와 샤오삥을 샀다.

샤오삥을 먹고 뜨거운 물을 마시고 샤오허는 도처에 있는 자기의 불량배 친구를 찾아갔다. 그 친구들 중에 어떤 녀석은 만나주지도 않고, 어떤 친구는 그와 몇 마디 허튼소리 나누는 게 고작이었다.

열흘이 지나도 그는 따져빠오가 어디에 있는지조차 들은 게 없었다. 그러나 그는 절망하지 않았다. 그는 자기가 제대로 해내지 못해도 짜오디가 어떤 수가 있으려니 했다. 그녀가 어디에 있는가? 그녀는 짜오디가 어디 있는지 탐문하기 시작했다. 짜오디는 돌덩이가 큰 바다에 빠진 듯했다.

샤오허는 어쩌는 수가 없었다. 까오디에게 대답할 뿐이었다.

"네 일이나 찾아봐!"

또 10여 일이 지나도 따져빠오와 짜오디는 소식이 없었다. 그는 고의로 까오디의 호감을 사려 했다.

"이렇게 되면 나도 탈출하여 중경으로 가고 싶다!"

"좋아요! 저도 아버지 따라갈게요!"

샤오허는 펄쩍 뛰면서 급히 말을 바꾸었다.

"절대로 다른 데 가서 그런 말도 안 되는 소리 하지 마라! 제기랄, 가지도 못하고 먼저 목이 달아날 거야! 나는 수도하러 갈 거야! 백운관이나 벽문사 어때. 내가 거기에 살면서 매일 나한들의 식사를 들고, 향을 사르고 경을 외우고, 오히려 좋지 않나!"

까오디는 다시 더 말하지 않기로 했다. 그녀는 아버지가 구제불능이라는 것을 분명히 알았다. 죽음에 이르기까지 그는 그렇게 무료하다! 그녀는 독한 마음을 먹고 북평을 탈출하고 싶었다. 그녀도 참을 수 없었다. 그녀가 없으면 그는 개새끼조차 그에게 꼬리 치지 않을 것이기 때문에 아무 일도 못 할 것이라 생각했다. 그가 궁지에 몰리면 다시 일본인을 찾아갈 것이다. 일본인은 그에게 샤오빵 한 개를 던져줄 것이다. 그러면 그는 기꺼이 한간이 될 것이다! 아니다. 그녀는 갈 수 없다. 그녀가 그를 부양하고 보살펴야 할 것이다. 그는 밥만 축내는 폐물이 되어 갈 것이다. 폐물이 한간보다는 어느 점으로 나을지 모른다.

69

따져빠오가 하옥되었다.

그녀는 틀림없이 이건 오해라고 생각했다.

그녀가 여자 무뢰한이기는 하지만 일본인이 일을 맡긴 무뢰한이기 때문에, 절대로 하옥시킬 리가 없다고 생각했다. 오해야, 오해 말고는 어떤 해석도 생각해낼 수가 없었다.

"오해야. 그러면 처리하기 쉬워!"

그녀는 자기에게 말했다. 일단 일본인을 보기만 하면, 그녀의 말주변, 기개, 총명, 과거의 치적에 말 몇 마디 보태면, 모든 사정이 밝혀져서 거들먹거리며 집으로 돌아갈 수 있을 것이다.

"흥!"

그녀의 머리가 공중제비처럼 팽팽 돌았다.

"아마 이러한 작은 오해 때문에 억울하게 당했으니, 일본인이 자기를 승급시켜줄지도 모른다! 이것은 노상 당할 수 있는 작은 좌절에 불과하니, 뭐 걱정할 것 없어!"

그러나 사흘, 나흘 심지어 열흘이 지나도 그녀는 일본인 코빼기도 못 봤다. 한 이틀 동안 어떤 중국인이 한 덩이 검은 떡과 찬 냉수를 가져다 주었다. 그녀가 그에게 여러 가지를 질문했으나, 그는 벙어리처럼 한마디도 하지 않았다. 그녀는 옷을 갈아입을 수도, 목욕할 곳도, 심지어 손을 씻을 물조차 없었다. 오래지 않아 자기 몸에서 냄새가 나기 시작했다. 그녀는 횡설수설했다. 이것은 오해가 아닐 수 있다고 의심하기 시작했다!

그녀는 가까운 사람을 만나고 싶었다. 한 사람이라도 오기만 하면, 그녀는 일체의 계획을 분명히 하여 밖으로 전하게 하면, 오래지 않아서 자유를 회복할 수 있을 것이다. 그러나 사람 그림자도 볼 수 없었다. 모두가 그녀를 잊은 듯했다. 그렇지 않으면 누구도 자기가 어디에 갇혀 있는지 모르는 것 같았다. 전자라면 그녀는 자기도 모르게 이를 악물었다. 아하…! 모두가 평일에는 내 밥 먹고 내 술 먹더니, 내가 곤란을 당하니 코빼기도 내밀지 않다니, 내가 개새끼들을 키웠구나! 만약 후자라면 아무도 내가 어디에 갇혀있는지 모른다. 그러면 그건 더 심각하다. 그녀는 식은땀을 흘렸다.

그녀는 면밀히 계산했다. 주야로 계산했다. 중국인 쪽에는 누구에게 운동을 해야 하고, 일본인 쪽으로 어떤 길로 가야 하는가. 어떤 말을 해야 하는가. 어떤 예물을 보내야 하는가. 조리가 닿는 것이면 어느 것이나 생각해보았다. 계산을 끝내자, 그녀의 눈에는 빛이 났다. 그렇다. 어떤 사람이라도 들어오기만 하면, 자기의 이야기를 밖으로 전해서 계획대로 이행하게 하면 성공은 보장된 것이다. 그렇다. 그녀가 감옥에 있을 때는 약간 궁지에 몰린 셈이지만, 나가기만 하면, 필요에 맞춰, 굉장하고 요란하게 차려입고, 집에 가면, 큰 잔치를 벌여, 자기를 위로할 테다.

그녀가 특별히 짜오디가 오기를 바랐다. 짜오디는 예뻐서 사방에

인연이 있기 때문에, 어디든 쫓아다니면 반드시 깃발을 휘날리며 승리할 것이다. 그런데 누구도 오지 않았다! 그녀는 눈앞이 캄캄해졌다.

"나 같은 일세의 영웅이 이렇게 끝나나?"

그녀는 벽에 대고 자문했다. 환상 중에 나타난 신령에게 물었다. 아무 소용이 없었다. 그녀의 자신이 흔들리기 시작했다. 그녀는 죽을지도 모른다는 생각이 들었다.

아니야. 아니야. 나는 죽을 리 없어! 나는 심문조차 받지 않았고, 기소되지도 않았는데, 죽을 리가 있나? 절대로 죽을 리 없어! 다시 말하면 나는 죽을죄를 짓지 않았다! 내가 암창과 기녀들의 돈을 좀 등쳐먹었다 해도, 그게 죽을죄인가? 웃기는 소리. 어느 관리치고 돈 좀 긁어먹지 않는 놈이 있는가? 돈 긁어모으지 않으려면, 왜 관리가 되는가? 정말!

그녀는 자기가 너무 포악하고 성질이 급해서 죽음을 생각하게 되었다! 참자, 참아. 그녀는 자기를 위로했다. 심문을 받으러 나가 일본인 법관을 만나서 몇 마디만 나누면, 분명히 해결되어, 편안하고 무사히 집에 돌아갈 수 있을 것이다. 여기에 생각이 미치자 진정되고 위로가 되었다. 그녀는 옷깃을 여미고 머리를 매만졌다. 침착하게 심문을 기다렸다. 무슨 말이든 무뢰배가 재판에 걸리는 것을 두려워하는가? 그녀는 입을 삐죽거리며 웃었다.

하루가 지나고, 하루가 또 지났지만, 아무도 심문받으러 가자고 전해주지 않았다. 그녀의 얼굴에는 주근깨와 버짐만 남고 살점은 없었다. 그녀의 비행기 머리가 마르고, 흐트러져서 엉킨 삼단같이 되고, 속에는 검고 살찐 이가 득실거렸다. 그녀의 눈알은 화산 아가리 같이 빨개졌다. 두 손으로 긁고 손을 보면, 손톱에 회색빛 비늘이 있고, 때로는 피까지 보인다. 그녀의 다리는 이미 얼어서 푸르팅팅한 갓처럼 변했다. 그녀는 다시 참을 수 없었다. 그녀는 감옥의 쇠창살을 쥐고, 발광한 성성이처럼 죽으라고 흔들어대었다. 그녀는 나가서 북해, 중산공원, 동안시장이랑 다른 곳도 보고 싶었다. 그녀는 띵쭌이 영국대사관에서 가지고 온 양주를 마시고 싶었다. 관샤오허가 감독해서 만든 식사를 하고 싶었다. 최소한 뜨거운 물을 얻어서 동상에 걸릴 발을 담그고 싶었다.

손이 저렸지만 쇠난간은 여전히 그녀를 가로막고 있었다. 그녀는 미친 듯이 울부짖었다. 소용이 없었다. 천천히 그녀는 주저앉아서 아래턱을 가슴에 박고 이빨을 갈았다.

일본사람 외에도 그녀는 자기가 아는 모든 사람을 원망했다. 그녀는 자신이 하옥된 것은 일본인과는 무관하고, 반드시 자기 친구가 자기를 질투하여, 일본인 면전에서 자기를 헐뜯었기 때문이라고 생각했다. 한나절이나 이를 갈다가 손으로 이마를 짚고 성이 나서 기도를 드렸다.

"일본 어른들, 제발 나쁜 놈들이 지어낸 나쁜 말을 듣지 마시라요! 어르신들이 나에게 와서 직접 물어보시오. 나는 억울합니다. 나는 당신들의 충신이요!"

이렇게 기도를 드리자, 약간 마음이 편해졌다. 그녀는 그녀의 충성심이 반드시 효자 열녀들의 충심이 천지를 감동시키듯이 일본 어른들을 감동시켜, 아주 빨리 그들이 그녀를 심문하고 석방해줄 것이라고 믿었다. 그녀는 혼절하여 잠 속에 빠졌다. 10분을 숙면하지 못했다. 비몽사몽이었다. 잠시 자기가 짜오디를 데리고 북해에서 스케이트를 타면서 일본인에게 국궁을 하는 것을 보고 있었다. 또 잠깐 일본인이 소집한 대회에서 일본인에게 헌화하고 있다. 잠시 그녀는 기녀들이 그녀에게 바친 지폐를 세고 있었다. 이런 영상들이 그녀가 아편을 먹은 것처럼 감미로운 혼미 속으로 빠져들게 했다. 그녀는 자기가 악취와 이와 동창상을 가지고 날아올라서, 전처럼 서태후같이 패기 넘치게 육체가 날기 시작하여, 하늘로 올라가는 여자 무뢰배라고 생각했다!

갑자기 한기가 그녀의 몸을 수축시켜, 냄새나는 진흙 덩어리가 땅에 떨어지듯이 아래로 추락했다. 그녀가 눈을 떴을 때, 사방이 칠흑 같고, 더럽고 악취가 나는 냉기에 휩싸여 있는 죄수라는 생각이 들었다. 그녀는 자신도 모르게 미친 듯이 울부짖었다. 노기가 그녀의 마음을 불태우고, 목구멍이 막히도록 전신을 태웠다. 그녀는 냉기도 잊어버리고, 상의 단추를 풀고 축 늘어진 두 젖을 드러내어 벽이 보게 했다.

"너 보아라, 보아. 나는 여자고 여자 무뢰배다! 무엇 때문에 나를 여기 가두었니? 나를 내보내 주어!"

그녀는 울려고 하다가, 하하하고 미친 듯이 웃었다. 옷을 갈갈이 찢어서 벗어던졌다. 머리를 비스듬하게 눈을 빗겨 뜨고 허리를 비틀고 빙빙 돌았다.

"너 봐라! 봐!"

그녀는 벽에다 명령했다.

"나를 보아. 기녀같이 보여? 기녀, 창녀, 수양딸, 돈, 하하!"

쇠창살 사이로 검은 떡 한 덩어리와 작은 쇠통에 담긴 물이 던져졌다. 그녀는 맨몸으로 쇠난간을 잡고 소리 질렀다.

"어이! 제기랄, 나를 이렇게 대하기야? 소장이라는 말 한마디 못해? 나는 소장이야. 관소장이라고!"

그런 후에 비루먹은 개처럼 땅을 기어서 쇠통에 담긴 물을 마셨다. 입술이 달았다. 그녀는 검은 떡 덩어리를 주워서 냄새를 맡아보고는 땅바닥에 힘껏 던져버렸다.

그녀가 반은 인간이고 반은 짐승처럼, 서태후처럼, 야차처럼, 웃다가 울다가 하고 있을 때, 많은 무명의 고발장이 일본인의 손에 넘겨졌다. 청창순의 고발장이 돌연히 일본인의 주의를 끌었다. 동시에 몇몇 여자들이 그녀의 자리를 빼앗으려고, 거기에 보태어서 공격하기를 주저하지 않았다. 심지어 그녀의 죄상이 신문사에 전달되어, 그녀가 조성한 암창을 통계표까지 만들어서 신문에 보도되기까지 했다.

겨울이 지나갔다. 봄이 북평의 얼음을 서서히 녹였다. 시냇물이랑 작은 호수들도 잠에서 깨어나고 눈을 뜨니 녹색이 눈앞에 나타났다. 그녀는 불빛 붉고 뜨거운 화광만 보았다. 그녀의 마음에서 그녀의 입, 그녀의 눈까지 태우고 언 다리의 뒤꿈치도 녹였다. 그녀 자신이 붉은색이었다. 작은 방 도처가 붉었다. 그녀도 열이 나고, 거칠고, 급해져서, 그녀는 미친 듯이 소리 질렀다. 그녀의 목소리 내에 있는 불씨가 그녀의 목구멍과 혀를 태웠다. 그녀는 힘껏 소리 질렀으나 소리가 나오지 않았다. 목이 타서 벙어리가 되었다. 그녀는 숨이 끊어지려는 어미 돼지처럼 끽끽하는 소리만 났다.

서서히 그녀는 자신을 잊어갔다. 잠시 후 그녀는 짜오디로 변해서, 꽃과 가지를 펄럭이며, 잘생긴 남자를 끌고 시시덕거리며 공원을 산책했다. 또 어떤 때는 기녀로 변하여 자기가 즐기는 유희를 미친 듯이 탐닉했다. 갑자기 일어서서 수탉이 흙을 파내듯이 사방을 몸, 머리, 손발을 문과 벽에 들이받았다.

"내 지폐는? 지폐는? 누가 내 돈을 숨겼어? 누가? 어디에 숨겼어?"

전신이 피범벅이 되자, 멈춰 서서 꼼짝하지 않았다. 머리를 갸웃거리며 그녀는 귀를 기울이다 눈웃음을 쳤다.

"와라! 와! 너희 관소장을 재판해?"

그러나 사람 그림자도 나타나지 않았다. 그녀의 노기가 마음속에서 타올라, 천장을 뚫고 바로 하늘 끝까지 치솟아, 공중에 거대한 밝게 빛나는 두 글자 '소장'을 만들었다.

그녀는 이 거대한 두 글자를 보자 위안과 자만을 얻고 천천히 앉았다.

손으로 자기의 똥을 이겨서 작은 떡을 분첩처럼 만들어 살살 부드럽게 얼굴에다 발랐다.

"화장하자, 화장해!"

다음에 리본 같은 천 조각을 머리에 묶었다.

"젊어 보이십니다, 소장!"

그녀는 이제 낮인지 밤인지 구별을 못 할 뿐만 아니라, 시간도 몰랐다. 그녀에게는 꿈과 현실의 구별이 없었다. 그녀는 욕하고 저주하고 곡하는 것이 아무 충돌 없이 동시에 이루어졌다. 그녀는 노여움의 불덩어리였으며, 그녀의 세계는 화광중에 빙빙 돌며 춤추고 있었다.

최후로 그녀는 샤오허, 짜오디, 까오이타, 통팡, 샤오추이 그리고 무수한 일본인이 그녀를 영접했다. 그녀는 붉은 나사 봄 코트를 입고, 금빛 하이힐을 신고, 야생닭 털 꽂힌 모자를 쓰고, 거들먹거리며 거만하게 나갔다. 일본인 군악대가 환영곡을 연주했다. 짜오디가 생화 꽃바구니를 그녀에게 바쳤다. 한 무리의 양녀들이 공손하게 절하며 한 사람씩 지폐를 한 뭉치씩 건네주었다. 그녀는 서태후처럼 엷게 미소를 띠고 차에 올랐다.

"북해로 가자."

그녀는 명령했다.

기차는 암흑 속으로 떠났다. 그녀는 영원히 북해를 다시 보지 못했다.

따져빠오가 감옥에서 죽어가고 있을 때, 검사소 소장 자리를 노리고 가장 열심히 뛴 사람은 그녀의 "제자" 뚱보 주쯔였다.

란뚱양은 풍부한 시적 자료가 있었다. 그는 있는 그대로 따져빠오를 조롱하고 웃기고 공격했다. 이러한 조롱이 행으로 나뉘어 시로 쓰여져 신문사에 전달되어, 신문의 학예란에 등재되었다. 자기 시를 읽고, 그의 얼굴 근육 전체가 동원되어 격렬하게 간질병 환자처럼 지랄했다.

뚱보 주쯔는 자기가 제자로서 큰 스승 자리에 오르기로 했다. 그녀는 대담하게 자기 나름대로 옷과 모자를 창조했다. 자기의 천재성을 운용했지만 따져빠오를 모방하지는 않았다. 그녀는 더 살이 쪘다. 그러나 일부러 의복을 딱 붙게 만들어 그의 살이 의복 밖으로 삐져나오듯 했다. 란똥양이 그녀의 새로운 차림을 좋아해서 자기가 가장 그럴듯하게 여기는 시 한 수를 지었다.

　　의상 겉으로 비어져 나오는 너의 살을 보네
　　육감적인 큰 소시지 덩어리!

그녀는 그를 좋아하지 않았다. 그의 시는 더 좋아하지 않았다. 그러나 그녀 살찐 얼굴에는 그를 위해 몇 개의 미소 무늬가 그려졌다. 그녀는 그를 대수롭지 않게 생각했으나, "소장" 자리를 손에 넣으려면, 그의 협조를 얻을 수 있어야 했다. 일단 그녀가 소장이 되면 자기 수입, 지위, 권력을 손에 쥐게 된다─무엇보다 자유를 얻는다. 그때가 되면 그녀는 그의 더러운 입 냄새 푸른 얼굴 뼈만 남은 앙상한 몸을 거절할 수 있다. 만약 반항하면 그녀는 그와는 안면을 몰수할 수 있다. 당초에 그녀가 그를 따라온 것은 지위 때문이었다. 현재에 그녀가 자기 지위를 가지게 되면, 그녀는 조금도 망설이지 않고 그를 차버릴 수 있다.

그녀는 몸에 착 달라붙는 옷을 입고, 종일 여기저기 돌아다녔다. 따져빠오의 친구는 뚱보 주쯔가 모조리 찾아가서 말했다.

"지금부터 자기가 그들의 영수다. 너희는 반드시 나를 도와서 따져빠오를 타도해야 한다!"

저녁에 돌아올 때는 그녀의 허리 팔과 목이 새 옷에 끼어서 뻣뻣해지고, 그녀의 굵은 다리가 작은 새 신발에 몇 점의 가죽이 벗겨졌다.

그녀는 피곤하고 고통스러웠지만, 정신적으로는 기분이 좋고 희망이 솟았다. 꼭 끼는 "자루"를 벗어던지고 크게 숨을 들이쉬었다. 그러나 이 옷들을 다시 주워 입어야 한다. 아니 다시 게을러질 수 없다. 자신을 위해서 앞으로 더 고생 할 수밖에 없다. 만일 그때가 오면 귀객이 오더라도 그녀는 의관을 정제하지 않고도 접대할 수 있을 거야? 그녀는 따져빠오의 방법을 이용하여 따져빠오를 이길 것이야. 따져빠오는 어느 때라도 자신을 야하게 꾸미지 않았던가? 좋아. 자기도 그렇게 하는 것이 좋겠다!

그녀가 옷을 입는데 힘들여 독창적이 되었기 때문에, 의복에는 따져빠오를 모방하려 하지 않았지만, 행동거지에 있어서는 자기도 모르게 따져빠오의 기개 일부를 이어받았다. 그녀가 사람을 부를 때는 고의로 원숙한 목소리를 내었다. 길을 갈 때는 목을 빳빳이 들고 허리를 크게 흔들었다. 이러한 행동방식이 그녀의 몸이 잘 받아들이지 않아서, 그녀의 짧은 목이 뻣뻣해져도, 게으름을 피울 수 없었다. 그녀는 반드시 따져빠오가 되어서 진짜 따져빠오를 없애버려야 한다!

며칠을 쫓아다녀도 사정은 조리가 없었다. 뚱보 주쯔는 급했다. 급할수록 그녀의 목구멍에 담은 더 생겼다. 요인을 만났을 때 담이 차서 말을 할 수가 없었다. 그녀는 원래 말재주가 있는 편이 아니어서, 말이 막힐수록, 땅에 올라온 고기처럼 입만 뻥긋거리고 소리가 나오지 않았다. 무언극을 한바탕 펼치고는 당황해서 어쩔 줄 몰라서 새로 늘어난 기개조차 잊어버렸다. 그녀는 자기의 운동이 성공을 거두지 못하고 있을 때 따져빠오가 석방돼서 나올까 두려워지기 시작했다. 그녀는 따져빠오와 대립해도 좋다. 그러나 그녀는 언제나 그 늙은 물건을 두려워한다. 급하고 두려워서 그녀는 독약으로 따져빠오를 끝장낼 생각을 했다!

그녀는 어떻게 하면 그 늙은 물건을 독사시킬 수 있을까 뚱양과 상의했다.

뚱양은 며칠간 등에 가시가 돋는 것처럼 좌불안석이었다. 따져빠오의 지위와 수입이 자기 집안으로 들어온다고 생각해보자 그의 온몸이 근질거리기 시작했다. 그리하여 그는 즉시 정신없이 뛰고 시를 쓰고 "토적(따져빠오 토벌)단"을 조직하려 했다. 마지막 항목의 "단"은 자기 혼자서 발동하고 문장을 쓰고 따져빠오를 공격했으나, 가짜로 몇 명 이름을 만들어서 공동으로 성토했기에 "단"이라 붙였다. 그의 문장 한 편 중에 이런 구절이 있다. '따져(赤)빠오란 별호다. 하필 赤이라 했는가? 紅이다! 紅은 공산당이다! 혈기가 있는 사람은 모두 붉은 사람 (紅者)을 죽여야 한다고 한다. 고로 따져빠오도 반드시 죽여야 한다!' 그는 이 구절에 아주 만족했다. 그는 오늘 "紅"이라고 말만 하면, 일본인들은 곧 흑백을 잊어버린다는 것을 알기 때문이었다. 이것은 따져빠오에게 어떤 죄명의 잘못을 뒤집어씌우는 것보다 더 악독했다.

그러나 뚱보 주쯔가 열심히 뛰어다니는 것을 보고 크게 방심할 수 없었다. 그는 뚱보 주쯔가 왜 자기에게 시집왔는지를 잊지 않았다. 그녀가 치루이펑을 버렸다면, 그녀 자신이 지위와 수입을 확보하면 자기를 버리지 않을 것이라고, 누가 보장할 수 있는가? 그녀의 전신이 근지러웠다.

다른 방면으로 그녀는 목구멍이 막혀 식사를 하지 못하게 되었기 때문에 눈을 멀거니 뜨고 남이 소장자리를 가지고 가는 것을 지켜볼 수밖에 없었다.

짜오디가 따져빠오 구멍을 부탁하려고 그를 찾아왔다. 그는 두말없이 돕겠다고 말하지 않을 수 없었다. 왜냐하면, 그녀와 접촉할 기회일 뿐만 아니라, 아주 편리한 기회이기 때문이었다. 그는 짜오디가 돈을 들여야 하는 띰셈이지만, 짜오디가 그에게 부탁하러 왔으므로, 그냥 기름만 바르면 된다. 밥 사주고 연극을 볼 필요가 없이, 그녀의 손을 잡을 수 있다. 그는 짜오디와 얼굴을 마주할 기회를 더 얻기 위해 신문지 상에서 그녀를 공격하는 것을 중지했다. 그러나 힘을 빼고 공격을 중지하면 소장지위를 다른 사람이 낚아채 갈까 두려웠다.

마음속에서 이러한 모순들이 충돌하여 하루 저녁 늦게까지 몸을 뒤척였다. 잠시 뚱보 주쯔가 소장이 되는데 마음이 뜨거워지다가, 또 잠시는 뚱보 주쯔가 자기를 버릴 것이라는 생각이 떠올라 마음이 차가워졌다. 잠시 짜오디의 미모를 생각하자 전신이 근질거렸다. 그는 짜오디를 데리고 놀다가 큰일을 그르칠까 싶어 전신에 닭살이 돋았다.

그러나 이러한 모순과 심리상의 학질도 그가 활동하는 것을 중지시키지 못했다. 그는 시와 단문을 써서 따져빠오를 공격했다. 짜오디를 만나면 그녀의 손을 잡고 도처에 분주하게 돌아다녔다. 역시 뚱보 주쯔가 힘을 다해 운동하도록 격려했다. 그는 자기 여덟 필의 말을 한 손으로 다룰 수 있는 천재라고 생각했다.

그는 뚱보 주쯔가 따져빠오를 독살하자는 건의에 동의했다. 그는 푸른 얼굴을 살찐 얼굴에 가져다 붙이고 마음속으로 짜오디를 생각하며 그녀에게 말했다.

"빨리 그녀가 어디에 있는지, 독살할 수 있는지 알아봐요! 그녀를 독살하자!"

이렇게 말을 마치자 그는 마치 자기가 생살여탈권을 쥐고 있는 것 같은 생각이 들었다. 그리하여 눈을 치켜뜨고 한참이나 위풍을 펼쳐 보이는 듯이.

그들이 어떤 계획을 의논하든 그들은 따져빠오가 왜 하옥되었는지, 그리고 뚱보 주쯔가 소장이 되면 그녀도 하옥될 위험이 있다는 것을 몰랐다. 그들이 어떻게 따져빠오를 공격할까를 토론하고 있을 때, 그녀의 탐욕에 대해 얘기했지만, 서로 눈짓을 주고받으며 이렇게 말하는 듯했다.

"따져빠오는 탐욕 때문에 하옥되었을 것이다. 우리는 그녀보다 더 똑똑하니 절대로 위험은 없을 것이다!"

70

짜오디는 집이 몰수당한 이래 다시 집에 돌아가지 않았다. 그녀는 집안에서 생각지도 않은 일이 다시 일어나서 그녀까지 묶여가게 될까 두려웠다. 그러나 그녀는 마음을 다해 어머니를 구출하려 했다. 어머니가 없으면, 그녀는 모든 것을 잃어버리는 것과 같다는 생각이 들었다.

그녀가 극을 배우던 때에 그녀가 아마추어 배우에서 프로 배우로 등단한 여배우를 만났다. 그녀는 그녀를 찾으러 분장실에 갔다. 몇 마디 하지 않고 곧 거기에 살게 되었다.

분장실에는 많은 친구들이 있어서 밤늦게까지 성시를 이루었다. 짜오디는 곧 이들과 마음이 통해서, 그들에게 따져빠오 구출을 부탁했다.

옛날 친구 몇 사람을 찾아 갔으나 모두가 그녀에게 매우 냉담했다. 어떤 사람은 심지어 그녀에게 이런 말도 했다.

"우리는 연루될까 두려우니, 제발 다시 찾아오지 마라!"

이런 사람 중에 란똥양만은 그녀의 부탁을 거절하지 않았다. 그녀는 똥양이 기껏해야 여자에게 곶감 혹은 땅콩을 사다 주는 사람이기 때문에, 감히 여자에게 식사를 대접하거나 같이 놀자고 청할 수 있는 사람이 아니란 것을 안다. 오히려 그녀가 그를 찾아갔다. 왜냐하면, 그녀가 오히려 자본을 들여서 그를 매수해야 하기 때문이다. 그녀의 자본은 자신의 몸뚱이 뿐이었다. 어머니를 구하기 위해서는 방법이 없었다. 그녀는 되는대로 그가 그녀의 손을 잡고 그녀의 얼굴을 쓰다듬는 것을 내버려두었다. 그녀는 참아야 했다. 일단 어머니만 나오면 다시 똥양이 자신의 안색을 살피게 할 것이다.

똥양이 신문지상으로 따져빠오를 공격하고 있는 것을 짜오디는 보지 못했다. 그녀는 신문 읽는 습관이 없었다. 그녀도 신문이 우연히 손에 들어오면, 연극계 신문이면 영화 소식이나 연애 소설이나 읽고 다른 기사는 보지도 않았다.

그녀는 어머니가 몹시 보고 싶었다. 그러나 아무리 수소문 해봐도 어디에 갇혀 있는지 알 수가 없었다. 짜오디는 눈물을 흘렸다. 그녀는 사정이 매우 심각하다는 것을 알아챘다. 어머니가 불행을 당하면, 자기 는 어떻게 할까 생각해 보았다. 그녀는 능력도 없고 현금도 없고…… 좋아, 아름다움이 있고 젊음도 있다. 설마 자기를 원하는 사람이 없으려 고. 그러나 그녀의 아름다움과 젊음은 이 혼란기에 놀이감 밖에 안 되었다.

분장실에 드나드는 허다한 남자 중에 일본인을 위해서 특무로 일하는 사람이 있었다. 그는 후앙시엉이라는 잘생긴 청년이었다. 그는 용모도 훌륭하고, 옷도 잘 입고 권총도 차고 있었다. 그는 자기 체면을 아는 사람이었다. 그래서 체면을 세우려고, 시도 때도 가리지 않고 꼭 필요하 지도 않은 눈웃음을 치고 있었다.

그는 자기 옷이 좋다는 것을 알기 때문에, 하루 종일 소매를 끌며, 바지를 들고, 옷깃을 여민다. 권총 이외에 항상 작은 거울을 가지고 다니며 때때로 거울을 꺼내어 자기 얼굴을 비춰보고, 때로는 자기의 잇몸도 비춰본다.

짜오디와 잠시 이야기를 해보고 그녀의 곤란을 금방 알아차렸다. 그는 그녀를 돕고 싶어서 철저히 알고 싶어 했다. 그녀가 그와 함께 따져빠오를 즉시 출옥시켜 줄 사람을 함께 만나러 갔다.

짜오디는 그와 함께 나가기를 희망했다.

그는 짜오디를 동성 성벽에서 멀지 않는 으슥한 곳에 있는 집으로 데리고 갔다. 안에 들어가자, 그는 그녀를 어떤 일본인에게 소개시켜 주었다. 눈 깜빡할 사이에 후앙시잉이 보이지 않게 되자, 짜오디는 무슨 일인지 궁금하게 여기기 시작했다. 일본인은 자세하게 그녀의 이력을 물었다. 그녀는 한편으로는 대답하고 한편으로는 따져빠오의 일을 언급했다. 그가 그녀의 이력을 전부 기록하고 나서도 따져빠오의 일에 대해서는 아무 말도 없었다. 그런 후에 그녀를 침상 하나 의자 하나 밖에 없는 아주 작은 방으로 안내했다.

"이것이 네 방이다. 분명히 기억해라. 109호. 이후에 너는 109호다. 아무도 네 이름을 부르지 않을 것이다."

말을 마치자 일본인은 밖을 향해 소리쳤다.

"104호!"

시간이 얼마 지나지 않아 짜오디 또래의 여자가 들어왔다. 일본인을 향해 공손하게 절했다. 그러고는 꼿꼿이 섰다.

"그녀에게 이곳의 규칙을 말해주어라!"

일본인은 밖으로 나갔다.

짜오디의 가슴이 뛰었다. 재빨리 도망을 치고 싶었다. 104호가 그녀를 막았다.

"꼼짝 마라! 여기는 한번 들어오면 못 나가는 곳이야."

"뭐라고? 뭐라?"

짜오디는 급히 물었다.

"기다려, 자연히 알게 될 거야. 너무 놀라지 마라. 이상하게 생각지 마라!"

"나를 놓아줘! 날 보내줘! 나는 중요한 일이 있어!"

"너를 놓아달라고? 여기서 놓여나간 사람은 없어!"

104호는 아무 감정도 없이 말했다.

"나는 반드시 나가서 어머니를 구출해 낼 거야!"

104호는 아주 짧게 아주 냉정하게 억지로 웃었다.

"정말이야?"

짜오디는 104호의 말을 믿지 않았다.

"너가 믿든 말든!"

104호는 이렇게 웃으면서, 그곳의 규칙을 알려주기 시작했다.

짜오디의 마음은 절반이 얼어붙었다. 그녀는 지금까지 어떤 구속도 받지 않았고, 규칙이라는 두 글자가 왜 중요한지 근본적으로 이해를 못 했다. 그러나 여기서는 일체가 마치 사람이 기계로 변한 것처럼 규칙뿐이었다. 그녀는 밤중에 울었다.

겨우 잠이 들려고 하자, 곧 요란한 벨 소리에 잠이 깼다. 날이 채 밝지도 않았다. 104호가 문밖에서 낮은 소리로 말했다.

"빨리, 빨리! 늦으면 초주검 되도록 얻어맞는다!"

짜오디는 벌벌 떨면서 일어나, 흐리멍덩하게 밖으로 뛰어나갔다. 몹시 추웠다. 냉기가 그녀의 얼굴을 강타하여, 잠이 확 깨는 듯했다. 곧 눈물이 그녀의 눈을 흐리게 했다. 세면대에 뛰어가서 입속을 물로 헹구고 물을 떠서 얼굴에 문지르고 늦어서 얻어맞을까 봐 서둘러 나왔다. 손으로 눈을 비비면서 모두를 따라갔다—40여 명의 청년 남녀였다. 뒷마당 격인 공터에 집합했다.

공터의 삼면은 높은 담이고, 담 뒤에 철조망이 처져 있었다. 다른 한 면은 방이었다. 산장1)에 네모진 방이 몇 개 있었다. 마당의 동측 담장에서 멀지 않은 곳이 성벽이었다. 성벽은 검은 회색이고, 높은 성벽이어서 마당 내의 소리가 밖으로 나가지도 않고, 밖에서 들여다보려 해도 볼 수도 없는 곳이었다.

땅은 매끈하고 얼어서 단단하고 회황색이었다. 성벽도 검은 흑색이고 단단하고 매끈했다. 하늘도 희멀겋고 어둡고 차가웠으며 발가벗은 채였다. 짜오디는 땅에서 성벽까지 다시 하늘까지 보고는 이렇게 무서운 곳이 있을 수 있다고 꿈에서조차 생각하지 못했다. 일체가 회색이고 차고 조용하고 벌거벗고 있었다. 다시 볼 수가 없었다. 다시 본다면 그녀는 냉기와 회색 어둠이 그녀를 얼게 하여 회색 어둠 속에서 응결되어 버릴 것 같았다. 그녀는 누가 자기 팔을 잡아 주어서 겨우 바로 섰다. 그녀는 전신을 떨었다. 거의 자기의 이빨이 부딪치는 소리를 들을 수 있었다.

남자는 앞, 여자는 뒤에 모두가 열을 지어, 네모진 구멍 뚫린 지붕보다 높은 담벼락을 마주하고 섰다. 105호에서 109호가 최후에 섰다. 모든 것이 새로워서 모두가 정신적으로 부자연스럽고 불안해 보였다.

모두가 정렬하자, 일본인 3명, 중국인 1명, 도합 3명의 교관이 완전 무장을 하고 엄숙하게 마당으로 들어왔다. 대장이 "경례"하고 소리 질렀다. 3명의 일본 교관이 답례했다. 눈알로 선두에서 꼬리까지 훑었다. 전신에 살기, 엄숙, 만족이 넘쳐흘렀다.

중국 교관이 일본 교관을 향해 경례했다. 그 후에 마치 나무 덩어리처럼 돌아서서 대오를 향하고 구두 뒤꿈치를 폭죽이 터지듯이 부딪쳤다. 그가 훈화를 시작했다. 전체 학생에 관한 말을 몇 마디 하고는, 처음

---

1) 양측에 있는 높은 벽.

온 몇 개의 방호수를 불렀다.

"앞으로 5보 나와!"

짜오디는 좌우를 살피다가, 그들을 따라 앞으로 나갔다.

중국 교관이 기침을 하더니 상당히 친절하게 말했다.

"너희는 이미 여기의 규칙을 알았을 것이다. 내가 다시 말할 필요가 없을 것이다. 지금이 너희가 여기에 있을지 말지를 결정할 마지막 기회다. 원하지 않으면 5보 더 앞으로 나오너라!"

아무도 움직이려 들지 않았다. 뒤에 있는 고참들은 거의 숨을 멈춘 듯했다. 짜오디는 앞으로 나가고 싶었다. 그러나 그의 다리가 떨어지려 하지 않았다. 그녀는 좌우 사람을 살펴보았더니, 그들도 자기를 보고 있었다.

"없나?"

교관이 재촉하는 질문을 던졌다.

짜오디의 왼쪽 소녀, 보아하니 16~17세쯤 되고 얼굴이 편편하고 뺨이 빨간, 키가 크지 않고 모양도 별로 예쁘지 않지만 귀엽게 보이는 애가 후다닥 앞으로 나갔다.

"좋아!"

교관은 웃었다.

"더 없나요?"

짜오디가 막 발걸음을 띠려 했다. 옆에 소녀가 그녀를 잡아끌었다. 그녀는 휘청거리다가 바로 섰다.

"좋아, 너 나와!"

교관이 얼굴이 납작하고 뺨이 붉은 소녀를 향해 말했다. 그녀는 약간 주저하더니, 용감하게 앞으로 나갔다. 입에 흰 입김이 서렸다.

"이리로!"

교관은 그녀를 방 앞의 담벼락 아래로 데리고 가서, 작은 네모진 구멍 앞에 기대서게 했다. 그때 해가 떴다. 회색빛 하늘이 갑자기 붉어졌다. 공중은 피가 엉겨 있는 것처럼 회홍색이었다. 성벽은 더 검었다. 마당 안의 벽과 사람은 더 분명해졌다. 편편한 얼굴의 소녀의 몸 전체가 붉어졌다. 입에서 나오는 흰 입김이 더 희게 보였다. 한 명의 일본 교관이 뛰어와서 손을 들고 소리를 질렀다.

"좋아!"

방 안에서 총소리가 났다. 소녀는 흰 입김을 내뿜으며 마치 나무덩어리처럼 앞으로 꼬꾸라졌다. 하늘은 더 붉어지고 땅에는 피가 흘렀다.

"귀대!"

중국 교관은 짜오디에게 말했다.

짜오디는 어떻게 뒤로 돌아 갔는지 몰랐다. 그녀의 눈앞에는 다른 물건도 색깔도 없고, 다만 땅에서 하늘까지 뻗어있는 붉은색, 붉은색 안에 날아다니는 금빛별 밖에 없었다.

"좌향좌! 앞으로 갓!"

교관이 명령했다.

짜오디는 발걸음이 떨어지지 않았다. 그러나 그녀는 그 시신이 거기에 있는데 감히 걸을 수가 없었다. 시체 부근을 걸을 때 그녀는 눈을 감으려 했다.

그러나 결국은 시체와 땅 위의 피를 보고야 말았다. 그녀는 숨이 멎는 듯했지만, 멈춰 설 수는 없었다. 그녀는 입을 벌리고 두 손으로 창자가 끊어지는 듯이 배를 움켜쥐었다. 아픔을 참자 마치 술에 취한 듯이 다리가 휘청거렸다. 오래잖아 그녀의 눈앞에 붉은색, 붉은 막, 붉은 하늘, 붉은 피가 눈을 가려 한 곳으로 연결되었다. 그녀는 자기를 잊고, 일체를 잊고, 오직 천지 붉은 천지만이 빙글빙글 돈다고 느꼈다.

그녀는 몇 시인지 어떻게 방안에 들어 왔는지 모른다. 눈을 떴을 때는 그녀가 침상에 누워 있었고 정오를 막 지나고 있었다.

그녀는 다시 눈물을 흘리지 않았다. 그녀는 다시는 아무것도 생각하지 않았다. 그녀는 죽고 싶지 않았다. 벽 위의 네모진 구멍에 기대지 않기로 결정했다.

청춘은 쇠고, 환경은 화로다. 한 달이 지나자 그녀도 "살아남았다." 그녀는 다시 피와 죽음을 두려워하지 않았다. 그녀의 마음은 돌처럼 굳어졌다. 그녀는 이전의 소녀 생활을 잊었다. 손가락에 루즈도 다시 칠하지 않았다. 새로운 짜오디로 변했다. 새로운 짜오디는 그녀 자신이 자기 어머니보다 더 무섭고 악랄하다고 생각했다. 전에는 그녀는 꽃 같은 용모를 이용하여 모험을 즐기는 낭만을 알고 있었다. 현재는 꽃과 달 같은 용모에 철석같은 심장을 가진 자기 어머니보다 몇 배나 더 위대한 여성 무리배가 되었다. 좋아, 그녀의 어머니는 감옥에 있지만, 일본인이 자기에게 기회를 주어 전도유망하게 해준 데 감사했다. 그녀가 공을 세우면 반드시 어머니를 구출할 수 있다고 생각했다. 어머니가 자유를 회복하여 두 사람이 같이 어깨를 나란히 한다면, 전 북평성을 벌벌 떨게 할 것이다.

봄날이 가고 짜오디가 훈련을 마쳤다.

그녀는 전총을 가지고 싶었다. 그러나 가질 수 없었다.

그녀는 자기가 흥미 있는 일을 맡고 싶었다. 그러나 그녀는 기차역에 파견되어 오가는 여객을 감시했다. 그녀는 사진을 보고 기억에 새겨서, 기차역에서 사진과 부합하는 사람을 찾아내야 했다. 이 일은 쉬운 일은 아니었지만 조금도 재미없는 일이었다. 그녀는 정신을 바짝 차려서 "간세"를 잡아내야 했다. 그녀는 매일 변장을 바꾸어야 했다. 오늘은 시골 하녀로 분장하고, 내일은 중년 부인으로 변장했다. 그러나 언제나 분을 바르는 모던 소녀로 분장할 수 없었다. 그녀는 이러한 공작을 좋아하지 않았다. 분장은 더 좋아하지 않았다. 그러나 명령은 명령이어서 반항할 수 없었다. 그녀는 명령에 반항하면 그 대가가 무엇인지 알았으며, 얼굴이 편편했던 시골 처녀를 잊지 않았다. 그녀는 다시 아름다운 옷에 하이힐을 신은 할리우드 영화에 나오는 여자 스파이처럼 화려한 호텔에서 부자들 사이를 누비고 싶었다. 그러나 그녀는 시골에서 올라온 하녀가 되어야 했다.

그녀는 부친을 보고 싶었다. 다른 이유 때문이 아니라, 그에게 자기가 능력 있는 사람으로 변했다는 것을 알려주고 싶어서였다. 그러나 명령에 따라 집에 돌아가는 것이 금지되고 가족과 내왕하는 것도 금지되었다.

그녀는 어머니가 몹시 보고 싶었다. 그녀는 이미 일본 특무가 되었으므로, 반드시 어머니를 만날 기회와 권리를 얻을 수 있을 것으로 생각했다. 그러나 그녀는 전과 마찬가지로 어머니가 어디에 있는지 알아낼 수 없었다.

어느 날 전문역에서 기분 좋게 당번을 서고 있었다. 그녀는 자유롭게 따뜻한 봄날과 꽃이 만개한 북평을 볼 수 있었다. 역에 도착하자 또 두렵기도 했다. 좋아, 나는 특무이고, 사람을 잡을 수 있는 권리도 있다고 생각했다. 그러나 사람을 잡는 것이 위험하지 않을까? 그렇다, 자기 몸에 신분증을 가지고 있다. 그러나 그것은 밖에 노출되어서는 안 되며 옷 속에 깊숙이 숨겨야 했다. 그녀는 역에서는 으스대서는 안 되며 시골 하녀처럼 움츠려야 했다. 그녀는 적막하고 무료하고 창피했다.

얼마 지나서 신문 한 장을 주었다. 얼핏 어머니의 사진이 실려 있었다. 따져빠오가 감옥에서 죽었다! 사진 상하좌우에 그녀의 탐욕, 죄상과 감옥에서 발광하여 어떻게 죽었는지 실려 있었다.

다 보자 그녀의 눈에 눈물이 줄줄이 흘렀다. 그녀는 헛되이 고생만 했다. 특무가 되어도 보람 없이, 영원히 다시 어머니를 볼 수 없게 되었다.

눈물 사이로 역에 내왕하는 사람을 보았다. 얼마나 많은 사람인가, 그래도 자기 혼자뿐이었다. 이미 자기를 사랑하고 모든 것을 베풀어 주던 어머니가 없다!

반나절 멍청하게 있다가, 첫 번째 생각난 것은 도망가는 것이었다. 특무가 되어 어머니를 구출할 수 없다니, 무슨 의미가 있는가? 일본인이 자기 어머니를 속이고 자기도 속였다. 그녀는 응당 도망을 가서, 다시 자기를 속이는 사람을 위해 주구가 될 수는 없었다.

그러나 그녀는 자기가 도망갈 수 없다는 것을 안다. 짐꾼, 순경, 역무원 중에 얼마나 많은 특무가 있으며 누가 특무인지 모른다. 그러나 그녀는 그중에 반드시 특무가 있고 한 사람만이 아니라는 것을 안다. 그들 중에는 자기를 감시할 책임을 가진 사람도 있을 것이다. 그녀는 또 얼굴이 편편하던 처녀, 방문 앞에 선혈을 흘리며 소리 없이 넘어져 있던 시골 처녀를 보았다!

그녀는 머리를 들고 성벽의 총구를 보고, 그 구멍이 거대한 눈알처럼 자기의 일거수일투족을 감시하고 자기의 가슴에 총알 박을 수 있다고 생각했다! 그녀는 몸을 부르르 떨었다. 그녀는 특무의 위풍과 흥분을 잊고, 등 뒤에 몇 개의 총이 자기를 겨누고 있다는 생각만 했다.

"좋아."

한참 지나서 그녀는 자기에게 말했다.

"되는대로 살아보자! 더 독하게 살아보자! 죽일 수 있으면 죽이고, 자기를 해치려는 사람은 누구든 해치워 버리자! 누구를 죽이든, 죽이는 것이 한을 푸는 것이다!"

그녀는 집도 잃고, 어머니도 잃고, 자유도 잃었다. 남은 것은 죽이고 해치고 원망하는 것이다. 그녀는 일본인을 죽이고 싶지 않았다. 일본인은 총이 많고, 눈도 많고, 손도 빠르기 때문이었다.

한편 까오디는 매일 일을 찾으러 다녔으나 찾지 못했다. 북평이 빈사 상태에 빠졌다. 중국인의 생업도 치티엔요우의 점포처럼 문을 열어두어도 매매가 없었다. 이 때문에 도처에서 직원을 줄이기 때문에 어디서든 식구를 늘리려 하지 않았다. 좀 큰 장사 즉 식당은 모두가 일본인을 투자자로 모시거나 합작하지 않을 수 없었다. 까오디가 설사 일본인과 "합작"한 곳에서 일자리를 얻을 수 있었을지라도 그런 곳에서 일하고 싶지 않았다. 정부 기관에 이르러서는 더 쓰려고 하지 않았다. 모두 일본인 손아귀에 놓여있어서, 일본인이나 한간을 통하지 않고는 어떤 지위를 얻을 생각을 말아야 했다. 이렇게 북평의 몸은 높고 넓은 성벽이 여러 황제가 살던 정원 궁궐을 둘러싸고 있는 것처럼 보이지만, 북경의 심장과 폐는 완전히 일본인의 것이었다. 공기를 호흡하고 한 점의 혈액을 얻으려면 반드시 일본인에게 꼬리 치며 동정을 빌어야 했다. 까오디는 그러고 싶지 않았다. 그녀는 자기 눈으로 직접 어머니가 어떤 일을 당했으며, 집이 어떻게 몰수되는지를 보았다.

그녀가 애써서 밥을 벌어먹으려 해도 기회가 많지 않았다. 태평세월에도 여자는 가게 남자들의 옷을 세탁해주거나, 꿰매주고, 겨우 새끼를 먹을 수 있었다. 현재는 가게 점원이 이미 반으로 줄어들어 바느질감조차 얻을 수 없었다. 집안에서는 경기가 좋은 한간들이 하인을 썼지만, 까오디는 하녀가 되고 싶지는 않았다. 더구나 노예의 노예는 되고 싶지 않았다.

그녀는 전에 밥을 벌어먹을 수 있는 기술을 배워두지 않은 것을 후회했지만, 후회는 늦는 법이다. 그녀는 용기는 있었지만, 자격도 자본도 없었다. 그녀가 북평을 탈출할 수만 있으면 반드시 일할 기회를 찾을 수 있을 것이다. 그러면 한편으로는 일하면서 지식을 축적하고 기술을 터득할 수 있을 것이다. 그러나 그녀는 깨끗하고 맑게 북평에서 밥을 벌어먹으려 해도 막다른 골목에 다다를 뿐이었다.

그녀는 바빴다. 밥을 짓고, 옷을 빨고, 물건을 사오고, 일을 찾아다녀야 했다. 그녀는 급했다. 숨을 죽이고 참았다. 아버지가 한간이 되지 않아도 활동할 수 있다는 것을 알게 해야 했다. 아버지는 그런 일을 찾을 수 없고, 수중에 돈이 없다는 것을 눈으로 보아 알고 있었다. 그녀는 당황했다. 그녀는 밥을 지을 줄 몰랐으며 빨래도 할 줄 몰랐다. 현재는 처음 배우는 일이고, 잠시 해본 일이어서, 잘하려고 하면 할수록, 더 쉽게 밥을 죽으로 끓이고, 세탁한 옷도 개가 핥을 정도로밖에 할 수 없었다. 샤오허는 도와주지도 않았고 격려조차 해주지 않았다. 그녀는 까오디가 대세를 분명히 파악하지 못하고 재미없는 일을 자초하여 지엽적인 일에 손을 댄다고 생각했다. 말을 하지 않았지만, 그의 마음은 이렇게 말하고 있었다. '일본인 발아래서는 일본인 밥을 먹지 않으려고 생각하는 것 자체가 정말 바보짓이다!' 이 때문에 까오디를 웃기는 물건이라 생각했다. 그녀가 아무리 바빠도 그녀를 도우려고 손끝도 얄랑하지 않았다. 까오디가 성이라도 내면 살살하게 말했다.

"나는 8~10세부터 테이블을 차려서 연회를 준비하라면 대충 해낼 수 있지만! 내 집 가구 닦고, 그릇 씻는 일이라면 미안하지만 어릴 때부터 배운 적이 없어서!"

여러 날이 지나도 그는 따져빠오와 짜오디의 행방을 알아내지 못했다. 그는 아예 다시 헛걸음 하려 하지 않았다. 띵쫀을 우연히 귀갓길에 만나서 그와 몇 시간 얘기를 나누었다. 그는 자세하게 영국대사관의 일을 물어보고 경이로움과 부러움을 표했다.

"음! 음!"

그는 눈을 게슴츠레하게 뜨고 재미있어하면서 찬탄했다.

"이 녀석, 외국인에게 밥 빌어먹는구나. 하기야 지금 세상은 양놈 것이니까?"

띵쫜은 지금은 샤오허를 대단치 않게 생각하여 그와 어울리고 싶지 않았다. 그러나 샤오허는 만나면 영국대사관 칭찬을 그만두지 않았다. 그는 샤오허에게 냉담하게 굴면, 영국대사관에 불충하는 것 같아서 격을 낮추어 그와 몇 시간이나 잡담을 늘어놓았다.

띵쫜 외에 루이펑이 가까운 친구였다. 두 사람은 모두 시운을 못 타고났다는 생각을 가지고 있어서 자연히 동병상련했다. 한 마디만 하면 불우함이 묻어나서 쓰라린 아름다움과 고통의 위대함이 느꼈다. 루이펑은 늘 자기의 특무친구 얘기를 했다. 그들 이야기가 나오면, 그는 자기도 희망이 있고, 할 일이 있다고 말하면서, 이렇게 결론을 내렸다.

"관형, 나는 꼭 특무가 되고야 말 거야!"

"그래! 그래!"

샤오허의 눈이 찢어진 틈 같이 되었다.

"그러면 돈을 벌 수 있을 거야! 그래!"

두 사람의 호주머니에는 때로는 땡전 한 푼 없었으나, 칠칠치 못한 환상이 그들의 이야기를 더 재미있게 했다. 그들의 배에는 맛있는 것이 들어가지 않았으나, 그들의 입이 마르고 혀가 타들어 갈 때라도 냉차나 냉수밖에 없었다. 이 때문에 얼굴이 왕왕 푸르게 되고, 머리에 자기도 모르게 땀이 나서, 심지어는 악한 마음이 들고 입에 신물이 나오기도 했다.

그러나 쉴 새 없이 말을 해야 했다. 담화 중에 막막한 희망과 행복이 보이는 듯했다.

루이펑은 식사를 마치자마자, 까오디의 환심을 사려고 까오디를 위해 그릇을 씻는 것을 도와주려고 애썼다. 까오디는 그에게 좋은 얼굴을 한 적 없지만, 그는 성의를 보이며 그녀에게 항상 암시를 해주고 싶었다.

"걱정하지 마라. 아가씨! 잘되면 모두가 다 함께 잘 될 거야! 우리는 마음을 알아주는 지기가 아닌가!"

서로 할 말이 없을 때, 그들 둘이 아는 관상술을 운용하여, 서로의 관상을 보아주었다.

"루이펑!"

샤오허는 식지와 무명지를 이용하여 루이펑의 얼굴에 가볍게 금을 그었다.

"자네 얼굴이 말랐다고 생각하지 말게, 안색은 아주 발라! 바르다고! 자네 눈 운과 코 운은 모두 좋아!"

그런 후에 루이펑도 듣기 좋은 말을 골라, 샤오허 칭찬을 늘어놓았다. 피차의 마음속은 아주 관대해져서, 모두 자기들이 하늘의 어떤 별자리에 있다고까지 믿게 되었다!

봄이 왔다. 까오디는 여전히 일을 찾지 못했다. 그녀는 마음이 황당해져서, 따져빠오가 저지른 악행의 응보를 받아서 자신이 하옥되었을 뿐만 아니라, 그녀의 딸이 굶어 죽게 될 것이라고 생각하기 시작했다. 그녀의 동복과 샤오허의 동복을 모두 벗어서 팔아치웠다. 그녀는 아버지와 상의할 수도 없었다.

"내가 힘닿는 데까지 해보고, 안 되면 어떻게 한단 말인가?"

샤오허의 대답은 판에 박힌 듯했다.

"내가 보기에 너가 시집가는 것이 좋은 방법이야! 돈 있는 남자에게 시집가면, 너와 내가 밥을 먹을 수 있다!"

정말이다. 그것이 그가 역사에서 이끌어낸 가장 타당한 결론이다. 유년 때는 부모가 먹여주고, 장년에는 벼슬하면 백성이 먹여주고, 노년에는 자식이 먹여준다. 까오디는 그의 딸이다. 그녀가 응당 그를 부양해야 한다. 안되면 자기 몸뚱이라도 팔아야 한다.

"다른 방법은 없어요?"

까오디가 물었다.

"없다!"

까오디는 몰래 루이쉬안을 찾아가서 상세히 말씀을 드리고, 그녀가 어떻게 하면 좋을지 물었다.

"너도 탈출하는 것이 어때? 이곳은 이미 죽었어. 사지에서 살 수 없어!"

루이쉬안이 말했다.

"어떻게 탈출하지요?"

"당연히 어려움이 있을 거야! 첫째가 노잣돈이고, 둘째가 수속이야. 셋째는 고생을 하고 모험해야 하는 것이야. 그러나 여기에 엎드려 있는 것보다 희망은 있어!"

"아버지는요?"

"아마 미안한 말이지만, 그 사람은 일고의 가치도 없는 사람이야! 네가 아마 나보다 더 분명히 알 거야!"

까오디가 고개를 끄덕였다.

루이쉬안은 주머니에서 20콰이를 더듬어 찾아내어, 그녀에게 주었다.

"이거 얼마 안 돼! 적어도 이 돈이면 북평성을 나갈 수는 있어. 나가게 되면, 다시 이야기하자!"

20콰이 돈과 작은 꾸러미를 들고, 월경 수속도 하지 않은 채, 아버지에게 작별 인사도 없이 전문역에 나갔다. 그녀는 분명히 들은 적이 있다. 월경 수속을 받으려면 어디에 가는지, 며칠 걸리는지 분명히 설명해야 한다. 만약 기일 내에 돌아오지 못하면, 일본인이 그녀 집에 본인의 귀환 여부를 조사하기 때문에, 그녀는 모험할지언정 다른 사람을 귀찮게 하고 싶지 않았다. 다시 말하면 본인이 원래 어디로 가야 할지 몰랐다. 그녀는 생각에 생각을 거듭하다가, 자기는 먼저 천진까지 가야 한다고 생각했다. 그리고 한 역을 가서, 다음 역으로 간다고 말해야 한다고 생각했다. 20콰이 돈으로는 자세한 여행 계획을 세울 수 없었다. 그녀는 재빨리 결정했다. 그녀는 항상 자기는 어머니의 검은 그림자 아래에 있다고 생각했으므로, 북평을 나가서 검은 그림자를 벗어나야 한다고 생각했다.

전문역에 가는 전차를 타자 그녀의 심장이 쿵쾅거렸다. 머리를 숙이고 작은 보따리를 꼭 쥐고 있었다. 그녀는 얼마나 많은 눈이 자기를 보고 있는지 몰랐다! 몇 정거장 지나자 사람들이 타고 내렸다. 사람들이 거의 자기를 주의해 보지 않았다. 그녀는 그제야 눈꺼풀을 들어 올렸다. 바로 그때 순경 한 명과 두 명의 일본인이 차에 올랐다. 그녀의 심장이 뛰었다. 그녀는 그들이 반드시 자기를 잡으러 온 줄 알았다. 오래잖아 그들도 내렸다. 그녀는 침을 삼키고 긴장을 풀었다. 그녀는 통팡 생각이 났다. 입을 다물고 목구멍으로 소리 질렀다. '통팡! 통팡! 우리 함께 도망치자고, 일찍이 말한 적이 있었지요. 얼마나 좋았을까! 제가 무사히 북평을 빠져나갈 수 있도록 도와주소서!'

그날은 북평의 따뜻한 어느 봄날이었다. 까오디는 따뜻하단 생각도 못 했다. 집이 없으면 아무것도 없는 것이다. 지금은 혼자이고 어디로 갈지도 모르고 있다! 전문을 보자 그녀의 마음은 더 당황했다. 높고 거대한 전문은 그녀의 마음속에서 음양 세계를 가르는 분계 표지 같았다. 차에서 내리자 그녀는 천천히 역에 다가갔다. 그녀의 다리는 거의 힘이 빠진 것 같았다.

천진 가는 급행열차는 20여 분의 시간이 남아 있었다. 그녀는 고개를 숙이고 상당히 긴 여객들의 줄 끝에 섰다. 그녀의 등에는 수시로 싸늘한 기운이 엄습하고, 손바닥에는 식은땀이 났다. 그녀는 다른 생각을 할 수 없었다. 그녀는 재빨리 뒤에 사람이 채워져서, 자기가 중간쯤이 되어서, 가려지기를 간절히 바랐다.

반쯤 깨어있고 반쯤 흐리멍덩해져 있는 바로 그때, 어떤 사람이 그녀의 어깨를 가볍게 두드렸다. 그녀는 본능적으로 뛰려고 했다. 그러나 그녀의 다리가 떨어지지 않았다. 그녀는 이제는 '끝났구나' 하는 생각만 났다.

"언니!"

짜오디가 숨죽여서 불렀다. 까오디는 다리가 풀리고 갑자기 눈물이 흘렀다. 몇 달 동안이나 그녀는 이렇게 친밀한 소리—언니—를 듣지 못했다. 그녀는 평소에 짜오디와 도타운 감정을 나누는 사이가 아니었지만, 골육은 골육이었다. "언니"라는 한 마디가 몇 달이나 굳어진 마음을 산산이 흔들어 놓았다!

감히 짜오디를 쳐다보지 못하고 그녀의 손만 잡고 인적이 드문 곳으로 끌려갔다. 그녀는 통팡도 잊고, 일체를 잊어버리고, 길을 잃은 어린애처럼 누이동생의 손, 작고 따뜻한 손을 꼭 쥐었다.

역을 나와서 줄지어 서 있는 자동차 뒤로 가서 오누이가 얼굴을 마주했다. 누이동생은 변해 있었고, 언니도 변해있었다. 서로 멍청하게 쳐다보기만 했다. 마주 보다가 짜오디가 낮은 소리로 물었다.

"언니, 어디가?"

까오디는 아무 말이 없었다.

"아빠는?"

까오디는 뭐라 답해야 좋을지 몰랐다.

"말해 봐, 언니?"

짜오디가 한참 망설이다가 겨우 물었다.

"엄마는?"

짜오디는 고개를 숙였다.

"언니는 몰라?"

"모른다!"

"죽었어!"

짜오디는 머리를 확 쳐들더니, 언니를 뚫어져라 노려보았다.

"죽었다고?"

까오디도 고개를 숙였다. 그녀의 손이 떨렸다.

"언니 어디 가는지 말해 봐?"

"천진에!"

"뭐하러?"

"일자리 찾으러!"

까오디는 손이 떠는 것을 숨기려고 보따리를 꼭 쥐었다.

"무슨 일?"

"관심 갖지 말라! 나는 빨리 표를 사야 해!"

"언니는 갈 수 없어, 언니는 못 가! 그게 내가 하는 일이야!"

"뭐라고?"

"내가 하는 일이야!"

"네가?"

까오디의 다리가 떨리기 시작했다.

"엄마가 어떻게 돌아가셨지? 이제, 너도… 설마 네가 좋고 나쁜 것을 모른다는 말은 아니겠지?"

"나는 어쩔 수 없었어!"

짜오디는 비참하게 웃으며 말투가 딱딱해졌다.

"언니 빨리 집에 돌아가. 내가 언니를 놓아주면, 나는 벌을 받을 거야!"

"나는 너의 언니야!"

"그래도 마찬가지야! 내가 언니를 놓아주어도, 다른 사람은 멍청하게 굴지 않는다고! 집으로 가, 가라고!"

짜오디는 주머니에서 돈을 꺼내어 언니의 손에 쥐어주고 언니를 자동차 앞으로 끌고 갔다.

"자동차 탈래, 전차 탈래?"

까오디는 말을 할 수 없었다. 그녀의 손발은 이제 떨리지 않았다. 그녀의 얼굴이 여러 번 붉어졌다. 그녀의 머릿속에 이 말이 뱅뱅 돌았다.

"보복이야, 보복당했어! 네가 가는 것을 막은 사람이 너의 친동생이야!"

"언니, 얼른 집에 가!"

짜오디는 걸어가면서 말했다.

"언니가 다시 도망치려 하면, 내가 다시 예의 바르게 대하지 않아! 다시 말하면 이 기차역에 그물이 쳐져 있어. 증명서가 없으면 아무도 못 가!"

그녀는 까오디에게 자동차를 불러주었다.

까오디가 발을 디디고 올라타자 짜오디가 그녀를 잡고 귓속말을 했다.

"언니, 기다려. 내가 일을 찾아줄게!"

까오디가 동생을 똑바로 쳐다보고 이 새로 말했다.

"나? 내가 굶어 죽을지언정, 너한테 밥 빌어먹지 않을 거야!"

그녀는 손에 쥔 돈을 동생에게 던져주었다.
"좋아 다시 보자!"
짜오디는 웃었다.

71

까오디는 전문에서 멀지 않는 곳에 자동차를 멈춰 세우고, 운전기사에게 사과했다.

"죄송합니다. 더 가지 않을래요!"

기사에게 몇 푼 집어주고 서쪽으로 걸어갔다. 그녀는 어디로 가야 할지, 어디로 가고 있는지도 몰랐다. 그녀는 가슴 속의 울적한 기분을 풀기 위해 걸어야만 했다.

정신없이 한참 걸은 후에 그녀는 겨우 자기가 성을 따라 서쪽으로 가고 있다는 것을 알아챘다. 얼마쯤 가다가 길 북쪽에 작은 절 하나를 보고 자기도 모르게 멈춰 섰다. 절문은 이미 오랫동안 손을 보지 않은 허물어진 모습이었다. 문이 열려 있어서 들어갔다. 그녀는 참배하거나 향을 사르려는 것이 아니라, 가만히 앉아서 전후 사정을 곰곰이 생각해 보고 싶었을 따름이었다. 산문 안에는 아무도 없었다. 삼면의 불전은 절문처럼 허물어져 초라한 모습이었지만, 도처가 아주 깨끗했다. 그런데 이러한 것들이 오히려 그녀의 마음을 편안하게 해주었다. 바로 동서쪽을 두리번거리고 있을 때 서쪽 전각 쪽에서 어떤 사람이 나왔다.

바로 치엔모인 선생이었다. 그는 겨우 무릎을 가릴 정도의 낡은 면 도포를 입고 있었다. 손에는 큰 성긴 배자루를 들고 있었다. 자루 겉에는 큰 검은 글씨로 "경석자지(敬惜字紙)"[2]라고 쓰여 있었다.

까오디는 말이 나오지 않았다. 웃고 울면서 무의식중에 오래 못 보던 친한 사람을 만난 듯이 바로 달려들었다.

노인의 얼굴은 검고 여위었지만 머리는 백발이었다. 까오디를 보고 뒤통수를 맞은 듯했다. 눈을 깜박이더니 생각이 나서 부드럽게 웃었다.

"까오디!"

가까이 오자 웃음을 멈추고 안부를 물었다.

"너는 내가 여기 있는 줄 어떻게 알았니? 누가 너에게 말해주었니?"

까오디는 웃었다.

"아무도 말해주지 않았습니다. 어쩌다가 여기로 들어오게 되었습니다."

노인은 마음 놓은 듯이 조용히 말했다.

"아무에게도 내가 여기 있다는 말하지 마라. 여기는 내가 사는 곳이 아니다. 다만 때때로 내가…"

노인은 웃었다.

"너는 무엇을 하는지 말해 보아라."

노인은 말하면서 정전 쪽으로 갔다. 까오디는 정전 뒤로 그를 따라갔다. 둘은 돌계단에 앉았다.

까오디는 갑문을 열듯이, 몇 개월 동안에 부닥친 일들을 털어놓았다. 노인은 아무 소리 없이 들었다. 마지막으로 까오디가 "보복"이라고 결론을 내렸다.

노인은 다 듣고 나자 잠시 말이 없다가 말했다.

---

2) 파지를 아껴 쓰자.

"보복은 아니야. 까오디! 일은 제할 탓이지, 보복이라고 믿지 마라!"

"제가 어째야 돼지요?"

"내가 생각해보지!"

노인은 눈을 감았다.

까오디는 기다리지 못하고 잇따라 질문했다.

"짜오디가 나에게 특무가 되라고 합니다. 저는 어떻게 해요?"

"나도 바로 그 문제를 생각하고 있었네! 너 용기가 있어?"

노인은 눈을 똑바로 뜨고 그녀를 주시했다.

"저요? 용기 있다고 생각하지만 발휘해본 적이 없어서…"

"한 면만 생각하고 다른 면은 생각하지 말게. 네가 용기를 발휘하고 싶다면, 네가 아는 일체의 것을 나에게 시시로 말해 줄 수 있지? 아주 쓸모가 있지 않겠어?"

"조금도 실수 없이 하지요!"

그러나 노인의 눈은 까오디의 얼굴을 주시하고 있었다.

"그러나 그들에게 알려지면 죽음 뿐이야. 그래서 내가 너에게 용기가 있느냐고 물었어!"

까오디는 주저했다.

"치엔 아저씨, 아저씨가 저에게 할 일을 알려주어요. 저는 아저씨와 함께 할래요!"

"흥, 나는 잠시도 소녀를 이용할 수 없어! 너 보듯이 일본인은 여간첩을 만들기 좋아해. 첫째는 그들이 여자를 대수롭지 않게 생각하여, 여자는 용기가 없고 쉽게 조종할 수 있다고 생각하기 때문이야. 둘째로 중국인은 여자에게 예의 발라서, 여간첩이 쉽게 파고들 수 있다고 생각하기 때문이야. 그들 자신이 여자에게 쉽게 속지 않으려고, 군부대 도처에 장교와 병사들에게 기녀를 공급하여, 자기들을 돌보도록 하게 되었네. 우리의 여간첩은 미모를 희생하더라도 그들에게 접근할 방법이 없어. 이 때문에 나는 만부득이한 경우, 즉 남자가 활동할 수 없을 때 여자의 도움을 구한다네. 짜오디가 너를 찾으러 와도 너는 가지 않을 텐가?"

"나 갈래요! 그러나 짜오디가 나를 찾으러 오지 않는다면 어쩌지요?"

"그녀를 기다려! 동시에 내가 너를 쓸 일이 있으면 반드시 너에게 알려주마!"

"그러나 천천히 생각해봐! 우선 걱정하지 마라. 서둘지 마라. 사람이 그렇게 쉽게 굶어 죽지 않아!"

"저는 아저씨 말 믿습니다! 집에 돌아가서 짜오디 이야기를 아버지에게 할까요?"

"말씀드려! 일단 말씀드리면, 그는 틀림없이 짜오디를 찾아 나설 것이고, 도처에다 자기의 딸이 특무가 되었다고 떠벌릴 거야. 이렇게 되면 짜오디는 타격을 입어서 인기를 누리지 못할 것이야. 그녀가 인기를 잃으면 우리 쪽에서는 화근이 줄어드는 것이지!"

"그러나 그녀가 인기가 좋아지면 아마 나를 찾아와서 내가 특무가 되게 하려고…"

"사람은 살아가는 거야, 까오디! 임기응변하는 거야. 자기에게 먼저 흰 선을 그어 놓고 그 선을 따라갈 수 없어!"

노인은 일어섰다.

"그런데 수시로 루이쉬안과 의논해라. 그는 용기는 없지만 세심하다네!"

까오디도 일어섰다.

"치엔 아저씨 다음에는 어디로 아저씨를 찾아가지요?"

"여기로. 내가 없으면 후원에 있는 명월화상에게 말해. 그는 우리

편이야. 그를 만나면 먼저 '경석자지'라고 말해, 그렇지 않으면 믿어주지 않아!"

까오디는 노인을 따라 절 밖으로 나왔다. 그녀는 노인이 들고 있는 자루를 보고 호기심이 일어서 물었다.

"치엔 아저씨, 자루 속에 무엇이 있어요?"

노인은 멈춰 서더니 웃고는 아무 말도 없었다. 절 문 앞에 이르자 노인은 까오디를 먼저 내보냈다.

"까오디야 기억해라! 누구에게도 내 얘기를 하지 마라! 집에 얼른 돌아가서 짜오디나 내 소식을 기다려 조급하게 굴지 마라. 걱정하지 마라! 임기응변 하라! 너는 착한 애야. 내가 일찍이 알아보았지! 가거라!"

까오디는 먼저 혼자 나갔다. 그녀는 감히 고개를 돌릴 수 없었다. 노인은 그녀와 마찬가지로 나오면 주의가 필요하고, 그녀가 이쪽저쪽을 두리번거리면, 노인을 재미없게 할 것이라는 것을 알았다. 그러나 노인은 검고 여윈 얼굴과 온화한 웃는 얼굴이 아주 분명하게 그녀의 마음속에 박혀있었다. 그 모습이 빛을 내고 열을 내는 것처럼 그녀가 봄 하늘을 보게 하고 전신이 따뜻해지는 것을 느꼈다. 그 형상은 가장 아름다운 보살같이 그녀를 편안하게 해주고 무한한 희망을 가지게 해주었다. 그녀는 곧 짜오디를 만나면 특무가 되어, 눈도 깜박하지 않고, 모험을 하고, 희생할 수 있다고 생각했다. 치엔 선생의 말이 가슴에 있어서, 머리가 곧 달아나더라도 마음이 편안할 것 같았다.

그녀를 가장 기분 좋게 만든 것은 치엔 선생이 보복이 아니라고 말한 것이었다. 이 말이 그녀의 마음속의 검은 구름을 걷어주었다. 그녀는 그녀이고 따져빠오는 따져빠오다. 그녀가 어머니의 부채를 떠안아서 벌을 받을 수는 없다. 그녀가 용기가 있어서 치엔 선생이 하도록

한 일을 하게 되면, 그녀는 자기의 양심대로 떳떳한 인간이 될 수 있다. 한 가지는 명백하다고 생각했다. 그녀의 몸이 가벼워지고 다리에 힘이 생겼다. 그녀는 한달음에 집으로 돌아왔다.

샤오허와 루이펑은 방에서 잡담 중이었다. 그 둘을 보자, 까오디는 눈살을 찌푸렸다. 방금 전 절에서 살아 있는 보살을 보았다면, 지금은 한 쌍의 작은 악귀들을 보았다. 그들 둘은 살아 있는 악귀로 특별히 추악하고 미웠다. 왜냐하면, 방금 자상하고 용감하고 자애로운 보살을 보았기 때문이었다. 그녀는 다시 그들에게 예의를 차리고 대충 넘어가지 않겠다고 결심했다. 그들을 노려보면서 하늘에서 치는 뇌성처럼 그들에게 말했다.

"어머니, 돌아가셨소!"

샤오허는 자기의 귀를 의심했다.

"뭐라고?"

"어머니가 돌아가셨어요!"

까오디가 다시 그들을 노려보았다.

샤오허는 손으로 눈을 가렸다. 루이펑은 부녀를 보고 말이 나오지 않았다. 그는 갑자기 마음이 동해서, 오히려 따져빠오가 만부득이하게 죽은 듯했다.

"큰형! 큰형!"

루이펑은 눈물을 머금고 위로했다.

"너무 상심하지 마십시오! 너무…"

그의 목구멍으로 말을 삼키고 눈물만 흘렸다.

샤오허는 손을 놓았다.

"나는 지금 울지 않는다! 울지 않아야 한다! 현재는 울지 않아야 한다. 그녀가 하옥된 이래 이웃들이 모두 나를 백안시했다. 그들의 만약 관소장이 죽었다는 것을 알면, 나를 더 얕잡아 보고, 아마, 나에게 침을 뱉지 않을 것이라고 할 수 있나? 나는 곡하지 않아. 이웃들이 알고서 득의에 찰 것이라 생각하면 마음이 상한다!"

"큰형!"

루이펑은 급히 잘못 떨어지는 눈물을 닦고 얼굴을 고쳐 미소를 띠었다.

"큰형! 형이 본 것이 옳아. 아주 분명해!"

샤오허는 길게 한숨을 쉬고, 구슬프고 처량하게 까오디에게 물었다.

"너 어떻게 알았니?"

"짜오디가 말해주었어요!"

두 사람 같이 벌떡 일어나 다가와서 물었다.

"짜오디? 짜오디라고?"

까오디는 두 사람의 귀싸대기를 올려주고 싶었다. 그녀는 치엔 선생이 부탁하신 대로 행동해야 했으므로 참았다.

"그녀가 특무가 되었어요!"

"정말이야?"

루이펑은 미친 듯이 기뻐하면서 말했다.

"야! 천지신명께 감사해야 한다! 둘째 따님이 대단하구나! 정말 대단해. 존경한다. 오체투지를 하여 존경을 표하고 싶다!"

"까오디!"

샤오허가 큰 소리로 말했다.

"내가 이제 방성대곡할 수 있구나! 이웃들아, 들어라! 흥! 나의 소장부인이 죽었다. 그러나 특무가 된 딸이 있다! 그들이 다시 나를 감히 백안시하면 짜오디에게 곧 잡아가서 감옥에 처넣으라고 시키겠다! 자, 우리 곡하자!"

그렇게 말하고는 큰 소리로 곡하기 시작했다.

까오디는 부들부들 떨기 시작하여 방 밖에 혼자 앉아 있었다. 루이펑은 계면쩍은 듯이 따져빠오를 위해 방성대곡을 하고, 눈물을 흘리며 샤오허의 등을 가볍게 두드리면서 위로했다.

"큰형! 큰형! 그치세요! 들으니 둘째 따님이 특무가 되었다니 우리 한번 축하합시다. 이렇게 하늘에 닿게 울어대면 기쁨이 오히려 재미없게 될지 몰라요!"

샤오허는 겨우 곡을 멈추고, 가래를 뱉고 난 뒤 까오디에게 말했다.

"검은 천을 찾아봐. 그녀를 위해 상복을 입어야겠다!"

까오디는 움직이지 않고 의연히 성이 나서 앉아 있었다. 샤오허는 방에 찾아보았으나 베 조각하나도 찾지 못했다. 그 때문에 화가 났다.

"어떻게 된 게 베 조각 하나 없느냐! 제기랄!"

"서둘지 마요. 둘째 따님이 공을 세워서 지폐 뭉텅이를 당신의 호주머니가 터지게 쑤셔 넣어줄 것입니다!"

루이펑이 희색이 만면하여 말했다.

샤오허는 문밖에 나가서 까오디에게 물었다.

"너는 어디서 그녀를 보았니?"

"전문역에서요!"

"전문역이라!"

루이펑도 따라 나와서 머리를 끄덕이며 한탄했다.

"무슨 옷을 입었더냐?"

"시골 하녀 같이 입었어요."

"변장! 변장!"

루이펑이 주석을 달았다.

"루이펑."

샤오허가 류이펑의 팔을 끌었다.

"가자, 나와 걔를 찾으러 가자!"

"갑시다! 둘째를 만나면 우리 먼저 돈을 좀 융통해달라고 합시다. 그리고는 통쾌하게 축하주를 마십시다! 무슨 얘기 없었어요?"

루이펑은 헛걸음하고 싶지 않아서 먼저 말로써 샤오허에게 다짐을 받으려 했다.

"그런 말을 어떻게 해, 가자!"

두 사람은 역에 갔지만, 허탕을 쳤다. 짜오디는 이미 역을 떠나고 없었다.

"큰형, 나에게 맡겨요. 내가 가서 그녀가 어디에 있는지 수소문해 보지요. 나에게 특무 친구가 있어요. 틀림없이 알아낼 수 있을 거요! 먼저 집에 돌아가세요. 우리 집에서 봅시다!"

루이펑이 책임지겠다는 듯이 말했다.

"좋아, 그러자! 내가 여기서 일단 기다려보고 집에서 보자!"

기차역에서 한 시간을 기다렸다. 샤오허는 다시 짜오디를 보지 못하자 집으로 돌아갔다.

샤오양지엔에 들어서자 우연히 리스예를 만났다. 그는 재빨리 코를 찡그리더니 눈을 촉촉하게 하더니 따져빠오가 "갔다"고 말했다. 그런 후에 반드시 그녀의 시신을 찾아서, 장례를 갖춰서 치르고 64명의 상두꾼으로 장송하겠다고 맹세했다.

"좋아요. 스예, 내 부탁을 들으시고 상두꾼을 영솔해 주십시오! 제대로 되도록 해주십시오. 당신 알듯이 짜오디는 일본인 수하에서 인물이 되었다오!"

리스예는 되는 대로 응응하고 얼버무리더니 가버렸다.

샤오허가 회나무 아래에 이르자 쑨치를 만났다. 그는 위세를 부리며 슌치에게 말했다.

"이리와. 면도 좀 해주게! 너는 다른 솜씨는 시원찮지만, 면도는 그런대로 괜찮지!"

슌치는 불손하게 말했다.

"바빠요, 시간 없어요!"

"야, 허세 부리기는!"

샤오허는 입을 삐죽거렸다.

"이제부터 나에게 그렇게 허세 부리지 마라! 너에게 말하건대, 짜오디, 둘째 딸이 특무가 되었어!"

슌치는 아무 말도 없이 근시안을 껌벅거리며 가버렸다.

샤오허가 바이순장을 만나러 몇 걸음 걸어가서 그에게 말했다.

"이장 자리는 아직도 내가 맡을 거야! 짜오디, 내 둘째 딸이 현재 관직에 나갔어. 자네 자리보다 더 높은 자리야!"

몇 달이 지나는 사이에 까오디 덕택에 모두가 샤오허가 가증스럽다는 것을 거의 잊고 있었다. 모두는 한편으로 까오디의 얼굴을 보고, 한편으로는 샤오허가 옷도 없고, 밥도 못 먹는 것을 보고, 물에 빠진 개를 때려죽이려 하지 않은 것 같았다. 이러한 공적도 하룻밤 새 샤오허가 완전히 망쳐버렸다.

이튿날 관 씨 댁의 봉함이 뜯기고 7~8명의 일본인이 이사 왔다. 전체 후통인들이 머리를 숙였다. 이러한 조그마한 후통에서 두 개의 큰 마당이 있는 집이 일본인 차지가 되자, 모두가 정신상의 부담이 더 커졌다. 일본인에 대한 증오심 때문에 관샤오허를 더 원망했다. 만약 관샤오허가 치엔 선생을 팔아먹지 않았으면, 따져빠오가 집안이 몰수되는 일을 당하지 않았으면, 일본인이 어떻게 이렇게 작은 후통에 눈길을 주기라도 했겠는가?

샤오허는 달리 보았다. 그는 이웃들에게 해석했다.

"우리는 일본인과 한 집이라는 것을 분명히 알아야 한다. 저것은 내 집이다. 나는 아깝지 않겠는가? 당연히 아깝지! 그러나 말은 두 가지로 할 수 있어. 짜오디가 현재 그들의 일을 하고 있고, 그들은 내 집에 살고 있어. 이것은 점점 더 친해지고 정이 두터워질 것이 아닌가? 반드시!"

이렇게 분명히 말하는 것 외에도, 새로 이사 온 남녀를 만날 때마다 허리를 깊이 숙여 인사하고, 쫓아가서 그 집의 역사에 대해서 몇 마디 보고 하려고 했다.

"이 집은 실은 제가—가만 있거라. 생각해보니—6년 전에 수리를 했네. 기와와 목재가 모두 튼튼한 것이지! 비가 아무리 와도 절대로 절대로 새지 않아! 그렇지 여름에는 약간 덥지. 기억해두세요. 반드시 햇빛 가리는 천막을 쳐야 해요! 천막을 치고 바닥에 물을 뿌리세요. 그러면 얼마나 기분 좋은지 말할 필요가 없다오!"

루이펑은 하루 종일 뛰었어도 짜오디의 거처를 듣지 못했다. 그는 매우 조급했다. 샤오허를 만나 이튿날은 틀림없이 알아낼 수 있다고 보증했다. 샤오허는 늙은 여편네처럼 굴었다.

"좋아, 루이펑 자네 수고했다! 내가 분주하지 않도록 자네가 뛰어 주는구면!"

그는 생각하고 있었다. 짜오디는 오히려 자기 딸이니까 하루라도 일찍 찾으면 더 좋지만, 하루 이틀 늦어도 관계가 없다. 한 이틀 늦어져서 돌아오지 못하다가 따로 아버지 찾아올 것이다. 그는 지그시 참고 딸이 황후로 간택된 것처럼 득의에 차 있었다. 자기는 아무 일도 하지 않고도 재상이 될 수 있다고 생각했다. 그는 다시 뛰어다니고 싶지 않았다. 조용히 성지가 오기를 기다리면 된다. 그는 득의에 차서 조용히 음미했다. 그는 이전에 자기가 했던 일들이 모두 정에 맞고 이치에 맞아 떨어져서, 하늘이 눈이 있어서, 구사일생으로 살아나게 했으니 앞으로도 살아갈 수 있다고 믿었다.

루이펑은 샤오허보다 훨씬 더 절박했다. 그는 계산이 있었다. 그가 짜오디를 찾으면 아마도 그녀가 그에게 특무가 되도록 안내해 줄 것이라 믿었다. 그는 특무가 되는 것이 돈을 버는 지름길이라고 확신하고 있었다. 그가 도움을 받지 못해도 관 씨 댁을 위해서 며칠 쫓아다닌 공로로 며칠 동안 관 씨 댁에서 거저 얻어먹을 수는 있으리라고 생각했다. 자기야 말로 관 씨 댁의 "환란 때의 친구"가 아닌가!

짜오디는 득의에 찼다. 가차 없이 언니를 돌려보내고 나서 그녀는 자신의 능력을 믿었다. 그는 기차역에서 재빨리 승진하여, 좋은 옷을 입고, 립스틱을 바르고, 낭만과 살인을 한 곳에 관련지을 수 있도록, 몇 번 솜씨를 발휘하기로 결심했다. 이러한 결정을 한 후에 두어 주일 내에 8명의 청년을 잡았다. 이 사람 중에서 확실히 간첩 혐의가 있는 사람이 한 명이고 나머지는 착실하게 규칙을 지키는 여행객이었다. 그녀는 간첩이거나 여행객이나 관계 없었다. 그녀는 공만 세우면 그만이었다. 그녀는 일본인이 그녀가 잘못 사람을 잡아도, 그녀를 탓하지 않는다는 것을 알았다. 왜냐하면, 그들은 많은 청년이 그들의 독한 형벌과 잔인한 폭력을 맛보기 바랐기 때문이다.

그녀의 눈은 여전히 아름다웠지만, 일종의 빛, 부동적이고 잔인한 빛을 발하고 있었다. 이러한 빛을 띠고 사람을 보면, 그녀가 누구를 보든지 곧 자기를 사랑하는 것 같이 보였다. 동시에 완전히 보지도 못한 새에 목이 달아났다. 그녀는 조금도 관심이 없었다. 그 빛은 일종의 거미망 같았다. 벌이나 나비가 걸려들면 끝장이다!

그녀의 미소는 종전의 천진함을 상실하고 갑자기 일종의 연기가 되었다. 그녀가 갑자기 웃는다. 입술, 얼굴, 심지어 전신에 춘풍이 불어서 사람의 마음을 설레게 한다. 갑자기 미소가 멈추고, 전신에 전류가 멈춰지고 등불이 꺼지듯이 어둠과 공포가 나타난다.

그녀의 몸은 여전히 작았지만, 이전의 영롱함이 사라졌다. 그녀는 시시각각 비록 시골 하녀로 변장하고 있더라도, 자기 다리를 보고 손바닥으로 머리를 가볍게 두드리며 자기가 아름답다고 생각했다.

그러나 때로는 자기의 요염함을 거의 잊어버리고, 다리를 쭉 뻗어서 단추 채우는 것도 잊어버리고, 전 세계에 자기 육체를 던져주고 싶었다.

8명을 잡은 후에 그녀는 일본인의 환심을 샀다. 그녀는 확실히 능력도 있고, 용기도 있고, 따져빠오의 딸로 부끄러울 것이 없다고 생각했다.

며칠 지나서 그녀가 훈련을 받던 곳의 개소 3주년 기념회가 열렸다. 짜오디는 좋은 기회를 얻었다. 연예회에서 전번에 부르지 못하고 화를 불러일으킨 《홍만희》를 불렀다. 그녀의 목은 이전보다 더 좋아졌고 연기도 십분 노성했다. 그녀는 무대를 겁내지 않고, 자기는 이 기회를 반드시 잡아서 위력을 떨쳐야 한다는 것을 깊이 알고 있었다. 그녀는 마음속에서 나오는 부동적 안광에 힘을 실어서 무대 아래 일본인들을 훑어보았다. 그녀는 그다지 영롱하지 않은 자기 다리가 욕감과 추악을 불러일으키게 했다. 그녀는 절도를 지켜서 연기하지 않고 전력을 다해 육감을 드러냈다. 무대 아래 일본인들은 열광했다.

이 한 편의 무대가 동료들을 압도했다. 그녀는 오래잖아서 좋은 옷 입고 하이힐 신는 곳으로 파견될 수 있기를 바랐다. 그녀는 109호가 일본인들의 마음속에 강렬한 빛을 발하는 숫자가 되리라 희망했다.

그러나 루이펑은 그녀의 거처를 알기 위해 갖은 방법을 다하고 있었다. 루이펑과 샤오허는 탐험가처럼 동성까지 가서 열심히 뒤졌다. 문은 닫혀 있었다. 그들도 감히 문을 두드리지 못하고 공손하게 서서 짜오디가 나오기를 기다렸다. 문지기는 안에 있었다. 벌써 문틈으로 그들의 동정을 자세히 살피고 있었다. 그들이 20여 분을 기다렸으나 아무도 나오지 않았다. 샤오허는 문을 두드려 보기로 했다. 그는 자기가 짜오디의 부친이므로 첫째로 짜오디가 거기에 있건 없건 초대받을 자격이 있다고 생각했다. 그의 손이 문에 닿기 전에 문이 삐죽이 열렸다. 중국 청년 문지기가 낮은 소리로 물었다.

"왜 그래요?"

"짜오디 양을 찾아요!"

샤오허는 아주 공손하게 말했다.

"빨리 가세요! 귀찮게 하지 마시요!"

문지기는 말했다.

"내가 보기에 나이가 적잖은 분이니 보고하지는 않겠소 당신은 알아요? 여기서 두리번거리는 것도 죄가 돼요!"

"한번 편의를 봐주십시오. 제가 말씀드릴 기회를 주십시오. 관짜오디는 제 딸입니다. 제가 그녀를 보러 왔습니다!"

문지기 청년은 급했다.

"나는 호의로 당신 빨리 가라고 말했소? 당신이 믿지 못하면 내 즉시 보고 하겠소. 적어도 그들이 당신을 반년을 가둬둘 거요! 누가 그녀가 여기 있다고 말했소?"

샤오허는 급히 루이펑을 손가락질했다.

"저 사람이요!"

"가라! 가라!"

청년은 급하게 말했다. 샤오허와 루이펑은 가려고 들지 않았다. 그들은 이미 다른 곳도 찾아보았기 때문에, 짜오디를 못 만나면 쉽게 가려고 할 리가 없었다!

바로 그때 안에서 일본인 한 명이 나왔다. 샤오허는 급히 두 발을 이동하여 일본인에게 90도 국궁을 했다. 문지기 청년은 이미 권총을 꺼냈다.

"꼼짝 마라!"

일본인은 머리를 끄덕였다. 청년은 그 둘에게 총을 겨눈 채 들어오게 했다. 샤오허는 발을 떼기 전에 일본인에게 깊이 절을 했다. 루이펑의 작은 마른 얼굴이 놀라서 핏기가 가셨다.

안에 들어가자 일본인은 문지기 청년에게 눈을 돌려서 몇 마디 물어보고는 즉시 매우 큰 음모를 알아차렸다. 그는 정복자이고 정복자의 신경 불안이 귀신을 본 것 같이 되었다. 그는 먼저 그들이 어떻게 짜오디가 거기에 있는 줄 알게 되었는지 추궁했다. 샤오허는 전부 루이펑에게 덮어씌웠다. 루이펑은 그에게 짜오디의 있는 곳을 알려준 특무대 친구를 숨겼으나, 두어대 얻어맞고는 사실대로 말했다. 일본인은 루이펑의 말을 듣고는 이렇게 미루어 생각했다. '중국인 특무는 믿을 바가 못 된다. 곧 당연히 검거해야겠다. 그렇지 않으면 일본 특무기관이 붕괴될지 모르겠다!'

루이펑은 다시 얻어맞을까 두려웠다. 다시 묻는 것을 기다리지 않고 평소에 알고 지내던 특무를 모조리 털어놓았다. 일본인들은 알게 되었다. 안팎이 협동작전이다. 중국의 지하공작자와 일본의 특무기관에서 일하는 중국인이 장래에 큰 폭동을 일으킬지 모른다!

그는 루이펑에게 왜 특무와 사귀었는지 물었다. 루이펑은 대답했다.

"나도 특무가 되고 싶어서입니다!"

그것은 좋은 답이었지만, 일본인의 의심을 줄어들게 하지는 않았다.

샤오허가 개오줌을 자기에게 끼얹어서 뺨을 얻어맞은 보복을 하려고, 일본인에게 말했다.

"사실은 그가 짜오디가 특무가 되었다는 것을 먼저 알았다. 그래서 나는 그녀가 어디 있는지 알아보았다!"

일본인은 샤오허에게 짜오디가 특무가 되었다는 것을 어떻게 알았는지 물었다. 샤오허는 뺨을 얻어맞기를 기다리지 않고 까오디를 끌어내었다.

일본인은 급히 일어나서 샤오허와 루이펑을 수감한 후 루이펑이 언급한 특무들을 일제히 암실에 가두어 두고 심문했다.

72

저녁 10시가 되어서도 샤오허가 돌아오지 않자, 까오디는 가슴이 두근거리기 시작했다. 처음에 그녀는 샤오허와 루이펑이 일본인에게 구류 당하고 짜오디가 징계받으면 기분이 좋을 것이라고 생각했다. '그렇게 되면 치엔 선생의 묘계가 성공이라고 할 수 있을 꺼야.' 그녀가 다시 생각해 보았다. 그들이 정말 구류되어 있다면, 일본인들은 반드시 치 씨 댁과 자기를 내버려두지 않을 것이다. 그녀는 당황했다. 그녀는 치 씨 댁에 경고해 주기로 결심했다.

윤메이가 루이펑을 기다리고 있었다.

까오디가 온 뜻을 설명하자, 윤메이가 루이쉬안을 깨웠다. 루이쉬안이 까오디의 말을 듣고 곧 할아버지와 모친을 깨웠다. 그는 일본인이 정말 조사를 하게 되면, 그들은 틀림없이 치 씨 댁 사람을 나누어 심문할 것이며, 모두의 말이 일치하지 않으면 위험하게 될 것이라고 생각했다.

까오디가 이야기를 끝내자 치 노인과 티엔요우 부인은 한마디도 하지 않았다.

루이쉬안이 먼저 말을 꺼냈다.

"그들이 형을 받으면 치엔 선생 이야기를 하지 않을 수 없다! 그렇지요?"

치 노인이 고개를 끄덕였다.

"일본인이 둘째 이야기를 물으면 어떻게 대답하지요?"

루이쉬안이 물었다.

"사실대로 말해야지!"

티엔요우 부인은 낮은 소리로 결연하게 대답했다.

"그래! 사실대로 말해!"

치 노인은 작은 눈으로 자기 무릎을 보면서 말했다.

"그의 나이, 위인, 이력, 특무가 되고 싶어 하는 것 모두 거짓 없이 사실대로 말해! 일본인이 믿든 말든 사실대로 말해! 죽이든 살리든 그들에게 맡기고, 우리는 사실대로 말하는 거야!"

노인은 고개를 쳐들고 작은 눈으로 모두를 바라보았다.

"사실을 말하면 억지로 말할 필요가 없다! 나는 80년을 살았다. 남에게 굴복한 적이 없다. 먼저 머리를 조아리면 나중에 뺨을 맞는다. 이제 분명해졌다. 머리를 조아리며 듣기 좋은 말을 해보았자, 누구에게 득이 되지 않는다! 모질게 마음 먹어라!"

말을 마치자 노인의 손이 떨리기 시작했다.

"저는요? 큰 오빠! 저도 사실대로 말해요?"

까오디가 루이쉬안에게 물었다.

"치엔 선생을 만난 것을 제외하고 모두 있는 그대로 말해! 그들은 짜오디를 너와 대질시킬 거야!"

루이쉬안은 그녀에게 말했다.

"그러면 나도 감옥에 가겠군요!"

"뭐라고?"

71

윤메이도 물었다.

"왜 북평을 떠나려 했느냐는 질문에, 나는 그럴듯하게 꾸밀 수 없어요!"

"역시 있는 그대로 말해!"

치 노인은 성이 났다. 목소리가 상당히 컸다.

"우리의 명이 모두 남의 손에 달려있다. 무엇 때문에 거짓말해서 목숨을 구걸할 거야?"

까오디가 한참 침묵을 지키다 겨우 말했다.

"좋아요. 그들이 올 때까지 기다리지요."

루이쉬안은 그녀를 배웅했다. 그는 그녀에게 허다한 말로 부탁하고 싶었으나, 한마디도 하지 않았다.

하룻밤 치 씨 댁에서는 누구도 잠을 못 잤다. 좋아, 수년간의 고난이 그들을 단련하여 껑 여물게 했다. 그러나 그들도 북평사람이라 걱정근심이 없을 수 없었다.

과연 까오디가 예상한 대로 5시경에 샤오양쥐안에 한 트럭의 일본인이 닥쳤다. 후통 입구에 회나무 아래에 마치 후통 안에 유격대 한 부대가 있는 것처럼 초소를 세웠다.

3명이 6호에 들어가고 5명이 치 씨 댁에 들어갔다.

치 노인은 이중삼중 준비를 했다―몇 년간의 학대와 어제 저녁의 의논대로―일본인에게 뻣뻣하게 대하기로 결정했다. 그는 눈을 똑바로 뜨고 일본인을 바라보았다. 말소리가 상당히 높았다. 그는 이제 다시 예의와 겸양을 표하지 않았다. 예의와 겸양이 티엔요우, 샤오원, 샤오추이의 명을 구하지 못했다.

네 명이 네 군데에서 루이쉬안, 윤메이, 티엔요우 부인을 심문했다. 이렇게 심문한 후에, 그들은 자기의 기록을 비교하기 위해 한자리에 모여서 다시 자세히 물었다. 치 노인은 루이쉬안에게 자기가 모두를 대표해서 말하겠다고 눈짓을 보냈다. 일본인이 물으면 노인은 조금도 주저하지 않고 대답했다. 일본인은 물었다.

"여러분도 그가 특무가 되고 싶어 하는 것을 알았느냐?"

"알았다!"

치 노인이 대답했다.

"왜 그가 특무가 되려고 했나?"

"못나서 그래요!"

"뭐라고요?"

"기꺼이 이치에 어긋나는 짓을 하려는 놈이 못난 놈이 아니란 말이오?"

티엔요우 부인과 윤메이는 이러한 노인의 대답을 듣고 손에 땀을 쥐었다. 그러나 일본인의 태도는 약간 부드러운 듯했다. 그들은 모두 노인을 쳐다보고 한참이나 다시 묻지 않았다. 노인의 백발, 큰 키, 강경한 언어, 일종의 감히 범할 수 없는 존엄이 그들이 가볍게 입을 열지 못하게 했다.

두 명의 일본인이 몇 마디 소곤거리더니 그 중 한 명이 바쁘게 나갔다. 얼마 안 있어 그가 1호 집의 노파를 데리고 왔다. 루이쉬안은 마음이 밝아졌다. 그러나 그녀를 의심했다. 왜냐하면, 그녀가 말로 그에게 접근했을 때 그는 항상 정신을 차리고 그녀에게 말을 많이 하려 하지 않았기 때문이다. 그러나 오래잖아, 그는 자기가 잘못했다는 것을 깨달았다.

일본인은 손가락으로 치 씨 댁 사람을 하나씩 가리키면서 그 노파에게 몇 마디 질문했다. 그 노파는 아주 공손하게 간단하게 대답했다. 그들이 말하는 일본어는 루이쉬안이 알아듣지 못했지만, 그 노파의 표정과 그들의 반응으로 그는 그녀가 치 씨 댁에 대해서 좋게 말해주고 있다는 것을 분명히 알 수 있었다.

노파에게 질문을 마치자 그들은 루이쉬안에게 몇 마디 물었다. 그의 대답과 그들이 이미 기록한 것이 완전히 일치했다. 그들은 어쩔 수 없이 밖으로 나갔다. 그 노파는 그들의 등 뒤에 대고 아주 공손하게 절하고, 그들이 마당에 나가자 루이쉬안과 눈이 마주치고 보일 듯 말 듯 고개를 끄덕였다. 루이쉬안은 그녀의 뜻을 명백히 깨닫고 고개를 끄덕였지만 아무 말도 하지 않았다.

일본인이 나간 후에 치 노인은 두려움이 엄습하는 듯이 캉 위에 앉아 두 손을 떨었다.

윤메이가 노인을 위로하려고 억지로 웃으며 말했다.

"아무 일 없겠지요?"

노인은 한참이나 멍청해 있더니 말했다.

"다시 오게 하나 봐라! 오히려 나는 이미 충분히 살았어! 뭐 때문에 죽음을 두려워하랴? 그들이 다시 오기만 하면 내가 기다리고 있지!"

잠시 잠자코 있더니 머리를 흔들며 말했다.

"한 사람이 못나니 닭과 개도 불안해 하는구나! 나, 너, 모두가 잘못했어. 둘째를 그대로 두어서는 안 돼!"

"그렇게 말씀하셔도 식구는 식구 아니에요? 그가 못나도 그를 쫓아낼 거요?"

윤메이는 억지로 웃으며 말했다.

"못 믿어요. 그가 내일 출옥하여 돌아오면 우리 여전히 밥을 줄 것이요!"

노인은 다시 아무 말 없이 캉에 누웠다.

까오디는 일본인이 데리고 갔다. 그녀는 왜 북평을 떠나려 했는지, 왜 수속을 하지 않고 출경하려 했는지 대답하지 못했다.

그녀가 끌려가면서 그녀의 마음은 오히려 안정되었다. 그녀는 자기에게 말했다.

'이미 그녀가 북평을 떠나지 못하면 감옥에 가거나 감옥에 가기를 기다리는 것이다. 그러므로 감옥에 가는 것이 어떤 점으로 타당한 것 같기도 했다. 만약 일본인이 자기가 특무가 되라고 강요한다면 나는 즉시 머리를 *끄덕일* 것이다―치엔 선생을 위해 일할 것이다! 그들이 나를 죽이면 그것도 좋아. 오해 사는 것이 죄를 받는 것이다!'

그렇게 생각하니 좋았다. 그녀는 마음이 진정될 뿐만 아니라 오히려 기분이 좋았다.

옥에 도착하자 일본인은 곧 짜오디와 대질시켰다. 그들이 말하는 것이 이전에 공술한 것과 일치했다. 그 후에 그들 자매는 전문역에 데리고 가서 지난번에 만났던 상황을 재연했다. 그들은 거의 한 발자국도 착오 없이 모든 것이 일치했다. 역에서 만난 장면이 조금도 어긋남이 없었다.

그러나 그들은 까오디를 석방할 수 없었다. 왜냐하면, 그녀가 왜 북평을 도망치려 했는지가 분명치 않아서, 그들은 어떤 배경이 있을까 두려워 절대로 그대로 보낼 수 없었다.

예를 들면 성 밖에 어떤 전문적으로 북평 청년들을 뽑아내는 비밀 기관이 있는 것이 아닐까. 그들은 그녀와 그 기관이 관련되어 있지 않을까. 천천히 세세하게 이러한 배경을 심문했다.

두 사람이 무료하기 때문에 하나의 살인 유혈 역사를 조성하면 이번 일은 좋은 예증이 될 것이다. 북평의 일본 특무기관이 대대적으로 정풍 운동을 거행하여, 믿을 수 없는 중국인들을 철저하게 숙청했다. 샤오허와 루이펑은 그들의 무료하고 무치한 만남이 이렇게 큰 작용을 일으키리라고는 꿈에도 생각지 못했다. 그러나 얼마나 많은 청년의 선혈이 이 때문에 암실에서 흘리게 되었는지 모른다. 루이펑이 말한 특무들은 아무도 모르게 생명을 잃었다. 그 후에 특무와 특무의 *끄나풀*들이 이 기회를 틈타 서로 검거하고 서로 배척하여 많은 사람이 암실에 끌려갔다.

짜오디도 언니와 대질 후에 암실에 갇혔다. 그녀는 좋게 해석했다. '내가 까오디가 집에 가게 한 것은 자기가 사사로이 그녀를 방면하는 것이 아니고, 그녀를 특무가 되도록 소개하기 위해서이다.' 어쨌든 일본인은 이 해석을 받아들였다. 그들은 그녀가 당연히 즉시 위에 보고했어야 했다고 생각했다. 그녀가 제 마음대로 까오디를 집에 보내지 않았어야 했다. 까오디가 집에 돌아가지 않고 다른 곳으로 북평을 도망쳤다면 어떻게 하지? 짜오디는 대답할 말이 없었다.

가장 어려운 일은 샤오허와 루이펑의 처리였다. 일본인은 그들 두 사람의 경력을 조사했다. 그 둘은 한 점 착오도 없이 100퍼센트 순민이었다. 일본인은 천진에서 권위 있는 "중국통"을 모시고 와서 살아있는 두 보배를 감정하게 했다. 결과는 모양, 말씨, 행동, 소원, 심리 각 항목에서 샤오허는 98점이었고 루이펑은 조금 낮은 92점이었다. 두 분의 중국통에 의하면 평균 80점만 넘으면 일등 순민이라고 할 수 있다고 했다. 샤오허와 루이펑은 당연히 초과했다.

일본인은 권위를 숭배한다. 두 권위자의 보고대로면 그들은 샤오허와 루이펑을 중용하는 것이 당연하다. 그러나 그들은 오히려 방심할 수가 없어서 자세하게 조사했다. 그들은 매일 샤오허와 루이펑을 세 차례 심문했다. 심문할수록 그들은 두 사람을 더 사랑하게 되었지만, 두뇌를 분명하게 추측할 수 없었다.

샤오허의 국궁, 말솜씨(일본인이 중국말을 할 때의 말투와 용어를 모방하여)와 약간 작은 키 모두가 일본인에게는 놀랄 일이었다. 그들이 북평을 점령한 지 3~4년 만에 이렇게 중국과 일본이 잘 배합된 인물을 생산해냈다. 그들이 그에게 물었다.

"따져빠오가 옥에서 죽었다. 너는 조금도 반감이 없나?"

그의 대답은 천진하고 자연스러워서, 일본인을 어떻게 하면 좋을지 모르게 만들었다. 그는 깊이 절을 하고 말했다.

"당신들이 나에게 관리가 되게 해주면 따져빠오의 뼈를 파내어 다시 채찍으로 갈겨줄 거요. 저는 마음이 흔들리지 않습니다. 내가 관리가 되면 다시 아름답고 젊은 마누라를 얻을 거요! 만약 할 일을 주지 않으면, 나는 늘 따져빠오를 생각할 것입니다!"

"당신 어떤 자리를 원해요?"

그들은 물었다.

"큰 자리면 더 좋아요. 어떤 자리든 상관하지 않아요!"

그들은 서로 쳐다보고 아무 말도 하지 않았다. 그들은 한간을 좋아한다. 그러나 한간을 멸시한다. 그러나 그들은 샤오허를 좋아하는 것이 좋은지 멸시하는 것이 좋은지 알 수가 없다! 그가 거의 초인이라면 일본인을 어찌지 못하게 할 것이다. 그들은 루이펑을 심문했다.

"너는 무엇을 하고 싶은가?"

"저요?"

루이펑이 작은 마른 얼굴을 쓰다듬으면서 말했다.

"특무가 되고 싶어요."

"왜?"

"돈을 벌려고요!"

그랬다. 루이펑은 말, 태도는 확실히 샤오허만큼 성숙하고 격에 맞지 않았다. 그러나 그의 천진하고 솔직한 것이 일본인을 감동시켰다. 솔직히 말하면 일본인이 중국을 침략한 것이 돈 벌려고 한 짓 아닌가? 그들은 다시 손을 들어, 루이펑의 뺨을 때릴 수 없었다! 그도 역시 어떤 초인이다!

그를 시험해보기 위해 그들은 그를 특무로 삼아야 할 책임이 있다.

그는 침을 삼키며 말했다.

"그러면 정말 좋아요!"

감방에 돌아와서 미칠 듯이 좋아했다. 그에게 밥을 주는 사람과 밖에 지나가는 사람을 보면 그는 희색이 만면하여 그들에게 말했다.

"이런 일을 본 적 있소? 내가 감옥에 들어와서 모두 뺨 두어 대 얻어맞고 돌연히 요술을 부리듯이 내가 특무가 된다! 저, 쩍쩍, 음, 음, 내가 복이 있단 말야! 기다려봐. 여기를 나가면 허리에 권총을 차고 주머니에는 돈을 가득 채울 거야!"

일본인들은 침을 삼키며 어떻게 할지, 그를 어떻게 처치할지 결정을 하지 못했다. 그들은 그에게 고문하지 않고 중국통의 보고를 존중했다. 그들은 그가 입이 작은 라디오 방송국 같아서 특무로 만들 수는 없었다. 그들이 그를 잡아두면 괜히 밥값만 든다. 그렇다고 방면하는 것도 타당하지 않았다.

그리하여 샤오허와 루이펑이 편안하고 무사하게 옥중에서 무료하게 생활하고 있었다. 산 같은 파도가 석축을 파괴하고, 어촌을 쓸어버리고, 우마를 빠져 죽게 하고, 노목을 뿌리째 뽑아버릴 수는 있지만 미꾸라지를 산산이 쪼개어버릴 수는 없다.

73

따져빠오가 하옥되어 있을 때 유럽대전이 이미 시작되고 있었다. 북평의 신문들은 서방이 피바다가 되고 대포밥이 되는 것을 좋게 보도해야 하는지 몰라서, 웃지도 울지도 못하는 듯했다. 독일군이 어디로 향하던 무적인 것을 보고, 일본인과 한간들은 미친 듯이 기뻐하여 최대로 큰 납 활자로 전마를 선전했다. 그러나 독일군의 전격작전과 승리는 오히려 일본군이 한 방에 중국을 멸망시키는 능력이 없다는 것을 인정해야 하므로, 스스로를 부끄럽게 했다. 그들은 독일을 위해 선전을 안할 수도 없고, 남을 위해서 기를 흔들고 소리를 질러서 자신의 위신을 깎을 필요도 없어서 계면쩍어하는 것 같았다.

그러나 북평의 일반인들은 이러한 일들에 별로 주의하지 않았다. 그들은 요언을 듣는데 습관이 되어, 신문 보도를 잘 믿으려 하지 않았다. 다시 말하면 그들이 이러한 소식을 믿어도 자신들에게 희망이 없었다. 독일이 유럽을 점령하고, 일본이 아시아를 점령하면, 그들은 영원히 노예가 되어 자신을 회복할 날이 오지 않을 것이다. 자신들이 희망을 가지기 위해 그들은 독일이 유럽을 정복했다는 것을 믿지 않고, 일본인

79

이 중국을 멸망시킬 수 있다는 것도 믿지 않았다.

역시 그들의 절박한 관심을 가지고 분석해야 할 세계 문제를 높이 멀리 볼 수 있는 시간이 없게 만드는 문제가 있었다. 그것은 그들이 살아가야 하는 문제였다. 그렇지만 석탄이 없고 양식이 없었다. 그들의 뱃속에서 쪼르륵 소리가 나고, 자식들의 울부짖는 소리가 무엇보다 더 중요하므로 최우선으로 해결돼야 했다. 배고픔과 추위가 세계에서 가장 큰 문제였다. 왜냐하면, 배고픔과 추위 뒤에 죽음이 따라붙기 때문이었다.

독일군이 바르샤바를 공략하고, 덴마크를 점령하고, 영불군이 패배하고… 소식이 줄줄이 전해졌다. 마치 전쟁 신이 따져빠오와 마찬가지로 발광하는 듯했다. 다만 북평인들의 눈은 사방의 보리, 밀 추수 작황을 보고 있었다. 그들은 풍작이어서 햇밀가루를 먹을 수 있기를 희망했다.

화북의 햇 밀이 수확되었다. 그러나 북평인들은 햇 밀을 보지도 못했을 뿐만 아니라 일체의 잡곡도 볼 수 없었다.

일본인이 명령을 내렸다. 북평의 밀가루 공장과 정미소가 조업을 중단하고, 대소 양곡상의 장사를 정지시켰다. 비축된 식량을 제출하고 새 양곡령을 기다릴 것. 밀가루 공장 기계는 정지되고 양곡상의 타원형 소쿠리는 밑이 하늘을 향하게 엎어져 있었다. 북평은 양식이 떨어진 성이 되었다.

천진, 석가장, 보정에는 거대한 식량 창고가 세워져서, 장기 전투 준비를 했다.

샤오양쥐안에서 사태에 미리 가장 잘 대비하는 사람은 리스따예였다. 그런데 그도 어쩔 도리가 없었다. 몇십 년 계속되는 우환 중에서도, 총통이 황제를 대신하거나, 서양인이나 군벌이 북평을 점령하든 상관없이 언제나 실낱 같은 틈새를 찾아내서 양식을 구해서 자기의 배고픈

배를 채울 뿐만 아니라 남까지 도울 수 있었다. 오늘은 그도 어쩌는 수가 없었다. 그는 자신이 직접 가서 보았다. 밀가루 공장 안에는 이미 참새 소리조차 들리지 않고, 양곡상의 큰 소쿠리 밑이 하늘을 향하고, 샤오삥을 굽던 화로가 식어 있고, 만두와 국수를 팔던 집도 일손을 놓고 있었다. 평소에 노인은 소식을 이웃에게 전해서, 모두가 불안하지 않게 준비를 하게 했다. 오늘은 머리를 숙이고 이웃집을 돌면서 경고조차 못 하고 있다. 왜냐하면, 그는 곧 환난이 닥치지만, 모두를 도울 방법이 없다는 것을 알기 때문이었다. 일본인이 노인의 지혜와 선심을 무용지물이 되게 했다.

치 노인은 화가 났다. 양식이 떨어졌다는 소식을 듣고, 친히 쌀독과 국수단을 살폈다. 그는 석 달 치 양식이 비축되어 있으리라고 희망했다 —그가 변하지 않은 환난과 위험의 예방책이었다. 그러나 국수단과 쌀독은 겨우 10일 치 정도만 있었다. 그는 윤메이가 자기의 오랜 규칙을 지키지 않았다고 나무랐다.

윤메이는 변명할 이유가 있었다. 양식은 하루가 멀다 하고 값이 치솟고, 하루하루 더 구하기 어려워져서, 비축할 양식을 살 돈도 충분치 않고, 구할 수 있는 능력도 없었다. 그러나 할아버지에게 변명을 늘어놓을 수 없었다. 그녀는 구식 현부였기 때문에 자기 분풀이 하느라고 노인이 화를 내게 하지는 않았다.

티엔요우 부인은 노인이 윤메이를 야단치는 이유를 자세히 알고 있었다. 그녀는 그래도 끽소리도 할 수 없었다. 그녀는 남편이 비참하게 죽은 것만 생각하면서 자신을 저주할 뿐이다.

"아무짝에도 쓸모없는 내가 왜 죽지 않고 양식만 축내고 있나!"

샤오슌얼과 뉴쯔도 큰 난리가 가까이 왔다는 것을 알았다. 그들은 할아버지 따라서 쌀독과 국수단을 보고는 회나무 아래에서 쑥덕거렸다.

"양식이 떨어졌다! 양식이 떨어졌어!"

순치는 양곡상에 가서도 일을 했기 때문에, 더 많은 정보를 듣고서 훨씬 더 당황했다. 그는 자세히 듣고 있었다. 이후에는 어느 가정에서도 양곡상에서 마음대로 양식을 구매할 수 없으며, 일본인에게서 잡곡을 수령하고, 받은 양만큼만 가루로 빻고, 공정가대로 일정한 시간 양곡배급권대로만 주민들에게 팔아야 한다. 이렇게 양곡상은 이미 장사를 하는 것이 아니라, 일본인 대신에 양식을 분배하는 의무만 행사하는 기관에 불과했다. 이렇게 양곡을 받을 때를 제외하고 양곡상들은 할 일이 없어서 점포마다 점원들을 해고했다. 10여 명 점원 중에서 두어 명만 남겨도 충분했다. 순치는 이런 이야기를 듣고서 반쯤 심장이 얼어붙었다. 다른 점포들은 이미 사람을 해고하지만 그래도 양곡상은 늘려 왔는데. 그가 어떻게 살아가야 하나? 상점들이 많은 사람을 해고할수록, 그의 장사는 더 줄어든다!

집에 돌아와서 그는 청창순을 상대로 통쾌하게 일본인 욕을 해주고 싶었다. 그러나 그는 마음대로 목청껏 욕할 수가 없었다. 그는 대문을 마주하고 있는 두 집에 일본인이 산다는 것을 알기 때문이다. 그는 근시안을 껌벅이며, 일본인에게는 들리지 않게, 창순의 동정을 얻을 수 있게, 낮은 소리로 저주했다.

그러나 창순은 이미 결혼을 했고, 머지않아 아버지가 되기 때문에(부인은 이미 임신해 있었다) 옛날처럼 화를 내고, 험담하기 좋아하고, 말하기 좋아하지 않았다. 그러나 여전히 일본인을 원망하지만, 전처럼 일본인 말만 나오면, 이를 갈고 북평을 탈출하여 군인이 되고 싶어 하지는 않았다. 현재는 할머니와 아내, 자식을 부양하는 것이 첫째이고 국가 대사는 그다음이었다. 때로는 고의로 일본인을 잊어버리고, 아내와의 일상생활에서 재미를 찾았다.

파지와 헌 옷으로 군복 만드는 일을 끝낸 이후에 그는 중고시장의 규칙과 상황을 분명히 알게 되었다. 띵쯘이 그에게 약간 자본을 내주어서, 멜대를 메는 "고물상"이 되었다.

장사는 그렇게 잘 되지는 않았다. 첫째는 고물상은 반드시 안목이 있어야 한다. 어떤 물건을 보면 그 물건이 좋고 나쁜 것을 알아내고, 판로가 있는지 없는지도 알아야 한다. 안목이 있으면 "대박"을 건질 수 있다—아마도 좋은 책을 파지 가격으로 살 수도 있고, 옛 동기를 부서진 구리 값으로 살 수 있다. 반대로 안목이 없으면 모두가 눈독을 들이는 것 같이 보이지만 흠 있는 물건을 살 수도 있다. 둘째는 극도로 조심해야 한다. 만일 탐욕에 눈이 어두워 장물을 샀다가는 곧 송사에 휘말릴 수가 있다. 순경과 정탐꾼은 고물상 수중에서 장물을 가져가도 법률상으로 보호를 받지 못한다—범인을 못 잡으면 고물상을 연루시킨다. 이전에도 이러했지만, 일본인 통치하에서 더했다. 셋째로 반드시 마음이 독해야 했다. 고물상과 고리대금업자는 모두 가난한 사람을 뜯어먹고 산다. 물건을 파는 사람이 돈을 아쉬워할수록, 고물상은 이를 악물고 값을 깎아야 한다. 최저로 저렴하게 매입해서 최고의 가격으로 파는 것이 고물상이 지켜야 하는 준칙이다. 독한 마음이 없으면 첫째 규칙을 이행하지 못한다. 넷째는 고생하고 수고를 해야 한다. 매일 아침 일찍 일어나야 하고 일찍 시장에 가야 한다. 그런 후에 멜대를 메고 후통을 누비며 작은 북을 치며 궁한 사람들의 주의를 끌어야 한다. 많은 후통을 다녀도 한 집과만 거래를 하거나 공치는 수도 있다. 다리를 움직이지 않으면, 매매가 이루어지지 않으므로, 절대로 게으름을 피워서는 안 된다.

이러한 영업을 선택할 때 할머니와 창슌은 상당히 많이 생각하고 의논했다. 창슌은 자기가 어떤 안목도 없다는 것을 알았다. 그는 파지와 헌 옷은 알지만, 고물상은 반드시 모든 것을 감정할 줄 알아야 한다. 다음으로 그는 자기가 마음이 독하지 못하다는 것을 안다. 자신도 가난한 사람임으로 "가난한 사람을 죽이지 않으면 못 먹고 산다는 이론"을 실천할 수 없다. 그러나 그는 경험이란 하늘에서 내려오는 것이 아니고 시험에 보지 않으면 영원히 얻을 수 없다는 것을 알게 되었다.

하물며 그는 자기 다리가 으스러질 정도로 힘들이는 것을 두려워하지 않는다는 것을 분명히 알고 있었다. 과거에 유성기를 들고 외치고, 이른 새벽시장에서 파지와 누더기를 사는 것이 모두 다리가 으스러지는 일이었으므로, 그는 그렇게 계속하고 싶었다. 다시 말하면 매일 길을 누비고 다니며 빈들거리지만, 거기에는 나름대로 자유가 있다. 아픈 것은 자기 다리지만 가고 싶은 곳에 가고, 가고 싶은 방향으로 갈 수 있다. 원하면 어느 때라도 출발하고 어느 때라도 멈출 수 있다. 그는 완전한 자유가 있다. 이게 바로 이 장사의 최대의 매력이었다.

자기의 마음이 독하고 악랄하지 못하다는 것에 이르러서 그건 그리 중요한 일이 아니라고 생각했다. 그는 공평하게 거래하고 싶었다. 공평할 수 있으면, 장사가 반드시 번창하지 않아도 밥은 먹고 살 수 있을 것이다.

할머니는 창슌이 장물을 사서 소송에 말려들까 가장 겁을 내고 마음을 놓을 수 없었다. 창슌은 절대로 값싼 물건을 탐하지 않고 조심하기로 맹세했다—그는 물건을 파는 사람의 모양, 나이, 장소 등을 작은 노트에 기록하여 조사받을 경우에 대비했다. 불행하게 장물을 샀을 경우에라도, 소송에 말려들기까지에 이르지 않기 위해서였다.

그는 멜대와 작은 북을 마련했다.

처음에는 그는 파지와 병 등을 샀다. 이런 것들은 모두 정가가 있어서 손해 볼 리 없었다. 시장에 가지고 가서 팔면 이런 것들은 정가가 있었다. 벌이는 크지 않지만, 반드시 벌이가 되었다. 그는 상당한 힘을 들여야 깨어지고 허물어진 물건을 메고 오갈 수 있었다. 그러나 그는 힘을 아끼지 않았다. 그는 이미 아내가 있는 사람이고, 할머니 부양을 책임지고 있었다.

샤오추이 부인(현재는 샤오청 부인)은 마 부인의 수하에서, 전보다 더 깔끔하고 민첩해졌다. 그녀는 창순이 싫어하는 것을 입에 담지 않고, 할머니의 환심을 사기 위해 힘닿는 데까지 노력했으므로, 하루하루를 잘살고 있었다. 그는 이제 먹을 것도 거처도 있었다. 창순을 좋아하느냐 여부는 제쳐두고, 그녀도 정신 바짝 차리고 처신했다. 재혼하지 않았으면 그녀는 유랑 걸식하거나 기녀가 될 수 있었다는 것을 알고 있었다. 자연히 그녀는 재가의 곤란함과 부끄러움을 잊지 않았다. 특히 매일매일 여러 해 수절하고 있는 조모를 보아야 했기에 더 잊을 수 없었다. 그러나 "부득이" 모든 것을 이해할 수 있지만, 그녀가 무슨 더 좋은 방법이 어디 있었던가? 그녀는 샤오추이를 잊을 수 없어 생일과 제삿날이 오면, 혹은 결혼한 날이 오면, 감히 말을 못하지만 몰래 눈물을 흘렸다. 그녀는 특별히 "일본인"이라는 세 마디를 듣기를 두려워하여, 들을 때마다 그녀는 눈이 바로 똑바로 떠지고 갑자기 멍해졌다.

청찬순은 이러한 것들을 알고는 있었지만 말 한마디도 하지 않았다. 그는 자기가 전심전력하여 돈을 많이 벌어, 더 잘 먹고 더 잘 입히면, 그녀도 만족하여 점점 샤오추이를 잊을 것이라고 생각하고 있었다. 동시에 그는 그녀 앞에서 일본인 이야기를 하려 하지 않고 "일본"이란 두 마디도 입에 담지 않았다.

파지나 헌 병을 사들이는 것에서 마음을 키워, 헌 옷과 헌 신을 사들였다. 그는 다른 사람이 아주 값싸게 소파 혹은 귀한 의자와 탁자를 사는 것을 보았다. 그는 용기를 낼 수가 없어, 기회가 오기를 기다렸다. 그는 현재의 북평에서는 입을 수 있고 쓸 수 있는 물건이 소파나 목기보다 더 쓸모가 있고 판로가 있다는 것을 알았다.

그러나 자기가 알면 남도 안다. 그가 고물상이 된 이래 동업자가 두 배로 늘었다. 모두가 알게 되었다. 북평이 궁해지면 궁해질수록 사람은 점점 더 물건을 팔고 사고 할 것이다―파는 것은 굉장히 좋은 것을 팔고, 사는 것은 둘째로 좋은 것을 살 것이다. 둘째로 좋은 것을 팔고 그렇게 좋지 않은 것을 살 것이다. 매우 좋지 않은 것을 팔고, 나쁜 것을 살 것이다… 동업자가 많으면 반드시 경쟁이 심해질 것이다. 그가 사고 싶어 하는 물건은 남도 손에 넣고 싶어 할 것이다. 그는 돈을 많이 쳐줄 수 없었다. 돈을 많이 쓰지 않으면 버는 것도 적다. 그는 방법을 짜내려 애썼다. 그는 조모와 아내가 자기를 돕게 했다. 그가 가지고 온 물건을 씻을 것은 씻고 꿰맬 것은 꿰매어 가지런하게 만들었다. 그들이 헌것은 새것으로 바꿀 수는 없었지만, 결국은 뜯어지고 헌것은 약간 고쳐서, 돈을 좀 더 받고 팔 수 있었다. 이렇게 조모와 아내도 할 일이 생겼다.

낡은 의상이나 신발 외에 동, 철, 납, 주석 등이 가치가 나갔다. 일본인은 북평인에게 매월 동, 철(포탄의 원료)을 헌납하게 하는 이외에 도처에서 그것들을 수매했다. 사들이면 판로가 없을까 걱정하지 않았다. 그러나 창슌은 동, 철을 매매하려고 들지 않았다. 그는 자기가 사지 않으면 다른 사람이 예전처럼 사서 일본인에게 전매할 것이다. 다만 그는 동, 철에 마음을 주지 않기로 결심했다. 이것은 자기가 여전히 양심이 있어서 일본인을 위해 동, 철을 수집하여 포탄을 만들게 하지 않는다는 것을 분명히 하고 싶었기 때문이다.

그는 이 장사를 시작한 이래로 아무렇게 살려 하지 않고, 다른 일에는 관심이 없고, 오직 세 식구 얼리지 않고, 굶기지 않으려는 데만 관심이 있었다. 그러나 하루 종일 큰 거리 골목을 쏘다니며 자기도 모르게 북평의 손목의 맥을 짚었다. 그는 알게 되었다. 일본인이 면사를 통제하니 헌 옷이 값이 나가고 일본인이 고철을 긁어가니 고철값이 나간다. 동시에 그는 또 알게 되었다. 북평 사람들 중에 중산층이 "중산층" 지위를 이미 지키지 못한다는 것을 알았다. 왜냐하면, 그들이 물건을 내다 팔기 시작했기 때문이다. 거기다 곤궁한 사람들은 옷도 먹을 것도 없는 지경에 떨어졌다는 것을 알았다. 때로는 아직도 따뜻한 여자의 짧은 솜저고리와 아기 옷을 손에 넣는 수도 있었다―여인이나 어린애 몸에서 막 벗겨온 것이었다. 그는 이를 악물고 값을 물어보고 지불했지만 마음속으로는 통곡하고 있었다. 그는 자기도 모르게 돈을 더 얹어주고 자기가 장사한다는 것을 잊었다. 이런 의복을 사들이거나, 못 사들여도, 이런 거래가 있고 난 후는 멜대를 메고 멀어져 가면서, 멍청해져서 작은 북을 치는 것조차 잊어버렸다! 그는 북평이 끝장이 났다는 것을 알았다.

한 노인의 수중에서 흑단에 백동 물뿌리가 달린 긴 담뱃대를 사들였다. 사고 난 뒤에 며칠 동안 팔지 못하자 자기가 쓰려고 남겨두었다. 그는 애써서 어떤 기호에도 물들지 않으려 했다. 그러나 그는 담배를 피울 필요가 있었다. 그가 거리에서 마음 상한 일이 있으면, 나무 그늘이나 조용한 곳을 찾아서, 멜대를 내려놓고 담뱃대를 채워서 가볍게 뻐끔거리고 싶었다. 푸른 연기가 면전에서 빙빙 도는 것을 바라보면 마음이 편안해지는 것 같았다.

집에 돌아와서 그는 곧장 조모와 아내가 해진 물건을 씻고 고치고 하는 것을 돕지 않고 방 밖 계단에 앉아 담배를 두어 대 피웠다. 그는 눈으로 몰래 그들을 바라보면서 마음속으로 말했다. '내 마음속에 할 말은 많지만 두 분에게 다 말하지 않겠소.'

그는 낡은 유성기와 오래된 판을 얼마나 여러 번 꺼내어 보았는지 모른다. 그러나 팔아치우지는 않았다. 그러나 그는 자기가 들으려고 다시 판을 올려놓지도 않았다. 우연히 잘 팔릴 것 같은 물건을 손에 넣고 기분이 좋아지면, 자기도 모르게 얼황 곡조를 흥얼거렸다. 그러나 자기 목소리를 들어보고는 곧 입을 다물어버린다. 그는 창극을 좋아했지만, 목소리가 한 번 울리면 곧장 샤오원 부부가 생각이 났다! 그렇다. 그는 장사하느라 마음을 다하여 국사를 잊고 일본인도 잊었다. 그러나 일본인은 귀신같이 자기를 따라다녔다!

슌치는 말하는 것을 좋아했지만, 창슌에게서 기분 좋은 답변을 이끌어내지 못했다. 슌치는 횡설수설했지만 창슌은 목을 움츠리고 한마디도 없이 담배만 빨았다. 슌치가 다급하게 묻자 그는 겨우 코맹맹소리로 말했다.

"누가 알겠어!"

오늘 그는 이 세 마디로 슌치의 양식이 떨어질지도 모른다는 걱정에 대답했다. 슌치는 거의 성질을 부릴 뻔했다.

"너, 이제 작은 늙은이가 되었구려!"

창슌은 한바탕 해주고 싶었지만, 돌계단에 담뱃대를 몇 번 가볍게 두드리고 방 안으로 들어가버렸다.

고물 장사를 시작한 이래로 창슌은 루이쉬안과 이야기하러 찾아가지 않았다. 그가 루이쉬안을 만나면 언제나 멋쩍은 듯이 코맹맹이 소리로 두어 마디하고 재빨리 지나가 버렸다. 그는 루이쉬안의 면전에서는 언제나 2~3년 전의 자기 생각이 났다. 그때는 그가 용기와 열정이 있어서, 사람을 놀라게 할 어떤 일도 못 했어도, 오히려 어느 정도 멋이 있었다. 그는 루이쉬안과 다시 말할 면목이 없었다.

루이쉬안은 부친이 핍박을 당해서 돌아가신 이래로, 북평 사람이 곧 사람이 일으킨 기황을 맞게 되리라고 생각했다. 일본은 이미 면사와 허다한 물품들의 통제를 시행하고 있으며, 반드시 식량 통제를 잊지 않을 것이라고 생각했다. 선견지명이 있다 하더라도 아무 준비도 할 수 없었다. 첫째는 여윳돈이 없어서 식량을 비축할 수가 없었다. 둘째는 허다한 문인들처럼 실제적인 방법을 생각할 수 없었다.

일본인이 천진에서 영국인에게 소란을 일으킨 것과 유럽 대전의 발발 때문에, 일본인이 영국의 동방 군사거점과 요새를 공격할 가능성이 있다는 것을 간파했다. 이것이 사실이 되면 일본은 반드시 목숨을 걸고 물자와 식량을 착취하여 전쟁 확대를 준비할 것이다.

그는 누차 구드리치 선생과 이 문제를 이야기했으나, 노인은 언제나 그를 살짝 따돌리는 수법을 썼다. 노인은 루이쉬안이 알고 있는 것을 모두 알고, 정세가 심상치 않다는 것도 분명히 알았지만, 일본이 감히 대영제국에 도전하지는 않을 것이라고 억지로라도 믿고 싶었다. 그는 다른 사람과 변론하는 것을 즐겼으나, 지금은 침묵하고 무언으로 일관했다. 그는 중국을 위해서 걱정하고 영국을 위해서도 걱정했다. 다만 그는 영국은 영국이지 중국과 나란히 거론할 수 없으며 중국과 영국이 동일한 위험 수위에 있다는 것을 인정하려 들지 않았다.

노인이 말하기를 꺼리는 것을 알아채고 자기 일에 전심하여 마음속의 걱정을 줄였다. 그러나 그는 마음을 집중할 수 없었다. 잠시 후에 그는 유럽 전쟁을 상기하고서, 서서히 세계는 양대 진영으로 나뉘게 되어, 중국은 원조를 받게 될 것이므로, 승리를 거둘 수 있다는 희망을 가질 수 있었다. 또 그는 조부, 모친, 자신이 장차 굶주리는 참상을 상상했다. 그는 이렇게 괴로움과 기쁨이 교차하여 초조해졌다.

창순이 그를 찾지 않자 그도 창순을 찾고 싶지 않았다. 그는 자기가 어떤 점에서 창순만큼 똑똑하지 못하다고 생각했다. 그들은 이미 거의 노인이 되어서 신체는 아직 쇠락하지 않았으나, 마음은 청춘의 향기를 발하지 못했다.

샤오슌얼이 이미 학교에 갈 나이가 되었다. 루이쉬안은 학교에 입학시키지 않기로 결정했다—자기 자식에게 노예교육을 받게 하고 싶지 않았다. 티엔요우 부인과 윤메이는 이 방식에 반대했다. 그러나 루이쉬안은 확고했다. 마치 자기 아들이 노예교육을 받지 않는 것이 자기의 최후 항일 전선인 것처럼 생각하는 듯했다!

오래잖아 자신을 비웃기 시작했다.

"어린애를 이용하여 침략을 저지하려 하다니? 한 가족의 겨우 남은 목숨의 치욕을 씻어내려 하다니?"

그러나 그는 여전히 주장을 굽히지 않았다. 그는 매일 틈 나는 대로 샤오슌얼에게 글자와 수학을 가르쳤다. 이 이외에 그는 아들에게 중국의 역사와 문화에 대해서 상세하게 공술했다. 그는 이것이 교육원리에 부합하지도 않고, 재미있는 일이 아니라는 것을 잘 알았다. 이렇게 강론할 때 그는 잠시 눈앞에 닥친 위기와 치욕 잊을 수 있고, 중국의 찬란하게 빛나는 문화를 볼 수 있고, 도처에 있는 주대의 동기, 한 대의 기와, 당대의 시, 진대의 글씨 그리고 찬란한 중국문화를 눈앞에 그릴 수 있었다. 동시에 그는 자신이 고루하고 구차하게 편안한 것을 추구한다고 생각하고, 샤오슌얼의 장래에 생각이 미쳤다—가장 희망차고 밝은 장래!

등유를 아끼기 위해서 윤메이는 한낮에 일을 하고, 저녁에는 일찍 잠자리에 들어서 등을 켤 필요가 없었다. 등을 켤 때라도 심지를 아주 낮추었다. 샤오슌얼의 공부를 위해서 루이쉬안은 독한 맘 먹고 심지를 크게 올렸다! 등유를 아끼려고 아들의 교육을 늦출 수는 없었다! 방안의 등불이 망한 성의 유일한 광명이고 폭풍 속의 등대 같았다!

추웠다. 샤오슌얼의 손을 자기 소매 속에 넣고 얼굴을 마주하여 고대와 현대를 얘기했다. 이야기하는 중에 샤오슌얼은 꾸벅꾸벅 졸았다. 그는 어쩔 수 없이 아들을 침상에 눕혔다. 더울 때는 부자가 마당에서 공부했다. 이때는 뉴쯔도 왕왕 얌전하게 강의를 들었다. 샤오슌얼이 항의했다.

"뉴뉴, 너 못 알아듣잖아!"

루이쉬안은 온화하게 말했다.

"동생이 듣게 해주어라. 동생도 알아들을 수 있어!"

최근 이틀 동안에 이렇게 강의하는 중에 목전에 기황이 닥치리라는 생각이 나서 갑자기 몸이 오싹해졌다. 그는 미래에 아사한 아들, 볼썽사나운 샤오슌얼이 여위어서 가죽만 남은 모습이 보였다! 그는 강의를 계속할 수가 없었다.

"샤오슌얼아, 가서 자거라!"

그는 이러한 교육이 샤오슌얼을 구하지 못하리라는 것을 알고, 자신의 무능과 가소로움을 원망했다.

이 때문에 그는 샤오슌얼을 더 사랑했다. 샤오슌얼은 그의 희망이고 장래에 자기가 하지 못한 일을 할 수 있어야 하므로 절대로 굶어 죽어서는 안 된다!

그러나 누가 보증하랴. 식량이 없는 성 중에 딸이 굶어 죽지 않는다는 것을?

74

리스예의 생업은 그래도 아주 괜찮았다. 북평은 곤궁하고 양식이 없어도 인구는 점점 불어났다. 좋아. 점포마다 점원을 줄였다. 그러나 사방의 인민들이 가산을 잃거나, 적이 마을을 태워버려서 혹은 칼과 병들을 피해서, 장에 가듯이 떼를 지어 죽은 성안으로 몰려들었다. "북평"이란 두 글자가 그들에게 안전감을 느끼게 했다. 거리에서 10개 점포 중에 9개에 노약자와 상이군인이 있었다. 후통 안에는 어느 집이든 사람으로 가득 찼다. 리스예는 살아있는 사람을 위해 이삿짐을 날라주고, 죽은 사람을 위해 영구를 날랐다. 거의 매일 할 일이 있었다.

이렇게 한가하지는 않아도 노인은 기분이 썩 좋지 않았다. 그는 왜 사람들이 죽은 성안으로 벌을 받으러 오는지 괴로웠다. 북평 성안은 양식을 생산해내는 곳은 아니잖아! 때로는 그가 영구를 메고 성 밖으로 나가면 멀리서 포성 소리가 들려왔다. 그는 사방에서 전투가 벌어지고 있으니 사람들이 성안으로 들어오는 것이 이상하지 않다는 생각을 했다! 그래도 잠시 후에 다시 생각해보니 총포를 피해서 성안으로 온다면, 굶주림은 어떻게 피할 거냐고 묻고 싶었다! 여기에 생각이 미치자 그는 성문에 서서 큰 소리로 말하고 싶었다. '친구들, 이 성안으로 들어오지 마시오. 들어오면 반드시 죽습니다!' 그는 성문에 일본병이 있어서 감히 소리 지를 수 없었다.

"흥!"

그는 자기에게 말하고 만다.

"모두 죽음을 두려워한다! 성안 사람은 죽음이 두려워 성 밖으로 나가려 들지 않는다! 성 밖 사람은 죽음이 두려워 성안으로 들어온다! 너도 죽음이 두려워 성문에서 소리조차 지르지 못하잖는가!"

그는 모두를 대수롭지 않게 생각하고, 자기 자신도 대수롭지 않게 생각했다.

더 마음을 아프게 하는 것은 성 밖에는 도처에 감자밖에 파종하지 않는 것이었다. 옥수수, 고량, 조가 없고 일망무제 땅 위를 덮은 것은 푸른색 감자모밖에 없었다. 일본인이 점령한 철로변 20리 이내는 일본인이 유격대를 무서워해서, 유격대에 푸른 장막을 드리워주지 않기 위해서 감자만 심게 했다. 감자밭에서는 사람이 땅을 기는 것만 가능하다. 중국인은 땅 위에서 기다가, 영원히 적을 향해서 총을 쏘기 위해, 일어나서는 안 되기 때문이었다.

이 언덕 하나하나에서 바라보이는 똑같은 푸른 감자 모종이 노인의 머리를 멍하게 했다. 노인은 왕년에 성 밖을 나올 때마다 각종 농작물을 보면 기분이 좋아졌던 생각이 났다. 높게 자란 고량과 옥수수, 나지막한 벼, 검푸른 콩대들이 단맛을 발해서 그에게 희망을 주었다―이것들이 자기와 모두에게 먹을 양식을 대준다. 특별히 큰 비가 내린 후에, 푸른 대궁이가 양편에 빽빽하게 늘어서 있을 때는, 그는 감미로운 푸른 맛을 느낄 뿐만 아니라, 고량, 옥수수, 벼가 미친 듯이 기뻐하며 마디마디 자라는 소리를 내는 것을 들을 수 있었다. 이러한 것들이 즐거움을 주어서 다시 젊어지는 듯했다.

지금은 눈을 반쯤 감고 걷는다. 이 감자 대궁이는 향기가 없을 뿐만 아니라 붉은 술도 없고, 희고 노랗고 붉은 이삭도 없다. 그저 줄줄이 땅에 엎드려 있을 뿐이다. 그는 머리가 어지럽고 초조했다. 때로는 방향을 잃어버리기도 한다. 더구나 푸르고 볼품없는 덩굴을 보면, 감자가 근기가 없다는 생각이 난다. 적게 먹으면 곧 배가 고프고, 많이 먹으면 생목이 갠다. 그는 이제 칠십이다. 감자는 자기에게 포만감도 건강 맛도 주지 못한다.

이러한 잡다한 생각 외에 가슴 아픈 일이 있다. 그가 부이장이 된 이래 바이순장을 따라 집집마다 동철을 수집하면서, 자기의 명예가 상당히 실추했다고 생각했다. 누가 자기가 호인이라는 것을 알아주랴. 그러나 일종의 논리에 맞지 않은 논리가 있다—일본인에게 감히 저항하지 않을지라도, 절대로 표시하지 않지만 절대로 가만히 있지 않겠다는, 살기가 있었다!

현재는 한 걸음 더 나아갔다. 노인은 집집마다 다니며 말했다.

"다 마신 차잎을 함부로 버리지 마라. 집집마다 매월 찻잎을 바쳐라!"

"무엇에 쓰지요?"

사람들은 물었다.

"글쎄, 저도 모르겠어요!"

노인은 핏대를 올리며 말했다.

"오우"

바이순장이 부언했다.

"듣기에 한 번 쓴 찻잎을 말에 먹인대요. 해독한다는구나! 해독해! 또 들으니 찻잎으로 기름을 짠대요. 그렇지만 저도 그것은 모르겠어요!"

"우리는 이미 차도 못 마시는데 찻잎이 있을 리가 없지요!"

어떤 사람은 이렇게 말했다.

"그러면 구할 방법을 생각해봐요!"

바이순장의 미소 띤 얼굴이 굳어져서 울상이 되었다.

며칠 지나서 모두에게 얘기해야 했다.

"매월 담뱃갑의 은박지를 헌납하라!"

노인은 급했다. 바이순장에게 화가 나서 말했다.

"나 다시 가지 않을래요! 나는 다시 가서 욕 들어 먹고 싶지 않아요! 당신이 나를 놓아주는 게 어때요? 나는 되먹지 않은 이장 같은 것 안 할래요!"

그가 무어라고 말하더라도 바이순장은 고개를 끄덕이지 않았다.

"노야! 누가 이장이 되어도 욕 들어 먹게 되어있는 거요! 요번만 날 도와줘요. 그들이 나보고 욕을 하는 거요. 자 됐지요?"

이렇게 호소할 뿐만 아니라 바이순장은 이런 말도 했다. 관샤오허가 이미 하옥되었으니, 리스예가 당연히 승진하여 이장이 되고, 슌치가 부이장이 되도록 부탁해요. 오래지 않아 그가 부이장 되면, 양증을 발급하기 위해 새로 인구조사가 이루어질 거요.

리 노인은 이런 일은 맡고 싶지 않았다. 그러나 모두에게 양증이 지급된다는 말을 듣고, 마음이 약간 안심이 되었다. 그는 자신에게 말했다.

"좋아, 모두에게 양식이 지급된다면, 양식이 무엇이든 배고픔에 이르지는 않을 것이다!"

이럭저럭 모두를 안심시키려고, 그는 마음에 품은 말을 했다. 모두가 듣고서 과연 미소를 띠며 서로 안심을 했다.

"스야 말이 옳아. 양식만 지급되면 양식이 무엇이든 어떻게든 살아갈 수 있다!"

"이렇게 좋든 싫든, 살아가는 것이 최고로 이상적인 방법이다!"

호구조사가 닥치자 모두가 60세 이상과 6세 이하는 양식을 탈 자격이 없다는 것을 알게 되었다!

이것은 모든 중국인이 참을 수 있는 것이 아니다! 뭐라고, 노인과 어린애에게 양식이 없니? 이것은 간단히 말해 중국의 역사가 완전히 뒤집혀서 거꾸로 설 일이다! 중국인의 최대 책임은 노인과 어린이를 부양하는 것이다. 그런데 지금 일본인은 노인과 어린이를 굶겨 죽일 작정이다. 그러면 중년은 왜 살아야 하는가? 샤오양쥐안 사람들은 하나같이, 이것은 개자식들의 말도 안 되는 "혁명"이라고, 자기들의 역사, 윤리, 도덕, 책임을 모두 뒤집어버리는 것이라고 생각했다. 그들이 만약 이러한 "혁명"적 사고방식을 받아들이면 자기들은 자비심 없는 불효막심한 야만인이 된다!

그러나 무슨 방법이 있나?

순치는 막 부이장이 되었지만, 일본인을 공평하게 대하겠다고, 결정했다. 그는 양식이 빼앗기면 모반하자고 주장했다. "제기랄, 노인에게 양식을 주지 않으면 우리가 누구에게 효도하란 말인가? 아이들에게 양식을 안 주면 우리가 절손하란 말인가! 이것은 바로 집안을 없애겠다는 것이다. 똥구멍이 없는 사람이 아니면 누가 이렇게 악랄할 수 있어! 제기랄 한간들의 집 창고 안에 양식이 있다. 약탈하자! 일이 이 지경이 되었는데 누가 체면 따위를 챙길 수 있겠나!"

이런 말이 상당히 설득력이 있고, 간단히 말해 도리가 있어서, 모두가 얼굴을 붉히며 눈이 밝아졌다. 그러나 그가 이야기를 마치자 순치와 그들은 기관총이 이미 눈앞에 어른거리는 듯했다. 모두가 침을 삼키고 어느 한 사람 팔을 쳐들고 소리 지르는 사람 없었다. "약탈!" 그들은 중국인이고 북평인이다. 천천히 굶어 죽는 것이 양식을 약탈하다 죽임을 당해 목이 떨어지는 것보다는 낫다고 믿었다. 그들은 굶어 죽을지언정 감히 모반을 하려 하지 않는다!

그들은 모두 한 발자국 물러서서 생각한다.

"좋아, 노인과 어린이가 양식이 없으면 모두가 고루 나누면 된다. 누구나 배불리 먹지는 못하지만, 모두가 곧 굶어죽을 지경에 이르지 않는다. 그것도 방법이 아닌가?"

"나누어 먹는 방식"이 슌치의 주장보다는 기개가 모자라고 물러터졌지만, 말이 안 되는 것은 아닌 것 같았다. 다만 샤오양쥐안 사람의 마음속에 적잖은 인정과 지혜가 있는 편이었다.

그들이 바로 이런 식으로 의론이 분분한 중에 전단이 손에 들어왔다. '곧 결정하시오. 동포들. 앉아서 죽든지 아니면 일어나 싸우든지. 살아야 하는 길은 우리의 피로 뚫고 나아가야 한다. 죽는 길은 목을 움츠리고 눈을 감고—굶어 죽기를—기다려야 한다!'

모두 십중팔구는 그것이 자기들의 오랜 이웃이었던 치엔모인 선생이 보낸 것인 줄 짐작했다. 그들은 선생의 말에 동의하고 흥분했다. 그러나 오래지 않아 그들의 "지혜"가 압도했다. 그 "지혜"란 것이 북평의 늙은 이들이 짜낸 것으로, 아무짝에도 쓸모없는 성벽 같았다. 그러나 쓸모는 없어도 그들에게 안전감을 주었다.

슌치와 치엔 선생이 그들의 반항할 용기를 자극할 수 없었더라도 노기를 풀어버릴 길을 다른 곳에서 찾으려 했다. 그들은 리스예가 자기들을 속이고 있다고 생각했다.

"그는 그들에게 말했다. 양식은 있다. 그러나 노인들과 아이들 몫이 없다는 말은 하지 않았다! 다시 말하면 그는 이장인데 불구하고, 60세인데도, 관계없이 70세라도 모두가 한 몫씩 양식을 받을 수 있다고 말했다. 세월이 변하니 리스예조차 사람을 속일 수 있다!"

이러한 배후 공격은 변명할 방법이 없지만 수군거리면 기분이 풀릴수 있었다. 마치 일체의 나쁜 점은 리스예에게 있는 것처럼 그를 공격하여 한을 풀기에 충분했다.

치 노인은 급기야 리스예를 직접 찾아갔다.

치 노인은 후통 전체에서 가장 나이가 많은 노인이고, 수와 복을 겸비한 상징이고, 현재는 양곡을 받을 자격이 없는 노거지이고, 굶어죽을 노귀신이다! 그는 참을 수 없었다!

"리스예에게 말하려고 왔소!"

치 노인의 작은 눈이 리스예를 감히 똑바로 보지 못했다. 그는 수십년에 걸친 늙은 친구를 똑바로 보고 성을 낼 수 없다는 것을 안다.

"이게 무슨 일이야? 어째서 내 양식이 없을 수 있어?"

"큰형, 이게 내 생각일 수 있어?"

리 노인의 "큰형"이란 한 마디가 치 노인의 마음을 누그러뜨렸다. 수십 년 친구가 누구를 모른다 할 수 있나! 그러나 그는 마음을 굳게 먹고 질문하려 해도 리스예를 똑 바로 보지 못했다. 일이 워낙 커서 쉽게 그냥 넘어갈 수 없었다. 그는 마음을 모질게 먹자 입술 수염이 떨렸다.

"스예, 자네는 몫이 있나!"

스예는 도시에서 살아온 사람이라, 쉽게 성을 내지 않는다. 그러나 치 노인이 무섭게 추궁하자, 자기도 모르게 귀밑까지 붉어지며, 한참 동안 말이 나오지 않았다.

치 노인도 작은 눈으로 리스예의 얼굴을 훑어보다가, 급히 눈길을 돌리고서 말을 하지 않았다.

"큰형!"

리스예가 간신히 웃음 지으며 말했다.

"도처의 이장들이 모두 자기 몫이 있어요. 그건 내 생각이 아니에요! 큰형에게 말하지만 내 다리는 아직 튼튼하고 돈도 벌 수 있습니다. 모두가 등 뒤에서 험담하지 않게만 된다면, 저는 그 몫이 필요 없어요!"

치 노인의 머리가 천천히 숙여지고 눈가에 눈물이 핑 돌았다. 한참이나 정신 나간 듯이 있다가 작은 소리로 말했다.

"스예, 나는 정말 조급해, 정말 조급해! 그렇지 않으면…! 내가 말하는 것은 자네가 자네 몫을 거절하라는 것이 아닐세! 자네가 거절하면 어디서 식량을 구할 텐가?"

스예는 다가가서 치 노인의 손을 잡았다. 합쳐서 4개의 손이 백오십 년 가까운 손들이 한 곳에 모였다. 두 사람은 서로 이해했다. 자기들도 모르게 눈물이 나왔다.

눈물을 몇 방울 흘린 후에 두 노인은 기분이 풀리자 괴로워할 일만 남았다. 그들은 몇 시간이나 절절하고 담담하게 마음의 울적함을 나누고 싶었다. 그러나 아무도 입을 열지 않았다. 그들은 고생스럽게 살아오면서 빈손으로 천하를 누빈 사람이다. 그러나 현재는 굶어 죽을 가능성이 있다. 그들은 자수성가한 사람이다. 그러나 이제 자기들을 부양해줄 사람이 없는 늙은 개다. 그들은 지금까지 예절을 지키고 자식들도 예절을 지키도록 키워왔으며, 그것을 명예롭게 생각해왔다. 그러나 그들은 틀렸다. 그들과 그들의 자식들이 예절 바르고 착실하지만, 그들이 적들의 손 아래에 들어가자, 분노할 줄도 모르고 말도 할 줄 모른다. 산채로 굶어 죽어도 감히 말 한마디도 하지 못한다!

평일에는 자기 나이 생각이 나면 자랑스럽게 여겼다. 현재는 맹호가 눈앞에 있는 이 경우에는 나이가 더 들수록 더 곤란하다. 한참이나 마주 보고 있다가, 그들은 더 이상 쓸잘데 없는 얘기를 다시 할 필요가 없다고 결정했다! 지금까지의 영예가 금일에 와서 어려움과 괴로움을 더해줄 뿐이다.

치 노인은 집에 오는 중에 생각하면 할수록 더 재미가 없어졌다. 여러 번 생각해본 끝에 그는 앉아서 죽기를 기다리느니 무엇이라도 해야겠다는 생각을 했다. 그는 전에 자기에게 닥쳤던 위난과 그것을 극복해낸 경과를 회상했다. 그렇다. 그는 어느 때라도 난관을 헤쳐나가는 데 필요한 것은 자기의 용기와 근면이라는데 생각이 미치자, 무엇이라도 반드시 해야겠다고 생각했다. 그는 자기의 사지를 주물러보았다. 좋아. 그는 노인이다. 그러나 늙어도 일을 해야 한다. 앉아서 죽기를 기다릴 수 없다!

그는 도포를 벗고 살금살금 주방으로 가서 자기의 옛날 장사 도구, 광주리, 밧줄 멜대를 찾았다. 그는 자기가 옛날에 어디에 두었는지 기억이 나지 않고, 윤메이가 태워버렸는지 모르기 때문에, 찾을 수 있을지 몰랐다.

윤메이가 소리 없이 들어왔다.

"오우! 할아버지 뭐하시는 거예요?"

"아…"

갑작스럽게 질문을 받자 노인은 자기 현재에 무엇을 하고 있는지 잊어버렸다. 웃는 것처럼 가장하여 생각난 듯이 말했다.

"내 광주리와 멜대는?"

"무슨 광주리와 멜요?"

윤메이는 여기에 그런 물건이 있는 것조차 기억이 나지 않았다.

"흥! 내가 장사할 때 쓰던 것 말이야! 경자년 연간에는 내가 대추를 팔았지! 내가 장사할 때 쓰던 광주리와 멜대가 필요해!"

"뭐 하시려고요? 할아버지!"

윤메이의 큰 눈이 뚱그레져서 한참이나 깜박거리기조차 하지 않았다.

"내가 행상을 할까 봐! 멀리 갈 수는 없지만, 근처를 돌 수는 있어. 무거운 것은 못 울러메지만 사탕과자나 콩과자는 팔 수 있어. 하루에 3모도 괜찮고 5모라도 괜찮아. 오히려 내가 힘껏 한다면 굶어 죽길 기다리지 않아도 되고, 너희가 양식을 나누어주지 않아도 돼!"

"할아버지!"

윤메이는 자기도 모르게 상당히 날카로운 소리로 말했다.

고함을 듣고 샤오슌얼, 뉴쯔, 티엔요우 부인까지 모두 뛰쳐나왔다.

모두에게 둘러싸여 노인은 한바탕 이야기를 늘어놓았다. 모두에게 분명히 알리기 위해 객관적으로 아무 감정 없이 말했다. 사정이 사정인 만큼 과장할 필요가 없었다.

듣기를 마치자, 모두가 말없이 서로 쳐다보았다. 뉴쯔는 노인의 손을 잡았다.

티엔요우 부인이 자기가 반드시 한마디 해야 한다는 것을 알았다.

"저희는 할아버지를 장사하시게 할 수 없습니다. 사정이 좋지 않은 것은 사실이지만, 무어라고 말하든 우리는 할아버지에게 효도할 방법을 찾을 수 있을 것입니다! 다시 말하면 할아버지의 광주리랑 멜대는 놓아두셔서 썩도록 하십시오!"

샤오슌얼과 뉴쯔가 일제히 말했다.

"할아버지, 가지 마십시오!"

윤메이도 급히 말을 이었다.

"루이쉬안이 올 때까지 기다립시다. 모두 함께 상의합시다."

그녀는 샤오슌얼을 돌아다 보고 말했다.

"샤오슌얼, 할아버지 부축해드려!"

이렇게 치켜올려서 모두가 노인을 방으로 모셨다.

캉에 누워서 노인은 자기가 살아온 내력을 자세하게 아이들에게 말해

주었다. 현재와 장래에 대해서 자기로서 어떤 해결방법도 없기 때문에, 현재와 장래에 대해서 감히 언급하지 못했다.

저녁에 루이쉬안이 돌아오자 윤메이와 어머니가 노인의 일을 급히 말했다. 그는 한참이나 정신이 나간 듯했다가, 아무 말도 하지 않은 채 웃었다.

치 노인은 말하기가 이상해서 장손에게는 다시 말하지 않았다. 조손의 눈이 한 곳에서 만나면 곧 돌려버렸다. 입술이 움직이려다 멈춰버렸다. 결과는 모두가 아주 일찍 잠자리에 들어서 억울, 난감, 곤란한 것을 꿈속으로 가지고 갔다.

75

리스예와 이웃들은 모두 양증이 한 번 발부되면 영원히 활용될 줄 알았다. 리 노인은 그렇기를 희망했다. 왜냐하면, 그는 이미 적잖은 원망과 억울한 욕을 들어 먹었기 때문에, 한 번 발급되면 이런 일은 끝나고 다시 공격받지 않기 바랐다.

누가 알았으랴. 양증은 한 번 효용이 있을 뿐이고 다음에는 무효였다. 모두는 곧 생각하게 되었다. 매일매일 혹은 사흘 동안 양증이 발급되기를 기다려야 하고, 기간이 지나면 무효다. 만약 북평인이 무슨 이상이 있다면 그건 그저 자유롭게 예의 바르게 편안하게 살아가는 것이다. 만약 그렇게 되지 못하면, 그 다음은 자기의 자유가 좀 빼앗기더라도, 제발 예절 바르게 대해주고 귀찮게 하지 않는 것이다. 다시 말해 양증을 1년 혹은 2년 동안 쓸 수 있고, 수시로 양식을 구할 수 있으면 되었을 것이다. 흥! 일본인은 그들에게 사흘 동안 양증을 기다리게 하고는 곧 급히 돈을 구해서 양식을 받으러 가야 한다. 귀찮아, 귀찮아. 무궁무진하게 귀찮아! 그들은 파리를 목구멍으로 넘긴 것처럼 곧 토해버리고 싶었다.

그들의 간담을 서늘하게 하고 벌벌 떨게 한 것은 양증을 일차로 발급한 후에, 다음에 하지 않으면 어떻게 하면 좋을까 하는 것이다? 다시 발급될 때까지 10일이나 반달을 기다려야 한다면 중간의 공백기에는 어떻게 해야 하나? 뱃속이 며칠을 쉬면 굶는 것이 아니라고 말할 수 있는가? 이렇게 축구장에 흰 선을 그은 것 같이 분명히 자기들의 눈앞에 그려져 있는 죽음의 경계선을 보았다. 그들은 죽음을 보자, 정신이 황당해졌다. 그래서 바로 리스예를 더 심하게 욕을 해댔다. 그들은 공개적으로 일본인을 욕하지 못하고 바이순장도 관리였으므로 욕하지 못했다. 그들은 또 순치가 기껏 부이장에 불과함으로 욕하지 않았다. 리스예는 관리도 아니고 정이장이기 때문에 날이 새면 리스예가 하늘이 만들어준 "매땅즈"인 것처럼 욕을 퍼부었다!

리 노인은 때때로 정신이 나갔다. 성을 내도 소용이 없었고 참아도 맘이 내키지 않았다. 그는 또 죽음을 보았으나, 죽는다고 해도 자기 일신에 욕만 안겨줄 것이다! 그는 심장을 꺼내어 해와 달과 신령에게 떳떳하게 보이고 싶었다. 그러나 그는 욕만 들을 뿐이었다.

이러한 이른 아침 날씨는 북평에만 있으며 있을 수 있다. 서늘한 공기에 비스듬히 비치는 희열에 차있는 양광(햇빛)이 모든 곳을 희고 검은 색으로 갈라놓았다. 흰 곳은 빛이고 검은 곳은 그림자다. 공기는 서늘하고 양광은 뜨거웠다. 한 곳에서 만나면 서늘한 기운이 따뜻해지고 열기는 서늘한 기운을 부축한다. 서늘한 기운과 따뜻한 기운이 고루 섞여서, 꽃이 꽃술을 밀어 올리고 잎이 빛을 발한다.

별로 체면을 차릴 것도 없는 샤오양쥐안조차 아름다운 면이 있었다. 두 그루의 큰 회나무가 반이나 그림자를 드리워서 잎이 녹음을 만들었다. 나무 끝에 양광이 닿았다. 약간 노란 꽃잎들이 황금빛이 되었다. 연한 노란색 회나무 층이 작은 흰 실을 내려서 매달려 있다. 실은 절반이 밝은 빛을 띠고 있다. 새벽바람이 분다. 실도 떨려서 마치 새벽빛이 금줄을 치는 듯하다. 양광이 먼저 리스예의 대문을 비쳤다. 자그마한 문루가 가지런하지 못해서 벽돌과 기와 틈 사이에 가늘고 긴 푸른 풀이 돋아있다. 부서진 문루 위에 햇빛이 비친다. 밝은 푸른 풀이 갑자기 생기가 돋아난다.

몇 마리 제비가 나무 위에서 날아오르며, 뒤집기 공중제비를 하고 있다. 마치 검은 전광이 번쩍이는 듯하다. 잠자리들이 상당히 높은 곳에서 날고 있다. 잠자리가 갑자기 핏빛같이 붉은 눈에 나무 끝의 회나무 꽃이 푸른 하늘을 찌를 듯이 올라간다. 갑자기 비취 덩이를 짊어지고 리스예의 문루상의 푸른 풀에 잠시 쉬었다 가려고 하다가, 머리를 가로 젓고 날아가 버렸다.

태평세월이면 이렇게 날씨가 좋은 날이면 북평노인들은 세수를 한 후에 비둘기 조롱을 들고, 성 밖으로 나가, 버드나무나 갈대 연못가에 있는 노천 찻집에서 차를 마시며 번민을 달랜다. 그들은 비둘기 좋아하는 사람들이어서 10여 마리의 꽃 비둘기들을 함께 날려 푸른 하늘에 춤을 추게 한다. 그들은 또 낚시꾼들을 만나 일찍 성 밖에 나가 조용한 곳에서 하루를 보낸다. 성 밖 멀리까지 가지 않고 작은 배를 빌려 북해에서 뱃놀이를 하거나 중산공원에 가서 노송 아래를 산책한다.

오늘은 북평인들이 머리를 들어 하늘을 쳐다보고, 춤추는 제비나 매미가 나는 하늘을 볼 여유가 없다. 기아의 검은 그림자가 그들의 눈을 가리고 있다. 하늘에는 이미 흰 비둘기도 없다. 노인들은 새를 사랑하는 마음도 잃어버렸다. 양식이 없는 판에 누가 새나 비둘기를 키우겠는가. 그렇다. 물이 있는 곳이면 낚시질도 하고 뱃놀이도 한다. 그러나 그렇게 놀 수 있는 사람은 일본인뿐이었다. 배 속이 텅 빈 중국인은 한가한 시간을 한가하게 보낼 마음이 없다. 북평은 청명하고 아름다운 여름날인데도 반은 중풍에 걸린 듯하다.

윤메이는 이런 새벽을 보내고 양식을 구하러 가기로 결정했다. 그녀는 지금부터는 과거의 생활을 감미로운 추억으로 생각해야 한다—그녀는 특별히 편하고 감미로운 날도 없었다—좋은 날은 다 가고 눈앞에는 고난, 기황의 나날이 있을 뿐이다. 그녀는 이를 악물고 허둥거리거나 적은 것에 크게 놀라서는 안 된다. 이 모든 것이 그녀의 책임이었다. 그녀의 뺨에 특별한 의미의 미소가 번졌다. 모두에게 '내가 웃으니, 너희들은 서둘지 마라!'라고 말해주는 듯하다.

그녀를 보면서 루이쉬안은 마음이 편치 않았다. 그녀에게 이 여러 해 동안 격의 없는 친근감을 표시한 적이 없었다. 이제는 그가 굳은 결심으로 책임을 다하고, 용감한 그녀에게 진심으로 몇 마디 감미로운 위로의 말로 격려하여, 그녀를 감격하게 하고 싶었다. 그러나 그는 말하지 않았다. 최후로 그녀를 향해서 웃으며 출근했다.

윤메이는 모두에게 아침을 차려주고, 모두가 다 먹기를 기다려, 설거지를 하고, 얼굴에 분을 바르고, 깨끗한 남색 겉옷을 입고, 양증을 비단 수건에 싸서 손목에 묶고, 자루를 들고 바삐 나왔다. 영벽에 이르자 그녀는 돌아가서 아이들에게 부탁했다.

"샤오슌얼, 뉴쯔, 너희들 장난하지 마! 잘 들었어?"

뉴쯔는 먼저 답했다.

"엄마, 과자 사와. 안 울고 착하게 놀게!"

샤오슌얼은 어머니에게 말했다.

"흰 밀가루 사와. 잡곡 가루 말고!"

"응."

윤메이는 밖으로 나오며 말했다.

"주면 주는 대로 가지고 와야 해."

아직 일찍이었다. 8시 경인데도 윤메이는 늦으면 안 된다고 자신을 채근했다. 게다가 양식을 받아야 하는 곳이 바로 지금까지 치 씨 댁에 양식을 팔아먹는 의순점포였다. 그래서 조금 늦더라도 모두 잘 아는 사람이니 융통성이 있으리라 생각했다.

그녀가 의순에 도착하자 깜짝 놀랐다. 거대한 거무튀튀한 사람 줄이 5리나 늘어서 있었다. 아는 것도 아무 소용없었다. 그녀는 서둘러 가서 줄 끝에 섰다. 의순은 문이 꼭 닫혀 있었다. 그녀는 이게 무슨 일인지 몰랐다. 그녀는 늦게 온 것을 후회했다. 정오까지 기다려야 한다면 아이들과 노인들의 점심을 어떻게 하지? 그녀는 마음이 급했다. 큰 눈으로 사방을 두리번거리며, 무슨 일인지 언제 양식을 팔 것인지 알아보려고 아는 사람을 찾았다. 그러나 부근에는 아는 사람이라고 한 사람도 보이지 않았다. 그녀는 샤오양쥐안 사람들은 양식을 구하는 일에는 지금까지 뒤떨어지지 않는 것이 분명했다. 만약 그녀가 한두 시간 빨리 왔으면 앞에 서서 빨리 양식을 구할 수 있었을 것이다. 그녀는 자기가 왜 일찍 오지 않았는지 후회했다. 그녀의 앞에 있는 노파는 작은 걸상을 가지고 오고, 다른 중년 부인은 작은 양산을 가지고 왔다. 그렇다. 그들은 준비가 되어 있었다. 그녀 자신은 아무 준비도 없었다. 그녀는 계속 몇 시간 기다렸더니, 다리가 시큰거리고 머리가 아팠다. 그녀는 망국노가 되려면, 어떻게 해야 하는지 배우지 못했다!

그녀가 처음 왔을 때는 모두가 얌전하게 서서, 감히 큰 소리 내지 못하더라도 서로 얘기도 나누며, 가볍게 킬킬거리기도 했다. 사람들 무리 외에 10여 명의 순경이 질서를 유지하고 있었다. 그중에 세 명의 순경이 가죽 채찍을 들고 있었다. 가죽 채찍을 보자, 낮은 소리로 소곤거리던 사람이 입을 닫았다. 그들은 "평화"를 사랑하여, 감히 가죽 채찍질을 당하려 하지 않다. 그들은 일본인이 순경을 뒷받쳐주고 있으니 가죽채찍은 특별히 무정하다는 것을 안다.

시간이 지나자 태양은 점점 더 강렬해지고, 그늘은 더 작아졌다. 모두가 초조해져서 앞뒤에서 웅성거리기 시작했다. 순경의 다리와 눈이 더 바빠지기 시작했다. 처음에는 순경의 눈길이 닿기만 하는 곳이면 조용해졌으나, 순경이 가버리면 다시 시끄러워졌다. 이렇게 소리가 이쪽에서 나면 저쪽에서는 수그러들어서 시종 하나가 되지 못하다가 하나의 반향으로 일치되었다. 점점 더 순경의 눈총이 힘을 잃었다. 사람의 무리가 머리에서 꼬리까지 연결된 열차가 되어 여기저기 어지러운 소리가 났다.

윤메이는 당황하여 난리가 날까 두려웠다. 그녀는 길에서 밀고당기는 난리에 익숙하지 않았다. 그녀는 집에 돌아가고 싶었다. 다만 책임이 생각나자, 마음을 고쳐먹었다. 아니다. 그녀는 도망갈 수 없었다. 그녀는 반드시 양식을 구해서 돌아가야 했다. 그녀는 자기에게 경고했다. 조심해야 한다. 그러나 두려워할 필요는 없다.

뜨거운 태양이 그녀의 머리 위를 비추고 있었다. 최초에 그녀는 머리만 뜨거웠다. 잠시 후에는 머리 가죽이 근지럽기 시작하자 견디기 힘들었다. 그녀의 겨드랑이나 머리 위에 땀이 났다. 머리를 들어 하늘을 보았다. 하늘은 푸른빛만 가득한 것이 아니라 도처에 흰 기운이 떨고 있었다. 바람은 이미 멈췄다. 큰 길의 가로수들은 회색 먼지를 덮어쓰고 꼼짝도 하지 않았다. 샛길에 오고가는 차와 말이 회색 먼지를 뒤집어쓰고 있었다. 먼지를 뒤집어쓴 우마들의 똥, 오줌 냄새가 코와 눈을 찔렀다. 무료했다. 그녀는 손에 묶여 있는 비단 손수건을 끌러서 머리의 땀을 닦고, 잘 접어서 손에 꼭 쥐었다.

그녀는 바이순장을 보자 마음이 약간 안정이 되었다. 바이순장은 그녀에게 잘해주어서 그녀를 믿게 했다. 그가 있으면 야단이 나지 않을 것이다. 그녀가 머리를 끄덕이자 그가 다가왔다.

"치 부인, 왜 남정네를 보내시지 않고서?"

그녀는 그에게 질문으로 대답했다. 웃으면서 그에게 물었다.

"왜 양식을 내주지 않는 거요? 바이순장!"

"어제저녁에야 양식이 발급되어서요. 점포에서 밤새워 빻고 있어요! 조금만 기다리시면 모두에게 지급될 거요."

바이순장은 그녀에게 말하고 있었지만, 자연히 가까이 있는 사람들도 들었다. 그리하여 그녀와 모두가 안정을 느꼈다.

그러나 반 시간이 지나도 양식 발급 소식이 없었다. 바이순장의 진정시켜주던 말이 힘을 잃었다. 모두가 마음으로 하나같이 생각했다.

"일본인이 덕이 없다! 고의로 가난한 사람을 데리고 논다!"

태양은 더 뜨거워졌다. 끈적끈적 달라붙자 기름 같은 땀이 흘러내렸다. 땀이 날수록 더 갈증이 나고 마음은 초조해졌다. 하늘 색은 이미 흰색에서 회색으로 바뀌고, 공중에는 회색 먼지가 날아다니고 있는 것 같았다. 태양은 회색 공기층 위에서 아주 작고, 아주 희고, 아주 밝아서, 고개를 들지 못하게 했다. 고개를 숙이고 아주 뜨거운 빛이 빨갛게 달아오른 무수한 날카로운 침처럼 모두의 머리, 어깨, 등과 덮여 있지 않은 곳이면 어디든 찔러대었다. 배 속이 텅 비어서 현기증이 나기 시작했다. 입이 말라서 미친 듯이 소리치고 싶었다. 예절 바른 윤메이도 초조해져서 발을 굴렀다! 이건 양식을 타는 것이 아니라 고문당하는 것이구나!

그러나 아무도 대놓고 "일본타도!"라고 소리 지르지 못했다. 입이 말라 죽을 힘을 다해 침을 삼켰다. 현기증이 나서 옆에 있는 사람에 기댔다. 발이 시큰 거려 가볍게 제자리걸음을 했다. 태양을 가리기 위해서 어떤 사람은 수건을 머리에 덮었다. 어떤 사람은 자루로 어깨를 덮었다. 어떤 사람은 바지를 벗어서 두 손으로 들어서 자기만을 위한 작은 천막을 쳤다. 그들은 마음을 안정시키기 위해 신체적인 고통을 덜 수 있는 모든 방법을 다했다. 마음이 안정되어야 "일본타도"라는 고함을 칠 위험이 사라진다!

앞에서 갑자기 파동이 일더니 대오가 부채꼴 모양이 되었다. 발돋움하고 윤메이는 앞을 보았다. 양곡상 문은 여전히 닫혀 있었다. 그녀는 무슨 일인지 추측할 수는 없었지만, 자기도 모르게 희망이 커져서 반드시 양곡이 발급된다는 소식이 올 것 같았다. 그녀는 다리가 시린 것도 잊고 뜨거운 태양 빛도 잊고, 빨리 양식이나 구해서 집으로 돌아가고 싶었다.

앞에서 몇 명의 남자가 고함치기 시작했다. 윤메이는 줄을 떠나서 힘써서 발돋움 했다. 양곡상 대문 옆에 크지 않은 새 구멍이 있고 나무판자가 막혀 있었다. 이제 그 판자를 제쳐 반이 열렸다. 많은 손들이 작은 구멍을 향해 뻗치고 흐느적거렸다. 그녀는 앞으로 밀고 들어가고 싶지 않았다. 그러나 난동을 부리는 손들이 끌어당기는 마력이 있어서, 그녀는 자기도 모르게 앞으로 몇 보 움직였다. 사람들에게 가까이 붙었다. 마치 그렇게 해야 양식을 구할 수 있을 것 같지만, 이러한 소란을 수수방관해서는 안 될 것 같았다.

가죽 채찍이 소리를 냈다. 쉭—퍽, 쉭—퍽! 태양이 갑자기 서늘해졌다. 열기 속에서 서늘한 바람이 불었다. 사람의 피부에 닭살이 돋고 마음이 떨렸다. 윤메이는 아주 빨리 도망가고 싶은데, 다리가 움직이지 않았다. 앞에 있는 사람들은 모두 우왕좌왕하고, 이리저리 달리고, 마구 소리질렀다. 그녀는 광풍에 휩싸이듯이 떠밀리고 있었으나 다리를 떼놓을 수 없었다.

"어떻게 되더라도 양식을 받아야 한다."

그녀는 갑자기 자기가 이렇게 말하는 소리를 들었다. 그래서 그녀는 다리에 새로운 기운을 불어넣듯이, 뿌리가 난 듯이, 용감하게 그 자리에 서 있었다.

갑자기 아무것도 보이지 않았다. 가죽채찍의 날카로운 끝이 그녀의 눈가를 할퀴었다. 그녀는 눈을 가리고 일체를 잊어버렸다. 이 세계가 깜깜해졌다. 그녀는 본능적으로 무릎을 꿇으려고 했으나, 무릎이 굽혀지지 않았다. 그녀는 도망가고 싶었으나, 움직일 수 없었다. 그녀는 전신이 마비되고 마음도 굳어져서 아픈 줄 몰랐다. 공포가 잠시 동안 신경을 꺼버렸다.

"치 부인!"

잠시 지나서 그녀를 갑자기 부르는 소리가 들렸다.

"얼른 집으로 돌아가세요!"

그녀는 다치지 않은 눈을 떠서 겨우 제복을 보고, 틀림없이 바이순장일 것이라고 알아보았다. 눈을 가리고 머리를 저었다. 안 돼. 빈손으로 집으로 돌아갈 수 없다. 반드시 양식을 받아가야 한다!

"자루, 돈, 양표 모두 저를 주세요. 제가 대신 받겠어요. 빨리 돌아가세요!"

바이순장은 빼앗다시피 자루와 기타 물건들을 가지고 갔다.

"아주머니, 걸을 수 있어요?"

윤메이는 그제야 얼굴에 통증을 느끼고 이를 악물고 고개를 끄덕였다. 눈을 가리고 정신없이 집을 향해 걸어갔다. 대문에 이르자 오히려 다리가 풀려서 돌계단 위에 주저앉았다. 손을 떼보니 자기의 피를 볼 수 있었다. 그때 뜨거운 땀이 상처에 들어가서, 마치 소금을 뿌린 듯이 아팠다. 이를 악물고 집 안으로 들어갔다.

샤오순얼과 뉴쯔는 남쪽 담 밑에서 놀다가 어머니가 들어오는 것을 보고 뛰어왔다.

"어머니!"

그러나 곧 목소리가 변했다.

"엄마…"

이어서 소리쳤다. "큰할아버지! 할머니! 빨리 나와요!"

일가가 모두 둘러섰다. 그녀는 눈을 가리고 아픈 것을 참으며 말했다.

"심하지 않아! 괜찮아!"

티엔요우 부인은 윤메이가 빨리 상처를 씻게 하고 자기 방으로 고약을 찾으러 갔다. 두 아이는 어머니에게 떨어지지 않고 졸졸 따라다녔다. 샤오뉴쯔는 숨을 헐떡이며 작은 입으로 큰 소리로 재잘거렸다.

"엄마, 피 나. 엄마, 아파!"

씻고 나자 윤메이는 눈가가 약간 찢어졌지만, 다행히 눈알은 다치지 않았다. 그녀는 마음을 놓았다. 약을 바른 후에 간단하게 모두에게 말했다.

"어떤 사람들이 밀고 소란을 피우자, 순경이 가죽 채찍을 휘둘러서, 내가 잘못하다가 다친 거야."

어린애와 노인들의 걱정을 덜어드리려고 이렇게 가볍게 말했다. 그녀는 반드시 양식을 수령하러 가야 하므로, 갈 때마다 모두가 걱정하도록 하고 싶지 않았다.

그녀의 상처가 알리기 시작했다. 그러나 그녀는 점심을 모두에게 지어주어야 했다. 티엔요우 부인은 그녀를 말리고 자기가 주방에 나갔다. 치 노인도 손부에게 누워서 쉬라고 강권했다. 그러고는 탄식했다.

윤메이는 잠시 눈을 붙이고 곧 일어났다. 거울을 당겨서 약간 부어있는 자기 얼굴을 보았다. 잠시 충격을 받았지만, 오히려 통쾌하게 느껴졌다.

"다음에는 어떻게 조심하고 어떻게 기회를 보아 행동해야 하는지 깨달았다! 일차는 생소하지만 두 번째는 숙달된다!" 그녀는 자신에게 말했다.

바이순장이 양식을 가지고 왔다―작은 자루였다. 보아하니 4~5근 될까 말까.

치 노인이 자루를 받았다. 그는 바이순장과 이야기를 하고 싶었다. 바이순장은 바빴지만, 자루만 팽개치고 가버릴 수 없었다. 그는 윤메이가 다친 것이 마음에 걸려서, 그녀에게 해명을 해야 할 것 같았다. 윤메이가 방에서 나오자, 그는 서둘러 이야기를 했다.

"저는, 치 부인, 저는 그들에게 채찍으로 사람을 때리지 말라고 했어요. 그런데 제가 그들을 막지 못했어요! 그들은 제 부하가 아니고, 서에서 별도로 파견된 사람들이에요! 그들은 가죽 채찍을 들고 와서 한번 휘둘러보고 싶어 했어요! 괜찮아요? 치 부인! 말씀드리자면 제가 아주 난처해요! 무슨 말이냐 하면 모두가 오랜 이웃 아니에요. 양식 수령 때문에 얻어맞기까지 하다니. 정말! 그러나 저는 어쩔 수 없어요. 그들은 내 소관이 아니라서 제 말을 들어 먹어야지요. 흥, 나는 정말 전 북평이 오늘 가죽채찍으로 맞은 사람이 얼마나 많을까, 생각조차 하고 싶지 않아요! 나는 주구다. 내가 가죽채찍으로 사람을 마구 때리는 것을 막지 못했으니, 무슨 할 말이 있겠어요? 되었습니다. 치 부인, 쉬십시오! 어디 두고 봅시다. 천벌 받을 놈들!"

바이순장이 말을 마치자, 다른 사람에게 말할 기회를 주지 않고 나가버렸다.

치 노인이 대문까지 전송하러 갔더니, 바이순장은 이미 멀리 가 있었다. 치 노인은 바이순장에게 몇 마디 물어보고 싶었다. 그러나 바이순장은 그가 입을 열 기회조차 주지 않았다. 그는 바이순장이 좋은 사람이고 불쌍하지만, 성실하고 교활하다고 생각했다.

샤오슌얼이 놀란 당나귀처럼 뛰어왔다.

"할아버지 빨리 나와보세요! 빨리!"

말을 마치자 노인의 손을 잡고 마당 안으로 끌어들였다.

"살살해! 살살! 내가 넘어지겠다!"

노인은 말하면서 걸었다.

티엔요우와 손부가 호기심에 차 있었다. 그들은 양식을 큰 푸른 사기 대야에 쏟아부었다. 그들은 그것이 무엇인지 알아볼 수가 없어서, 감정해달라고 노인을 청했던 것이다.

노인은 일어서서 살펴보다가 머리를 흔들었다. 칠십을 살았지만 이런 양식을 본 적이 없었다.

대야 안에 있는 것은 각종 색깔이 섞여 있는 찻잎 같은 것의 가루로 축축한 가루약 같지만, 쌀겨보다 더 거칠기 때문에 쌀겨도 아니었다. 밀가루보다 더 보드랍기 때문에 밀가루도 아니었다. 그것은 보드랍지만 뭉쳐지지 않기 때문에 틀림없이 밀가루는 아니다. 너는 너대로 나는 나대로, 누구와도 어울리지 않는 모래알 같았다. 노인은 한 움큼 쥐고는 손바닥을 자세히 들여다보았다. 어떤 것은 옥수수 강냉이같이 알맹이가 되어 갈아도 가루가 되기를 거부했다. 어떤 것은 조각조각 부서졌지만 색깔은 여전히 진한 녹색이다. 노인은 반나절이나 생각해보고 틀림없이 밭에 거름으로 쓰는 두부 찌꺼기 비지 같았다. 어떤 것은 아주 검고 아주 반짝거렸다. 노인은 그것이 그냥 껍질이라고 단정했다. 어떤 것은… 노인은 다시 자세히 보고 싶지 않았다. 충분했다. 비지 찌끄기 하나로 충분했다. 인간이 이제 돼지가 되었다! 그는 들은 적이 있다. 저 짙은 녹색 물건이 쌀겨의 맛조차 없을 뿐만 아니라 쓰고, 곰팡이 냄새가 나고, 껄끄럽고, 늙은 쥐가 구멍에서 나온 것 같이 퀴퀴한 냄새도

난다. 노인의 손이 떨렸다. 손에 있는 "가루"를 대야에 털고 나서 일어서서 한마디도 없이 방으로 들어갔다.

샤오슌얼이 따라와서 물었다.

"큰할아버지, 도대체 뭐예요?"

노인은 아주 천천히 머리를 흔들었다. 마치 자기의 지식이 충분하지 않다는 표시를 할 뿐만 아니라, 자기의 지혜와 가치를 부정하는 듯이 대답하지 않았다—인간과 돼지는 마찬가지다.

윤메이는 괴상하게 생긴 가루로 무엇을 만들 수 있는지 알아보기로 했다. 만두? 국수? 교자?

가루에 물을 붓고 주물렀다. 괴상한 물건을 물을 만나자 어떤 부분은 끈적끈적하게 손과 대야에 마치 고무 같이 달라붙었다. 다른 부분은 찬물을 붓거나 더운물을 붓거나 관계없이 한 곳에 뭉쳐지기를 거부했다. 물을 적게 붓자 이 물건을 소리도 내지 않고 색깔도 변하지 않았다. 물을 많이 붓자 작은 편충이 물에 떠다니듯이 둥둥 떠다녔다. 여러 방법을 동원하고 시간을 들여 큰 덩어리로 뭉쳐서 도마 위에 놓았다.

어떻게 해도 그는 그것을 얇게 펼 수가 없었다. 떡이나 국수로는 만들 수 없었다. 생각을 바꾸어서 손으로 뭉쳐 큰 덩어리로 만들어서 만두를 빚고 싶었다. 그러나 가볍게 두드리고 힘들여 주물렀다. 그러나 이 기괴한 물건이 하나로 뭉쳐지려고 하지 않았다. 그것은 가루가 아니라 말똥이었다. 부딪히면 부서지고는 다시 뭉쳐지지 않았다.

북평에 태어나서 윤메이는 국수 요리를 할 줄 알았다. 흰 가루는 말할 것도 없이 귀리가루, 콩가루까지 국수로 만들어 먹는 방법을 알고 있었다. 어쩔 수 없을 때는 시어머니에게 가르침을 청했다.

티엔요우 부인은 이 가루가 그녀의 나이와 경험 앞에 머리를 숙여서 그녀를 난처하게 만들지는 않으리라 생각했다. 그러나 그녀가 살펴보

고, 만지작거리고, 뭉쳐보고, 주물러보고, 널려보고, 눌러보아도, 모두
소용이 없었다!

"내 평생, 이렇게 말을 듣지 않는 물건은 본 적이 없다."

노부인은 낮은 소리로 실망스럽게 말했다.

"간단하게 말해 일본인이 이렇게 해서 어떻게 사람의 인심을 얻겠
나!"

윤메이는 웃지도 울지도 못하면서도 설명을 덧붙였다.

고부 두 분이 과학자같이, 반나절이나 실험을 거듭하다가, 가장 원시
적 방법으로 해보기로 결정했다. 가루를 덩어리로 만들어 지짐판 위에
올려놓고 지졌다! 이렇게 익혀서 떡도 아니고 과자도 아닌 이상한 물건
으로 만들어냈다.

"좋았어요. 어머님 쉬세요. 제가 하지요!"

윤메이는 시어머니에게 말하고 혼자서 흙벽돌 같은 덩어리를 구워내
었다. 동시에 그녀는 파를 오이와 섞어서 반찬을 만들었다.

치 노인, 티엔요우 부인, 아이들 둘은 작은 탁자를 둘러싸고, 이 기괴
한 먹을거리를 맛보았다. 샤오슌얼은 흥분해서 소리쳤다.

"엄마! 빨리 가져와! 빨리해!"

윤메이는 몇 덩이의 "흙벽돌"과 "채소"를 날랐다. 샤오슌얼이 손으로
덩어리를 빠개어 입에 넣었다. 말라서 보송보송한 진흙처럼 식도를
반쯤 내려가도 아무 맛이 나지 않았다. 몇 번 삼켰으나, 진흙은 내려가
도 올라오지도 않고, 그의 작은 얼굴이 참다 참다 빨개지고, 눈에는
눈물이 났다.

"빨리 물을 마셔!"

조모가 말했다.

그는 주방으로 뛰어가서 물을 마셨다. 그 진흙이 그의 식도를 찌르면

서 아래로 내려갔다. 그러나 그는 쉴 새 없이 딸꾹질을 해댔다.

치 노인도 작은 덩어리를 입에 넣었다. 매매 씹었다. 냄새가 났다! 그는 거친 양식을 두려워하지 않았으나, 악취는 참을 수 없었다. 그는 그것을 넘겨버리기로 했다. 그는 집안의 어른이다. 반드시 모두에게 좋은 모범을 보여야 한다. 그는 힘들여서 악취 나는 물건을 삼켰다. 그런 후에 목을 꼿꼿이 하여 주방을 향해 소리쳤다.

"샤오슌얼 애미야, 국을 끓여!"

그는 국물이 없이 내려가지 않을 것 같았다. 그는 다시 그 "흙벽돌" 같은 괴물을 더 먹을 수 없었다.

"국, 가요!"

윤메이가 주방에서 큰 소리로 대답하고는, 질문을 했다.

"어때요?"

노인은 대답하지 않았다.

샤오뉴쯔도 작은 덩이를 떼어서 그녀의 작은 호리병 주둥이 같은 입에다 넣었다. 몇 번이고 몇 번이고 그녀는 볼썽사납게 구토를 했다. 그 후에는 작은 눈으로 큰할아버지를 쳐다보면서 거북한 듯이 말했다.

"뉴뉴는 배고프지 않아요!"

샤오슌얼은 어머니를 따라서 국을 날랐다. 보나 마나 맹물에 새우 말린 것을 넣은 것이었다. 그는 앉아서 한 덩어리 떼어서 웃으며 말했다.

"이번에 내가 너를 못 넘기는가 봐라!"

윤메이는 뉴뉴가 입술을 달싹이지 않는 것을 보고 물었다.

"뉴쯔! 너 왜 안 먹어… 엄마가 너에게 오이를 한 조각 주지!"

"뉴뉴 배 안 고파요!"

샤오뉴쯔가 머리를 숙이고 말했다.

"안 먹으면 안 돼! 이후에는 우리가 매일 저것을 먹어야 해!"

윤메이는 억지로 웃으며 말했다.

"뉴뉴는 배 안 고파요!"

뉴쯔는 머리를 더 숙였다. 작은 두 손으로 자기의 무릎을 꼭 쥐었다.

"샤오슌얼 애미야!"

치 노인이 뉴쯔를 보고 다음으로 윤메이를 보고 온화하게 말했다.

"가서 걔에게 흰 밀가루 샤오삥을 구워주어라! 우리에게 몇 근의 흰 밀가루는 있지 않은가?"

"할아버지 그렇게 습관들이면 안 돼요! 그 흰 밀가루는 우리 보배예요. 남겨두었다가 할아버지께 드릴게요!"

윤메이는 노인의 말을 거역하는 사람이 아니다. 그러나 딸이 가련하지만 몇 마디를 안 할 수 없었다.

"가서, 걔에게 샤오삥을 구워주어라!"

노인은 어린애를 너무 좋아해서도 안 되지만 괴물 떡은 정말 넘기기 곤란하다는 것을 알았다.

"요번뿐이야. 예가 되면 안 되지!"

"뉴뉴, 너 한입만 먹어봐라! 너 오빠도 이상한 냄새나는 것을 먹었겠니?"

윤메이는 또 어린 딸을 구슬렸다.

"뉴뉴는 배 안 고파요!"

뉴쯔는 눈물을 흘렸다.

치 노인은 샤오뉴쯔를 보고 갑자기 성을 내면서 탁자를 쳤다. 젓가락과 접시와 주발이 떨리고 튀어 올랐다.

"내가 말했지. 걔에게 샤오삥 구워주라구!"

그는 거의 소리를 치다시피 했다.

뉴쯔는 할머니 가슴에 머리를 묻고는 울었다. 티엔요우 부인은 입에 조그마한 덩어리를 물고 시종 넘기지 못하고 있었다. 이 기회를 틈타서 토해버리고 낮은 소리로 뉴쯔를 위로했다.

"큰할아버지가 너에게 성낸 것은 아니다. 뉴뉴! 울지마라. 울지마!"

손으로 뉴쯔의 머리를 쓰다듬자 뉴쯔는 눈시울이 젖었다.

"샤오슌얼 애미야, 뉴쯔에게 샤오삥을 구워주어라!"

윤메이는 살짝 나갔다. 그녀는 할아버지가 지금까지 쉽게 성내는 사람이 아니라는 것을 알고, 또 오늘 할아버지가 화를 내셨다고, 그녀가 절대로 곤란할 일 없으며, 사정이 그를 어렵게 하기 때문에, 자신이 어쩔 수 없다는 것을 알았다. 그렇다 치더라도 그는 억울하다는 생각에 눈가의 상처를 만지면서 눈물을 흘렸다. 그녀는 정신 나간 듯이 다부래기 안에서 흰 가루를 찾아내어서, 대야에 붓고 나자 밀가루 위에 눈물이 떨어졌다.

치 노인은 성을 내고 싶지 않았다. 그러나 실제로 자기 자신을 통제할 수 없었다. 탁자를 치고 난 뒤에 약간 후회가 되어서 곧 손부에게 사과했다. 더듬더듬 검은 매끄럽지 않은 이상한 삥을 보면서 양손으로 힘을 주면서 중얼거렸다.

사정없이 내리쬐던 태양이 나뭇잎을 모두 고개 숙이게 했다. 마당에서는 아무 소리도 나지 않고 방에서도 말소리 없다. 치 씨 댁은 죽은 듯이 정적에 빠졌다.

76

샤오삥 장사도 손을 놓고, 띰섬가게는 문을 열었지만 화롯불이 꺼져 있었다. 죽가게도 만둣가게도 훈툰쯔 가게도… 모두 일을 하지 않았다. 밀가루가 없기 때문이다.

성 밖의 채소밭에도 물을 주느라 바쁘다. 부글부글—도르래의 활차 가 드르륵 끊임없이 소리를 낸다. 시원한 우물물이 채전 고랑으로 흘러 간다. 짙은 녹색은 부추고, 연한 녹색은 배추고, 뻗어 올라가는 것은 오이다. 만신에 녹색 가시를 두르고 머리에 노란 꽃을 이고 있는 오이, 검붉은 가지, 향기 나는 회향, 각양각색의 무늬가 있는 왜오이 푸른색 호박. 그리고 금빛 나는 붉은 토마토…

만들기는 해보지만, 누구에게 팔아야 하나? 이 괴상한 가루(일본인이 이를 "공화면(가루)"이라 부른다. 하! 개도 핥으려 않을 2~30 종류의 폐물을 섞어 만든 물건(실제로 이렇게 아름다운 이름으로 부를 필요가 있다!)) 만두로 빚어서 찔 수 없고, 후이토우로 지질 수도, 삼각으로 구울 수도 없다. 솥에 들러붙어서 누가 부추를 사서 만두 속을 만드는 데 쓰겠는 가? 누가 공화면 먹으려고 비싸고 귀중한 채소 사는데 돈을 많이 쓰겠는가? 억울한 것은 채소다! 공화면은 가는 파와 오이와 어울리거나 냄새나는 생배추와 함께 버무릴 수 있다! 이 제 역할 못하는 공화면 때문에 비싼 채소가 오히려 값이 떨어지고 심은 채소가 곰팡이가 폈다!

양식이 없다. 북평은 세계적인 수공업 도시라는 명성을 잃었다. 배고픈 사람이 비취반지나, 귀고리, 도금하거나 순금의 영롱한 머리 장식, 우아하고 아름다운 융단, 교묘한 어린이 장난감, 꽃을 새긴 마호가니 의자와 탁자, 생화같이 채색된 칠보, 귀뚜라미 질항아리를 살 수는 없다…. 북평인들에게 한가한 마음도, 한가하게 가지고 놀 물건을 살 한가한 돈도 없었다. 그들을 밖으로 운반할 수단도 없었다. 그래서 솜씨가 뛰어난 쟁이(그렇다. 그들이 외국에 살았더라면 예술가로 높여 불렸을 것이다.)도 다른 사람들과 마찬가지로 들어 앉아 굶고 있었다. 북평은 최고의 쟁이들과 그들의 생산품을 잃고 기황을 얻었다!

한간들은 이 상황에서도 오히려 득의에 차있었다. 그들은 자신들의 원대한 안광을 경축했다. 일찍 일본인에 투항하였으므로 현재는 교묘하게 양식을 구할 수 있었다. 뿐만 아니라 그것도 모자라서 그들은 반드시 운동해서 한 계급 승급하려 했다. 삼등 양식을 받을 수 있는 사람은 반드시 이등 양식을 타려 했다. 한 사람의 몫을 탈 수 있는 사람은 두 사람 몫을 타려고 가진 수단을 다했다. 양식이 권세에 빌붙어서 일을 꾀하는 목표가 되었다. 그들은 좋은 것을 먹으려 하고, 많이 먹으려 할 뿐만 아니라, 먹을 수 없는 양식을 암시장에서 구하려 했다!

뚱보 주쯔는 기녀 검사소 소장이 되려고 운동하지 않았다. 경쟁자가 많기 때문에, 일본인은 오히려 이 기관을 없애버리고, 군부대가 창녀들의 일을 직접 관리했다. 뚱보 주쯔는 란둥양과 몇 번 굉장히 사납게 싸웠다. 심지어 고가의 찻잔과 술잔을 깨트리기까지 했다. 그녀는 그녀의 실패 원인이 뚱양이 자기의 역량을 다해서 운동하지 않은 탓이라 생각했다.

란둥양은 식구 수 대로 식량을 수령하도록 하는 방법이 실시된 후에, 뚱보 주쯔를 성공하도록 운동하지 못한 것을 약간 후회했다. 부인이 소장이 되면 어떻게 한 사람 몫뿐이었겠나! 좋은 양식을 낚아채지 못하면 돈이라도 챙길 수 있었지 않겠나? 돈이 있으면 좋은 양식 못 구할 수 있겠어.

후회하자 이를 악물고 수입이 짭짤한 자리를 얻어서 뚱보 주쯔의 솜씨를 발휘하도록 하여 자기의 마음을 위로하고 싶었다. 그는 몇 개 기관을 조사하여 어느 기관이 먹을 게 없고, 어느 기관이 많은지 알려고 죽자사자 매달렸다. 조사할수록 더 화가 났다. 알고 보니 어떤 기관 특별히 군사기관은 비교적 좋은 양식뿐만 아니라 담배, 찻잎, 특히 좋은 일용품까지 챙겼다! 이 때문에 그는 화가 났다. 자기가 왜 좀 더 일찍 손을 대서 이런 기관에 들어가지 못했던가!

이러한 기관에서 다시 다른 곳을 보다가 철도학교 학생들이 정부 측으로부터 양식을 발급받는다는 것을 발견했다. 그의 눈에 갑자기 불이 번쩍이고 푸른 얼굴에 땀이 났다. 힘껏 손으로 탁자를 내리쳤다.

"아! 이 학교의 교장이 되자! 교장!"

그는 눈을 치켜뜨고 손톱 밑의 떼가 맛이 나게 질근질근 씹었다. 마음을 진정하고 계산을 해보았다.

"학생이 300명이라면 한 사람에 1근씩 제끼면 한 달에 300근이다. 300근이 내 것이 된다! 응, 응, 매월 몇 명 학생만 제거하고 몫을 떨군다! 야오, 야오. 왜 내가 이런 생각을 미처 못 했던가?"

그는 손톱 물어뜯는 것을 멈추고, 그 학교의 교장 자리를 노려서 운동을 하기로 결정했다.

아니다. 교장이 되어야 하기 때문에 처장을 그만둘 수 없다! 겸직이 좋다. 겸직. 처장 겸 교장! 그는 입이 째질 듯이 웃었다. 그는 이 시대가 자기의 시대임으로 하겠다고 마음먹으면 할 수 있다고 생각했다!

다만 그는 교장이 될 자격이 없지 않은가? 그는 유학도 가지 않았고 대학교수도 해본 적이 없다. 잠시 생각해보다가 그 문제는 한쪽으로 미뤄 놓았다. 그것은 근본적으로 문제가 아니다. 그는 처장이다. 처장 자격이 되지 않는가!

그럼에도 불구하고 철도학교의 교장을 절대로 몰아낼 수 없었다. 똥양은 또 손톱을 씹었다. 손톱에서 피가 났다. 그는 생각해냈다. 현교장에게 죄를 뒤집어씌우면 된다. 교장이 각처에서 온 스파이를 숨겨주고 있다는 소문을 퍼뜨리면 한 방에 나가떨어지지 않겠나? 주의해야 된다! 똥양은 곧 얼마나 많은 자루의 밀가루를 자기 방에 쌓을 수 있을지 알아보았다. 그는 이 밀가루 때문에 학생 몇 명을 잡아서 그들이 적과 "연락"했다는 자백을 받아내서 교장을 감옥에 처넣는다! 밀가루 때문에 몇 명 죽여봤자, 뭐 대순가?

그는 교육국 니우 국장을 보러 가서 탐문해보기로 결정했다.

일본인이 북평을 점령하기 전에 똥양은 관리를 해본 적이 없어서 관리들의 예절이나 습관을 몰랐다. 그는 완전히 일본인 덕에 관리가 되었기 때문에, 일본인을 제외하고는 예의를 차릴 필요가 있다고 생각하지 않았다. 그는 지금까지 어떤 적당한 예의나 예절을 몰랐다. 그래서 일본인을 보면 그는 지나치게 공손하여 망신하는 것조차 두려워하지 않았다. 반면에 중국인을 보면 제멋대로 거들먹거렸다. 그는 이렇게 하는 것이 특별히 일본인들의 환심을 사는 반면, 중국인의 두려움을 산다고 믿었다. 이렇게 약자를 깔보고 강자를 두려워하는 호랑이의 위세를 믿고, 그 앞잡이 노릇을 하는 사람을, 급기야, 할 일 없는 사람들이 "일본파"라 부르는 한간 중의 일가를 이루었다.

그는 지금까지 니우 국장과 왕래가 없었다. 그러나 그는 오늘 니우국장을 만나러 가기로 결정했다. 그는 니우 국장이 교수 자격으로 국장이 되었고, 자기는 중학교 교원 출신으로 처장이 되었다. 그래서 그는 자기의 능력이 니우 국장보다 더 있으며, 일본인과의 관계는 니우 국장보다 더 두텁다고 생각했다. 그래서 그는 전화를 걸거나 편지를 써서 면회시간을 약속하지도 않았다.

니우 국장은 마침 또 다른 한간의 한 유파였다. 그는 학자였다. 그는 자기 자리를 얻으려고 일본인을 찾아다니지 않았으며 어떤 거래나 교제를 할 줄도 몰랐다. 그는 일본인에게 원하는 것은 자기의 신변 안전과, 책과 실험기구의 안전이었다. 이 때문에 그는 관료들과 내왕하는 것을 좋아하지 않았다. 한술 더 떠서 그것이 스스로 "맑고 고상"하다고 자만하고 있었다. 그가 양심상으로 괴로울 때는 마누라에게 말했다.

"나는 한간이 아니다! 한간이 아니다!"

그것이 끝이었다. 이 이상 자신이 이미 일본 관리가 되기는 했지만 그래도 자기는 한간이 아니라고 증명할 수 있는 충분한 이유를 찾지 않았다.

국장이 된 이래 그의 집 문밖에는 순경이 문을 지키고 있다. 그것이 그에게 안전감을 주었지만, 얼마 지나지 않아 순경이 자기의 감시자가 되어서 그의 집은 마치 감옥같이 되었다. 사실이다. 그가 국장이 된 이후에 손에 권력이라고는 잡은 적이 없었다. 명령이 있으면 터무니없는 짓을 하거나, 고의로 남의 공을 가로채지 않아도, 그의 수입이 현저하게 늘었다. 그는 그 돈이 어디에서 오는지도 생각해보지 않았다. 때로는 일본인 수하에서 일하는 (한간이 아니다!) 것이 굉장히 편하다고까지 생각했다.

란뚱양은 네 그루 푸른 나무가 서 있는 대문에 다다라서 문지기

124

순경을 무시하고 안으로 들어가려 했다.

"누구 찾으세요?"

순경이 그를 막아섰다.

그는 눈을 치켜뜨고 눈알을 굴리며 이것은 "나라의 수치"라 생각했다. 일개 순경이 감히 일본인을 위해서 일하는 관리를 막아서다니! 입술이 움직이지 않고 입이 바짝 마르고 말이 튀어나왔다.

"란 처장이 니우 국장 만나러 왔소!"

"명함을 주시오!"

순경이 예의 바르게 말했다.

란뚱양은 명함을 꺼내어 중국인에게 건넸다. 그의 명함은 일어로 인쇄되어 있었다.

"란 처장!",

그는 버럭 소리 질렀다.

순경은 그의 푸른 얼굴이 기괴하게 실룩거리는 것을 보고 명함을 다시 쳐다보지도 않았다.

"잠시 기다려 주십시오. 제가 말씀드리겠습니다!"

순경이 가고 3~4분 기다렸다. 란뚱양은 그 동안이 귀찮아서 계속 눈알을 굴렸다. 그가 일본인을 기다릴 때는 언제나 3분이나 3시간도 공손하게 서서 기다려도 초조하게 느끼지 않았다. 왜냐하면, 일본인을 기다리는 시간이 오래일수록, 기도드리는 것처럼 길면 길수록 더 경건하게 생각하고, 더 재미가 있었다. 현재 일개 중국인 관리가 3~4분을 기다리게 하다니, 그는 참을 수 없었다. 그가 자존심이 있다면 자존심이 상할 일이었다.

순경이 돌아와서 공손하게 말했다.

"죄송합니다. 국장님이 바쁘십니다!"

똥양은 순경의 얼굴에다 분풀이를 했다.

"뭐라고? 나는 란 처장이야!"

순경은 좀 엄격하게 나가지 않으면 견딜 수 없는 악취가 다시 습격할지 모른다고 생각했다.

"국장님은 손님 만나는 것 좋아하지 않습니다! 때로는 일본인도 거절당합니다!"

"사실이요?"

똥양의 입이 한참 다물지 못했다.

"일본인조차…"

그의 푸른 얼굴에 미소가 번졌다.

"좋아! 다른 날 다시 오죠!"

"좋습니다. 먼저 전화하셔서 시간을 정하세요!"

순경이 처장을 일깨워주었다.

"꼭 그러지요!"

란똥양은 천천히 걸어가면서 마음속으로 계산했다.

"그것참, 정말 정말 괜찮은 놈인데. 일본인조차 퇴짜를 놓다니! 이 녀석의 세력은 대단한가 봐! 아마도 저 국장은 천황이 친히 임명해서 보내셨는가 봐!"

걸어가면서 고개를 돌려 네 그루의 버드나무를 보았다. 그는 푸른 버드나무의 아름다움에는 눈길조차 주지 않았지만, 아쉬운 듯이 몇 번이나 와야겠다는 생각을 했다.

고개를 돌리자마자 관샤오허와—그의 의형제이고 동료였고 정적이었던—루이펑과 마주쳤다.

관가와 치가 두 사람은 그때 막 출옥했다. 일본인이 그들의 죄를 법적으로 정할 수 없고, 감옥 양식만 축내기 때문에 석방되었다.

치루이펑의 작은 마른 얼굴에 혈색이라고는 없었다. 그의 처음 떠오른 생각은 똥양에게 한 방 먹이는 것이었다. 그는 치 노인의 손자, 티엔요우의 아들, 루이쉬안의 동생, 관샤오허의 친구로서 자기의 아내를 빼앗은 남자와 대면했지만, 그와 주먹다짐은 차마 할 수 없었다.

란똥양은 루이펑이 감히 치고 나오지는 못할 것으로 알고 있었지만 약간 두려워서 파란 얼굴이 더 파래졌다.

관샤오허가 먼저 입을 열었다.

"어, 똥양 동생! 자네가 보고 싶어 죽겠더라!"

똥양은 그 둘을 보고 그들이 낭패하는 모습을 보자 한마디도 하지 않고 도망가고 싶었다.

샤오허의 한 마디가 똥양은 붙들어 매었다.

"동생, 자네도 알지? 짜오디가 특무가 되었어!"

똥양은 마음속으로 다행이라 생각했다.

"다행히 내가 그녀에게 죄지은 것이 없다!"

곧이어서 소리를 질렀다.

"관형!"

자기 수하에도 특무가 있지만 짜오디가 군부 직속 특무일까 두려웠다. 군부 특무 한 사람이면 쉽게 한 사람의 문관을 욕보일 수 있다.

루이펑이 샤오허가 똥양을 겁주고 있는 것을 보고 교활한 생각이 났다.

"당신, 나도 특무라는 것을 짐작하겠어?"

그렇게 말하면서 총을 찾는 듯이 품속으로 손을 넣었다.

똥양은 정말 두 사람을 집에 청해다 식사라도 대접하고 싶었다. 그러나 그는 근본적으로 천성이 모순적이라서 고쳐서 말했다.

"두 분이 시간이 있으면 내 집에서 얘기나 합시다!"

"내일 가지."

샤오허는 기분 좋게 말했다.

"루이펑, 자네는…"

그는 루이펑이 뚱보 주쯔를 만나는 것이 거북할까 봐 루이펑 대신에 대답했다.

루이펑은 확실히 어느 정도 거북했지만, 다시 생각하니 란 씨 집에 가서 식사하려면 고집을 너무 부리지 않는 것이 좋을 듯했다.

"정말 무슨 일이 있어?"

그는 질문을 던졌다.

"있지! 있어!"

뚱양은 마음속으로 계산했다. 짜오디와 루이펑이 군부의 특무라면, 그들을 이용하여 철도학교 교장에게 죄를 뒤집어씌울 수 있다고 생각했다. 군부 사람이 특별히 노력한다면 화가 닥쳐도 자기와는 무관할 수 있다.

"반드시 우리에게 식사를 대접해야 돼!"

샤오허는 웃으면서 말했다.

"한잔 하는 거야. 어때. 형제들이 오랜만에 친목을 다지는 것도 좋지?"

뚱양은 올가미에 걸려들지 않으려고, 그들을 식사에 초대한다는 말도, 안 한다는 말도 하지 않은 채 눈만 굴렸다.

샤오허는 맛있는 식사를 하게 되었다는 기대에 부풀어 뚱양의 눈을 칭찬하기 시작했다.

"정말이야. 동생 자네 관운이 좋을 거야. 자네 눈이 점점 더 치켜떠지네!"

뚱양은 그들이 식사에 초대하라는데 대답을 하지 않을 뿐만 아니라 오히려 그들에게 말했다.

"내일 두 분께서 우리 집에 와요. 옷을 갈아입으시고! 내 집에는 항시 지위가 있는 분들이 오신다오!"

그는 그들이 떨어진 옷을 걸치고 있는 것을 보고, 짜오디와 루이펑이 정말 특무가 되었다는 것을 의심했다.

루이펑은 머리가 빨리 돌아갔다.

"나 변장한 거야! 어디에 가든지 이렇게 변장한다네!"

똥양은 급히 웃음을 지었다. "좋아요, 내일 봅시다!"

똥양이 멀어지자, 샤오허는 팔꿈치로 가볍게 루이펑의 갈빗대를 툭 쳤다.

"변장! 변장했어! 자네 제법이야! 묘수야!"

루이펑은 자기의 임기응변에 굉장히 득의에 차서 입술을 내밀며 웃었다.

두 사람은 6호에 돌아왔다. 마당에서 띵쫀과 마주쳤다. 띵쫀은 그들을 막아섰다. 샤오허는 놀라서 물었다.

"이것이 내 집이야. 왜 나를 못 들어가게 해?"

"당신 집, 벌써 내가 다른 사람에게 세주었어요! 생각해 보세요. 당신이 벌써 몇 달 방세를 내지 않았지요?"

"그러면 까오디는?"

샤오허는 그녀도 하옥된 것을 몰랐다.

"그녀, 벌써 일본인이 잡아갔어!"

"내 물건들은?"

샤오허는 까오디가 하옥된 것에는 별로 관심이 없었다. 평소에 그는 그녀를 별로 좋아하지 않았다.

"당신 몇 달 동안 방세를 내지 않았어. 그 물건들이 몇 푼어치나

나갈 것 같아요?"

샤오허는 정신이 나가버렸다. 살 곳이 없어졌다. 이거 큰일이다. 생각을 되풀이하다가 그는 띵쫀을 위협하기로 했다.

"당신, 짜오디가 무슨 일을 하는지 알아? 나를 몰아세우지 않는 것이 좋을 거야!"

띵쫀에게 이 수가 먹혀들지 않았다.

"그녀가 무엇을 하든 관심이 없어요. 오히려 당신이 나가주면 좋겠어. 자, 나가시죠!"

얼마나 맑은 여름날 저녁 무렵인가. 왕년에는 치 노인이 이런 날 이런 시간을 가장 즐겼다. 5시경 지고 있는 해가 서쪽 담장에 가려 그늘을 만들고, 대추 윗부분의 녹색 대추가 마치 한 알 한 알이 보석같이 금빛을 띠고 있었다. 치 노인은 반드시 몇 주전자 물을 주어서 그늘이 시원한 습기를 뿜게 하여, 집안 식구들이 서늘한 곳에서 상쾌하게 식사할 수 있도록 했다. 밥을 먹은 후에, 노인은 반드시 꽃에 물을 주어 야래향 꽃이 향기를 발산하게 한다. 코가 예민한 벌들을 불러들여 꽃잎이 떨도록 날갯짓을 한다. 얇은 비단이 떨리듯 한다. 각종 색의 매미가 집 처마에서 선회하면서 거미줄을 끊어놓는다. 박쥐들이 한 마리씩 날라 나왔다. 마름처럼 검어서 아이들이 신을 던져 마름을 따내려 하고 싶어 하는 마음이 생기게 한다. 까마귀가 등에 노을빛을 띠고, 천천히 성 밖으로 날아돌아가다가, 성 밖의 큰 나무에 내려앉는다. 제비들이 줄을 지어 전선 줄 위에 조용히 휴식하다가 하늘로 날아오른다. 하늘에 일진의 붉은 빛이 비치더니 천천히 회색이 되었다. 서늘한 바람이 솔솔 분다. 강렬한 꽃향기가 섞인다. 이때는 아이들이 하루 종일 재잘거리던 작은 입을 더는 열고 싶지 않아서 노인들에게 옛날 얘기를 조른다. 노인의 얘기가 미처 끝나기도 전에, 그들은 눈을 감고 꿈속에서 작은 물고기를 쫓거나 참외를 쳐다본다.

오늘은 배가 고팠지만 차마 말을 못했다. 그는 이미 땅바닥에 물 뿌리는 것을 중지했다. 첫째는 움직이기 싫어서이고, 둘째는 물을 구할 수 없어서다. 하늘은 뜨거워지고 우물물은 말라가서, 후통에서 두 일본 집만 물을 무진장 쓸 수 있도록, 물장수 산동 출신 둘째가 다른 집이 물이 있건 없건 그 집에 무진장 공급한다. 꽃에 물주는 것에 이르러서는 그는 언급조차 못 한다. 꽃들은 물이 모자라서 죽지는 않았지만, 잎이 반은 노랗게 되었고, 꽃은 한 송이도 피우지 못했다. 노인의 눈은 항상 꽃들을 피한다. 북평의 까마귀는 먹을 것을 못 찾아서 수가 줄어들었다. 남쪽 성벽 밖의 큰 나무에 앉아있는 두서너 마리는 털이 뽑히고 소리도 내지 않은 검은 까마귀가 마치 북평처럼 여위었다.

샤오뉴쯔는 공화면이라는 물건을 도대체 넘길 수가 없었다. 매일 식사 때만 되면 한바탕 소동이 일어난다. 소동이 끝나면 그녀는 눈물을 머금고 흐느낀다. 그러고는 할머니 품속에서 자는 듯 마는 듯 눈을 감는다. 그녀는 평소에 잘 우는 아이가 아니다. 그런데 지금은 걸핏하면 울어서, 작은 마음속의 억울함을 씻어내려 한다. 이렇게 맑고 아름다운 여름 저녁, 노을이 펼쳐져 있고, 매미랑 박쥐가 날고 있을 때, 아이들의 웃는 소리 들리지 않고 천색만 더 아름답다. 마당에는 오히려 정적이 드리우고, 정적은 두려움에 싸인다. 모두는 서로 쳐다보고, 무엇을 말할까 걱정하지 않으려고, 일찍 잠자리에 들어서 눕고 싶어 한다.

바로 이때 맑고 아름답고 난감한 저녁때쯤 루이펑이 돌아왔다―관샤오허를 대동하고.

하나의 머리가 그들을 본 것은 샤오슌얼이었다. 샤오슌얼이 소리 지르며 뛰어나왔다.

"둘째 아저씨, 돌아오셨어요?"

샤오뉴쯔가 조모 품속에서 자는 둥 마는 둥 하다가, 오빠의 소리를 듣고, 급히 눈을 뜨고 소리 질렀다.

"둘째 아저씨!"

치 노인은 자기 방 계단에 앉아있었다. 둘째를 보자 까닭 없이 기분이 좋았다. 그러나 수년에 걸친 고난이 그가 사세동당을 생각해서, 둘째를 항상 관용하기만 해서는 안 된다는 것을 분명히 알고 있었다. 그는 머리를 숙였다. 루이펑은 "할아버지"라고 크게 불렀으나, 노인은 대답을 하지 않았다.

티엔요우 부인의 모성애는 원래 둘째에게 감옥에서 고생이나 하지 않았는지 물었어야 한다. 그러나 노인이 손자에게 냉담한 것을 보자 아무 말도 하지 않기로 결정했다.

루이펑은 원래 모두가 멀리 원정 간 영웅이 돌아오듯이, 자기를 열렬히 환영해주리라 생각했다. 그는 떨리는 목소리로 할아버지와 어머니를 부르고, 곧 눈물과 콧물을 짜면서 감옥에서의 정황을 마치 옛날얘기처럼 모두에게 들려주고 싶었다. 할아버지와 어머니가 냉담한 것을 보자, 그는 기가 막혔다.

윤메이는 할아버지와 어머니의 뜻을 충분히 이해했다. 그러나 둘째에게 따뜻한 마음을 베풀지 않을 수 없었다. 그는 전 가족의 주부이니까 모두를 보살펴야 했다. 그녀는 웃는 얼굴로 말했다.

"야, 둘째 도련님 돌아오셨어요? 고생하셨지요?"

둘째는 형수에게 뛰어가서, 통쾌하게 감옥에서 있었던 생활 일체를 말하고 싶었다. 그러나 고개를 돌리자, 조부가 자기를 노려보고 있는 것을 보고, 어쩔 수 없이 입을 다물 수밖에 없었다. 그는 한참 넋 나간 듯이 있다가 형수에게 물었다.

"관 선생이 잘 곳이 없을까요? 형수님이 그를 위해서 생각해봐 주세요?"

샤오허는 옷깃을 끌며, 치 노인과 티엔요우 부인에게 인사를 하고, 만면에 미소를 띠고 윤메이에게 말했다.

"하룻밤 어디 잘 수 없을까요? 내일이면 달리 방법을 찾을 것입니다. 다시 귀찮게 굴지 않겠습니다. 사실입니다. 짜오디가 특무가 되었습니다. 특무 애비가 잘 곳이 없어서야 되겠습니까?"

윤메이는 웃고 있었지만 어기는 상당히 단호했다.

"관 선생, 제가 마음대로 할 수 없어요."

치 노인은 말을 하고 싶지 않았다. 첫째는 배속이 꾸르륵꾸르륵 해서 말할 정신이 아니었다. 둘째는 윤메이가 분수를 알고, 제 마음대로 관샤오허를 유숙시키지 않으리라는 것을 알기 때문이었다. 셋째는 남에게 책을 잡히지 않는 것이 그가 항상 취하는 방식이다. 그는 샤오허가 빨리 나가서 말을 더하지 않아도 되기를 바랐다. 그러나 갑자기 그가 입을 열었다. 몇 년 동안 억울한 일을 당해온 사람이 그가 주구와 사이좋게 놀아주라고 강요하여, 악인에게 억지로 예의 차리라는 방법 같았다. 그의 세계는 이미 변해서, 반드시 흑백을 분명히 해야 하고 다시 흐리멍덩하게 굴면 안 되었다. 그는 일어서서 샤오허의 얼굴을 가리키며 소리쳤다.

"가라! 밖으로 나가! 나에게 듣기 싫은 소리 듣게 하지 마라!"

그런 후에 루이펑에게 고개를 돌렸다.

"너, 옳고 그런 것도 모르는 놈! 너, 저 사람 내보내지 않으면, 너와 사생결단 할 거다!"

루이펑은 할아버지가 정말 화내시는 것을 보고, 샤오허를 끌고 밖으로 나갔다. 그는 노인의 명을 어겼다가는 노인이 그에게 밥도 다시 주지 않으리라는 것을 알았다. 샤오허를 문밖에 끌고 나가서는 '죄송합니다!'라고 말하고는 문을 잠갔다. 다시 집안에 들어와서 아무 일 없었던 듯이 밥을 먹으려 했다. 할아버지가 그를 기다리고 있을 줄 누가 알았으랴. 얼굴을 마주하자 노인은 손자를 세워두고 일본인이 북평을 점령한 이래 루이펑이 한 짓을 모조리 들어서 욕을 해댔다. 노인은 루이펑의 조부 같지 않고 외부에서 온 방관자 같았다. 그는 다시 조부의 입장에서 각별하게 손자를 용서하는 것이 아니라 객관적으로 꾸짖고 정의감과 견식을 갖춘 사람이 옳고 그름을 모르는 못난 놈을 사정없이 꾸짖듯 했다.

30분이나 꾸짖자, 노인이 배 속이 비어서 떨리기 시작했다. 티엔요우 부인과 윤메이는 루이펑에게 말도 없이 노인이 병을 낼까 봐 겁이 나서 노인을 위로했다. 그들이 이런 말 저런 말로 노인을 달래자, 노인은 돌계단에 앉아서 눈물을 흘렸다.

루이펑은 노인의 꾸지람을 상세히 알아듣지 못하고 억울하고 불공평하다고 생각하기만 했다. 그는 자기가 막 감옥에서 나오자마자, 집에서 환영과 위로를 받아야 마땅한데, 노인이 이렇게 지나치게 무정하게 군다고 생각했다. 노인이 앉는 것을 보고 그는 자기 방에 가서 낮은 소리로 불평해댔다.

한참 앉아 있다가 노인은 화가 진정되자 윤메이가 부축해주자 일어서서 낮은 소리로 그녀에게 말했다.

"밥 챙겨주어라!"

윤메이는 처연하게 웃으며 고개를 끄덕였다.

오늘따라 루이쉬안은 늦게 귀가했다. 평일에는 그는 일을 마치고 집에 오면 자기 생각을 분명히 한다.

"나는 가장이다. 내가 집에 도착할 때까지 밖에서 나 자신을 위해서 한 푼이라도 쓰지 않는다! 내가 비록 출전해서 항전에 참가는 못 하더라도 최소한 일가 노소는 내가 돌보아야 한다!"

이렇게 격에 어긋나게 자기를 비호하지도 자기를 너무 가볍게 여기지도 않았다.

근래 모두가 공화면을 먹은 이래 집에 돌아오기가 싫었다. 때로는 일을 마치고 난 뒤 전차를 타지 않고 혼이 나간 듯이 걸어왔다. 그는 집에 돌아와 늙은 조부, 병든 노모가 돼지도 먹지 않으려는 것을 먹고 있는 것을 얼굴을 맞대고 보고 싶지 않았다. 특히 샤오뉴쯔의 칭얼거리는 소리, 그리고 윤메이가 이런저런 어려움을 겪은 이야기 듣고 싶지 않았다. 이 상황과 칭얼거리는 소리를 보고 듣고 나면, 그는 이것이 가정이 아니라 지옥이라 생각했다. 노인들의 눈에는 노년의 자애로운 모습이 사라지고 아이들의 눈에는 천진난만한 빛도 사라지고 공포와 절망만 드러나 있었다. 이러한 것으로 미루어서 그는 국가만을 저버린 것이 아니라 일가족을 살릴 수도 없다는 생각이 났다. 그의 계산—국가를 구하지 못하면 가족이라도 구하는 것이었다—이 전부 잘못되었다.

억울하게 당하고 있는 늙은이와 아이들을 보자, 그는 몇 마디 웃기는 이야기라도 해서 모두를 웃겨야 되겠다고 생각했다. 그러나 그것은 속이는 것이다! 그는 그저 머리를 숙이고, 이 물건들이 배속을 지나가기만 해서, 아무 데도 좋은 점이 없다는 것을 알지만, 넘길 수 없는 것을 삼킬 수 있을 뿐이다. 이렇게 아무 영양가도 없고 자기에게 무익하다면 이 물건들이 노인과 아이들을 아주 빨리 죽일 수 있다. 이것들은 바로 독약이다. 아이들이 굶어 죽을 수 있다는 생각에 이르자 머리에서 식은 땀이 흘렀다. 구차하게 평안을 얻으려는 것이 사실은 자기의 자식을 죽이는 일이다. 후손을 끊는 일이다.

때로는 구드리치 선생이 특별히 밀가루 봉지와 띰섬을 기름종이에 잘 싸서 루이쉬안의 낡은 가죽가방 안에 몰래 넣어둔다. 노인은 따로 넣은 종이에 영어로 써둔다. '루이쉬안, 용서해주게. 아이들의 기분을 조금이라도 좋게 해준다면, 나의 공과는 조금은 상쇄될 것이야!'

작은 이리 같이 두 아이가 이 물건을 삼킨다. 다 먹고 난 뒤라야 생각난 듯이 말한다.

"왜 큰할아버지 할머니 드릴 것은 없어?"

샤오뉴쯔가 특히 종이 꾸러미를 들고 오시기를 바라면서 아버지를 기다린다. 그녀는 말한다.

"아빠! 뉴뉴가 착해요! 뉴뉴는 종이 꾸러미 필요 없어요!"

이 말이 루이쉬안의 심장을 칼로 도려내는 듯한 아픔을 느끼게 한다.

그는 이미 샤오슌얼을 공부시키는 것을 그만두었다. 왜냐하면, 지식이 굶어 죽어가는 아이를 구할 수 없다는 것을 알았기 때문이다. 우울하고 배가 고팠다. 그의 배가 수시로 쓰라리고 신물이 올라와서 문화나 역사를 말할 정신이 없었다. 기황은 문화와 역사를 멸망시킨다!

그가 정신없이 거리를 헤매고 있는 동안 허다한 새로운 견디기 힘든 일들이 일어났다. 그는 중국과 일본인이 합작한 식당을 보았다. 안에는 중·일이 합작한 물건들로 채워져 있었다. 높은 탁자, 높은 의자는 중국인을 위한 것이고, 낮은 탁자는 일본인용이었다. 네 벽에는 일본인의 채색 판화가 걸려있고, 탁자 위에는 일본인이 좋아하는 이상한 모양의 분재가 놓여 있었다. 다른 식당은 식량, 돼지고기와 양고기의 통제 때문에 사흘은 물고기 잡고 이틀은 그물을 말렸다. 매일매일 불을 피울 수가 없었다. 이렇게 중·일 합작하는 곳은 쌀가루와 음식재료를 구할 수 있고, 저렴한 가격으로 다른 집 장사를 빼앗았기 때문에, 매일매일 사람이 미어터졌다. 이곳에서 사람들이 적잖은 돈을 써서 큰 주발의 흰 쌀밥과 일본식의 간단한 반찬을 살 수 있었다. 얼마나 여러 번, 루이쉬안이 늘 신물이 올라오는 위와 오랫동안 쌀밥 맛을 못 본 입술이 그를 밀어 넣어서, 큰 사발 "화정식"을 먹게 하려고 했던가. 그러나 그는 이를 악물고 급히 지나갔다. 어쨌든 그는 자기에게 말했다. 그는 천한 짓을 할 수 없다. 일본밥을 먹으려 하고, 일본 식당의 장사가 잘되도록 도와주고, 일본인과 한 자리에서 식사를 하다니! 그는 이러한 소극적 저항이 일에 보탬이 되지 않는다는 것을 알지만, 그가 도대체 당당하게 자만할 수 있다고 생각할 수 있는가.

그는 또 왕푸징 거리 일대에 적잖은 일본인 상점을 보았다. 그것은 그에게 오히려 조금도 이상하지 않았다. 샤오양쥐안에서조차 일본인이 사는 집이 있는데 이렇게 큰 대로 상에 일본인 점포가 있는 것이야 당연하다. 그러나 중국 상점에 걸려있는 간판이 일본식으로 고쳐져 있는 것을 보고 그의 머리가 자기도 모르게 숙여졌다. 그는 이것은 문화가 흡수당했으니, 부끄러움도 없이 투항한 것으로 생각했다.

마찬가지로 그는 동안시장에서 분재화분을 보았다. 작고 뭉툭한 소나무 한 거루가 기형적인 산석에 기대어 있다. 혹은 크고 작은 찻사발 크기의 화분에, 일종의 작은 선인장이 심어져 있다. 혹은 인공적으로 굽혀진 작은 나무에 한두 송이 꽃이 피어있다. 그는 이것은 일본인들에게 팔 것이라는 것을 알고 있다. 일본인들이 "자연적"이라는 것은 반드시 잔인한 포락적인 다스림을 거치게 되어있다. 꽃과 나무를 잔인한 마음으로 자르고 굽혀서 자연적인 자연의 "아름다움"을 만들어낸다. 중국인도 이러한 기술을 배운다! 중국인의 총명이 무엇인들 못 배워 내겠나 만은 이러한 강인과 반항은 제발 배우지 마라!

집에 오는 것이 두려웠다. 거리를 지나가면서 주변 상황을 직접 접하면서 어찌해야 좋을지 몰랐다. 그는 북평을 감히 떠날 수 없었다. 그러나 그는 북평이 점점 자기에게서 멀어지는 것 같아서 갈 곳이 없었다. 그는 오늘 이러한 심정을 가지고 천천히 집으로 돌아왔다.

관샤오허가 치 씨 댁 대문 돌계단 위에 앉아있었다. 루이쉬안을 보자 급히 일어났다.

"아, 루이쉬안! 나와 둘째가 아무 일 없이 나왔어요! 당신은 아마도…"

그가 말을 마치기도 전에 그는 문을 열고 들어가서 대문을 걸어 잠갔다.

윤메이가 조용히 말했다.

"둘째가 돌아왔어요!"

그는 아무 말도 없이 자기 방에 들어가 버렸다.

77

샤오허는 루이쉬안에게 거절당하자 그 자리에 정신 나간 듯이 서서 원래 자기의 집이었던 집을 바라보았다. 그는 이전의 자기, 따져빠오, 통팡과 딸들을 생각했다. 그는 자기가 왜 이 지경에 빠졌는지 알 수가 없었다. 이 생각 저 생각해보아도 자기가 무슨 잘못을 저질렀는지 생각이 나지 않았다. 만약 정말 인과응보라면 자기는 잘못한 것이 없는데 응보는 왜 이리 참혹한가? 당당한 관샤오허가 잘 곳이 없다니! 길게 한숨을 쉬고는 샤오양쥐안을 나갔다.

날은 이미 저물었다. 어디로 가야 하는가? 평소에 그는 언제나 북평에 있는 모든 것은 자기를 위해 예비 되어 있다고 생각했다. 인력거는 머리만 끄덕이면 곧장 자기 대신 두 다리로 달려와서 탈 것을 제공해준다. 가로등이 길을 밝혀주어서 비단 신이 더러운 물건에 걸려 넘어지지 않게 해준다. 가게도 자기를 위해 열려 있어서, 자기 지갑만 더듬으면 장사꾼들이 개같이 자기를 보살펴 준다. 지금은 인력거, 가게, 가로등 모두 대로에 그대로 있는데 자기는 참담하고, 고적하게, 고생을 하고 있다는 생각이 들었다. 아무도 자기를 불러 주는 사람 없고, 어디로 가야 할지 알 수가 없다. 북평의 어느 것도 자기를 위해 준비된 것이 아니라니! 왜 인가? 왜 이렇게 되었나? 그는 이유를 생각해낼 수 없었다!

그는 감히 성을 낼 수도 없었다. 왜냐하면, 한번 성을 내어, 사양은 정중하게, 길은 천천히라는 말에 어긋나게 굴면, 문제가 생길지 모른다. 그는 이전에 자기가 했던 일은 기억할 만한 가치가 없다고 생각하여 후회하지도 않기 때문에 자신은 자만에 차있었다. 이전의 일 특히 따져 빠오가 소장이 된 후가 황금시대였다. 황금시대란 착오가 아니다!

배 속에 꼬르륵거리는 소리가 났다. 배고픈 것이 제일 절박한 문제였다. 그는 다른 것은 잊었다. 어떻게 하면 입에 무엇인가를 넣을까만 생각했다. 그는 란뚱양을 찾아가기로 결정했다. 그는 뚱양이 수전노라는 것을 알지만 자기의 삼촌불란지설[3]을 믿었다. 아무리 란뚱양이 수전노라도 자기는 말로써 귀신도 설득해 낼 자신이 있었다.

뚱양은 일본인에게 아첨한 경험이 있기 때문에 급한 일을 부탁하러 오는 사람은 반드시 약속시간 보다 일찍 온다는 것을 알았다. 자기가 바로 그러하니까. 그는 또 부탁하려는 사람이 일찍 올수록 부탁받는 사람은 더 거드름을 피우며, 고의로 만나려 하지 않는다. 그는 자신도 얼마나 많은 이런 냉담과 구박을 받았던가. 이 때문에 샤오허가 오늘 저녁 곧바로 오자 의심이 들었다. 대개 급한 일로 도움을 청하면서 동시에 짜오디가 정말 특무가 되었다고 말했었다. 그래서 그는 문을 열어주고 먼 산 보듯이 하면서 샤오허에게 물었다.

"나에게 바른대로 말해요. 짜오디 일이 정말이요?"

샤오허는 마치 벌에게 한방 쏘인듯했다.

"야아, 자네가 내 말을 안 믿을 수 있어? 내가 언제 일본인과 관계되는 일로 농담한 적이 있어?"

---

3) 三寸不烂之舌 : 말솜씨.

똥양은 잠시 한 대 먹은 듯했다. 그는 샤오허가 거짓말을 한 것이 아니라는 것을 알아챘다.

"나에게 어디 가면 그녀를 만날 수 있는지 말해줘요."

"글쎄…"

샤오허는 그녀가 어디에 있는지 다시 하옥될까 겁이 나서 말할 수 없었다.

"글쎄, 그건 특무가 어디에 있는지를 다른 사람에게 말하는 것이 금지된 줄 자네도 알잖아!"

"내가 그녀를 못 찾으면 내가 어떻게 말할 수 있어요? 당신은? 자네도 못 찾아요?"

"나…"

샤오허는 무어라고 대답해야 좋을지 몰랐다.

"좋아! 내 시간을 너무 빼앗지 마시오! 당신이 그녀를 못 찾으면 내가 루이펑을 이용할 수밖에!"

"루이펑? 그는 당신을 속였어. 그가 특무라면 나는 일본 천황이게!"

"샤오허! 당신은 나를 속이고 일본 천황까지 조롱해?"

똥양은 일어나서 눈알을 부라렸다. 동쪽을 향해 깊이 절했다.

"오우, 내 잘못 했어! 내 사과하지!"

"당신과 루이펑은 사기꾼이요. 나가요!"

"나는 밥을 못 먹었어, 똥양!"

"여기는 식당이 아니요! 나가요! 감히 처장을 놀려! 하!"

"부인은? 나, 부인을 뵈옵지!"

샤오허는 급해서 뚱보 주쯔에게 도움을 청하고 싶었다.

뚱보 주쯔는 밖에서 들어왔다. 샤오허를 힐끗 보고는 썩 기분이 내키지 않았다. 그녀가 최근에 기녀 검사소 소장자리를 손에 넣지 못하고는 일체의 사람을 원망하고 있었다. 샤오허는 따져빠오의 남편이니까 특별히 화가 났다.

"처장부인!"

샤오허는 여성의 자비심을 움직일 요량으로 아첨 섞인 목소리로 불렀다.

뚱보 주쯔는 아무 말도 하지 않고 침을 탁 뱉고는 안으로 들어가 버렸다.

샤오허의 얼굴도 뚱양처럼 새파래졌다. 머리에는 식은땀만 났다. 그는 천천히 밖으로 나왔다.

그가 대문에 다다르자 심기가 일전했다. 그는 돌아가서 뚱양에게 말했다. "뚱양, 나는 자네에게 따지지 않겠네! 자네 태도는 옳아! 내가 자네고 내가 처장이라면 나도 역시 자네가 나를 대하듯이 하지 않겠어? 옳아 자네가 옳아 당연히 그래야지! 그러나 자네 기억해두게, 짜오디가 정말 특무니까, 하루아침에 내가 그녀를 만나면, 자네가 정신 차려야 할 거야!" 말을 마치자 몸을 돌려 대문으로 나갔다.

뚱양도 따라 나왔다. 그는 어떻게 사람에게 독살스럽게 대하면 안 되는지 모르고, 어떻게 해야 사람과 관계를 유지하는지 모르지만, 군부의 특무가 무서운 줄은 안다. 그는 샤오허를 잡았다. "당신 돌아와요! 제가 식사 대접하지요!" 그는 한 끼 식사면, 지금까지 그가 쌀 한 톨도 누구에게도 주어본 적 없기 때문에, 샤오허를 매수할 수 있다고 생각했다.

샤오허의 얼굴에 미소가 떠올랐다.

바로 그때 루이펑은 형이 할아버지처럼 자기를 책망할까 싶어서 형에게 인사하러 감히 방 밖을 나오지 못하고 있었다. 이튿날 아침 큰 형이

142

출근하고 난 뒤에야 일어났다. 일어나자 허겁지겁 배를 채웠다. 그는 방안에 틀어박혀 생각에 생각을 거듭했다. 도대체 퉁양을 찾아갈까 말까. 주쯔를 생각하면 멋쩍어서 가고 싶지 않았다. 퉁양이 아마도 자기에게 일자리를 줄지도 모른다는 생각이 들자, 그는 가고 싶어졌다. 그가 어제 퉁양을 속였다는 것을 안다. 그러면 퉁양이 필요한 것이 특무라면 그가 어떻게 하겠나? 한참 생각하다가 그는 피식 웃었다. '모른 체하고 한번 가볼까!' 이렇게 생각하자 그는 퉁양에게 가보기로 했다. 그는 눈먼 고양이가 죽은 쥐를 만나듯이 가장 타당한 방법이라고 생각했다. 그는 꼼꼼하게 면도를 하고 내복과 겉옷까지 갈아입고 형수에게 용돈을 얻어서 면목 일신하여 외출했다.

날씨가 아주 상쾌했다. 기온이 높았지만 때때로 서늘한 바람이 불어 기분을 좋게 했다. 루이펑은 고개를 들고 어깨를 펴서 서늘한 바람이 겨드랑이를 지나가게 했다. 마치 표표히 등산이라도 가는 모양이었다. 그는 조부의 책망도 옥중의 고초에 대해서도 잊었다. 오직 퉁양과 "합작"하여 새로운 길을 뚫어나갈 생각만 했다.

란 씨 댁에 이르자 그는 감히 사람을 부를 수 없었다. 만일 뚱보 주쯔를 만나면 어떻게 한담? 평생에 그가 부끄러워할 일이 있다면, 아내를 잃은 것과 퉁양과 결투를 하지 않은 것이었다.

사람을 부를까 말까 결정을 못 해서 한참 서 있었다. 그때 갑자기 문이 열리고 상당히 예의 바른 녀석이 루이펑에게 다가섰다. 루이펑은 다시 주저하지 않고, 그 젊은이와 함께 들어갔다. 그는 마음속으로 생각했다. '퉁양은 정말 성의껏 나를 기다리고 있었구나!'

퉁양은 다른 청년을 데리고 마당에 서 있었다. 루이펑은 뚱보 주쯔를 볼까 두려웠다. 그녀를 보고 싶어 하는 듯이 사방을 두리번거렸다. 그가 보고 들은 것이라고는 방안에서 들리는 주쯔의 기침 소리뿐이었다.

그는 심장이 두근거렸다.

똥양은 푸른 얼굴을 기울여 눈을 조정하여 루이펑을 노려보았다. 루이펑은 영문도 모르고 웃기만 했다. 똥양은 돌연히 눈을 치켜뜨더니 물었다.

"자네가 특무라 그랬지? 맞나?"

루이펑은 거짓말하는데 익숙하여 얼굴 두껍게 대답했다.

"그 말이 거짓일 것 같아?"

똥양은 두 청년에게 물었다.

"너희들 들었지?"

청년들은 머리를 끄덕이고는 일제히 루이펑에게 달려들어 루이펑을 가운데 꼈다. 루이펑은 무슨 일인지 짐작하지 못하고 마음속으로 당황했다. 연달아 물었다.

"무슨 일이야? 무슨 일이야?"

한편으로는 물으면서 또 한편으로는 도망가는 것이 최고라고 생각했다! 그러나 다리를 막 들려고 할 때, 양편에 단단한 것이 자기의 갈빗대에 닿는 것을 느꼈다. 그는 다시 감히 움직이려는 마음이 사라지고 혈색을 잃고, 한참 입을 쩍 벌리고 있다가 겨우 물었다.

"똥양, 나한테 왜 이래?"

"자네, 특무라고 사기 쳤지!"

똥양은 두 청년에게 손을 내저으며 말했다.

"데리고 가!"

루이펑은 급했다. 미친 듯이 소리쳤다.

"주쯔? 나 좀 구해줘!"

주쯔는 나오지조차 않았다. 두 청년은 루이펑의 몸에다 단단한 물건을 더 힘껏 찔렀다. 그는 끽소리도 못 내고 그들과 함께 밖으로 나갔다.

이렇게 루이펑은 하옥되었다.

퉁양은 기분이 아주 좋았다. 그는 루이펑은 간이 작아서 사람에게 사기도 못 칠 위인이라는 것을 안다. 그러나 이번 기회를 빌려서, 감옥에 넣을 수 있어서, 마음이 한결 가벼워졌다. 첫째는 한 사람을 집어넣으면 그만큼 공이 커지는 것이고, 둘째는 결과적으로 하옥시킬 수 있다는 것을 주쯔에게 보여주어서, 자기의 위세를 보여주는 것이다. 게다가 루이펑에 대한 마음속의 원한을 일소할 수 있는 것이다. 루이펑을 끝장 내버리면, 자기가 주쯔의 유일한 남편이 되는 것과 마찬가지다. 그렇다. 그는 반드시 루이펑이 옥중에서 죽게 해야 한다. 이것이 바로 그가 생각해낸 것이다. 아주 악랄하기는 하지만, 자기가 잘 계산해 낸 계획이 거의 영감에 가까운 것 같았다. 그는 시 한 수를 쓰고 싶은 생각이 났다. 그는 시를 쓸 여유가 없었다. 먼저 루이펑이 죽도록 잘 안내해 두어야 했다!

저녁때가 되어도 루이펑이 돌아오지 않았지만, 모두가 별로 이상하게 생각지 않았다. 날이 어두워져도 돌아오지 않자, 치 노인은 중얼거리기 시작했다.

"이미 일본인들에게 그렇게 여러 날 갇혀 있었어도 옳고 그른 것을 모르나. 무슨 짓을 하고 돌아다니기에 날이 저무는데 아직도 안 오니?"

노인이 중얼거리는 소리를 듣고 모두가 크게 마음에 두지 않았다. 모두 둘째가 감옥에서 막 나왔기 때문에, 조롱에서 나온 새처럼 산책하느라 돌아다니고 있으려니 했다. 기다려 보아도 돌아오지 않았다.

한참 더 기다리다가 노인이 다시 중얼거렸다. 입으로 중얼거려도 마음이 영 편치 않았다. 노인은 루이펑이 감옥에서 나오자마자, 면전에 대고 그렇게 야단치지는 않았어야 한다고 생각했다. 루이펑이 꾸지람을 듣고 성을 내고 셋째처럼 밖으로 도망을 쳤다면, 치 씨 댁 조상들에게 죄송해하지 않을 수 없었을 것이다. 루이펑은 승벽을 부리는 손자가 아니다. 만약 그랬다면 노인은 조상에 대한 책임을 지고 싶지 않았다. 이렇게 생각하면서 노인은 일체의 루이펑의 지난날의 못난 짓들을 잊기 시작했다. 그도 치 씨 집 사람이고 다시는 골치 아픈 일을 저지르지 않을 것이라 생각했다.

잠잘 시간이 되어서는 티엔요우 부인조차 참을 수 없었다. 옛날에는 루이펑이 늦게 들어 올 때도 언제나 이렇게 마음 쓰지 않았다. 오늘은 무슨 예감이라도 있는 것처럼 가슴이 두근거리고 마음이 불안했다.

밤중에도 방안은 몹시 더웠다. 모두가 자는 척 했지만 아무도 자지 않았다. 한번 뉴쯔가 땀띠가 아픈 듯이 두 번이나 크게 울었다. 또 한 번 치 노인이 한숨을 쉬었다. 한번은 티엔요우 부인이 낮은 소리로 샤오슌얼에게 두어 마디 말을 했다. 날은 어둡고 대기는 뜨겁고 마음은 불안해서 전 집안사람들이 무서운 일이 어둠 속에 웅크리고 있는 듯이 느껴졌다. 아무도 루이펑을 좋아하지 않았다. 사실이다. 그러나 모두가 그가 무료하고, 무지하다는 것을 알수록, 그를 방심할 수 없었다.

날이 밝아서야 집안 열기가 흩어지고 서늘한 바람이 불어와서 겨우 자는 둥 마는 둥 했다.

윤메이는 아주 일찍 일어난다. 그런데 그녀가 방문을 열자 치 노인이 마당에 앉아 있는 것을 보았다. 노인의 백발이 특별히 머리 꼭대기에 있는 몇 가닥 머리카락들이 새벽바람에 아주 처량하게 떨리고 있었다. 그의 얼굴 주름살이 전보다 더 깊어지고 많아져서 특별히 더 검게 그늘이 졌다. 노인의 윗도리가 단추가 하나만 채워져서 가슴 한 부분이 드러나 있다. 안쪽의 피부가 검게 주름이 져서 혈색이라고는 없었다.

"할아버지 왜 이렇게 일찍 일어나셨어요?"

윤메이가 조용히 물었다.

146

한참이나 노인은 대답하지 않았다. 머리 숙이고 그의 아래턱이 바짝 마른 가슴속으로 파고는 듯했다. 한참 만에 그는 길게 한숨을 쉬고, 머리를 숙이고 말했다.

"흥! 모두 틀렸어. 내 계산이 모두 틀렸어! 나는 북평의 재난은 3개월이면 지나간다고 했어! 3개월이 뭐야! 몇 년인가! 나는 어떻게 하든지 우리가 굶주리지 않으리라고 생각했다. 흥! 샤오뉴쯔를 보라. 네 시어머니를 보라! 나는 우리 치가 사람이 고생하지만, 남에게 당하는 것을 볼 수 없다고 생각했다. 그런데 먼저는 네 시아버지이고 이번엔 차례로 둘째를 보아라!"

"둘째는 실수할 리 없어요. 할아버지 안심하세요!"

윤메이는 억지로 웃으면서 말했다.

노인은 머리는 숙이고 있었지만, 목소리는 조금 높여서 말했다.

"어떻게 실수할 리가 없어? 요즘 같은 세월에 누가 감히 가슴을 치면서 실수하지 않는다고 말할 수 있어? 천만에! 둘째가 돌아오자마자, 내가 그렇게 야단을 쳤다니!"

"그가 야단을 맞지 않을 수 있어요? 할아버지!"

노인은 윤메이를 돌아보더니, 다시 말하지 않았다.

서늘한 바람이 불어 여름 새벽을 깨웠다. 새들이 각자 다른 곡조로 노래를 부르기 시작하고 견우화가 각양각색의 나팔을 물 위로 내민다. 온몸에 꽃무늬를 뒤집어쓰고 있는 곤충들이 날아 들어오고, 거미는 새 망을 짜고 있었다. 세계는 정말 아름답다. 다만 정취를 아는 사람이 없을 뿐이다. 사람은 자기가 살아가려고 남의 피를 흘리게 한다. 그들이 위세를 보이려고 순식간에 포화를 퍼부어 성지를 분쇄해버린다.

루이쉬안이 눈을 뜨고 눈살을 찌푸렸다. 아름다운 여름날 새벽이 그에게는 일종의 조롱 같았다.

방문을 나와 할아버지를 보고 조용히 '할아버지!'라고 불렀다.

노인은 아무 소리도 없이 고개를 숙이고 앉아 있었다.

루이쉬안은 천천히 밖으로 나갔다. 그가 영벽에 이르자 땅바닥에 종이 꾸러미를 보았다. 그는 가슴이 섬뜩했다. 그것이 리본 종이라는 것을 알아보았다. 종이 위에 가는 흰 줄이 있는 일본 종이었다. 잠시 멍청해졌다가 종이 꾸러미를 와락 끌어안고 끈을 잡아당겨 풀었다. 안에는 루이펑의 따구아[4]가 있었다. 따꾸아를 끌어안자 갑자기 눈에서 눈물이 흘렀다. 그는 둘째를 싫어했지만, 어쨌든 그는 그의 친수족이 아닌가!

대문을 가만히 열고 바이순장을 찾아갔다.

바이순장을 만나자 간단히 말했다.

"우리 집 둘째가 어제 이 따꾸아를 입고 나갔는데, 오늘 새벽에 어떤 사람이 그것을 잘 싸서 담 너머로 던졌소."

루이쉬안을 보고 따꾸아를 보고서 바이순장은 머리를 끄덕였다. "그들은 사람을 죽이면, 언제나 옷을 싸서 보낸다오. 둘째가 아마―죽었는가 봐요!"

바이순장의 이야기를 듣고 자기 생각과 일치한다고 생각하고 루이쉬안은 다시 아무 말도 없었다.

바이순장은 한숨을 쉬었다.

"흥, 둘째가 호인은 아니라 해도 죽을죄를 지은 것이 아니잖아!"

그는 호적부를 열었다.

"치 선생, 이 따꾸아가 통지서입니다. 이후에 양증은 발급되지 않습니다!"

그렇게 말하면서 붓으로 "루이펑" 위에 굵게 검은 선을 그었다.

---

4) 홑두루마기.

148

"바이순장!"

루이쉬안의 입술이 떨리며 말했다.

"내가 이 따꾸아를 여기에 둘게요. 할아버지가 못 보게 해주십시오! 제 부친이… 지금은 둘째가, 할아버지가 견디기 힘들어하실 거요! 저를 좀 도와주십시오. 절대로 어떤 사람에게도 이 일을 말하지 말아 주십시오!"

"알겠소! 반드시 그러지요!"

바이순장은 그 따꾸아를 쌌다.

"치 선생! 상심하지 말아요. 좋은 사람이든, 나쁜 사람이든, 오래잖아서, 다 죽어야 하잖아요!"

루이쉬안은 리스예를 급히 찾아갔다. 간단하게 설명하고 노인에게 부탁했다.

"양증을 발급할 때 제발 하나가 줄어든 것을 노인이 알게 하지 말아주세요! 한 이틀 지난 후에 기회 보아서 할아버지에게 곧 루이펑을 만나실 것이라 말씀드리겠소!"

"내가 거짓말해야 하는가요?"

"방법이 없습니다! 둘째를 보았다고 말씀하시기만 하면, 할아버지는 어르신 말씀을 반드시 믿으실 것입니다. 그렇지 않으면 노인이 덜컥 병이 날거요! 만약 노인네에게 좋지 않은 일이 생기면 제가 어떻게 해요? 제가 이미 이 지경에 이르렀는데, 다시 초상이 터진다면?"

"좋아! 자네 말이 옳아!"

리 노인은 고개를 끄덕였다.

리스예를 작별하고 천천히 집으로 돌아왔다.

집으로 들어오자 꼼짝할 수가 없었다. 그는 문에 앉아서 들릴락 말락 하게 자기에게 말했다.

"너는 둘째가 하는 짓이 옳지 않다는 것을 알면서, 왜 좀 더 일찍 훈계하지 않았나? 그에게 뺨 두어 대 올려주는 것이 일본인 손에 죽임을 당하는 것보다 몇 배나 낫지 않은가? 너는 왜 모두의 표면상 화목만 생각하여, 둘째가 제 마음대로 허튼짓하도록 내버려 두었나? 좋아, 이제 그는 죽었다. 너는 바이순장, 리스예를 찾아다니며, 사실을 은폐해주기를 빌고 다녔다. 오히려 그가 죽고 나자 그가 살아 있는 것처럼 보이게 하려고 온갖 수단을 다하다니! 그게 무슨 일인가? 너는 그를 싫어했다. 그래서 너는 그를 훈계하지 않았다. 그는 죽으니까 오히려 살아있기를 바란다. 너는 얼버무리고 숨기는 것은 되지만 다른 짓은 못 한다! 너의 부친이 적에게 핍박받아서 죽었다. 원수 갚았나? 안 갚았지! 현재는 너의 동생이 나쁜 녀석이거나, 좋은 녀석이거나 간에 일본인 손에 죽었다. 너는 원수 갚을 생각은 하지 않고, 남에게 거짓말이나 하라고 부탁하여, 일본인이 저지른 죄를 덮어 버리려 한다—너도 인간이야!!!"

이렇게 한바탕 자기를 꾸짖고 나서 힘없이 일어섰다.

치 노인은 여전히 그 자리에 앉아 있었다.

조손이 눈길이 마주쳤지만 누구도 말하지 않았다.

78

북평인들은 어느 때라도 유머를 잃지 않는다. 명쾌 이발관 문전에
광고가 붙었다. "1모에 이발, 면도, 머리 씻기!" 맞은편에 있는 이양
이발관에는 즉시 이런 광고가 붙었다. "1모에 이발, 면도, 머리 씻기는
물론, 귀 후비기, 등 두드리기까지!" 왼편의 도원 이발관에는 이런 광고
가 붙었다. "8푼에 타이론 파워와 같이 분장시켜드림!" 오른쪽 홍륭이
발관에는 즉시 이런 광고가 붙었다. "7푼에 일체를 포함. 거기다 타이론
파워와 같은 팁은 요구하지 않음!"

사람들이 밥도 못 먹는 주제에 누가 머리 깎고 면도 하려 들겠는가.
좋아, 뚱보 주쯔 같은 사람들은 여전히 머리 파마하고 손톱 손질을
한다. 그러나 그들은 값을 내리지 않은 미용실에 간다. 일반인에 이르러
서는 먼저 배를 채울 도리를 하고, 머리하고, 수염 손질은 다음으로
미룬다. 이래서 작은 이발관은 값 내리기 경쟁을 하고, 이렇게 유머
경쟁을 하지 않으면 장사가 안된다.

슌치는 왕년에는 아침 일찍부터 7~8시까지 일을 해야 했다. 현재는
두 시쯤이면 하루 일을 다 해버린다. 가게들이 모두 대량으로 해고하자

그가 다시 바쁠 수 없다. 게다가 작은 이발관이 앞다투어 가격을 내리자, 어떤 가게는 간단하게 그를 거부했다. 적은 돈을 쓰고도 다양하게 서비스해주는 곳으로 갈 수 있다. 슌치는 다른 식으로 생각하지 않을 수 없게 되었다.

그는 체면을 중시하는 사람이었다. 솜씨가 뛰어나지 않았지만, 상점을 도급으로 맡는데 습관이 되지 않았다. 그는 언제나 전문 기술자로서 상당히 높은 지위에 있다고 생각했다. 이 때문에 그는 거리에 나가서, 13~14세 되는 이제 막 장삿길에 나서는 애들과 한 곳에서 인력거꾼이나 행상들을 돌봐주고 싶지 않았다. 떠돌이 이발사의 멜대를 메고 거리를 누비며 소리쳐서 손님 모아서 장사하고 싶지도 않았다. 평소에 그는 상당히 깨끗이 차려입는다. 풀 먹이고, 깨끗이 다린 남색 단의를 입고, 소매를 걷고, 바지를 무릎까지 접고, 아주 예절 바르고 깔끔했다. 안쪽 작은 윗옷은 아주 희고, 소매는 아주 길고, 흰 소매 끝을 말아 올려서 더 예쁘고, 깨끗하게 보이게 했다. 그는 쟁쟁하면서 환토우5)를 울리며, 그의 도구를 넣은 눈같이 흰 배 가방을 끼고 있었다. 이렇게 매일 아침 일찍 흰 가방을 끼고, 길고 흰 소매 끝을 흔들며 가게를 돌아다니며 살아갔다. 그는 한 사람의 예술가가 전람회를 열려고 가는 것 같은 기분을 느꼈다. 그는 체면을 차리고, 예절을 지키고, 스스로 오만했다. 그는 절대로 거리로 나가서 장사하지 않았다. 그것은 자기 존엄을 손상하는 것이었다.

이제 그는 거리로 나가지 않을 수 없다! 그의 눈은 원래가 약간 근시인데 요즘은 더 흐릿해져서 눈에 눈물이 낀다. 그는 잡담하는 것을 즐긴다. 그는 어떤 것에 대해서도 충분하게 이해하지 못하니 자기가 믿는 대로 지껄인다. 모르고 지껄이게 되니, 모르는 게 없는 것이 되었다. 현재는

---

5) 거리이발사가 두드리는 작은 도구.

입을 닫고 있다. 그는 청창슌과 똑같이 거리를 헤매며 만신에 물에 빠진 귀신처럼 먼지를 뒤집어쓴다. 그는 마음이 상해서 다시 한담할 기분이 나지 않았다.

매일 아침 일찍 옛날처럼 몇 년간 단골인 점포들로 갔다. 정오가 되지 않아 일을 다해 버렸다. 오후는 무엇을 해야지? 집에 앉아 있어도 지붕에서 돈이 떨어져 내리지도 않는다! 방법이 없다. 그는 환토우를 살 수밖에 없었다. 흰 보퉁이를 옆구리에 끼고, 환토우를 두드리며 거리를 돌며 살기 위해 잔돈푼을 벌어야 한다. 환토우의 징징거리는 소리를 듣고 그의 마음이 점점 나른해졌다. 20~30년 동안 되는대로 살아오다 이 지경이 되었구나! 그는 존엄, 지위를 갑자기 모두 잃어버렸다. 며칠 전에 그는 관샤오허가 면도해달라는 것을 용감하게 거절했다. 지금은 누가 손짓을 해도 그 사람이 바로 재물신이 된다!

그는 집 가까이에서 한토우를 두드릴 수 없어서 자기를 알아보는 사람이 없는 곳으로 멀리 가야 했다. 그는 생소한 곳에서 체면이 깎여도, 집 가까이에서는 존엄을 지키고 싶었다. 하루가 지나면 장사를 잘했건 못했건, 그는 집에서 상당히 떨어진 곳에서 환토우를 숨기고, 신발과 전신의 먼지를 턴 후에 집으로 돌아온다.

북평인들의 기억에는 몇몇 이발사(노인들은 머리 깎기라 부른다)가 그렇게 영광스런 역사를 가진 적이 없다. 슌치도 이런 것을 기억하므로, 지금까지 동업자를 위해서 오기를 부리듯이 특별히 존엄과 단정을 내세웠다. 그는 19살짜리 머리 깎기들을 만나기 두려워했다. 특별히 만든 짧고 작은 멜대를 한쪽에 버려두고 서로 욕지거리하고 집적거리는 것을 볼 때 그랬다. 이제는 그가 이미 거리로 나섰기 때문에 그런 아이들을 보지 않을 수 없었다. 그들의 기술이 좋든, 나쁘든, 나이를 얼마나 먹었건, 그들은 모두 자기의 동업자이고 동일한 조사(스승)를 모신다. 그의 눈이 힘이 없어, 먼 곳에서 그런 사람을 보고 일찍 길을 돌아갈 수가 없다. 자기 가까이 와서야, 그들의 추태를 알아보고, 그들의 상스러운 소리를 듣는다. 그는 자기도 모르게 성을 낸다. 성이 나도 그들을 간섭할 방법이 없다. 그들은 자기의 도제가 아니니, 그들의 권리를 속박할 수 없다. 옛날은 접어두고라도 그는 선배 자격으로 그들에게 말할 자격이 있다. 이제는 그와 그들은 모두 거리를 돌며 밥을 벌어먹어야 한다. 누가 더 높고 누가 더 낮은 것도 없다. 그가 그들을 나무라면 그것은 바로 자기가 자신을 세상 물정 모르는 사람이 되게 하는 것이다! 때로는 아이들 중에서 그를 알아보고 큰 소리로 묻는다.

"슌사부, 당신도 거리로 나왔군요?"

그는 한 방 얻어맞은 듯이 머리끝까지 빨개졌다.

이러한 종류의 어려움을 피하기 위해서 그는 작은 후통을 선택하기 시작했다. 후통이 작을수록 사람들은 더 가난해져서 장사할 수가 없다. 그가 힘들여 환토우를 쳐댄다. 반은 장사를 위해서 반은 자기에 대한 저주, 동업자들에 대한 저주, 일본인에 대한 저주를 숨기기 위해서였다.

날씨가 몹시 더웠다. 작은 후통의 집들은 따닥따닥 붙어 있고 수목이 없는 탓에 활활 타는 난로 같다. 그러나 슌치는 이 난로 속에서 왔다 갔다 해야 한다. 따가운 햇빛에 달아오른 벽들이 열기를 뿜어내어 그의 얼굴과 몸을 지져댄다. 이런 후통을 돌아다니자, 그는 자기 몸에서 땀 냄새를 맡았다. 그의 양말이 젖은 진흙 판처럼 그의 발바닥에 달라붙는다. 어디나 뜨겁다.

그는 앉을 만한 자리를 찾지 못했다. 그의 배 속은 공화면과 냉수밖에 들어간 것이 없고, 만신에는 더러운 냄새나는 땀과 먼지뿐이고, 마음속에는 울분과 치욕이 가득 찼다. 이렇게 걷고 또 걸었다. 그는 곧 환토우를 두드리는 것도 잊고 방향도 잊었다. 기계적으로 천천히 다리를 움직일 뿐이다. 갑자기 개 짖는 소리나 다른 소리가 그를 깨우면, 급하게 손에 쥐고 있는 환토우를 두들기지만 징징하는 소리가 그를 더 초조하게 만든다.

배고픔, 더위, 피곤, 걱정을 한 곳으로 힘을 모아서 먼저 그의 위장을 망쳐놔서, 자주 설사가 났다. 걷고 걷다가, 배가 쥐어뜯듯이 아파서 급히 앉아서, 손으로 배를 문질렀다. 그의 얼굴이 새파래지고 전신에 식은땀이 났다. 그의 배속은 새끼줄처럼 꼬여서 눈에 별이 반짝였다. 그는 입을 벌리고 호흡했다. 진통이 오면 몸이 두 쪽이 나는듯하고, 귀에는 모기가 선회하는 것처럼, 윙윙거리는 소리가 들리는 듯했다. 그 소리를 따라 그의 마음도 선회한다. 선회하면 할수록 그는 점점 지각을 잃어갔다. 이 소리가 멀어져 갈수록 그의 눈앞도 점점 더 암흑으로 바뀐다. 마음이 갑자기 편안해지면서 몸이 공중에 붕 뜨는 듯했다. 이렇게 한참 날아다니다 윙윙거리는 소리가 다시 들리고, 배속의 진통이 다시 느껴졌다. 사실은 그가 잠시 기절했던 것이다. 눈을 뜨자 그는 아마도 방바닥에 주저앉아 있거나 누워있는 것 같았다. 그는 정신이 나가서 마음과 몸이 꼼짝할 수 없었다. 끙끙하면서 그는 겨우 일어났다. 그의 손이 날씨가 이렇게 더운데도 새하얗게 변했다. 그는 이 뜨거운 손을 벽에 짚고서 변소를 찾았다.

이렇게 몇 번 혼절하다가 그는 죽을 것만 같았다. 어쩔 수 없이 그는 자기에게 말했다.

"죽음이란 별거 아니군! 이런 소리가 혼이 밖으로 나가는 소리구만! 별거 아니군! 그런데 왜 내가 이렇게 죽어야 하는가?"

그는 돈이 없어 의사를 찾지 못하고 약도 사려 들지 않았다. 전에는 몹시 아프면 술을 한 모금 들이켰다. 술이 뱃속에 들어가서 얼큰해지면 잠시 배가 마취되어 잠시 편안하게 되었다. 그러나 이러한 자극이 지나가면, 그의 위장은 더 약해져서 훨씬 더 쉽게 병에 걸리게 된다.

어쨌든 슌치의 병은 쉬운 것 같지 않았다. 그의 근시안은 더 깊이 파고들어서 얼굴에는 뼈를 감싸고 있는 가죽밖에 남지 않았다. 일할 때면 손이 떨려 면도칼을 잡기 곤란할 정도였다. 그는 다시 정신을 가다듬고 고객이 자기 손이 떨려 귀를 잘릴 위험성이 있다고 의심하지 않도록 웃으면서 말하곤 한다.

그러나 그는 말이 나오지 않았다. 그는 시시각각 주의하지 않으면 안 되었다. 배가 살살 아프면 곧 그는 사람의 얼굴이나 몸에 칼을 떨어뜨리지 않기 위해서 칼을 거두어들인다. 아파서 참을 수 없는 지경이 되어도 멈추고 싶지 않았다. 그는 이를 악물고 머리에 진땀을 흘리며 마음속으로 일을 제발 끝내게 해달라고 기도한다. 이렇게 한 바탕 치르고 나면 기진맥진하여 급히 피해서 조용한 곳을 찾아가서 앉거나 드러눕는다. 그는 사람과 이야기하면서 웃을 여유가 없었다. 말하면서 웃는 것이 장사를 유지할 수 있는 필수 수단이지만, 그럴 수가 없다.

그는 당연히 쉬어야 했다. 그러나 쉬면 아무도 돈을 주지 않는다. 그는 반드시 후통을 돌아다녀야 한다.

그는 아주 천천히 걸었다. 걷는 것이 아니라 마치 곧 죽을 한 마리 늙은 개가 아무 방해를 받지 않는 조용한 곳을 찾아 죽으러 가는 것 같았다. 이렇게 어떤 사람이 그를 부르고 싶어도 한번 흘낏 보고는 부르지 않았다. 그는 더 이상 체면에 걸맞은 깨끗한 이발사가 아니라 떠돌아다니는 혼 같았다.

그는 마음속으로 자기가 오래 살지 못할까 두려워하고 있다는 것을 안다. 그러나 배속만 편해지면 곧 낙관적으로 자신을 속인다.

"큰 병은 아니야. 좀 쉬기만 하고 맛있는 것을 먹기만 하면 곧 좋아질 것이다! 그런데 맛있는 것은 어디 있지?

"7·7" 기념일이 왔다. 그날 그는 거리에서 혼절해버렸다. 깨어났을 때는 무엇인지 몰랐지만 큰 트럭 위에 누워 있었다. 그는 이상하다는 생각이 났다. 이게 무슨 일인지 물어볼 정신조차 없었다. 눈을 감았다. 몸을 웅크리고 정신이 혼미하여 끽 소리조차 내지 않았다. 차가 움직였다. 그의 몸은 산 사람이 아니라 나무 덩어리처럼 움직이는 대로 흔들거렸다.

얼마나 갔을까? 그는 알 수 없었다. 그는 이미 흔들리는 것이 멈췄다는 것을 알아챘다. 그런 후에 어떤 사람이 그를 차에서 끌어 내렸다. 그는 반쯤 눈을 감고 있었다. 배속은 이미 약간 좋아졌다. 그러나 몹시 피곤했다. 그는 흐느적흐느적 상당히 큰 건물 안으로 들어갔다. 방 안에는 옆으로 꼿꼿하게 누워 있는 사람 몇 명 외에는 아무 물건도 없었다. 그는 구석을 찾아 앉았다. 그는 정신이 없어서 뭐가 뭔지 몰랐지만 강력한 석탄산 냄새가 났다. 이 냄새가 배 속을 뒤틀리게 하여 몇 번 헛구역질을 했으나 아무 것도 나오지 않고 눈물만이 근시안을 가렸다.

멀지않은 곳에서 귀에 익은 어떤 사람의 목소리가 들렸다. 그는 눈을 닦고 힘들여 바로 보았다. 그 사람은 말하고 있었다.

"나, 관샤오허요!"

"관샤오허"란 말을 듣자 슌치는 무서워졌다. 그는 왜 자기가 여기로 끌려왔는지, 여기는 어떤 곳인지, 여기는 어떤 위험이 있는지 몰랐다. 그러나 "관샤오허"란 말을 듣자, 그는 관샤오허가 일체의 화를 불러오는 사람으로 보였기 때문에, 즉시 위험, 환난 등이 연상되었다. 관샤오허가 있으면 좋은 일은 있을 수 없다. 그는 재빨리 생각했다. 자기는 관샤오허의 모함에 빠진 것이다. 치엔모인 선생, 샤오윈 부부들처럼 아무 이유 없이, 관샤오허에게 피해를 입은 것이다. 그가 애써서 보았더니, 관샤오허는 자기와 그리 멀리 떨어지지 않은 곳에 앉아 있다.

샤오허는 위에 흰 적삼만 입고 있었다. 안색은 그리 희지는 않았지만, 단추가 가지런하게 채워져 있지 않았다. 밑에는 낡은 남색 배바지를 입고 있었으며, 무릎이 바지의 해진 틈으로 삐져나와 있었다. 그가 때때로 손으로 그것을 덮으려 하고 있었다. 그의 얼굴은 아주 검고 여위었다. 그의 준수한 두 눈이 특별히 커 보였다. 그는 역시 뼈가 분명히 불거져 나와 있어서, 웃는 것조차 그렇게 곱지 않았는데도 웃는 것을 좋아했다. 그의 이는 여전히 희었다. 애석하게도 입술과 뺨에 드물기는 하지만, 상당히 긴 수염이 흰 이의 아름다움을 깎아내렸다. 그의 이마의 허다한 주름, 주름 속에는 작은 흰 피부가 있어서 햇볕에 탄 것 같았다. 그는 때때로 손으로 주름을 걷어 올리고, 소매로 이마를 문질렀다.

란 씨 댁에서 한 끼 얻어먹은 후에 적수공권으로 도처에서 얻어먹고 얻어 마시다 사기꾼 겸 거지가 되었다. 그는 냉담한 대접을 받고, 오욕을 당하고, 기갈을 면치 못했지만, 절망하거나 낙담하지 않았다. 그는 마음으로 시시각각 짜오디를 생각했다. 짜오디는 그의 마음속에서는 성모였다. 그녀가 즉시 그에게 마실 것과 먹을 것을 주지는 못할지라도, 언제나 어두운 곳에서 자기를 돕고 있다고 생각했다.

슌치가 다시 보니 샤오허가 틀림없었다. 그러나 그는 정신이 더 혼미해졌다. 샤오허가 여기 웬일인가? 보아하니 그도 사람들에게 끌려 온 것 같았다. 왜일까? 그는 샤오허가 자기와 마찬가지로 끌려 왔다면 자기를 해칠 수는 없다고 생각했다. 그러나 샤오허는 샤오허다. 그가 있는 곳이면 어떤 곳이라도 좋은 곳일 리가 없다. 그는 별로 좋지 않은 기분으로 질문을 던졌다.

"당신, 여기서 뭐 해? 사람 해치려고 그래?"

샤오허는 웃고는 갑자기 이를 갈았다. 그의 얼굴이 갑자기 축소되어 눈알이 비틀어져서 하나가 되었다. 그는 다리를 꼬더니 손으로 배를 감쌌다. 그는 다시 준수하지도 않고, 동약묘 안에 있는 천왕의 발아래 밟혀서 얼굴이 반은 짜부라진 악귀 같았다. 슌치는 그런 볼썽사나운 관샤오허를 본적이 없다. 잠시 후에 다리를 펴고, 얼굴의 주름살도 펴지면서 긴 숨을 내쉬었다.

"푸… 배가 아파서!"

슌치는 진땀을 흘렸다. 배가 아픈 것은 죄악이라 할 수 없다는 것을 안다. 그러나 샤오허도 이미 배가 아프고, 이미 이리로 끌려 왔다면, 아마도 착오라고 할 수 없는 것 같다! 급히 저주가 튀어나왔다. "제기랄, 이 슌치가 저런 놈과 한 곳에서 죽다니, 재수 더럽게 없네!"

샤오허는 배를 쓰다듬으며, 슌치의 저주를 들어넘기고, 원망하듯 호소하듯 혼자 중얼거렸다.

"하루 만에 이런 것 아냐. 늘 배가 쥐어뜯듯이 아파서 죽을 지경이야! 아마도 기름진 음식을 너무 많이 먹은 탓인가 봐! 매일 나는 항상 넉량 어치 장육과 반 마리 분 훈제 닭을 술과 같이 먹었지! 좋은 음식은 원래 공화면과 어울리지 않은가봐! 그래서…"

그는 자신의 거짓말을 징계하듯이 배가 아파서 이를 악물었다.

진통이 지나가자 그는 말을 계속했다.

"내가 샤오양쥐안에서 이사를 한 후 많은 친구들이 나에게 일을 소개해주었지만, 마음에 들지 않았어. 짜오디, 자네는 그녀의 지위에 대해 뭔가 알아? 그녀는 좋은 자리에 있어. 이 늙은이가 하필 수고할 필요가 없어? 그 때문에 나는 매일 몇몇 친구를 만났지. 때로는 일본 친구와 같이 차관에 앉아 있거나 낚시를 하면서 유유자적했지! 일본 친구는 누차에 걸쳐 나에게 말했다. 관 선생—그들은 늘 나를 선생이란 불렀지—자네가 나를 도와주게. 내가 이렇게 미소를 지으며 그들에게 말했지. '나는 늙었어, 나의 딸이 애쓰게 해주어, 나는 쉬겠어!'"

슌치는 샤오허가 거짓말하고 있다는 것도 알았다. 그리고 그를 개의치 않는 것이 좋다는 것도 알았다. 그러나 화를 누를 수 없었다.

"제기랄, 배고파 죽겠구만. 당신은 여전히 일본인 타령이야. 당신, 장난하고 있는 거야!"

"슌치, 말을 함부로 하지 말게!"

"내가 다시 힘이 나면, 네놈 대가리를 빠개버릴 것이다!"

"오우, 너도 배가 아프구나? 성급하게 굴지 마라. 여기는 병원이야. 기다려. 일본 의사가 와서 우리에게 약을 줄 거야―일본 약은 아주 좋지!―우리는 즉시 나갈 거야!"

슌치는 병원에 가본 적이 없어서 병원이란 어떤 모습인지 알지 못했다.

"나는 일본 약은 안 먹어! 제기랄, 공화면으로 내 위를 버려 놓고, 약을 줘! 뺨 한 대 갈기고, 세 번 문질러 줘, 그게 무슨 짓거리야!"

"자네 항상 그런 말 하더라. 나는 너를 탓하지 않을 거야!"

샤오허는 화를 내면서 말했다.

오후 3시, 날씨가 몹시 뜨거울 때다. 마당 안으로 태양이 쨍쨍 내리쪼여 땅을 지져 대었다. 나뭇잎들도 말려들어 가 있었다. 어떤 곳은 볶듯했다. 시원한 바람이라고는 한 점도 없었다. 서둘러 부화된 참새는 감히 움직일 엄두를 못 내고, 은빛 입을 벌리고 잎 밑에 엎드리고 있었다. 방안은 상당히 서늘했으나 사람들은 전처럼 덥고 갈증이 났다. 슌치는 더 이상 샤오허의 허튼소리를 듣고 싶지 않아서, 모퉁이 구석에 머리를 기대고 정신없이 잠들었다.

군인 같기도 하고 간호인 같기도 한 일본인 몇 명이 문으로 들어왔다. 샤오허는 친구라도 만난 듯이 바삐 일어났다. 모든 가능한 한 미소로 여윈 얼굴을 장식했다. 일본인이 자기의 웃는 얼굴을 분명히 볼 때까지 기다려, 그는 깊이 국궁했다. 입속으로 킥킥 숨을 빨아들였다. 절을 마치자 그는 급히 슌치에게 소리 질러 깨웠다.

"자지 마라. 군의관이 오셨다."

일본인이 샤오허에게 물었다.

"너는 어때?"

샤오허는 양발을 가지런히 하고 허리 펴고 웃음기를 전 얼굴에 둥글게 퍼뜨리고, 공손하게 대답했다.

"배가 아파요!"

일본인이 잘 못 알아들을까 싶어서 보충했다.

"배가 꾸물거리고 설사 합니다. 위장병, 소화불량이에요!"

일본인은 방 안에 있는 사람들에게 한 사람씩 질문했다. 모두가 배가 좋지 않다고 대답했다.

"소독이 필요하다!"

일본이 이 한 마디 던지고, 총총히 밖으로 나갔다.

모두들 소독이 무슨 뜻인지 몰랐다. 샤오허는 책임을 느끼고 모두에게 설명했다.

"아마 우리를 목욕시키고 의복을 갈아입히는가보다. 이것은 필요한 수속이다. 일본인은 위생적이고 청결하다. 내가 안다!"

얼마 지나지 않아 일본인이 돌아와서 문을 열어젖히고 말했다.

"출발!"

샤오허는 앞으로 밀치고 들어가서 통역관처럼 모두에게 말했다.

"우리를 보내준다!"

샤오허와 슌치를 합쳐 7명의 환자였다. 모두가 천천히 나갔다. 문에 나가서 열기가 빨갛게 달아오른 쇠처럼 모두의 얼굴에 달라붙었다. 슌치는 어지러워서 문설주를 잡았다.

"빨리 가, 슌치!"

샤오허는 그를 독촉하고는 일본인에게 미소를 지었다.

대문을 나서자 큰 트럭이 그들을 기다리고 있었다. 운전수는 이미 차에 타고 있었으며 옆에는 집총한 일본인이 앉아 있었다.

"승차!"

일본인이 소리쳤다.

"아마도 우리 모두를 정식 의원에 보내주는가보다."

샤오허는 차에 오르면서 추측했다.

차에는 좌석도 포장도 없었다. 바닥에는 핏자국 흔적이 있었다. 태양이 사정없이 내리쪼여 피비린내가 동천을 했다. 샤오허는 이 차가 전적으로 시체를 성 밖으로 실어 나르는 차라는 것을 알아보았다. 아마 자기 부인 관소장도 이 차에 실려 야외로 끌려갔을 것이다. 그러나 그는 지나치게 무엇에 대해서, 자기의 국가와 민족에 대해서, 의심할 형편이 아니었고, 추호의 자신도 자만심도 없어졌다. 만약 일본인을 의심하면 그는 설 자리가 완전히 없어진다.

차 위에는 펄펄 끓지 않은 곳이 없었다. 모두가 감히 앉을 엄두를 못 내고 그저 쭈그리고 있었다. 차가 움직이자 바람이 불기는 했지만, 그것도 뜨거웠다. 태양이 하늘에 있지 않고 바로 자기 옆에 있는 듯했다. 차는 불의 바닷속으로 돌진하듯이 아주 빨리 달렸다. 어느 곳이든 모두 밝아서 벽에 비친 그림자조차 거의 검은 색이 없었다. 벽, 기와, 특별히 전선 위에 빛이 진동하고 있었다. 차가 질주하자 강렬한 색의 먼지 무지개 나타나고, 차 위에 타고 있는 사람들은 모두 눈을 감았다.

갑자기 검은색이 나타나고 차 소리가 벼락 치듯 했다. 모두가 눈을 번쩍 떴다. 원래 거기는 성문 문동이었다.

샤오허는 닥쳐올 위험을 예감하고, 성을 나가는 것이 두려웠다. 그러나 그는 일본인에 실례될까 싶어서 말하기 불편했다. 그는 따져빠오를 생각했다. 다만 따져빠오의 피살에 대해 감히 일본인에게 원망할 수 없었다. 안 그래, 일본인이 그녀에게 관직을 주었으니, 그녀를 죽이는 것도 당연하다.

차 위의 사람이 갑자기 당황해서 일제히 물었다.

"도대체 무슨 일인가?"

성문을 나서자 살인적 햇살이 그들의 머리를 찔렀다. 그들은 입을 닫고 모두 눈을 감았다.

차가 성 밖 거리를 돌파하자, 먼지가 차를 에워쌌다. 뜨거운 모래 먼지가 그들의 얼굴에 떨어졌다.

"슌치, 슌치!" 샤오허는 거대한 감자 바다 위에 이르자 더 당황했다.

"저, 저것들은…"

"당신 마음 놓아라. 일본인은 결코 당신을 해치지 않을 거야!"

슌치는 성도 내지 않고 말했다.

차는 작은 느릅나무 숲 밖에 멈춰 섰다. 느릅나무 잎은 이미 벌레가 거의 다 먹어버려서, 옅은 눈썹에 짓무른 눈으로 아주 볼썽사나운 모습이었다. 나뭇가지에 벌레들이 망을 쳐두고 망에는 검은 벌레 똥들이 걸려 있다. 숲 밖에는 사면이 온통 감자뿐이었으며, 회록색의 잎들이 돌돌 말려 있었으며, 회홍색 대궁이를 마치 움직이지 못하는 벌레들처럼 드러나 있었다. 사방에는 사람 하나 보이지 않고, 아무 소리도 들리지 않았다. 일진 열풍이 휘몰아치고, 마른 황토를 몰아쳐서, 벌레가 파먹은 느릅나무 잎들에 떨어졌다. 두 마리 검은 까마귀가 멀지 않은 묘 위에 내려앉았다, 날아오르고 내려앉기를 반복한다.

앞에 탔던 병들이 뛰어내려 칼을 쳐들었다. 장검의 칼날이 얼음 조각처럼 빛나서 모두의 심장을 얼어붙게 했다. 운전수가 손에 군용 삽을 들고 차에서 내렸다. 군인이 모두 차에서 내리라고 소리쳤다.

샤오허도 차에서 굴러내려서, 옷깃을 바로 할 생각도 못 하고, 일본병에게 달려가서 땅바닥에 꿇어앉았다.

"어르신! 어르신! 나는 당신들 편이요. 내 아내와 딸이 당신들을 위해서 일하고 있소! 나는 죄를 지은 적이 없소. 어르신, 어르신!"

슌치도 간이 작은 사람이다. 그러나 지금까지 몇 번 길거리에서 혼절하고는 이제 죽음이 두렵지 않았다. 그리고 또 자기가 무슨 죄를 지었는지 생각이 나지 않고, 왜 자기가 이런 처치를 당해야 하는지, 생각할 겨를도 없었다. 그는 아무것도 생각지 않고, 샤오허에게 달려들어 손과 발로 샤오허를 때리고 차고 했다.

"당신! 당신! 나는 당신을 만나서 좋은 적이 없었어. 당신은 골도 없고, 피도 없는 주구다!"

바로 그때 일본병이 바로 슌치를 칼로 내려치려고 할 순간에, 제일 나중에 차에서 내리던 장삼을 입고 상당히 체면을 중시하는 사람이 차에서 내리자마자 죽자 살자로 도망을 쳤다. 일본병이 그를 따라가서 장검으로 그의 등을 찔렀다.

일본병이 총을 받들고 돌아왔다. 슌치는 여전히 샤오허를 차고 있었다. 장검이 슌치에게 아주 가까이 다가왔다. 그는 근시안을 찌푸려서 작은 구멍을 만들었다가 아주 크게 폈다. 갑자기 그는 크게 성난 소리를 질렀다.

"뭐 하는 거야?"

말하자면 희한하게 일본병이 이 성난 고함 소리를 듣자, 영문을 몰라 자기가 무엇을 하려 했는지 잊어버리고 멈춰 섰다.

잠시 멈칫하더니 일본병은 슌치를 찌르지 않고 모두 열을 세웠다. 샤오허는 여전히 땅바닥에 꿇어 앉아 있고 병들이 순서대로 그를 두들겨 패서 열을 짓게 했다. 슌치는 어쩌다가 둘째 줄에 섰다.

하늘이 더 밝아졌다. 태양이 이들의 머리에 내리쪼이고 또 일 편의 광선은 느릅나무 둥치에, 묘에, 감자에 그리고 사망에 비추었다. 묘지 위의 까마귀들이 날아올라, 애끓는 소리를 지르더니, 다시 내려앉았다. 일본병이 총을 받들고 모두를 나무 뒤로 데리고 갔다.

나무 뒤에는 큰 구덩이가 파여 있었다. 흙무더기에는 말라 죽은 붉은 지렁이들이 늘려 있었다.

"소독해라!"

일본병이 총으로 샤오허를 첫째 구덩이에 처넣었다. 샤오허는 날카롭게 미친 듯이 소리 질렀다.

"살려주세요!"

운전수가 슌치와 세 번째 사람에게 철제 삽을 건네주었다. 손짓으로 흙을 메우라고 지시했다. 슌치는 일체를 잊고 구덩이 안에는 매국노 관샤오허가 있다는 생각만 했다. 그는 몸에 남은 모든 힘을 다해 흙으로 구덩이를 메웠다. 샤오허는 소리치고 있었다.

"살려주세요!"

구덩이에 흙이 차오를수록, 샤오허의 목소리는 작아졌다. 흙이 그의 가슴에까지 도달하자, 그는 일본병 쪽으로 눈을 돌려 다시 살려 달라고 소리쳤다. 그러나 한 삽의 흙이 그의 입을 틀어막았다. 까마귀가 날아 지나가다가 나무 꼭대기에서 선회하더니 날아가 버렸다.

둘째 구덩이는 슌치 것이었다. 그는 구덩이로 뛰어들더니 끽소리도 내지 않았다.

그것이 소독이라 하는 것이다.

성 전체가 소독 당하고 있었다. 공화면이 북평인들의 위장을 망쳤다. 일본인들은 전염병이라고 의심했다. 혹시나 일본, 거류민에게 전염될까 극도로 겁을 냈다. 몇 대의 짐차가 주야로 순찰하면서 기절한 사람이나 설사병에 걸린 사람 모두 끌어다 소독해버렸다. 한 사람 소독해버리면 한 사람분 식량을 아낄 수 있다.

이렇게 되어 갔다. 우리의 최고의 순민이었던 관샤오허, 우리의 좋은 이웃이고 친구였던 이발사가 모두 소독되었다.

79

샤오양쥐안 사람들은 슌치의 실종에 주목했지만 그가 생매장되었으리라고 상상조차 못했다. 기아가 사람들을 남 생각할 여유가 없게 만들어서 누구도 그를 찾으러 갈 생각을 못 했다.

슌치의 부인은 40세쯤이었다. 그녀는 야무지지 못하지만, 성실해서 남의 주의를 끌지 못하는 부인이었다. 남편이 돌아오지 않자 몇 번 눈물을 흘리더니 친정으로 돌아갔다. 샤오양쥐안에서 오래된 집 중의 한 집이 소리도 없이 사라져버렸다.

서서히 소독이라는 명사가 사람들의 귀에 전해져서, 사람들이 슌치도 그런 방법으로 희생되지 않았나 의심하기 시작했다. 의심이 들기는 했지만, 모두 문제 삼아서 얘기할 마음이 내키지 않았다. 그들의 배속도 좋지 않았다. 슌치가 정말 배탈이 나서… 그러면 자기는? 너무 비참하고 너무 무서웠다! 말하지 말자!

"7·7" 기념일이 되었다. 일본인들은 오색기를 거두어 가고 모두에게 청천 백일기를 팔아먹었다. 기에는 누런 띠가 첨가되어 있었다. 그 띠에는 "반공하여 평화로 나라를 세우자(反共和平建国)"라고 쓰여 있었다.

그들은 황색 띠를 알아보지도 못하고 위에 적힌 글자도 믿지 않았다. 그들은 머리를 숙이고 사람을 속이는 깃발을 두 번 다시 보려고 하지 않았다.

이 깃발 이외에 그들은 또 보았다. 황색이었다. 왼쪽 귀퉁이에 홍란백흑띠로 된 만주기였다. 중간에 넓은 붉은 선이 있었다. 상하의 황백란의 좁은 선은 몽골연방 국기였다. 그들은 지금까지 이러한 기치를 본 적이 없었으며, 그것을 인정하고 싶지도 않았다. 그들은 이 깃발 아래 배탈 난 놈은 모조리 생매장당할 수 있다는 것을 알고 있었다!

이 기를 게양하는 것 외에 일본인은 대대적으로 일본 무사의 "충혼" 추도를 떠들어대었다. 남원, 서원, 중산공원에서 아주 장엄한 추도식이 열렸다. 마치 역사를 다시 써서 중국인이 전쟁의 책임을 져야 한다고 떠들었다.

샤오양쥐안 사람들은 모두 손꼽아 계산했다.(이것은 "계산을 분명히"할 때 하는 계산법이다.) 그들은 작은 후통 안에 옳든 그르든 마땅히 죽어야 할 사람과 마땅히 죽어서는 안 될 사람들이 이미 몇 집이나 망했다. 그들은 중후하고 성실했던 티엔요우, 시를 짓던 치엔 선생과 그의 부인, 두 사람의 젊은이, 강건하고 튼튼하여 작은 표범 같던 샤오추이, 꼭지 연꽃같이 아름다운 샤오원 부부와 갑자기 불에 타버리듯이 사라진 관 씨 집을 생각했다. 또 어떤 사람은 치 씨 댁의 셋째, 펑장 리우셔푸는 도망을 가서 살았는지 죽었는지 몰랐다. 흥, 치 씨 댁 둘째의 여편네는 한간과 사통했지? 무슨 일이 일어나더라도 개탄하기만 하고 좋은 일은 없었다!

청창슌은 장사를 나가고 싶지 않았다. 그는 거리에서 사람을 속이는 기치와 예복을 입은 일본 남녀를 보고 싶지 않았다. 그러나 그는 나가야 했다. 그의 아내는 오늘이 "7·7" 기념일이라서 샤오추이를 생각할 것이다. 그는 그녀를 피해야 했다. 그녀의 슬픔에 차있는 얼굴을 보고 싶지 않았다.

루이쉬안은 하루 휴가를 냈다. 그 날이 아버지 기일이 아니지만, 아버지를 생각하고 싶었다. 또 그 날은 셋째가 탈주한 기념일은 아니지만, 셋째를 생각하고 싶었다. 그는 원래 둘째는 생각하고 싶지 않았으나, 어쩔 수 없이 생각이 났다. 3형제 중에 자기 혼자만 남았다!

어릴 적에 맹란절6)을 지내듯이 루이쉬안은 전 북평을 생각하고, 전 중국에서 피살되고, 폭살되고, 강간 되고, 물에 빠져 죽고, 생매장된 남녀들을 생각했다. 그날은 청명절과는 다르다. 그날은 자기 선영에 가서 성묘하면 그만이다. 이날은 청명절이 아니라 맹란절이다. 눈을 감고 천만인의 영혼을 상상할 수 있다. 머리가 없는 영혼, 손발이 없는 영혼, 폭탄에 맞은 영혼, 선혈을 흘리며 노기충천하여 질주하는 영혼들이 살아있는 사람에게 원수를 갚아주길 요구하고 있다. 늙은 영혼, 어린 영혼, 남자영혼, 여자영혼, 태 속에 있는 영아 모두가 공중에서, 광야에서, 물속에서, 불 속에서 머리를 하늘을 향해 꼿꼿이 들고 원수를 갚아달라고 외친다! 이날은 작은 인심이 일상생활의 관계를 통해서 모두 상상 속에서 천당과 지옥으로 들어간다. 이날에 실제와 상상이 하나가 되어, 은혜와 원수를 분명히 구별하게 한다.

그는 치엔 선생을 만나서 흉금을 털어놓고 싶었다. 그러나 말만 해서는 한담에 그칠 것이니 무슨 소용인가? 그는 아무 생각도 하고 싶지 않았다. 역사상의 하루이지 무슨 방법이 있는가? 다만 죽은 영혼들이나 생각하지, 복수의 결심도 행동도 못 하는 것 아닌가? 그는 하루 휴가를 낸 것을 후회했다.

샤오순얼과 뉴쯔는 아버지 손을 잡고 대문 밖으로 놀러 가려고 했다.

---

6) 음력 7월 15일. 망인의 추모일.

루이쉬안은 외출할 기분이 아니었다. 그는 오늘은 응당 방안에 엎드려, 혼자 추념하고, 묵도하고, 참회해야 한다고 생각했다. 그러나 그는 아이들의 작은 요구를 거절할 수 없었다. 어리둥절하여 아이들을 따라 밖으로 나왔다.

날씨는 여전히 더웠으나 때때로 시원한 바람이 불었다. 문밖의 회나무 잎들이 시시로 흔들렸다. 회나무 꽃들이 가볍게 하늘거리며 아래로 떨어졌다. 아이들은 대문을 나오자 두어 마리 회나무 벌레가 실 끝에 매달려 그네를 타고 있는 것을 보았다. 샤오슌얼이 뛰어서 회나무 벌레를 잡으려 할 때 3호집에서 한 무리의 일본 남녀노소가 나오고 있었다. 일본 아이들의 손에는 모두 일장기를 들고 깡충깡충 뛰면서 나왔다. 부녀들은 예복을 입고 엉덩이를 실룩거리고 그 뒤를 남자들이 따르고 있었다.

루이쉬안은 문간에 서 있었다. 갑자기 악한 마음이 생겼다.

"아빠!"

샤오슌얼이 재빨리 회나무 벌레를 잡았다.

"가자! 아빠, 아빠는 일본인이 두려워?"

루이쉬안은 아무 말도 안 했지만, 얼굴이 붉어졌다.

"아빠!"

샤오뉴쯔가 할 말을 생각해냈다.

"그들은 모두 북해에 가나 봐요? 연꽃을 보고, 아이스크림 먹고, 보트 타고, 얼마나 좋아? 뉴뉴도 가요? 아빠 뉴뉴 데리고 가요?"

"북해, 연꽃… 모두가 우리 것이다!"

루이쉬안은 이 말이 생각이 났다. 그러나 말이 입술에까지 닿았으나 삼켜버렸다.

그때 왕 씨—샤오삥을 파는 상인—가 소쿠리를 팔에 걸고 나타났다.

그는 키 큰 사람이었다. 그러나 나이—70여 세 되었다—가 그의 허리를 굽게 만들었다. 그의 머리카락 겨우 몇 가닥 남아서 희고 부드러워서 뒤통수에 납작 엎드려 있었다. 그의 목은 풍우를 구애치 않고, 몇십 년을 소리쳤더니, 이미 잠겨버려서, 대신에 손에 든 기름이 반질반질한 나무 방망이를 두드렸다. 루이쉬안은 자동으로 그의 물건을 샀다. 왜냐 하면, 그의 과자는 진짜 기름으로 볶아서 만든 것이었다. 왕씨는 남에게 아이들이 떼쓰며 우는 것을 이용하여 움직이지 않는 그런 짓은 하지 않고 먹고 살만큼만 장사했다. 오늘은 그가 서 있었다. 그는 루이쉬안을 쉽게 못 볼 듯이 서서 몇 마디 하고 싶어 하는 것처럼 보였다. 쉰 목소리 로 말했다.

"오늘 출근 안 하셨소? 예!"

노인은 숨을 몰아쉬면서 말했다.

"야아! 이것이 오늘 개시입니다! 10여 일 밀가루를 못 타서요! 오늘이 "7·7" 기념일이라서 일본인들이 선심을 썼어요. 오늘 겨우 몇 푼 벌게 되었어요. 할 수 없지요. 장사를 못 하면 제가 집에 돌아갈 수 없어요. 집에서는 자식들이 샤오삥을 다 먹어치워 버린다오!"

그는 광주리를 덮었던 보를 제꼈다.

"보세요! 이것이 어디 샤오삥이요? 이것은 두 입도 안 된다오! 평생 부끄러운 일은 하지 않았어요. 지금은 그러나… 밀가루를 탈 수 없으니 무슨 말을 하겠어요?"

샤오슌얼과 뉴쯔는 회나무 벌레랑 북해는 잊고, 손을 광주리 옆에다 두고 네 개의 유리알처럼 작은 눈을 샤오삥에서 과자로 옮겨 다녔다.

루이쉬안은 아무렇게나 몇 마디 덧붙였다. 왕씨를 얕보아서가 아니 라 그의 주의를 광주리에 집중하기 위해서였다. 주머니를 뒤지니 돈이 있었다. 6개의 샤오삥과 6개의 과자를 샀다. 샤오슌얼과 뉴쯔가 큰

숨을 들이쉬었다. 왕씨는 마란 잎으로 과자를 싸서 뉴쯔에게 주었다. 루이쉬안은 샤오슌얼의 옷깃으로 샤오삥을 받게 했다.

"가지고 가서 모두 먹어라. 뛰지 말고!"

샤오슌얼은 자기의 다리를 통제할 수가 없었다. 빨리 걷다가 바로 뛰어갔다. 뉴뉴는 감히 뛰지를 못했다. 날카로운 소리를 미친 듯이 질러서 기쁨을 보탰다.

"엄마! 과자야!"

두 아이들이 뛰어들어가자 루이쉬안과 왕씨는 한숨을 쉬었다. 왕씨는 딱딱이를 두드렸다. 억지로 허리를 펴고 걸어갔다. 혼자 남은 루이쉬안은 울지도 웃지도 못하면서, 자기에게 중얼거렸다.

"이 몇 개의 샤오삥으로 "7·7"을 기념하는구나? 흥!"

1호 일본 노파가 지나가면서 영어로 인사를 했다.

"안녕!"

루이쉬안은 앞으로 두어 걸음 나섰다.

"안녕! 당연히 당신에게 감사해야 합니다. 그러나…"

"이해합니다. 알아요!"

그녀는 그의 말을 막았다. 자기 집 대문을 가리키면서 말했다.

"그녀들은 전문역에 유골을 받으러 갔어요!"

침을 삼키고 할 얘기가 많은 것 같았지만, 말을 하지는 않았다.

"그런데…"

루이쉬안은 자연히 그녀를 위로하려 했으나 재빨리 자제했다. 그는 적이 전쟁에서 죽었다고, 노부인이 자기를 도와주었다고 해서, 애석해 할 수 없었다. 한참이나 머뭇거리다가, 노부인은 생각난 듯이 말했다.

"언제나 우리 인간은 반은 짐승이고 반은 인간에서 벗어나, 완전한 인간이 되어, 다시는 전쟁을 하지 않게 될까요?"

"당신과 나는 이미 짐승 성질이 없어졌습니다."

루이쉬안은 처참하게 웃으며 말했다.

"그러나 당신은 당신 집 남자들이 중국인을 죽이는 것을 막지 못하고, 나도 아무리 평화를 사랑해도, 당신들이 와서 우리를 죽이는 것을 막지 못 했소! 내 마음속에는 나는 자고이래 어떤 전쟁이라도 피를 흘릴만한 가치가 있었던 것은 없다고 생각합니다. 그러나 오늘날의 정세를 보건대 흘린 피의 양은 피정복자가 더 많습니다!"

노부인은 한숨을 쉬고는 천천히 집으로 돌아갔다.

루이쉬안은 여전히 문 앞에 서서 샤오슌얼과 뉴쯔의 노랫소리를 들었다. 그는 눈물을 글썽였다. 아이들은 저렇게 천진하고 저렇게 쉽게 만족하는구나! 인간이 지혜를 잘 운용하고, 어린이를 위해 생각하면, 세계에 전쟁이 일어날 리가 없을 텐데!

집으로 돌아오는 중에도 이렇게 마음이 편치 않았다. 다시 천천히 나가서 1호집 쪽을 보면서 두 부인이 어떻게 유골을 받는지 똑똑히 보고 싶었다. 그는 이렇게 처신하는 자신을 원망했다. 그것은 분명히 자기의 못난 원한을 갚으려는 것이기 때문이다―나는 전쟁을 하러 가지는 못하지만 적이 죽기 바란다.

잠시 그는 반드시 마음을 크게 하여 파리 같이 같은 류(인류)가 죽어도 조금도 마음이 동요하지 않아서는 안 된다고 생각했다. 인간은 역시 인간이다. 일본인도 인간이다. 1호집의 남자의 죽음도 마음을 아프게 생각해야 한다. 잠시 동안 그는 만약 피침략자가 저항하려 하지 않고, 침략자를 죽이려 하지 않는다면, 그것은 어찌 약육강식 법칙이 아무 저항 없이 횡행하여, 이 세계에는 정의라고 말할 수 있는 것이 없어진다는 증거라 할 수 없겠는가?

그는 하나의 중심적 원리원칙을 생각해내어 그 원칙을 지키고 따르면 자기의 모순과 방황은 줄어들 것이라고 생각했다. 그는 다만 뜨거운 솥 속에 있는 개미처럼 탈출하고 싶었다.

정오가 되어서 그는 알게 되었다. 그는 눈이 밝아지고 마음이 상쾌해졌다. 즉시 생각을 바꾸어 몸을 돌려 나가려 했다. 그러나 다리가 움직이려 하지 않았다.

두 명의 일본 소년들이 일장기를 손에 들고 문밖에 절도 있게 서서 할머니가 문을 열어주기를 기다렸다. 그들은 이미 평소에 장난치던 소년이 아니라 중대한 사명과 책임을 그들의 작은 몸뚱이에 지고 있는 것 같았다. 그들은 이미 천진한 아이들이 아니라 일종의 역사적 사명을 띠고 있는 작은 노인이었다. 그들은 가문의 "영광", 자기의 지체가 재가 되어 작은 병에 채워지는 영광을 깊이 이해했다.

그는 문득 생각해보았다: 자기가 죽으면 샤오슌얼과 뉴쯔는 어떻게 할까? 그들은, 응, 반드시 어머니 옷깃을 잡고 울 거야. 날며 들며 울 거야, 틀림없이! 중국인은 울 줄 안다. 우는 것을 숨기지 않는다! 일본인은 어린애라도 어떻게 눈물을 마음에 담아두는지 안다! 그러나 상심하니까 우는 것이 자연스럽지 않다고 말해서는 안 되지 않은가. 그것이 더 인간의 본성에 가깝잖은가? 참고 살인을 하고 자살하는 것이 더 야만적이 아닌가?

그는 자신에게 적절한 회답을 줄 수 없었다. 1호집의 문이 활짝 열렸다. 그의 심장은 문이 열리는 소리를 듣고 더 빨리 뛰었다. 그는 어쨌든 당연히 노파를 동정해야 한다고 생각했다. 그녀는 완전히 일본 사람이 아니다. 그녀는 정말 전 세계를 보았다. 일본은 그녀의 마음속에서는 세계의 일부에 지나지 않았다. 이 때문에 그녀의 마음은 종족과 국적 그리고 종교 등등의 선입견을 넘어섰다. 그는 가버리고 싶었으나 노파가 자기를 볼까 두려워서 여전히 움직일 수가 없었다.

노파가 나왔다. 그녀는 예복으로 갈아입고 있었다―검은 바탕에 어깨와 등에 "문장"이 인쇄된 화복이었다. 그녀는 나와서 유골함을 향해 손을 무릎에 대고 깊이 국궁했다.

두 부인이 나와서 흰 베로 싸인 작은 네모꼴 함을 받들었다. 그 부인들도 모두 "문장"이 찍힌 화복을 입고 있었다. 노파는 허리를 더 깊이 숙였다. 두 부인은 성지를 받는 것 같았지만, 아무 표정도 없이, 기계적이고, 장엄하고, 무정하게 문 안으로 들어갔다. 문이 닫혔다. 루이쉬안의 눈에는 여전히 검은 예복 흰 천 괴뢰 같은 부인이 맴돌아서 우두커니 서 있었다. 그는 곡소리가 들릴까 기대하면서 귀를 기울였다. 없었다. 아무 소리도 들리지 않았다. 일본 부인은 방성대곡할 줄 모른다. 산들바람이 회나무 잎 몇 개를 떨어뜨리고 작은 가지가 가볍게 울린다.

그는 부친의 죽음, 멍셔의 죽음, 샤오원부부, 샤오추이의 죽음을 생각했다. 어느 죽음이나 모두가 천지가 아득해질 텐데 울지도 않다니? 왜 중국인은 죽음을 두려워하고 우는 것을 좋아하는가? 중국적 문화가 이미 지나치게 성숙되어버린 반면, 다른 사람의 문화는 덜 성숙되어 생명을 아끼고 뜨거운 눈물에 익숙하지 않아서인가?

그는 대답할 수가 없었다. 더 난감한 것은 자기의 눈이 촉촉하게 젖어있는 것을 알아챈 것이었다. 그는 자기의 적을 위해서 마음이 아파해서는 안 된다는 것을 안다. 자기의 적은 이미 자기 아버지와 동생을 포함하여 수많은 중국인을 살해했다. 그러나 그도 사망이나 어려움 때문에 잘못 판단해서는 안 되며 적도 인간이라는 것을 안다.

그의 마음은 벌집같이 어지러워졌다. 생과 사, 사랑과 증오, 미소와 눈물, 애국과 전쟁은 모두 한 쌍의 쌍둥이처럼, 어느 쪽이 어느 쪽인지, 도대체 어느 쪽이 더 좋은지, 어느 쪽이 나쁜지, 분명히 알 수가 없었다. 그는 정신을 놓고 문간에 앉아, 회나무 잎이 바람에 하늘거리는 것을 보고 있었다.

이튿날 구드리치 선생을 만났다. 루이쉬안은 이 문제를 꺼내어 선생님과 허심탄회하게 얘기하고 싶었다. 그러나 선생의 안색을 보자 입을 다물었다. 얼마 동안 누구하고도 한담하고 싶어 하지 않은 것을 알았다. 일본인이 적극적으로 아오한 선을 돌파하고 천진의 영미인과 태국, 필리핀, 비에트남, 인도인을 몰아내려고 암중 활동하는 것이 포착되어, 조만간 일본이 홍콩과 싱가포르로 돌격하리란 것이 분명해졌다. 그는 자신이 동방인이라고 자처하지만, 그의 마음은 대영제국이 장래에 패배하여 해체가 이루어질까 봐 견딜 수 없었다. 그는 침략과 전쟁을 좋아하지 않았다. 그러나 영국국민을 위해서 말한다면, 대영제국은 마땅히 홍콩과 말레이시아를 점령하고 있어야 한다고 믿지 않을 수 없다. 그러나 일본이 홍콩이나 남양으로 정말 진공한다면 영국은 사실 이 지방들을 지켜야 하지 않을까? 이렇게 생각하자 그는 목을 길게 빼고 안도의 숨을 쉴 수 없었다.

때로는 중국에서 근래 백 년 동안의 외환은 모두 영국이 초래한 것이다. 영국이 전함정책으로 중국에 화를 불러들이는 문을 열었다. 이렇게 생각하자 그는 자기도 모르게 말이 나왔다. 일본은 응당 중국과 한 자리에 서서 백인들을 쫓아내야 한다. 중·일 전쟁은 우리끼리 죽여서 백인들을 위해 동방인들에게 기회를 만들어주고 있다.

그러나 이렇게 말한 후에 그는 곧 후회했다. 아니다. 중국과 일본은 손을 잡을 수 없다! 영국과 일본이 연맹하면 오늘 영·일은 옛날의 좋은 관계를 회복할 것이다. 하나는 동 하나는 서, 먼 곳에서 서로 도우며 전 세계를 지배할 것이다! 그는 중국인을 사랑하고 정말 영국과 중국이 친구가 되기 바란다. 그러나 대영제국의 입장에서 보면 그는 곧 가증한 일본인이 중국인에 비해 어느 정도 더 착해서 친구가 되기에 충분하다고 생각한다.

그의 마음은 갑자기 이렇게 엎치락뒤치락해졌다. 이 때문에 루이쉬안과 한담하고 싶지 않았다. 그는 이미 자기 입장이 무엇인지 어떠해야 하는지 알지 못했다.

이런 대사를 제쳐두고라도, 만약 일본인이 영국에 대해 작전을 하려고 한다면, 자기 개인은 어떻게 되는가? 그는 용기도 있고 죽음도 두려워하지 않지만, 만약 일본인에 잡혀서 집단 수용소에 갇히면… 그는 다시 생각할 엄두가 나지 않았다. 그는 남에게 자기의 손이 떨리는 것을 보이고 싶지 않았다. 이러한 우려를 해소하려고, 자기의《북평》을 빨리 완성해서, 영구히 기념품으로 전하고 싶었다. 그는 몇십 년 모아온 그림, 사진들을 열어보았다. 그러나 한자도 쓰지 못했다.

루이쉬안은 자기의 오랜 친구를 정면으로 볼 수가 없었다. 노인의 긴 얼굴, 우뚝한 코와 회색빛이 도는 파란색 눈은 전과 같았지만, 고집 세고 선량한 웃는 얼굴은 이미 사라졌다. 전쟁이 한 사람의 모습을 바꿔놓았다.

이렇게 선량한 중국인이 콧대 높은 영국인과 말없이 마주 보고 있다. 전쟁이라는 악귀가 마음대로 그들의 감정과 사상을 가지고 놀아서, 그들을 침묵시키고 고통스럽게 한다. 전쟁은 누가 좋든 나쁘든 누가 옳고 그르든 부딪히면 모두 파괴해버린다.

80

세월이 흘러 중추절이 되었다. 월병은 구하기도 힘들고, 아주 비싸기도 했다. 과일은 흔해지고 상당히 쌌다. 투얼예는 거의 종적을 감췄다. 투얼예가 많든, 적든, 비싸든, 헐하든, 공화면을 먹는 인간의 마음속에 중요한 지위를 얻지 못했다. 그들은 사늘하게 불어오는 서풍에 더 관심이 있었다. 그들은 배가 텅 비면 더 춥다는 것을 안다. 그들은 배고픔과 추위가 교대로 몰아붙이면, 곧 죽음이 뒤따라온다는 것을 안다.

한간들만 들떠서 물건을 사고 예물을 보냈다. 낮은 관리는 높은 관리에게, 높은 관리는 일본인에게 예물을 보냈다. 이때는 상사에게 아부할 수 있는 좋은 기회다. 동시에 그들은 상사를 위해서 살찐 게와 마야 포도주, 장미술을 선택할 때 일종의 자긍심을 느꼈다―다른 사람들은 빨리 굶어 죽어가는데, 그들은 아직 옛날처럼 명절을 즐길 수 있다.

루이쉬안은 한간들이 예물을 보내는데 바쁜 것을 보고, 쓸쓸히 웃을 수밖에 없었다. 나는 아무짝에도 못 쓸 애국심만 있었지, 한간들이 조공을 바치고 칭신[7]하는 것을 저지할 방법이 없다. 그는 다만 소극적으로

---

7) 신하로 자칭.

조부의 생일을 어떻게 축하할까, 명절을 어떻게 지낼까, 온 집안 어른, 아이들을 어떻게 즐겁게 할까만 생각했다. 이러한 소극적 방법이 얼마나 타당할까 생각했다. 다만 자기가 망국의 수치를 잊지 않고 있다는 것을 표시할 수 있을 뿐이다.

윤메이는 그렇게 생각하지 않았다. 정말 자기 자신을 위해서라면 절대로 명절을 지내고 싶지 않았다. 그러나 치가에서는 중추절과 할아버지 생일을 한데 묶어서 지내야 하므로, 감히 소홀하게 지낼 수는 없었다. 정말이지 치 씨 집 사람이 점점 줄어들어서 이렇게만 나가면 노인을 즐겁게 할 방법이 없어질 것 같았다. 그는 "일당 열"의 열성과 활약으로 노인의 상심을 덜어드리려고 애써야 한다.

"우리 어떻게 명절을 지내지요?"

그녀는 루이쉬안에게 물었다.

루이쉬안은 어떻게 대답해야 좋을지 몰랐다.

그녀는 영양의 결핍과 사흘이 멀다 하고 양식을 타기 위해서 줄을 서는 고생과 괴로움 때문에 여위고 주근깨가 많아졌다. 여위니까 그녀의 눈은 더 커 보였다. 때로는 커서 두려울 정도였다. 루이쉬안은 마음속에 명절 같은 것을 염두에 두지 않았기 때문에 그녀를 모르는 사람처럼 노려보았다. 그녀가 말을 하거나 웃으면 그는 그제야 확실히 그녀라는 것을 믿는다. 그녀는 언제나 웃을 일이 있어서가 아니라 남을 즐겁게 하기 위해 자연히 습관적으로 웃는다. 이 점에서 루이쉬안은 그녀가 본질적으로 선량한 사람이라 믿는다. 그녀는 보통 주부일 뿐만 아니라, 2~3천 년 동안 이미 살아온 것처럼, 어떤 놀라울 정도로 위험하고 곤란한 일도 그녀의 경험과 인내심으로 받아들여서, 미소를 지으며 응대할 방책을 생각한다. 이 때문에 루이쉬안은 그녀의 외모에 크게 주의하지 않고 그녀가 착실하게 없어서는 안 될 처, 주부, 며느리, 모친 노릇을 한다고 믿는다. 그렇다. 그녀는 타고 갈 빠른 말은 없고, 권총을 차지 않고, 동북의 여자 영웅들처럼 삼림이나 광야에서 혈전을 벌리지는 않지만, 시골의 부녀가 남편이 군대에 나갔기 때문에 도로를 닦고 밭을 가는 일을 하고, 다친 군인을 치료하는 일을 하듯이 집안 일을 한다. 그러나 그녀는 뚱보 주쯔처럼 가난 때문에 남편을 못살게 굴어서 한간을 만들지도 혹은 관짜오디처럼 몸으로 좋은 옷과 음식을 얻지 않는다. 그녀는 항상 웃으며 일을 하려 하고, 거친 음식을 먹고, 해어진 옷을 입어도 원망하지 않는다. 그녀는 일종의 전사다.

전에는 루이쉬안은 그녀의 결함이라고 생각했던 행동거지가 문아하지 않고, 복장이 모던(현대)하지 않고, 생각하는 것과 집안을 벗어나지 않는 것들이 이제는 모두 장점이 되었다. 그녀가 문아하지 않아서 줄을 서서 가죽채찍을 맞고도, 위축되지 않고 양식을 타온다. 그녀가 모든 하지 않기 때문에 그녀가 영화 보러 가지 않고, 돈이 없어 머리를 파마하지 않아도 입을 삐쭉거리지 않는다. 그녀의 마음이 집안일로 가득 차 있기 때문에 온 마음을 다해 집안일을 하고, 집안일을 하는 것이 벗을 수 없는 책임이라고 생각한다. 이렇게 국난 중에 그녀는 그가 일가를 청백[8]하게 지킬 수 있게 도와주었다. 이것이 그가 보기에 소극적으로라도 적에 대항할 수 있게 해준다. 그녀는 그녀로 그치는 것이 아니다. 중국 역사상 훌륭한 여성의 화신이다. 나라가 망하고, 집안이 절단났을 때, 남편 따라 고생을 하고, 심지어는 난을 당하여 남편을 따라 죽음도 함께 한다!

정말 그렇다. 그녀는 자동으로 용감하게 교육을 받고 각성된 여성처럼 전진(진두)에 서서 적을 죽이는 여호걸은 될 수 없다. 여하튼 루이쉬안은 그녀의 오늘의 가치를 인정하지 않을 수 없다. 게다가 어떤 남자는

---

8) 깨끗하고 맑게.

여자의 등쌀에 한간이 된다는 것도 부인할 수 없는 사실이다.

"당신은 어쩔 생각이요?"

루이쉬안은 한 가지 방법도 없었다.

"할아버지 생일은 어떻게 하더라도, 어떻게 일을 벌여야 할 거요. 그러나 우리 양식이 없어요. 우리는 할아버지에 축수하러 오시는 분들에게, 먹을 것 마실 것을 가지고 오시게 해야 할 거요?"

"그럴 수 없어요! 그들은 오시려고 안 할 거요. 누구든 집집마다 양식이 없는 줄 모르는 사람이 있나요?"

"당신은 모르는군요. 우리 북평인들은 얼마나 떠들썩하게 노는 것에 몰리는지!"

"그러면 좋아. 오시는 분들에게 맑은 차나 대접합시다! 한 자루가 아니라도 밀가루 한 근이라도 어디서 구하지? 모두가 공화면을 먹어도 문제 삼지 않겠지만 우리는 그 정도도 없지 않소!"

"그래요, 차 대접을 한다고?"

윤메이는 낭랑하게 웃는 소리를 냈다―그녀는 울고 싶었다. 곡이 웃음으로 바뀌었을 뿐이다.

윤메이는 시어머니와 상의했다.

"우리 둘은 어째야 좋을지 몰라서 어른께…"

티엔요우 부인은 도금한 비녀를 뽑아주었다.

"이것 팔아서 밀가루 두어 근 사라."

"그러지 마세요, 어머님! 돈이 있어도 가루 살 곳이 없어요."

비녀를 들고 티엔요우 부인은 멍해졌다.

치 노인의 작은 눈과 윤메이의 큰 눈이 숨바꼭질하듯 했다. 모두 상대의 눈에 숨은 뜻을 찾으려고 서로를 똑바로 보지 못했다. 최후로 노인이 정말 참지 못했다.

"얘야, 내 생일로 너무 힘들어하지 마라! 내 나이 곧 팔십인데 무엇을 못 먹어봤어. 무엇을 못 마셔봤어? 하필 그 하루 때문에! 아이들에게 먹일 것이나 구해봐! 봐라. 샤오뉴쯔가 여위어서 뼈만 남았잖니!"

윤메이는 무슨 말이라도 할 수 있을 텐데 아무 대답도 없었다. 그녀는 노인이 이미 며칠 동안 고의로 생일축하에 대해 말을 하지 않았지만, 생일을 어떻게 지낼까를 수천 번은 생각했을 것이다. 그것은 그녀의 어려움을 덜어주기 위해서가 아니라—자기 생일조차 해먹고 싶지 않다는—노인의 절망을 표하고 싶어서였다! 그녀는 또 노인 이 며칠 동안 얼마나 여러 번 티엔요우, 루이펑, 루이추안을 생각하고 있었는지 알고 있었지만, 감히 말을 할 수도 없었다. 그래서 그녀가 만약 생일날 하루를 떠들썩하게 보낼 방법을 못 찾으면 노인은 아마 한바탕 울 것이다. 그러나 그녀도 뾰족한 수가 없었다. 밀가루는 일본인 손에 있으니까!

11일 저녁때 띵쫜이 외교관처럼 마당으로 들어왔다. 그의 왼손에는 밀가루 자루를 들고 오른손에는 큰 붉은 명함을 들고 있었다. 밀가루 자루를 내려놓고 큰 붉은 명함을 치 노인에게 건넸다. 명함 위에 "구드리치"라는 큰 검은 글자가 쓰여 있었다. 그것은 구드리치 선생이 30년 전 인쇄했던 것이었다. 붉은색이 이미 약간 누런색으로 바래져 있었다.

"치노 선생님"

띵쫜은 아주 공손하게 말했다.

"구드리치 선생님이 저에게 이 밀가루를 생일에 쓰시라고 갖다 드리라 했습니다. 구드리치 선생님이 몸소 오시려 했습니다. 그러나 우리 후통에 일본인이 살기 때문에 혹시 말썽이라도 날까 두려워하셨습니다. 용서해달라는 부탁이십니다!"

띵쫜은 치 노인이 간절하게 부탁을 해도 방안에 앉거나 차를 감히 마시려 하지 않았다. 구드리치 선생이 그에게 밀가루를 전하라 하셨으니 그는 심부름꾼 노릇을 하기만 했지, 말을 하거나 혹은 치 씨 댁 차를 마실 수 없었다. 구드리치 선생은 하느님은 아니어도 천사였다. "심부름꾼" 노릇을 완수하자 그는 예의 바르게 인사를 하고 경쾌하게 점잖게 밖으로 나갔다.

치 노인은 밀가루 자루를 보자 너무 감동한 나머지 몇 마디 말을 하고는 자루를 보고 머리만 끄덕였다.

샤오슌얼과 뉴쯔는 소리를 질렀다.

"짜장면 먹겠구나! '흰' 만두 먹겠구나!"

윤메이는 노인이 자루를 충분히 보시게 하고는 두 손으로 주방으로 옮겼다. 마치 갓 태어난 아기를 안고 있는 듯이 어린애처럼 기뻐했다.

치 노인이 한참이나 감탄하더니 말씀하셨다.

"샤오슌얼 애미야. 만두를 쪄라. 많이 쪄라! 친우들이 축하하러 오면 다른 것은 없어도 만두를 대접하자! 지금 만두, 더욱이 흰 만두면 해삼·상어지느러미가 아니겠니?"

"오우! 겨우 구한 보배를 손님 대접에 쓰시려구요?"

윤메이는 노인에게 축하 만두만 쪄드리고 나머지는 남겨두고 약으로 쓰자는 생각이었다. 집에 누구라도 병이 나면 흰 밀가루로 수제비를 쑬 수 있다.

"너는 내 말 들어! 우리, 우리 친우들이 조만간에 굶어 죽을 수도 있다! 밀가루 한 자루가 생명을 구할 수 없다! 왜 모두에게 만두를 먹게 해서 잠시 기분이라도 좋게 하면 안 되나?"

윤메이는 큰 눈을 껌벅이며 할 말을 잃었다. 그녀는 마음속으로 혹시 노인이 성질이 변하실까 약간 두려웠다. "옛 어른들의 말"에 의하면 노인이 성질이 바뀌면 일찍 죽을 징조라 했다. 치 씨 댁에서는 그녀가 보기에 이미 남자가 세 명이나 죽었다. 치 노인은 절대로 죽어서는 안 된다. 치 노인이 계시기 때문에 사람들이 헐뜯어도, 노인이 체면을 세워주는 깃발을 들고 있는 것처럼, 원기를 잃어버리지 않은 것 같았다. 동시에 그녀의 생각에 의하면, 시어른이 돌아가셨지만 치 노인이 정정하게 살아계시니, '우리 집에도 노인이 계신다!'라고 남에게 말할 수 있어서 위로를 삼을 수 있다. 우리는 천하가 어지럽지만 일어났다. 우리는 노인을 봉양하고 효도하고 있다.

그는 시어머니와 남편에게 노인의 분부대로 만두를 대량으로 찔 것인지 물어보았다. 대답은 하라시는 대로 하라고 했다. 이것이 그녀를 더 불안하게 했다. 모두가 성질이 변해서 절약을 잊어버리고 내일을 잊어버린 것이 아닌가?

생일날이 되자 희희낙락하면서 몇몇 지친이 왔다. 그들은 치 노인에게 축하인사를 드리고 나서는 양식문제만 얘기했다. 얘기 중에 모두가 겸사겸사 해서 노인을 향해서 다른 친구들 대신해서 미안하다는 인사를 했다. 누구도 입고 올 두루마기가 없어서 못 오고, 또 누구는 이미 양식이 떨어져서 못 온다.

이러한 나쁜 소식도 노인을 견디지 못하게 낙담시키지는 않았다. 그는 마음을 굳게 먹고 즐거워하기로 결정한 것 같았다. 그는 이러한 상심할 소식을 이렇게 받아들여서 자기가 80년을 살아오면서 웃을 일도 있다는 표시를 했다. 일본인이 여러 해 북평을 점거하고 있고, 일본인이 모든 방법을 다해 살인하고, 매일 공화면만 먹지만 그는 살아왔다. 기황과 고생도 그를 쓰러뜨리지 못했다. 아마 영원히 쓰러뜨리지 못할 것이다.

티엔요우 부인, 루이쉬안, 윤메이에서 가까운 친척에 이르기까지, 노인이 이렇게 기뻐하시는 것을 보고 모두 좀 이상하다고 생각했다. 동시에 노인은 아주 기분이 좋아서, 모두가 울상을 지을 수도 없었다.

184

그래서 목전의 상심할 일들을 미루어 놓고, 옛날의 태평스러운 상황을 얘기해서 노인의 환심을 넓히려고 애썼다.

만두를 내오자 과연 노인이 생각한 것을 말할 새도 없이, 모두가 진기한 보배를 보는 듯했다. 그들은 모두 입에 희고 향기나고 연한 만두를 넣으면서 어떤 붉은 채소나 고기도 잊어버렸다. 윤메이는 누누이 모두에게 사죄했다.

"만두 외에는 아무것도 없습니다!"

모두는 그녀의 인사가 있을 때마다, 모두 한목소리로 만두가 얼마나 맛있는지 칭찬했다.

치 노인은 미친 듯이 좋아했다. 샤오슌얼의 손을 잡고 한 손으로 만두를 쥐고 손님 한 사람 한 사람에게 권했다.

"한 개 더 잡수셔요! 한 개 더 잡수셔요!"

손님이 모두 가버리고 난 뒤는 얼굴에 웃음기가 사라졌다. 샤오슌얼에게 작은 의자를 가지고 오게 해서, 마당에 앉아서 아래턱을 가슴에 묻고 꼼짝하지 않았다.

"할아버지! 피곤하세요? 방에 들어가서 잠시 누우세요."

윤메이가 나와서 말을 걸었다.

노인은 말도 하지 않고 꼼짝하지도 않았다.

윤메이는 심장이 뛰었다.

"할아버지 왜 그러세요?"

노인은 한참 침묵을 지키더니 머리를 쳐들고 윤메이를 보았다. 그녀가 물었다.

"무슨 일이세요? 할아버지!"

노인은 한숨을 쉬고 나서, 녹초가 된 듯이 아주 천천히 말했다.

"너가 만약 내가 미쳤다고 생각했다면 만두가 외란을 막은 것이야!

나는 미치지 않았어! 생각해봐. 티엔요우, 루이펑, 루이추안, 창얼예 둘째 며느리까지 안에 있었으면 몇 개나 더 먹었겠니? 나는 이 친척들이 티엔요우, 창얼예…인 척했어! 그들이 먹는 것은 마치…"

노인은 머리를 떨구었다.

"할아버지! 왜 그래요? 오늘 할아버지 기분 좋아하셨잖아요? 왜 자신이 통쾌해 하셨잖아요?"

윤메이가 웃으며 위로했다.

"내가 기분이 좋았다고?"

노인은 머리를 숙이고 말했다.

"기분이 좋기는 빌어먹을! 생각해봐. 사대가 몇 사람 남았어? 생일? 이것은 제삿날이야! 나의 생일이 티엔요우의 제삿날이야! 사람의 삶이란 자녀를 낳아서, 영원히 향연이 끊어지지 않게 하는 것이다. 날 보아라! 아들이 내 앞에 죽었다. 내가 기분이 좋겠어? 내가 옳고 그른 것을 왜 모르겠어!"

한바탕 투덜거리더니 노인이 3호집을 손가락질하면서 이를 갈았다.

"모든 것이 저놈들이 일으킨 것이다. 일본인이 바로 화를 불러들이는 악마다!"

말을 마치자 노인은 노기가 풀린 듯이 멍청하게 서 있었다.

한참이나 있더니 낮은 소리로 말했다.

"샤오슌얼!"

증손자가 뛰어오자 말했다.

"가서 만두 몇 개를 수건에 잘 싸오너라!"

전 집안사람들은 노인의 의도가 무엇인지 몰랐다. 샤오슌얼이 만두를 가지고 오자 말했다.

"가자! 나를 따라오너라!"

루이쉬안은 멋쩍게 웃으면서 물었다.

"누구에게 만두를 보내시려고요? 할아버지!"

노인은 천천히 일어서서 참혹하게 웃었다.

"흥! 나는 은원관계를 분명히 하고 싶다! 원수는 절대로 잊지 않는다. 은혜는 반드시 기억한다. 1호집의 그 할머니는 우리에게 좋은 일을 하셨다. 내가 그녀에게 만두를 보내드릴 것이다!"

"알겠습니다, 할아버지!"

루이쉬안은 할아버지 말씀이 옳다는 것을 분명히 알았다. 그러나 일본인에게 무엇을 보내느냐는 아주 어려운 일이다.

"그들이 우리의 밀가루를 먹을까요!"

"그들이 밀가루 먹느냐는 그들의 문제이지만, 우리가 보내느냐 마느냐는 우리의 일이야! 다시 말하면 저것은 생일축하 만두야. 보통 것이 아니야."

"좋아요, 제가 모시고 가지요!"

루이쉬안은 1호집 할머니가 중국말을 잘하지 못한다는 것을 안다.

샤오순얼은 할아버지랑 가려고 몰래 빠져나갔다. 그는 1호집 일본 아이들에게 원한이 있었다. 그들이 할아버지 축하 만두를 먹는 것은 기분이 좋지 않았다.

루이쉬안이 두어 번 문을 두드렸다. 1호의 할머니는 두 명의 장난꾸러기였던 아이들을 데리고 문을 삐꿈하게 열었다. 루이쉬안이라는 것이 명백해지자, 서둘러 문을 열고, 두 아이들은 왕년의 장난기는 털어버리고 그녀의 옆에 얌전하게 섰다. 루이쉬안의 온 뜻을 미처 밝히기 전에 할머니는 영어로 말했다.

"당신이 오셔서 잘 되었습니다. 저도 당신에게 말하고자 했습니다! 집안의 여자들이 군대로 차출되어, 군 막사 기생으로 충당되었습니다!

나는 일본인이고 인류에 속한 사람입니다. 일본인으로 말하면 명령에 완전히 복종해야 하므로 말하지 않아야 합니다. 그러나 인간인 이상 나는 두 아이의 부친을 재가 되게 하고, 어머니를 기생으로 만드는 인간을 저주합니다!"

노부인은 말을 마치자 손과 입술이 떨렸다.

두 아이들은 시종 할머니의 입술을 보면서, 아마도 할머니가 무어라 말씀하는지 추측하는 것 같았다. 그녀가 말을 마치자 그들은 그녀에게 바짝 붙어서서 가만히 있었다.

루이쉬안은 무어라 말해야 좋을지 몰랐다. 그는 응당 그녀를 위로했어야 한다. 그러나 중국인을 태워서 죽인 그들은 남자는 재가 되고 여자는 창기가 되어 마땅하다.

치 노인은 그녀가 무슨 말을 하는지 몰랐다. 천천히 손수건에 싸가지고 온 만두를 꺼내어 아이들에게 건네주었다. 동시에 할아버지는 루이쉬안에게 말했다.

"그녀에게 축하 만두라고 말씀드려라!"

루이쉬안은 할아버지 말씀을 할머니에게 전했다. 그녀는 고개를 끄덕이고 정신 나간 듯이 서 있었다.

남자, 여자, 늙은이, 어린이 모두가 말이 없었다. 10개의 눈이 크고 흰 만두에 박혀 있었다.

루이쉬안은 조부를 부축하고 조용히 말했다.

"갈까요?"

노인은 아무 말 없이 장손자를 따라 집으로 돌아왔다.

"그 노부인이 무어라고 하셨어?"

루이쉬안은 감히 고개를 돌릴 수 없었다. 그는 노부인과 두 아이들이 반드시 대문에서 그를 바라보고 있다고 생각했다. 곧장 집으로 들어가자 노부인의 말을 조부에게 했다. 치 노인은 한참 생각하더니 조용히 말했다.

"남을 죽이면 자기도 죽임을 당한다. 누가 여인을 해치면 그 사람의 여인도 해를 당한다! 그 두 아이들과 할머니가 가련하다!"

81

쉬쉬 일진의 서북풍이 수많은 북평인들을 떨게 한다.

왕년에 이 계절에는 북평성 내에 얼마나 많은 국화 전람회가 열렸는 지, 얼마나 많은 대학, 중학 남녀 학생들이 서산 혹은 거용관 13능으로 여행을 갔는가. 초등학교 학생조차 만성원의 원숭이와 코 큰 코끼리 보러 갔던가. 시인들은 술을 들고 산에 오르거나 단풍을 구경하러 교외 에 나갔지. 태평세월에는 인간들에게 풀은 이슬을, 새벽은 서리를, 계수 나무는 향기를, 가을은 명월을 준다. 인간이 모두 광풍이 불고 얼음과 눈이 닥치리라는 것을 알지만, 이 때문에 흥취가 줄어들지 않는다. 오히 려 모두 달고 단 무 혹은 차가운 당후루를 빨면서, 겨울에 화롯불 쬐이며 한담을 나눌 희망에 부풀어서 겨울을 준비한다.

현재는 가을의 선봉인 서북풍이 이미 낙엽을 떨어뜨리고 있어도, 성 밖에 유람 가는 사람조차도 없다. 서산, 북산에서 시시로 포성이 들린다. 포성이 들리지 않더라도 사람들은 서리 내린 숲, 단풍을 보거나 높은 산에 올라 시를 읊조릴 여유가 없다. 배는 고프고 몸은 차가웠다. 그들은 하룻밤 광풍에 갑자기 겨울로 변해서, 그들의 처형자 동장군을 만나면 뻣뻣하게 얼게 되리란 것을 안다.

사람들은 일체를 잊어버리고 죽음의 검은 그림자가 다가오는 것을 볼 뿐이다. 독일군이 소련을 침공했다는 소식이 들렸지만 별로 주의를 끌지 못했다. 그들은 이미 세계와 격리되어 죽음에 묶여 있을 뿐이다. 그들은 죽음에서 멀어지기를 감히 바랄 수 없다. 그들은 다만 겨울을 어떻게든 넘겨서 풍설 속에서 뻣뻣하게 굳어져 버리지 않으면 승리라고 생각한다.

새벽 서리가 녹지 않은 대로 상에 관샤오허와 슌치를 거대한 구덩이에 "소독"하러 실어갔던 트럭이 천천히 오고 가는 것이 보였다. 그것은 귀신 차였다! 차가 길옆에 있는 시체, 병사, 혹은 반쯤 죽은 사람을 보기만 하면 실어가 버린다. 귀신 차만 보면 그들은 자기도 모르게 자기도 실려 갈 가능성에 치를 떤다. 당신도 길거리에 쓰러지면 끌려가서 들개 밥이 될 수 있다! 의사나 간호사를 부를 수 없고, 자식들에게 유언도 할 수 없고, 애절하게 곡하면서 관을 보내줄 사람도 없고, 죽은 개나 고양이처럼 흔적 없이 사라진다.

윈메이는 사흘에 두 번은 그 귀신 차를 보았다. 첫 번째 양곡 타던 때의 일이 생각나서 그녀는 다시는 늦게 가지 않으려 했다. 양곡 타러 가려고 할 때는 어두울 때 일어났다. 어떤 때는 후다닥 일어나면 하늘에 별이 총총했다. 그녀는 휘딱 세수를 해치우고, 약처럼 끓인 검은 죽을 모두에게 내놓고, 사발과 젓가락과 소금에 절인 채소 반찬을 차려놓는다. 다 차려지면 시어머니에게 창밖에서 가만히 한마디 한다.

"어머님, 저 갑니다!"

양곡 타는 곳이 한 군데가 아니다. 때로는 그녀가 4~5리는 걸어야 했다. 심지어 동성까지 가야 했다. 동성인 경우는 그녀가 반드시 전차를 타야 했다. 그녀는 자동차가 너무 비싸서 탈 수가 없었다. 그녀는 전차

타는 데 익숙하지 않아서 탈 때마다 결심을 해야 했다. 그녀는 책임을 진 사람이라, 일본인이 희롱하고 난폭하게 굴더라도, 몰래 게으름을 피울 수는 없었다.

그녀는 간땡이가 크지 않았다. 개가 무서웠다. 이른 새벽 인적이 드문 곳에서 개 짖는 소리를 들으면 크게 놀랐다. 자루를 꼭 쥐고 대담하게 손에 진땀을 흘리며 앞으로 돌진한다. 때로는 무리 지은 일본병을 만난다. 두려웠지만 당황하는 모습을 보이지 않으려 했다. 머리를 숙이고 빠르게 앞을 향해 나아간다. 두려웠지만 위축되어 물러서지는 않았다. 온전한 생명으로 검고 냄새나는 양식과 바꾸는 것 같았다.

그녀를 가장 간 떨어지게 만드는 것은 귀신 차였다. 날씨가 흐리거나 맑거나 춥거나 따뜻하거나 간에 귀신 차를 보기만 해도 그녀는 치가 떨린다. 때로는 차 위에 실려있는 3~4구 심지어 10구의 시체가 자기도 모르게 눈을 감게 했다. 그 시체들은 그녀의 마음속에서는 차가운 시체인데도, 자기와 마찬가지 인간으로 생각되었다. 그들은 반드시 가족, 친우와 먹고 마시고 입는 문제가 있었을 것이다. 이제는 자식 부모와 가정은 걱정하지 않을 것이라는 생각이 났다. 그렇다. 한번은 자기와 마찬가지로 자루를 오른팔에 걸고 있는 시체를 보았다. 그녀와 마찬가지로 그녀의 손에도 자루가 있었다. 그 시체가 자기 자신일 수도 있었다! 그날 그녀는 하룻저녁 밥을 못 먹고 물만 마셨다.

양식을 타는 곳이 먼 곳이거나 가까운 곳일 수 있고, 양증을 받아도 반드시 양식을 타는 것이 아니어서 샤오양쥐안 사람들은 때때로 리스예를 저주했다. 그가 양증을 발급해주기 때문에, 일체의 과오가 거의 그의 책임인 것 같았다. 윤메이는 남과 마찬가지로 가진 학대를 다 받았지만 시종 리 노인을 나무라고 싶지 않았다. 그녀의 책임감이 그녀를 강건하고 용감하게 하여, 노고를 마다치 않고 원망을 두려워하지 않았다.

어느 날 공화면 자루를 안고 집으로 가고 있었다. 그녀는 2~3리 떨어진 곳에서라도, 인력거도 전차도 타고 싶지 않았다. 인력거는 비싸고 전차는 비집고 타기 어려웠다. 그녀는 냄새 고약한 가루가 죽은 아이처럼, 걸으면 걸을수록 더 무거워졌기 때문에 천천히 걸었다.

힐끗 그녀는 짜오디를 보았다. 짜오디는(옥중에서 나와서 북평에 있는 서양인의 "연락원"으로 파견되었다.) 하이힐을 신었지만 키는 훨씬 작아 보였다. 그녀와 동행하는 사람은 키가 아주 큰 서양인이었다. 그녀의 오른손은 "위인9)"의 팔을 꼭 잡고 얼굴을 쳐다보며 웃으며 얘기하고 있었다. 그녀의 머리 반은 큰 병을 씻는 솔모양으로 위로 향하여 가닥으로 묶어서 떨고 있었다. 반은 어깨에 흩어져 있었다. 그녀의 작은 얼굴은 전보다 살이 올랐지만, 그녀의 눈썹과 눈은 영화배우가 촬영할 때처럼 화장을 했기 때문에, 멀리서 보아도 확실히 보였다.

그녀는 큰 소리로 웃고 있었으며 얼굴의 살도 모두 활동을 했다. 눈썹도 갑자기 입가로 치켜 올라가서 붉은 입술이 코끝을 감쌌다. 웃음이 숨을 막으면, 그녀는 서서 두 손으로 "위인"의 팔을 잡고, 머리 다발이 그녀의 가슴에 놓이게 하여 어깨와 등이 들썩이게 한다. 이렇게 웃고는 위인의 넥타이를 당겨서 가만히 눈가를 닦는다. 그런 후에 그녀는 작은 거울을 꺼내어 분을 탁탁 얼굴에 바른다. 마치 전 북평이 그녀의 화장대로 여기는 듯했다.

윤메이는 자루를 안고 정신 나간 듯이 서 있었다. 짜오디는 그녀를 눈치채지 못했다. 그녀는 어느 누구도 보지 않았다. 그래서 윤메이가 마음 놓고 짜오디가 화장을 하고 그 "위대"한 사람과 천천히 걸어가는 것까지 볼 수 있었다.

윤메이는 자기도 모르게 침을 뱉었다. 그녀는 국가대사는 모르지만,

---

9) 키가 큰 사람의 의미.

이것 하나는 알고 있었다—일본인이 북평에 온 이래 저런 종류의 괴상한 일과 추태가 생겼다. 여기에 생각이 미치자 자기도 모르게 자루와 낡은 파란색 홑두루마기를 보았다. 보기를 마치자 머리를 쳐들자 자신이 더 정정해졌다고 느꼈다. 무엇을 먹든 무엇을 입든 관계없이, 일본인 같은 괴상한 짜오디같이 변할 수 없다고 생각했다. 당연히 스스로를 자랑스럽게 생각했다.

그녀는 집에 돌아와서 모두에게 그 일을 말하지 않았다. 자세하게 얘기해주지는 않았지만, 그런 괴상한 모양을 생각하니, 그녀의 얼굴이 열이 나서 빨개졌다.

짜오디의 추태가 윤메이의 얼굴을 붉게 했다면, 리우펑의 부인은 그녀가 부녀도 절대로 공짜로 밥을 얻어먹는 폐물이나 노리갯감이 아니라는 생각이 들게 했다.

리우 부인은 지금까지 치 씨 집에 와서 침선과 허드렛일을 도왔다. 최근에 물가의 앙등 탓으로 양식이 결핍되자 리우 부인은 루이쉬안이 매달 그녀에게 주던 6콰이 돈을 다시 받지 않기로 결정했다. 그녀는 더듬거리며 이 결정을 윤메이에게 말했다. 윤메이는 이래라저래라 할 수가 없었다. 리우 부인이 액수를 올려달라고 말하기가 쑥스러워서, 고의로 돈을 받지 않겠다고 하지 않았나 의심했다.

"제가 살아갈 방법이 있어요! 있어요!"

리우 부인은 한결같이 이렇게 말했다. 도대체 살아갈 방법이 어떤 것인지 말하지 않았다.

한 이틀 리우 부인이 보이지 않았다. 윤메이조차 치 씨 집 늙은이나 어린이까지 마음을 놓을 수 없었다. 특별히 루이쉬안이 그랬다. 경제적 능력이 충분치 않아서 리우 부인을 돌볼 수 없었다. 그러나 리우셔푸의 부탁을 받았기 때문에 그녀의 안전에 대해 나 몰라라 할 수 없었다.

며칠이 지나서 리우 부인이 좁쌀 한 근을 가지고 홀연히 나타나서 치 노인에게 드렸다. 별말이 없이 그저 웃으며 말할 뿐이었다.

"죽 끓여 드세요!"

좁쌀은 전쟁 전에는 값이 나가는 물건이 아니었지만, 현재는 보배로 변했다. 치 노인은 약간 몸이 불편해지면 늘상 제일 먼저 생각했다. '걸쭉한 좁쌀 죽 한 그릇 있으면 훨씬 좋아지겠는데!' 오늘 그는 그 예물을 보자 연노란 낱알의 좁쌀을 작은 진주를 만지듯이 만지작거렸다. 그는 감격해서 말이 나오지 않았다.

윤메이는 리우 부인과 한담하면서 어디서 어떻게 좁쌀을 구했는지 물었다. 리우 부인이 더듬거리며 그녀에게 말해주었다. 원래 일본인이 양식을 통제한 이래로 허다한 사람들이 반은 특히 여자들이 장가구나 석가장까지 나가서 장사를 한다. 장사는 천이나 낡은 옷을 가지고 가서, 그 지방에서 팔아치우고, 양식을 가지고 돌아오는 것이다. 그 지방은 입을 것이 없고, 북평에는 먹을 것이 없었다. 이 때문에 모험가들이 양쪽에서 돈을 번다. 이것은 모험이 따르는 일이다. 그들은 반드시 일본인들의 검사를 피해서 철도 직공이나 순경을 매수해야 한다. 때로는 화물 안에 숨어야 하고 때로는 화차 위에 엎드려야 한다. 약간의 양식을 얻으면 양식을 소매나 바짓가랑이에 숨겨서 북평성 안으로 가지고 들어와야 한다. 리우 부인도 이 일행에 들어갔다. 그녀는 언제나 치 씨 댁에서 주는 것을 거저 받은 것이 아니었지만, 이미 그녀가 쓰기에 충분치 않았다.

대충 얘기를 마치자, 리우 부인은 자기가 용감하다거나 자기 일에 어떤 기괴한 점은 말하지 않고, 그냥 멍청한 듯이 웃어넘겼다. 윤메이가 곧이곧대로 무섭지 않으냐고 물었다. 그녀는 간단하게 말했다.

"저는 시골 사람입니다!"

마치 시골 사람은 머리가 떨어져도 길을 갈 수 있다는 듯이 말했다.

이틀 동안 리우 부인이 보이지 않았다. 그 이후로 윤메이는 두려움에 봉착하거나 생활이 너무 고될 때는 곧 리우 부인을 생각하면서 이를 악물었다. 심지어 자기에게 말하기조차 했다.

"만일 양식을 살 수 없게 되면, 나도 리우 부인과 함께 장가구에 갈 테다! 아무리 괴롭고 위험하더라도, 일가 모두가 굶어 죽는 꼴은 볼 수 없다."

리우 부인의 용기가 윤메이를 강인하게 하고, 자신감을 불러일으켰다면, 리스마의 넓은 사랑은 그녀가 인간과 인간 사이의 관계를 이해할 수 있게 하고, 얼마나 상호 관계가 중요한지도 알게 했다. 종전에 윤메이는 물건을 살 때를 제외하고 문밖을 나간 적이 없었다. 이 때문에 리스마가 보살 같은 마음을 가지고 있지만, 노파가 약간 실성한 듯하고 예절을 잘 모르는 것 같아서 싫었다. 지금은 그녀가 대문 밖에 나갈 때면 언제나 리스마를 만나게 되어 노부인을 이해하기 시작했다. 그녀가 거리에 나갈 때마다, 리스마가 다른 사람을 도와주러 가기 때문에 만나게 된다. 그녀는 또 리스마를 만날 때마다 그녀가 필요로 하는 것을 얻게 된다. 이 일은 그녀를 감동시켰다. 종전에 그녀가 세상에서 사람을 대하는 방법은 대체로 치 씨 댁의 전통을 따라서, 매사에 분수가 있고 누구에게도 너무 가까이하거나 멀리하지 않는다. 현재는 누차 리스마의 원조를 받은 이후로, 분수를 지키고 멀리도 가까이도 하지 않는 것이 최고의 방법이 아니라는 것을 깨닫기 시작했다. 리스마의 열성이 절대로 지나치지도 않고 억지로 호의를 끌려고도 하지 않았다. 이 때문에 남을 돕기 위해 발을 들여놓기 시작했다. 남을 도운 후에 그녀는 일종의 따뜻함을 느꼈다. 받아드리는 것이 아니라 따뜻함을 방사(방출)하는 것이었다. 따뜻함을 방사하는 것이 그녀를 충실하게 하고 견고하게 했다.

좋아. 리스마 할머니는 때때로 야비한 말로 남을 욕했다. 특별히 리스예가 이웃들로부터 공격을 받았을 때 그랬다. 그러나 그녀가 사람을 욕할지라도 모두를 도왔다. 그녀는 절대로 원한 때문에 적게 돕거나 선심을 그만두지 않았다. 그녀는 선심이 있을 뿐만 아니라 위대했다.

후통 전체에서 리 씨 집 도움을 가장 많이 받은 사람들은 7호의 짜유엔10) 사람들이지만 리스예를 가장 심하게 공격하는 사람들도 그 사람들이었다. 그들이 험담을 하면 그녀는 곧 몹시 상스런 소리로 반격한다. 그러나 그들의 병상 앞, 해산실에는 등잔처럼 그들에게 빛을 던져준다.

7호의 아마추어 배우 팡리우는 사서를 다 외운 후에 상성계의 스타가 되어서 매주 적어도 두서너 번 라디오에 출연한다.

어느 날 방송 프로그램 중에 고사를 얘기하면서 일본 사람을 비꼬았다. 프로그램을 미처 마치기도 전에 팡리우가 하옥되었다.

라디오를 들은 사람들이 모두 팡리우를 동정했지만, 그를 구할 수 있는 사람도 방법도 없었다. 리스마는 라디오를 들은 적이 없어서 팡리우가 왜 하옥되었는지 알 수가 없었다. 그래도 그녀가 제일 먼저 팡리우를 위로하러 갔다. 그리고 "늙은 물건"이 억지로 팡리우를 구출할 방법을 찾아보도록 했다.

리스예는 작은 후통의 이장에 불과한데 무슨 역량이 있어 팡리우를 구출할 수 있을까? 그는 바이순장을 찾아가서 방법이 없는지 물어보았다.

"스예, 나는 당신의 좋은 마음씨를 존경합니다. 그러나 이 일은 좋은 마음씨로는 안 되는 일입니다!"

10) 다세대(혹은 공동주택).

바이순장은 리 노인에게 경고했다.

"내가 나 몰라라 하면, 리스마(자기 부인)가 7호 사람들을 데리고 나를 저주해댈 거요."

"음…"

바이순장은 눈을 감고 묘계를 마음속으로 찾았다.

"오히려 내게 생각이 있는데, 당신이 찬성하시지 않을까 걱정이요!"

"말씀해보세요! 당신이 제갈량이라는 것 누가 모를까 봐!"

"요즘 모두가 늘 당신을 원망하고 있지 않아요? 좋아, 우리도 그들에게 솜씨를 보여 봅시다!"

리 노인은 쓸쓸하게 웃었다.

"나는 늙었소. 그들과 다투고 싶지 않다오! 나야 옳든, 그르든 하느님이 아실 거요!"

"그래요! 저도 그들과 다투라고 권하는 것이 아니요! 내가 말하지요. 당신과 함께 가서 모두에게 말해봅시다. 팡리우를 구출하기 위해 연대 보증서를 제출해 봅시다! 보세요. 도대체 감히 서명하려고 하겠어요? 그들이 서명하려고 들지 않을 거요. 좋아요. 그들은 다시 당신을 헐뜯지 않을 거요. 그렇지요?"

"그들이 모두 서명할까요?"

"그들?"

바이순장은 교활하게 웃었다.

"이제야 겨우! 내가 우리 이웃을 알게 되겠구려!"

리 노인은 이런 무료한 일을 하고 싶지 않았다. 그러나 이웃들의 최근의 공격은 그가 정말 고개 숙여 받아들이기 힘들었다. 그가 정말 괴로워하는데 바이순장이 옆에서 불난 데 기름을 붓듯 한다.

"스예, 나는 시비를 도발하고 싶지 않아요. 다만 당신을 위해서 의분을 느낄 뿐이요! 한번 그들을 시험해봅시다. 몇 명이나 기골이 있는지 봅시다!"

리 노인은 어쩔 수 없이 고개를 끄덕였다.

과연 바이순장의 계산이 빗나가지 않았다. 7호집 사람들은 아무도 서명하지 않았다. 그들은 샤오추이, 샤오원 부부가 의기 때문에 목이 달아났다는 것을 기억했다.

리 노인은 약간 기분이 좋았으나 곧 흥이 깨져버렸다. 그는 그 사람들이 원망스러웠지만 가련했다. 그는 보증서를 갈갈이 찢어버리고 이따위 시시한 일을 끝내고 싶었다. 그러나 일종의 호기심이 발동하여 그는 계속해서 이웃들을 방문했다.

띵쭌은 아무 말 없이 서명했다. 그는 팡리우를 돕기 위해서가 아니라 영국대사관이 일본 귀신들을 두려워하지 않는다는 것을 보이기 위해서였다.

청창순은 보증서를 보자, 콧소리로 무어라 두어 마디 하더니 서명했다.

리 노인이 치 씨 댁에 갔을 때 문에 나온 사람은 윤메이였다. 리스예가 내방한 뜻을 말하자 들어가서 상의도 하지 않고 루이쉬안 대신에 서명했다. 그녀는 글자를 많이 몰랐다. 그러나 남편의 이름을 쓸 줄은 알았다.

이것이 리스예를 놀라게 했다. 그는 치 씨 집 사람들이 호인이라는 것을 알았지만, 윤메이가 이렇게 간땡이가 크리라고는 생각하지 않았다.

그렇다. 그녀는 간땡이가 커졌다. 그녀가 거리에 나갈 때마다 각양각색의 일들을 경험하고 각양각색의 사람을 만나자, 그녀는 부지불식간에 모습이 변했다. 종전에는 주방이 그녀의 부대 본영이고 집안이 그녀의 세계였다. 현재 그녀는 눈을 뜬 것 같았다. 그녀와 북평의 일체는 친밀한 관계에 있었다. 그녀는 팡리우를 구하려다 일이 잘못되면, 리스예도 출두해야 한다고 생각했다. 리스예가 출두해야 한다면, 그녀도 응당 도와야 한다. 좋은 일을 위해서라면 리스 노부부만 독점하란 법이 있나?

그녀를 기분 좋게 한 것은 루이쉬안이 집에 돌아와서 보고를 듣고 그녀의 경거망동을 나무라지 않은 것이었다. 그는 웃기만 하고 말했다.

"사람을 구하는 것은 좋은 일이야!"

리스예는 보증서를 위에 제출하지 못했다. 첫째는 서명자가 너무 적고 둘째는 위에 제출하면, 보지도 않고 쓸모도 없으면서, 서명자를 귀찮게 할 수도 있기 때문이다. 그러나 이 일로 거리 사람들 중에 누가 진짜 사람이고, 누가 가짜인지 분명히 알게 되었다. 특별히 윤메이에 대해서 새로운 수확이라고까지 생각했다.

윤메이가 거리에 나갈 때 언제나 1호집 노파와 장난기 심한 두 명의, 어린이를 만난다. 그녀는 지금까지 일체 관심을 두지 않았다. 그녀는 이 두 아이들이 샤오슌얼을 괴롭혔기 때문에 그들을 싫어했다.

현재는 그녀가 1호집 남자가 전사하고, 부녀들이 부대기생이 되었다는 것을 알게 되자, 그 노파와 말을 나누기 시작했다. 노파는 간단한 중국말밖에 몰랐지만 윤메이가 자신의 눈빛으로, 말로써 말할 수 없는 것을 노파가 짐작할 수 있게 했다. 때로는 이 두 부인이 한 자리에 서서 한마디도 하지 않아도 피차간의 마음을 느끼고 이해했다. 노부인은 이렇게 말하고자 하는 것 같았다. '나는 보통 일본인과는 다르다. 내 옷과 모양을 보고 나를 판단하지 마라!' 윤메이는 간단명료하게 자기의 태도를 설명할 수 없다고 생각했다. 그러나 그녀는 수천 년 동안 배양된 일시 동인지감(同仁之感)으로 가련한 노파를 이해할 수 있었다. 망망하게 그녀는 자기가 대단히 위대하다는 생각을 했다—그녀도 적을 불쌍하게 여길 수 있다.

쉿쉿 저녁 서북풍이 땅바닥에 얼음을 몰고 왔다. 어느 맑은 날 아침 윤메이는 양식을 타러 갔다. 땅바닥의 얇은 얼음을 보고 그는 토시를 찾고 싶었다. 그러나 그녀는 찾을 수 없었다. 추운 것은 두려워하지 않았다. 그러나 겨울 날씨가 얼마나 고약한지 알기 때문에 먼저 약간의 추위에 겁먹을 수는 없었다. 문을 나서자 차가운 바람이 그녀의 코끝을 빨갛게 물들였다. 그녀는 빨리 걸어서 몸에 열기를 더해주려 했다.

양식을 타러 온 사람들 어떤 사람은 오랫동안 보지 못했던 떨어진 홍니쯔라는 방한모를 쓰고 있고, 어떤 사람은 골동품 같은 귀마개를 쓰고, 어떤 사람은 기름이 번들번들한 낡은 면 두루마기를 입고 있고, 어떤 사람은 가죽 판만 있고, 털이 없는 가죽조끼를 걸치고 있었다. 윤메이는 이러한 이상한 복장을 걸친 사람을 보자, 갑자기 자기가 북평의 거리에 있는지 의심스러웠다. 그녀는 북평인이 체면을 중시하는 사람이라는 것을 안다. 즉 의복은 낡아도 깨끗이 빨아 입는다. 그녀는 언제부터 이렇게 많은 사람이, 이렇게 더러운, 이렇게 냄새나는, 옷을 입었는지 생각이 나지 않았다.

머리를 들어 푸른빛 나는 보석 같은 하늘을 보고, 자기는 확실히 북평에 있다는 것을 알았다. 이 가로변의 상점과 길가의 낙엽 진 나무들은 그녀가 잘 아는 것이다. 그녀가 모르는 것은 바로 이 사람들이다. 금년에 북평인들이 사람인지 귀신인지 모를 사람이 되었다면 명년에는 어떤 모양이 되어 있을까? 그녀는 다시 생각을 잇고 싶지 않았다.

바로 그때 그녀는 확실히 셋째를 보았다고 맹세라도 할 수 있었다! 그는 농사짓는 사람처럼 껑뚱한 푸른색 낡은 면바지를 입고, 허리에 배 요대를 묶고 있었다. 빡빡 깎은 머리, 머리에 뜨거운 땀이 송송 나있었다. 그는 도로변을 빠른 걸음으로 걸어갔다. 그녀는 입을 벌리고 소리쳤다.

"셋째 서방님!"

그러나 소리가 나오지 않았다. 눈 깜짝할 사이에 셋째는 멀리 가버렸다.

셋째! 셋째! 그녀는 소리 없이 몇 번이나 소리쳤다. 그녀는 춥지 않았다. 오히려 그녀의 손바닥에 땀이 났다. 셋째가 돌아왔다. 그는 자기와 두어 장거리에 있었다. 셋째는 호적부 상에는 이미 죽은 것으로 기록되어 있다. 그런데 홀연히 그가 북평에 돌아왔다. 셋째는 밖에서 적과 싸웠다. 그가 적에게 죽음을 당하지 않았을 뿐만 아니라, 오히려 북평에 진격해 들어와서 대로를 활보하다니! 윤메이의 눈이 빛이 나고 양 뺨에 홍조가 번졌다. 그녀는 이제는 어느 누구도 어떤 일도 두려워하지 않아도 된다. 셋째가 그녀와 멀리 떨어져 있지 않다. 반드시 그녀를 보호해 주리라!

양식을 받아서 집으로 돌아오는 도중에 몇 번이나 노인네들에게 이 좋은 소식을 말하려고 했다. 그러나 그녀는 제멋대로 처리할 일이 아니고, 먼저 남편과 상의해야 할 일이라는 것을 깨달았다. 그녀의 말은 벌집에 들어있는 벌들처럼 마음속에서 윙윙거리며 난동을 치고 있었다. 그녀는 입술을 꼭 다물고 아프게 깨물어서 겨우 마음속의 벌들을 진정시켰다. 그녀는 마당에서 발자국 소리만 들려도 셋째라고 생각했다. 그녀는 소리가 들리지 않아도 주방에서 마당에서 어디서든 짧은 남색 면바지를 입고, 머리에 뜨거운 땀을 흘리는 그를 보았다. 겨우 잠잘 때가 되어서야 그녀는 입을 열 기회를 얻었다.

"샤오슌얼 아빠요. 당신 생각해봐요. 제가 셋째를 만났어요!"

루이쉬안은 이미 잠자리에 누워있다가, 화들짝 일어났다.

"뭐라고?"

"제가 셋째 아주버니를 만났어요! 맹세컨대 틀림없이 셋째예요!"

"어디서? 어떤 모양이었어?"

윤메이는 자세하게 그에게 말했다.

그는 무릎을 안고 눈을 벽에 고정시킨 채, 윤메이가 말한 대로 셋째를 그려서 사진처럼 벽에다 걸었다. 정신 나간 듯이 상상 속의 사진을 일체를 잊은 것처럼 들여다보았다. 그는 귓속에서 자신의 심장이 뛰는 소리가 들리는 것 같았다.

윤메이가 신을 벗었다. 무슨 소리가 들렸다. 루이쉬안은 놀라서 펄쩍 뛰었다. 담장 위의 그림자가 홀연히 사라졌다. 그는 천천히 누웠다.

"당신 절대로 누구에게도 말하지 마요!"

"제가 그렇게 바보인가요?"

"좋아, 절대로 말하지 마!"

"절대로 말하지 않을게요!"

윤메이도 누웠다.

부부가 모두 얘기하고 싶었다. 그러나 누구도 무슨 얘기를 하면 좋을지 몰랐다. 자는 척하지만, 둘 다 누구도 졸리지 않다는 것을 알았다. 이렇게 한참이나 멍청하게 있다가, 윤메이가 돌연히 한마디 했다.

"셋째가 밖에서 무슨 일을 했을까요?"

"몰라!"

루이쉬안은 말속에 졸음기를 보태서 그녀가 다시 말하지 못하게 했다. 그는 조용히 셋째에 대한 일체의 기억을 자세히 더듬었다. 역사를 복습하듯이 유년기에서부터 셋째가 북평에서 탈출할 때까지를 되새겼다.

그러나 그녀는 '그가 정말 싸워서 여기까지 왔는가?' 하고 자신에게 물었다.

루이쉬안의 눈이 커졌지만 자는 척 가장하여 그녀에게 대답하지 않았다. 그는 밤새 윤메이와 셋째 얘기를 하고 싶었다. 그러나 그는 셋째의 과거를 전부 한번 생각하여 조리 있게 얘기하고 싶었다. 셋째는 치씨 집의 그리고 민족적 영웅이었다. 그는 절대로 이런 소리 저런 소리로 허튼소리 할 대상이 아니었다.

윤메이는 다시는 말이 없었다. 그녀는 상상의 나래를 펴고 있었다. 그녀는 셋째가 틀림없이 산을 오르고 고개를 넘어 멀고 먼 지방 심지어 해변에 이르러 대해까지 보았으리라 생각했다. 그녀는 북평성 너머로 가본 적이 없었다. 산은 멀리서 서산과 북산을 보았을 뿐이었다. 산들은 언제나 하늘색보다 더 푸르렀다. 그녀는 산에 있는 것들이 모두 남색이 아니란 것도 몰랐다. 바다를 말하면 "바다"란 말이 붙은 삼해[11] 공원밖에 모른다. 정말로 대해는 공원의 몇 배나 되는지 모른다. 그녀는 자기도 모르게 물었다.

"큰 바다는 삼해보다 얼마나 더 크오?"

"몇 배나 더 큰지 모른다! 왜 그래?"

그녀는 웃었다.

"정말로 셋째는 바다를 보았을까요?"

"그는 틀림없이 모든 것을 보았을 거야!"

"그러면 얼마나 좋을까!"

윤메이는 눈을 감았다. 윤메이는 마음속에 삼해보다 몇 배나 큰 바다를 떠올리고 푸른 산의 푸른 들 푸른 나무를 떠올렸다. 해변과 산상에서 용감한 셋째가 다듬어져 만들어졌다.

이렇게 북평에서 나가보지 못한 한 부인이 여러 해 동안의 고생과 괴로움으로, 자기 자신을 단련하여, 더 강건하게 더 용감하게 책임감을 가지고, 멀리서 산과 대해를 볼 수 있게 되었다. 그녀의 마음은 훨씬 넓어졌다. 그녀의 세계는 사방 담으로 둘러싸인 마당을 넘어 높은 산,

---

11) 사실은 성내의 호수.

넓은 바다에 이르고 이 고산 대해가 아마도 그녀의 국가가 되었을
것이다.

82

진령의 황토가 몸에 묻은 채로 셋째는 제야에 서안 고성에 얇은 면 학생복을 입은 채 들어갔다.

전에 그의 검은 콩 같은 눈은 이미 황하의 거친 물결, 양자강의 돛단 배, 삼협의 놀라운 파도를 보고, 솟아있는 산 중에서 찻잎도 본 적이 없는 사람들이 사는 삼가촌까지 보았다.

그에게는 어느 한 지방도 북평과 비교할 수 없었다. 그러나 모든 지방이 중국이 어떤 나라인지를 알게 해주었다. 그에게 중국은 이제 어느 한 지방도 기후, 지세, 풍속, 방언, 물산이 같지 않다는 것이 명백해 졌다. 중국이 그를 놀라게 하고, 즐겁게 하고, 전율하게 했다. 각처의 구름과 모기조차 같지 않았다. 그는 북평을 잊지 않았으나, 이렇게 같지 않은 지방을 좋아했다. 세차게 굽이치는 황하와 작고 가련한 산골 마을 은 거의 원시적이어서 아직 인력으로 경영해본 적이 없는 곳이었다. 그러나 이 때문에 그 지방들은 일종의 역량, 북평에는 없는 역량이 하늘과 땅의 한 곳과 단단히 연결되어 있었다. 만약 인위적이고 정교한 북평이 하나의 거대한 화재로 다 타버리더라도 황하와 시골은 영원히 남을 것이다. 유사 이래 이 지방들은 파멸할 수도 없고 파멸을 두려워하지 않기 때문에 변화가 없다. 이러한 지방들은 아마도 3대[12]이전에도 저러했고 앞으로도 영원히 그럴 것이다. 이 지방들은 그가 낙오를 걱정했지만, 이 지방들의 견실과 순박은 좋아했다. 그는 신흥 중국은 아마도 이러한 견실하고 순박한 역량에서 나와야 하지, 북평 같이 부패하고 썩은 도시들에게 이러한 책임을 지울 수 없다고 생각했다.

그는 이 황토를 밟고 있는 농민을 사랑했다. 그들의 경작 방식은 수구적이었고 교육받은 적이 없고 생활은 극단적으로 곤궁했지만 성실하고 선량하고 근검했다. 그들을 명백하게 이해하게 되면 그들이야말로(자기들이 굶을 수 있다는 것조차 두려워하지 않는다) 양식, 돈을 내놓는 것을 아까워하지 않고, 심지어 기꺼이 자기들의 자제를 국가에 바치는 사람들이지만, 그들은 북평인들 같이 문아, 총명하지도 않고, 도를 말할 줄도 모른다. 그러나 항전의 모든 책임을 진다. 중국이란 정말 그들의 것이다. 진령과 파산의 거석을 뚫고, 길을 낸 것도 그들이고, 한 광주리 한 광주리 흙을 날라 무논을 메워서 비행장을 닦은 것도 그들이고, 적이 닥쳤을 때 집이 불태워지고, 우마를 끌고 국기를 따라 후퇴한 것도 그들이고, 자제를 전선으로 보내고, 다친 군인들을 전선에서 구출한 것도 그들이다.

이러한 국민들이야 말로 배부르게 먹지 못하고 따뜻하게 입지 못해도 전투를 할 수 있는 군인이 될 수 있다. 이렇게 "원시적" 중국인이 현대의 전쟁에 참가할 수 있다.

그들은 세계의 대세에 대해서도 잘 모르고, 심지어 자기 성명도 모른다. 그러나 그들의 마음은 3대 이래로 전해 내려오는 도덕에 익숙하여 일을 당하면 시비를 가릴 줄 안다. 그들은 다른 것은 몰라도 일본인이

---

12) 하·은·주 시대.

이치를 중히 여기지 않는다는 것은 안다. 그것으로 충분하다. 그들은 피와 살을 전부 이용하여 이치를 중히 여기지 않는 사람과 승부를 낼 수 있다. 산천이 가로막혀 교통이 불편하기 때문에 그들은 산만하다. 그러나 문화적 역사와 전통적 동의는 그들을 한곳에 묶어두었다. 그들은 모두 중국인이다. 그것도 자만심이 큰 중국인이다.

루이추안은 이렇게 명백하게 자기가 북평인에 그치는 것이 아니라 중국인[13]이라는 것을 자만스럽게 인정했다. 그는 거의 북평인이라는 것을 부끄럽게 생각했었다. 그는 약간의 지식이 있고 청결을 사랑하지만, 농촌 사람의 순박과 역량이 모자라고, 흙에서 생겨서 자라는 지혜도 모자란다는 것을 알게 되었다. 허다한 일을 농민은 알고 할 수 있는데, 자기는 모르기도 하고 할 줄도 모른다. 그의 지식, 문아, 청결은 있어도 되고 없어도 되는 장식 같았다. 농촌 사람은 정말 생명을 꼭 잡고 있다. 하루 종일 저녁 늦게까지 봄에서 겨울까지 생명과 긴밀하게 연결된 일을 하느라 바쁘다. 때가 이르면 그는 용감하게 생명을 걸고 열심히 한다―그들의 피부는 검지만 그들의 피는 때로는 자기보다 더 뜨겁고 붉다.

그는 자기의 외모에 대해서 별로 주의하지 않았다. 그는 자기 몸에 걸친 낡은 의복, 구두에 묻은 먼지와 손톱에 낀 검은 때도 견디기 어렵지 않을 뿐만 아니라, 오히려 자랑스럽게 여겨야 한다고 생각했다. 심지어 그는 촌사람들의 몸에 이가 있으면 자기에게도 응당 있어야 한다고 생각했다. 전에 북평에 있을 때는 그도 남들처럼 "민중"이라는 말을 사용하기 즐겼다. 그러나 그때의 그의 "민중"은 무지하고 더럽고 어리석은 사람들에 불과했다. 그는 자기는 지식이 있고 선심이 있어서 우민의 스승이나 구주가 되어야 한다고 생각했다. 현재는 농촌 사람은 허다

13) 전체의 국민.

208

한 일에서 어리석지 않을 뿐만 아니라, 그의 선생이라는 것을 알게 되었다.

그는 대학생의 자만심을 버리고 농촌 사람과 함께 일하고 함께 항전하기로 결정했다. 게다가 그가 알고 있는 것을 모두 촌사람에게 나누어 주고, 자기가 모르는 것은 촌사람들에게 배워야 한다고 생각했다.

그는 노래를 잘 못 했다. 얼굴을 두껍게 하여야, 겨우 백성을 위해 항전 가곡을 불렀다. 그는 연극은 잘하지 못했지만 부끄러움을 무릅쓰고 무대에 올랐다. 그는 글을 잘 쓸 줄 몰랐으나, 눈썹을 찡그리며 항전고사를 사람들 위해서 썼다. 마찬가지로 그는 말을 타고 총을 쏠 줄 몰랐으나, 백성들에게 가르쳐 달라고 했다. 그는 심지어 시골 붉은 바지에 옥색 저고리를 입은 처녀가 짜오디보다 훨씬 더 예쁘다고까지 인정했다. 그가 결혼을 한다면 시골 처녀에게 장가가야겠다고 생각했다.

동시에 백성들은 천진했다. 그들은 가극, 활극과 고사를 듣고 보고 믿었다. 그는 자만심 때문이 아니라 시골 사람과 하나가 되었기 때문에, 기분이 훨씬 더 좋았다. 그는 자기가 시골 사람과 하나가 될 수 있고, 시골 사람처럼 건장하고 순박하게 변할 수 있어서, 시골 사람들도 자기처럼 활발하고 총명하게 바꿀 수 있다고 믿었다. 흥, 일본을 치는 것이 닭을 잡아 죽이듯이 용이할 수 있다.

이러한 천진, 즐거움, 자신이 북평을 잊게 했다. 북평에서 그는 조금도 발전이 없었다. 현재는 애국의 참다운 대상을 잡았다. 애국이 구체적 사실이 되었다. 이러한 백성과 땅을 사랑하는 것, 전쟁이 도시의 청년이 진정한 중국을 알게 했다.

그는 약간 더 여위었다. 그러나 키는 반 촌이 더 커졌다. 그의 얼굴은 햇볕에 그을려서 검게 탔다. 그의 뺨은 굴곡이 지고 단단해졌다. 시골 청년과 농구를 할 수 없으니, 그들에게서 씨름과 돌 던지기를 배웠다.

그는 자기의 근육을 만져보면서 한꺼번에 두 명의 적쯤은 머리를 부숴버릴 수 있다고 생각했다.

뜨거운 피가 재빨리 돌았다. 그의 상상도 빨라졌다. 심지어 그는 전후의 계획에 대해서 자세히 생각해보았다. 그는 승리 이후에 시골에 살면서 시골 처녀와 결혼하여 송아지 같은 튼튼한 자식을 몇 명 낳으리라고 생각했다. 자기 애들을 교육시키기 위해서, 그는 손쉬운 데로 작은 학교를 열어서 시골의 남녀노소들에게 글자를 배울 기회를 주고 싶었다. 그는 장래에 하나의 합작회사, 작은 공장, 병원을 설립한다… 그는 승리뿐만 아니라 전후의 새로운 중국을 보고 있었다. 이 새로운 중국 속에는 향촌이 하나의 화원처럼 미화되었다!

그러나 오래지 않아 당국자들이 민중을 믿지 않고, 지식 청년의 자유 사상을 의심하여, 루이추안을 일과 친구에게서 떼어 놓았다. 그는 도시로 나가 그가 좋아하지 않은 일을 해야 했다. 그는 타격을 받고 실망하여 분노를 느꼈다. 그러나 그는 '낙담하지 마라!'라는, 이별에 임하여 친엔 아저씨와 형이 한 말을 기억했다. 그는 참고 입을 다물었다. 자꾸 지껄이고 노래를 질러대던 시간이 조용한 사색으로 바뀌었다.

역사적 배경에서 그는 자기를 다시 새롭게 보았다. 그는 자기의 자신과 천진이 열기가 되어 꽃을 피우기는 하지만 절대로 열매를 맺지는 못하리라는 것을 깨달았다. 그의 책임은 이 열기를 의지하여 항전하여 쉽게 승리 얻기를 희망하고, 전후의 유토피아를 꿈꾸지 않으면 안 된다. 그도 반드시 마음을 진정시켜 역사에 저항하여 역사를 개조해야 한다. 역사는 중국 인민을 선하고 자랑스럽게 만들었지만 다른 사람들이 흑심을 품게 하여 다른 생각을 갖게 했다. 그는 자기를 감시하여 자기가 역사의 천평상에서 자기 몫을 다하게 해야 한다. 그는 일본의 중국 침략이 18층 지옥의 문을 열어젖혔다고 생각했다. 그래서 죽은 자의 혼들이 밖으로 돌진해야 하며, 마땅히 염라대왕과 소머리와 말 얼굴을 한 악귀와 싸워야 한다고 생각했다.

도시에서 상당히 오래 생활한 후에 북평으로 돌아올 기회를 얻었다. 그가 민간인들 속에서 공작할 수 있거나 군대에 수용되어 있었지만 북평에 돌아오리라 생각지 못했다. 그는 정말 북평을 사랑했다. 그러나 지금은 북평이 독이 가득 찬 곳이라는 것을 체득하고 있었다. 맑고 아름다운 하늘, 유리 궁전, 맛있는 음식 이러한 작은 편리함과 향락, 이 모든 것이 독약이다. 이것들은 사람을 편하게 하고, 의기소침하게 하고, 안일을 탐하고 나태하게 한다. 루이추안은 진흙탕에 빠져 지옥에서 뒹굴지언정, 문화가 지나치게 익은 고향에 돌아가고 싶지 않았다. 다른 방법이 없어서 북평에 돌아와야만 한다면 북평을 소독하고 싶었다.

제야에 서안 고성에 들어갔다. 너무 얇게 입어서 아주 추웠다. 길을 꼬불꼬불 돌아 다녀도 면빠오를 살 수가 없었다. 점포들이 설을 쇠느라 문을 닫았다. 그는 서안 고성도 동일한 고성적 정취가 있어서 전쟁이라는 재난이 닥쳐도 사람들은 반드시 설을 쇤다. 그는 성을 내고 싶지 않았다. 성을 내지 않고 천천히 방법을 생각하려 했다. 이것이 바로 3~4년 만에 얻은 보배 같은 수양 기회였다.

그는 수의점 문을 두드렸다. 제야이거나 정월 초하루라도 죽는 사람이 있기 마련이다. 수의점은 설을 쇤다고 장사를 안 할 수가 없다. 그는 죽은 사람에게 입히는 면빠오를 샀다. 그는 웃었다. 산 사람이 죽은 사람의 옷을 입는 것은 죽음을 두려워하지 않는다는 표시다.

서안에서 동쪽으로 걸었다. 차를 만나면 차를 타고 없으면 걸었다. 기차를 타거나 자동차를 탈 때, 그는 반드시 일본인 옆에 앉아서 일본인을 가장 좋아하는 사람처럼 그들과 잡담을 나누고 그들의 먹을 것을 주면 받아먹었다. 때때로 기밀문건을 가지고 있을 때면, 그 문서를 반드시 일본인 짐 속에 방치하여 검사를 피한다. 때로는 일본인에게 부탁하여 일본인이 들게 하여 기차역을 빠져나온다. 이러한 작은 곡예가 자신이 가치가 없다고까지 생각이 들게 했다. 왜냐하면, 일본인이 이런 종류의 잔머리 굴리기를 좋아하기 때문이다. 그러나 이러한 잔꾀가 효과를 거두면 자기도 모르게 기분이 좋아 마음속으로 말한다. '너희들만 놀 줄 아냐? 나도 놀 줄 안다!'

걸어야 될 때는 그는 일본인을 피한다. 때로는 고의로 점령지에 들어가서 길을 뺑뺑 돌아 걸으면서 자세히 각처의 정황을 살핀다. 여러 날을 걸은 후에 눈을 감고도 한 장의 지도를 그릴 수 있게 된다. 지도상의 산하, 작거나 큰 도시뿐만 아니라 각처의 군대, 인민의 동태를 기록할 수 있다. 이것은 바로 피로 그린 지도였다. 작은 마을에서 10번 중에서 8번 소살[14]당한 흔적을 만났다. 작은 개울에서도 아마도 여러 번 우군과 적군 사이에 싸움이 일어났던 것 같았다. 이러한 심중의 지도를 보고서 그는 중국인들이 절대로 적에게 얌전하게 투항할 사람들이 아니라는 것을 알았다. 이 지도상에서 그는 몇 개의 그림자, 가난하고 더럽고 무지하지만, 모르는 것이 없는 성실하고 분명한 인민의 그림자를 본다. 그렇다. 이들이 그의 마음속의 지도를 선홍의 핏빛으로 물들게 한 이들이다.

걸을수록 북평에 가까워지고 자기도 모르게 집 생각이 났다. 그는 특히 모친과 형 생각이 났다. 그러나 절대로 못 견딜 정도는 아니었다. 왜냐하면, 3~4년 동안 유랑하면서 자기는 다시 자신을 사세동당의 집안에 자신을 처박아 넣어 전전의 생활로 들어갈 생각은 없었기 때문이다. 그것은 거의 불가능 했다. 그는 이미 광대한 국토를 보고, 이렇게 많은 인민을 보고, 많은 인민 사이의 많은 문제를 보았다. 그의 장래의 생활은

---

14) 불태워 죽임.

가정적이라기보다는 차라리 사회적이 될 것이다. 전쟁이 그의 마음의 문을 열어 주었으니, 다시 집안에 자신을 가두어두고 싶지 않았다.

벌써 가을이 왔다. 그는 랑방에서 기차를 탔다.

그는 랑방인이 되기로 결정했다. 그것은 어려운 일이 아니었다. 그저 말씨만 조금 바꾸어야 했다. 그것은 랑방인인 척해야 가능했다. 그의 복장—하나의 긴 면빠오, 한 켤레의 낡은 신창[15]의 비단신, 푸른 비단 모자—이 그를 작은 양곡점의 장궤 차림으로 바꾸었다. 그의 행장은 낡은 "샤오마쯔[16]"였다. 샤오마쯔는 윗면은 거의 닳아서 희미하게 "삼회당"이라는 글자가 박혀 있었다.

그의 성은 왕(王) 씨였다. 그 밖에 바람막이 안경, 풍안 하나, 털수건 한 장이 전부였다. 털수건이 시골 사람의 냄새를 띠고 있다. 큰 안경이 시골 장궤의 냄새를 보태주었다. 샤오마쯔 안에는 "죽은 자"의 면이라는 3~5개의 짧은 바지가 있었다. 샤오마쯔 안의 "삼회당"이라는 글자를 제외하고 그의 전신에는 글자가 박힌 물건은 하나도 없었다.

아주 착실한 장사꾼이 여행하는 것처럼 거무튀튀하고 키가 큰 녀석이 바보처럼 기차에 올랐다. 차 위에 그는 젊은 장궤와 왕 씨 집안의 족보와 왕 씨 촌의 지도를 생각했다. 한 번, 두 번, 열 번 그는 족보와 지도를 횅하게 외웠다. 일본인의 자세한 심문에 대비하여 자세하게 묘사하고 상술하여 일본인들의 세심함과 자질구레함을 만족시키려 했다—일본 인은 아주 이상적인 적이 아니다. 그들은 너무 좁쌀 같았다. 좁쌀 같은 일본인 마음 때문에 그들은 나무만 보고 숲을 놓친다. 이 때문에 음흉한 음모에 힘을 낭비하여 파멸한다. 그들은 인간 세상의 숭고하고 최고로 의의 있는 일을 잊는다.

---

15) 여러 겹의 굵은 실로 박아서 만든 신바닥.
16) 둘러멜 수 있는 행낭.

북평에서 떨어진 곳에서 점점 더 북평 가까이 갔다. 루이추안은 기차가 움직일수록 자기 집이 눈에 스치고 지나갔다. 대문, 대문 밖의 큰 회나무, 마당 안의 일체가 동시에 그림 같이 그의 눈앞에 나타났다. 그는 급히 눈을 감고 기차의 바퀴 소리에 귀를 기울이고 자기가 최면에 빠졌으면 했다. 그러면 북평이 눈앞에 펼쳐져도 심장이 빨라질 필요가 없을 것이다. 그는 이미 일본인이 가슴을 더듬는 일을 당했다. 그들은 심장이 빨리 뛰는지를 알고 싶어 했다. 여기는 북평이고 범의 아가리 속이다. 그는 심장이 조금도 변화 없이 범의 아가리 속으로 들어가야지 그렇지 않으면 범에게 잡아먹힌다.

기차가 섰다. 그는 천천히 짐을 챙겨서, 한 손에 기차표를 높이 쳐들고, 한 손에는 때가 묻은 털수건을 잡고, 천천히 차에서 내렸다. 기차역 옆의 오래된 성벽, 사방의 맑은 고향 말, 이런 것들이 어쩔 수 없이 그가 심호흡을 하게 했다. 한번 숨을 들이켜 쉬자, 북평의 특이한 냄새를 느낄 수 있었다. 그는 어린애가 집에 도착하자 흥분이 되어 몇 걸음 뛰듯이 재빨리 몇 걸음 옮기고 싶었다. 북평에는 독이 있다. 그러나 북평은 오히려 그가 태어난 곳이다. 그 색깔, 맛, 말소리 모두가 편안하고 흡족하게 느끼게 했다. 마치 팔을 뻗치면 모친의 팔에 손이 닿을 것 같이 느꼈다. 그러나 그는 반드시 침착하게 천천히 걸어야 한다. 그는 알고 있다. 옆에 있는 어떤 사람이 어깨를 두드리면, 그것이 최상의 것이기를 바라고, 용감하게 최악일 수도 있다고 기대해야 한다. 이곳은 북평이 아니라 범의 아가리다.

그는 무사히 기차역의 목책 앞에 서서 기차표를 건네주었다. 그러나 그는 기분이 좋지는 않았다. 북평의 어느 흙덩이라도 언제라도 무덤으로 바뀔 수 있다.

과연 그가 막 목책을 나오자 어떤 손이 가볍게 그의 어깨를 쳤다.

그는 오히려 마음이 놓였다. 왜냐하면, 그는 이를 위해서 얼마나 준비를 했던가.

그는 털수건을 잡은 손으로 머리 위에 손을 펼치고 젊은 장궤답게 기품 있게 물었다.

"무슨 일이요?"

그 손이 누구의 것인지 확인할 필요도 없이, 그대로 앞으로 가면서 중얼거렸다.

"나는 잘 아는 여관이 있소. 장사를 방해하지 마시오! 북평은 내가 자주 오는 곳이요. 나를 시골 촌놈으로 알지 마시오!"

그러나 이렇게 큰소리쳤지만 아무 효과가 없었다. 뭔가 단단한 물건이 그의 갈빗대를 쑤셨다. 뒤에서 말소리가 들렸다.

"가라! 허튼소리 집어치워!"

삼회당 젊은 왕 장궤는 급히 몸을 돌려 뒤에 있는 적과 얼굴을 마주했다.

"무슨 일이요? 정거장에서 납치할 셈인가요? 나를 놓아주지 않으면 순경을 부르겠소!"

입으로 이런 허튼소리를 했지만 루이추안은 이놈의 고기를 씹지 못하는 것이 한이었다. 그것은 중국인 청년이었다. 루이추안은 이런 인간을 일본인보다 원망했다. 그러나 그는 화를 가라앉히고, 인간 같지 않은 주구에게 좋게 말했다. 그는 "선생"이라고까지 불렀다.

"선생, 저는 돈을 얼마 갖고 있지 않습니다. 저를 한번 봐 주십시오!"

"가자!"

그 주구는 이를 드러냈다. 아주 깨끗하고 가지런한 이빨이었다.

왕 장궤는 부드럽게 말해도, 강경하게 말해도 소용이 없다는 것을 알자 한숨을 쉬면서 주구를 따라갔다.

매표소 뒤에 있는 작은 방이 예상한 범 아가리였다. 안에는 일본인이 한 명, 중국인이 두 명 있었다. 이들이 범 아가리의 세 개의 거대한 이빨이었다.

루이취안은 세 이빨에 국궁하고, 바삐 보따리를 내려놓고 털수건으로 얼굴을 닦았다. 그 후에 일본인을 대면하고 바보같이 새끼손가락으로 귀를 후비고 귀와 눈을 비볐다.

일본인은 골동품을 감정하듯이 루이추안 얼굴을 한참 들여다보았다. 루이추안은 때때로 바보 같이 웃었다.

일본인은 대단히 두꺼운 사진첩을 펼쳤다. 루이추안은 바보 멍청이같이 몇 명의 잘 아는 사람들을 알아보았다. 일본인은 사진 몇 장을 보다가 정지하고, 머리를 들고 루이추안을 보고, 다시 사진을 보았다. 한참 보다가 루이추안은 그것이 자기 사진이라는 것을 알았다. 그는 그것이 어디서 찍은 사진인지 잊었다. 아마 3년 전에 찍은 것으로 희미하게 기억이 났다. 사진상의 자기는 현재보다 살이 쪄 있고 머리는 가르마를 타고 있었다(현재는 머리를 빡빡 깎았다.) 한 묶음이 풀려 있는 머리는 이마에 드리워져 있었다. 아마도 이 차이 때문에 일본인은 그 사진이 루이추안과의 관계를 알아채지 못하고, 아무렇게나 사진첩을 덮어버렸다. 루이추안은 혀를 내밀고 싶어졌다.

일본인은 사진첩을 펼치고 루이추안을 심문하기 시작했다. 루이추안은 숙지한 족보와 향토 지리를 약간 더듬듯이 말했다. 완전히 당황하지 않은 것은 아니지만 하나하나 자세히 말했다. 그의 말을 두 사람의 중국인이 기록했다.

한바탕 문답이 오고 간 뒤에 일본인도 사진첩을 덮고 한 명의 중국인이 나쁘지 않은 눈으로 기록을 보았다. 이렇게 질문이 끝나고 나서, 두 번째 중국인이 가벼운 기침을 하고 나서, 기록의 말미에서 다시 질문했다. 루이추안은 조금도 착오 없이 대답했다.

일본인이 다시 사진첩을 펴드니 갑자기 웃었다.

"나는 랑방을 안다!"

이렇게 말을 마치자 그는 손을 루이추안의 가슴에 들이밀어서 더듬었다.

루이추안은 허리를 비틀며 부끄러운 척했다. 그러나 일본인의 손이 루이추안 그의 가슴에 달라붙었다. 그의 맥박은 정상적이었다.

일본인은 손을 놓고 루이추안과 랑방 "연구"를 시작했다. 마치 그가 그 지방에 대해서 깊은 감정을 가진 듯했다.

몇 마디 들어보자 루이추안은 일본인의 말은 임시로 짜 맞춘 것이라는 것을 알았다. 그래서 일본인의 말을 그대로 쫓아서는 안 되며 그대로 받아들여서도 안 된다는 것을 알았다. 그는 어조를 바꾸어 그대로 쫓기도 하고 반대하기도 하며 지어낸 말에 맞추어 안색을 바꾸었다.

"왕가촌 북쪽에 큰 연못이 있지 않소?"

"어느 연못 말이요? 어린애들이 여름에 목욕하는 연못 말이요? 일찍이 일본 군대가 메꾸어 버렸지요!"

"연못 남쪽에 길이 두 개 있는데 당신은 돌아올 때 어느 길로 가느냐?"

"어느 길로도 가지 않아요! 나는 샛길로 간다오. 그러면 오리는 가까워지니까요!"

일본인은 허다한 질문을 했으나 루이추안의 대답은 상당히 조리가 있었다. 일본인이 입만 놀리고 있는 동안, 두 중국인이 짐과 루이추안의 몸을 뒤졌다. 아무것도 나오지 않았다.

일본인이 나갔다. 중국인들은 잠시 가만히 있더니 나가버렸다.

루이추안은 단추를 채우고 의복을 가지런하게 접어서 샤오마쯔에 넣었다. 한편으로 짐을 챙기며 한편으로는 저주했다. 그는 이런 종류의 뒤에서 남몰래 일을 꾸미는 잔재주 꾼을 싫어했다. 그것은 정정당당한 작전이 아니라 연극이었다. 그는 이런 종류의 유희를 견뎌서 이런 유희 속에서 항전의 목적을 달성해야 했다. 그렇다. 전쟁이란 원래가 가장 어리석은 유희인지도 모른다.

그는 소리 없이 한숨 쉬었다. 그런 후에 샤오마쯔를 고르고, 깔고, 벽 귀퉁이에 기대어 놓고 잠이 든 척 했다.

잠시 "잠"을 잔 후에 어떤 녀석이 들어 왔다. 그는 깊이 잠든 척 가볍게 코를 골았다. 마음에 아무 거리낌 없는 듯이 코를 골았다.

"어이!"

그 사람이 불렀다.

"이 새끼, 너 안 갈테야?"

루이추안은 눈을 뜨고 얼굴을 문지르고 느릿느릿 일어나서 행장을 둘러맸다. 그는 중국인에게 깊이 절을 했다. 마음속으로 말했다.

"이놈 새끼 다시 보자! 내가 네놈 한간을 끝장내지 못하면 치가가 아니다!"

문을 나서자 태연자약하게 이쪽저쪽을 보다가 방향을 잊은 듯이 여기 저기를 기웃거렸다. 그는 만약 문을 나서자 뛰면 반드시 다시 잡혀가리 란 것을 알았다. 얼마나 많은 눈이 몰래 그를 보고 있는지 모른다!

83

행리를 둘러메고 천천히 전문을 들어섰다.

천안문의 웅장한 문주 양쪽의 붉은 벽, 전면의 옥색 난간과 화표[17])를 보자, 루이추안의 심장이 돌연히 빨리 뛰었다. 위대한 건축, 역사, 지리, 사회와 예술이 종합되어 세워진 기념비다. 이 기념비는 말이 없고 문자도 없지만, 사람을 감동시켜 눈물을 흘리게 한다. 하물며 이 역사, 지리 사회와 예술이 천안문에 녹아들어 있으니 바로 자기의 것이었다. 그는 거의 자기의 안태옷이 성루 아래에 묻혀 있다는 것을 안다. 이것은 역사, 지리 등의 종합 건축이고, 자기의 모친이고, 기백년을 살아왔다. 아마도 영원히 죽지 않을 자기의 모친일 것이다. 그렇다. 그는 밖에서 많은 황폐한 쓸쓸한 마을들과 모래 이는 황하의 양안이 모두 그를 감동시켰다. 그러나 이러한 감동은 대개가 놀라움에서 왔다. 이들을 늘상 보면 그것들은 감동을 주는 힘을 잃는다. 천안문은 얼마나 여러 번 보았는가. 그래도 여전히 그를 감동시킨다. 천안문이 주는 감동은 놀라움이나 신기함에서 오는 것이 아니고, "영적"인 무엇인가에서 오는

---

17) 아름답게 조각한 돌기둥.

것 같다. 유리기와의 섬광, 옥석의 순백이 소리 없는 음악처럼 그의 마음을 출렁이게 하여, 그를 이 위대한 건축물과 하나로 모여 일체가 되게 했다.

그때 일본인이 그의 가슴을 더듬었을 때, 그는 조금도 놀라서 어쩔 줄 몰라 하지도 않았다. 이제는 저 조용한 건축물이 그의 심장을 아주 빨리 뛰게 한다. 그와 그 일본인은 모두 죽어야 하지만 어느 쪽이 죽느냐는 알 수 없다. 저 위대한 성루는 영원히 저기 서서 푸른 하늘을 떠받치고, 아래로 흰 옥석을 밟고 있다. 그는 성루의 섬광 속에서 기백년 전의 공장들이 벽돌과 기와 한 덩이 한 덩이, 동량 하나하나를 제자리에 놓고 있는 모습이 보였다. 그들은 기교와 심미안으로 이 불후의 건축물을 창조해냈으므로 영원히 죽지 않는다. 왜 인간은 이러한 성문을 여러 개 만들지 않고 전쟁 같은 것을 하는 걸까? 여기까지 생각하자 그는 거의 자기의 용기와 공작을 경멸할 뻔했다. 흥, 천안문 앞에 서니, 자기가 해온 일들이 무슨 가치가 있단 말인가?

역시 좋아, 역시 좋아, 조금 지나서 자기에게 말했다. 일본 악귀들이 천안문은 절대로 헐어버리지 않을 것이다! 그래 일본인은 감히 헐지 못할 것이다. 혹시나 헐어버릴 가치도 없다고 여겨서일까? 그는 성문의 광장 앞에서 답을 찾듯이 급히 사방을 둘러보았다.

천안문 앞은 영락하고 쓸쓸했다. 그는 다시 볼 수 없었다. 아니다 이것은 이미 그가 어릴 적부터 보아오던 천안문이 아니었다. 큰비나 탑이 있지만, 아래에는 죽은 사람의 유골이 감춰져 있다. 북평은 이미 죽었다. 일본인은 천안문을 헐어버릴 가치가 없다고까지 생각할 것이다. 금빛과 푸른 옥빛이 나는 휘황찬란한 전리품에 불과했다.

그렇다. 천안문 앞에는 정적이 감돌았다. 행인, 차마는 모두 짧은 그림자를 달고 감히 끽소리도 못 내고 동으로 서로 왕래했다. 장소는 넓고 성루는 높아서 연운동하는 사람과 말이 작은 벌레 같았다. 처량한 작은 바람이 나무그늘을 덤덤히 지나쳐 버린다. 전선이 바람 따라 떨리면서 들릴 듯 말 듯한 소리를 낸다. 이런 것들이 루이추안에게 크고 텅 빈 반점이 박힌 아름다운 바다 고동을 생각나게 한다. 고동은 아름답고 작은 떨림을 내지만, 비어 있고, 죽어서 노리갯감으로 전시되어 있을 뿐이다. 하, 천안문도 바다 고동 같다.

그는 생각을 이어갈 수 없었다. 그는 자기가 눈물을 흘리고 있다는 것을 깨달았다. 그는 정말 중산공원이랑 태묘를 보고 싶었다. 놀기 위해서가 아니라 건축물, 꽃과 나무가 그대로인지 보고 싶었다. 아니다, 그는 갈 수 없었다. 샤오마쯔를 짊어지고 공원이나 태묘에서 어슬렁거리면 남의 의심을 산다. 자기 뒤를 누가 밟고 있지 않을 것이라고 어떻게 알 수 있는가?

공원에 가려 하자 자기도 모르게 짜오디가 생각이 났다. 그녀는 어떻게 변했을까? 그는 전쟁 전에 그녀와 함께 공원에서 놀던 광경을 생각해 냈다. 그는 특별히 기억이 났다. 노송이 그녀의 얼굴과 흰 의복에 듬성듬성 그늘을 드리워서 그녀의 얼굴과 전신에 명암의 무늬를 만들어 주던 일, 광음이 완전히 구별이 안 되어, 그녀가 부드럽고 연한 그림자 색을 띠게 하여 점점 잡을 수 없는 선녀처럼 변해버리는 광경.

아니다! 그녀를 생각해서는 안 된다! 그는 당연히 자신을 축하해야 한다. 사랑의 그물에 갇혀, 아내를 위해서 모험을 할 수 없어, 자유를 잃어버리지 않은 것을! 역시 샤오마쯔를 둘러메고 가야 할 곳에 가는 것이 자기가 반드시 해야 할 일이다. 그는 이미 자기 자신이 살로 이루어진 청년이라고 생각해서는 안 된다. 자기는 폭탄이 되어, 자신을 터트려 천만 개의 작은 파편이 되는 것이 자기의 영광이다. 그는 다시 살로 된 청년이 아니라, 어떤 추상적인 물건이 되어, 시대가 자기에게 부과한 책임을 다해야 한다.

천안문 공원 태묘와 짜오디를 잊었다! 다만 잊을 수 없는 것은 젊은 왕장궤라는 사실이다. 왕샤오장궤는 샤오마쯔를 둘러메고 멍청하게 천안문 앞에 서 있어서는 안 된다. 그는 마땅히 가야 한다. 빨리 가야 한다.

어디로 가야 하는가? 그는 곧장 자신의 비밀 기관을 찾아갈 수 없다. 만일 어떤 사람이 자기를 쫓는다면? 비밀이 어찌 탄로 나지 않을까? 좋아 그는 마땅히 동서남북으로 마치 토끼가 동쪽으로 한번 뛰어갔다가 서쪽으로 두 번 뛰어서 사냥개를 혼란시키듯이 왔다 갔다 해야 한다.

그는 서쪽으로 갔다. 얼마 가지 않아서 머리도 돌리지 않고서도 배후에 어떤 사람이 자기를 쫓아오는 것을 알아챘다. 그는 당연히 두려워해야 하지만 오히려 기분이 좋았다. 긴장, 위험, 죽음이 북평의 침묵을 깨트릴 수 있을지 모른다. 그는 묘 속으로 들어온 것이지, 천안문을 보러오지 않았다!

그는 서둘지 않고 앞으로 나갔다. 그는 기차역에서 본 자기의 사진을 생각해냈다. 흥, 얼마나 영광인가, 영광! 셋째 루이추안은 할아버지, 부친, 큰형 모두와 다르다고 생각했다. 흥, 이런 일을 노인이 알게 하면 놀라서 수염을 떨어뜨리지 않으면 이상한 거다!

잔꾀를 부려서 한쪽 신발이 벗겨지게 해서 허리를 굽혀 신발을 집었다. 옆 눈으로 자기를 바라보는 사람이 까오디라는 것을 알아보았다!

그는 구토가 나려 했다. 그가 생각한 것은 북평의 고요함, 관샤오허의 무치, 그러나 관 씨 댁에서 제일 좋은 사람인 까오디가 기꺼이 일본인의 어금니가 될 수 있다고 생각해보지 못했다! 역시 까오디가 이렇게 되었다면, 짜오디는 일본인에게 시집을 가지 않았겠나! 수년간에 걸친 수양과 단련이 홀연히 그를 버리는 것 같았다. 그의 마음은 마치 갑자기

병이 나려는 듯이, 뜨거워졌다가 차가워지듯 난리가 났다. 그는 자신의 여자 친구 즉 중국의 청년이 이렇게 무치해지고 뼈가 없어진 것을 보고, 북평에 온 것을 후회했다. 그는 자기도 모르게 허리춤을 더듬었다. 총이 없었다. 그는 적수공권으로 북평에 왔다. 그는 총이 있으면 먼저 저 무치한 물건을 죽여버리고 싶었다.

까오디가 자기 옆을 지나쳐 가면서 낮은 소리로 말했다.

"나를 따라와라!"

그는 그녀를 따라 갈 수밖에 없었다. 그는 정말 두렵지 않았지만 자기도 모르게 생각했다. 만일 저 여자 손에 죽는다면 정말 억울할 것이다.

아름다운 푸른 하늘과 영락한 대로를 보자, 그는 북평이 아무것도 변하지 않았다고 생각했다. 북평은 영원히 변할 수 없다. 영원히 신선 같이 인간의 희비에 맞든 지 맞지 않든지 간에 안정되고 아름답다. 그러나 까오디의 뒷모습, 매우 보기 좋은 담담하게 햇빛에 비친 모습을 보면서 북평은 모든 것이 어떤 사람이나 모두에게 능욕당한 여자처럼 무치하게 되었다고 생각했다. 그는 북평을 당연히 사랑해야 할지 원망해야 할지 몰랐다. 보존해야 할까, 태워 없애버릴까 알 수 없었다. 북평은 전쟁과 뒤엉켜서, 화원에서 죽어서 부패한 개 같았다!

그녀를 따라 서성 밑에까지 갔다. 제일 먼저 생각난 것은 그녀가 손을 쓰려고 한다면, 구태여 예의 차릴 것 없을 텐데. 그는 기회를 엿보다가 그녀를 죽여버릴 수 있다. 그는 국가를 위해 일하기 때문에, 그 여자가 여자이고 친구이기 때문에 물러설 수 없다. 아니다. 지금 그에게는 부모, 형제, 친구는 없다. 오로지 국가뿐이다. 이렇게 생각하고 그는 주의 깊게 앞을 보면서 그녀 움직임에 대비했다. 흥, 그녀가 움직이기만 하면, 그는 주먹을 날려야 한다. 예의고 나발이고 없다.

그러나 갑자기 그는 생각을 바꿨다. 아니다, 그는 손을 쓸 수 없다. 손을 쓰면 그가 이기더라도 훨씬 더 많은 귀찮은 일들이 생긴다. 그가 북평에 왔다. 그러나 쉽게 들어오지 못하고 쉽게 나가지도 못한다. 그는 두껍고, 두꺼운 성벽을 보고 경솔하게 굴어서는 안 된다고 생각했다! 그는 마땅히 옛정과, 여자로서의 자비심을 이용하여 도망갈 궁리를 해야 한다. 그러나 어떻게 말을 하지? 자기는 당당한 사나이다. 어떻게 돼먹지 않은 여자에게 옛정으로 용서를 구한다? 그는 자신의 검게 빛나는 이마를 잡았다!

그때 까오디는 이미 그와 어깨를 나란히 해서 걸었다. 그녀는 갑자기 말했다.

"나는 옥에 들어갔다가 특무가 되었다. 그렇지 않으면 옥에서 나올 수 없었다! 나에 대해서 방비할 필요가 없다. 나는 치엔 선생과 연락하고 있다. 알겠어?"

"치엔 선생? 어느 치엔 선생 말인가?"

"치엔 아저씨!"

"치엔 아저씨?"

루이추안은 말투가 부드러워졌다. 갑자기 회색의 성벽조차 유리로 바뀌어 빛을 발했다! 북평은 죽지 않았구나, 치엔 선생은 까오디를 데리고 적들의 코 밑에서 목숨 걸고 적들과 싸우고 있다! 그는 빨리 땅에 꿇어 엎드려, 까오디에게 절을 하고 싶었다.

"그는 당신이 온다는 것을 알아요! 당신이 그를 보고 싶으시면 서변의 작은 암자에 있어요. 당신이 그에게 가면 북평의 일체의 상황을 알게 될 것입니다! 암자에서 '경석자지'라고 말해요."

여기까지 말하고 그녀는 일어서서 루이추안과 대면했다.

루이추안의 안중에는 그녀의 얼굴에 다른 표정이 없는 것 같았다.

오직 정기와 굳은 눈빛뿐이었다. 이 정기와 눈빛이 그녀를 더 아름답게 하지는 못했지만, 확실히 그녀를 존엄하게 했다. 그녀의 코와 눈은 종전과 마찬가지였으나, 전신이 아래와 위 전부가 변해서, 그가 알아보지 못할 까오디로 변해 있었다. 이러한 새로운 까오디의 아름다움은 육체적이라기보다, 영혼에서 묻어나오는 어떤 숭고함과 역량을 뿜어내고 있었다. 이러한 아름다움이 그의 마음속에 어떤 감동을 주어서 그가 그녀의 오관사지를 잊게 하고, 이러한 감동이 그를 사로잡아서 그의 마음속에 각인하는 것 같았다. 그는 머리를 숙이고 걸었다. 그는 그녀를 잘못 생각했다.

"짜오디는?"

그는 낮은 소리로 물었다.

"마찬가지라고?"

루이추안은 머리를 쳐들었다. 굳었던 얼굴에 미소가 번졌다. 그의 마음속의 북평과 전 세계가 밝아지는 듯했다.

"한 가지는 분명히 해야 돼. 나는 치엔 선생과 협력하고, 그녀는 적을 위해서 일해!"

루이추안의 미소가 가득했던 얼굴이 굳어졌다.

"당신, 조심해야 돼. 그녀에게 당하지 마시오! 안녕!"

까오디는 그에게 한 번 더 눈길을 주더니 몸을 돌려 가버렸다.

루이추안은 다시 말을 하지 않았다. 그는 이를 악물고 서쪽으로 갔다. 까오디, 짜오디와 치엔 아저씨 세 개의 그림자가 마음속에 들락거렸다. 누가 먼저 생각하는 것이 좋은지 알 수 없었다. 그는 거의 마음의 평정을 잃을 뻔했다. 두 명의 여인, 한 명의 노인이 이 세계를 교란하여 세계의 질서를 찾을 수 없었다. 그가 가장 사랑하던 여인이 가장 적대시해야 할 인간으로 변해있다. 그가 가장 무서워하던 것이 사실이 되었다.

치엔 아저씨와 까오디의 힘이 한 곳, 항전에 모아졌다. 그는 다시 어떤 생각도 하고 싶지 않았다. 전쟁은 지진처럼 위의 것을 아래로, 아랫것을 위로 뒤집어 놓는다. 아니다, 그는 이제 절대로 어떤 것을 선입관으로 판단하지 않을 것이다. 북평이란 간단히 말해 하나의 수수께끼다. 북평은 영락했지만, 아직도 햇빛이 비친다. 북평은 침몰했지만 치엔 아저씨와 까오디의 열렬함이 있다.

그는 세게 침을 뱉었다.

"페이, 어떤 것이라도 다시 생각하지 마라!"

그는 길 북쪽에 있는 암자를 보았다. 까오디와 북평을 잊고, 치엔 아저씨가 보고 싶어, 그에게로 뛰어들어가고 싶었다.

84

이미 가을인데 치엔 시인은 푸른 면도포만 입고 있었다. 그는 백발이
더 늘었다. 양 뺨은 움퍽 들어가고, 입 주위에는 흰 수염이 길게 자라
있었다. 그는 이미 도시인 같지 않고 심산유곡의 도사 같았다. 그는
조용히 탁자 옆에 있는 부들자리 위에서 가만히 목어를 두드리고 있었다.

노인은 발자국 소리를 듣자 더 힘줘 목어를 두드리고 있다. 한눈에
들어오는 사람이 루이추안이라는 것을 알아보았다. 그는 즉시 일어나
서 덥석 루이추안의 손을 잡지 못하는 것이 한스러웠다. 그러나 그는
감히 움직이지 못했다. 그는 끈질기게 자제했다. 동시에 그는 루이추안
이 조심스럽게 행동하는지를 살폈다. 그는 루이추안이 용감하다는 것
을 들어 알고 있었지만, 용감하다는 것에 조신이 더해질 때, 성공 가능성
이 더 커진다는 것을 알고 있었다.

루이추안이 불당에 들어가자 노인을 흘깃 보았지만 치엔 아저씨를
알아보지 못했다. 그는 샤오마쯔를 내려놓고, 경건하게 무릎을 꿇고
부처님께 절을 했다. 그는 아무리 치엔 아저씨를 만나는 것이 급해도
치러야 할 연극이었다. 그는 먼저 부처님에게 절을 해야 한다. 만약

뒤를 밟는 사람이 있으면, 자기는 시골 사람이고 일본인이 마음에 들어 하는 신불을 미신하는 바보라는 것을 알게 할 수밖에 없었다.

　노인은 루이추안이 침착하게 연극을 하는 것을 보고, 머리를 끄덕였다. 그는 가만히 일어나서 가볍게 기침을 했다. 그 다음에 불상의 뒤로 갔다.

　루이추안은 노인을 알아보지는 못했지만, 노인의 기침 소리는 들었다. "치엔 아저씨"라는 몇 마디는 친숙하게 힘 있게 자연스럽게 그의 입으로 튀어나오려 했다. 그러나 그는 이 말을 삼켰다. 샤오마쯔를 들고 불상을 돌아서 정전의 후문을 나가서 작은 마당으로 나왔다.

　마당 안에 작은 전탑이 있고, 탑 옆에는 휘어진 측백나무가 있었다. 서쪽에 작은 삼간집이 있었다. 치엔 시인이 제일 남쪽방 밖에서 50세쯤 되어 보이는 화상과 낮은 소리로 두어 마디 나누고 있었다. 화상은 루이추안을 한 눈으로 훑어보고 몇 마디 물어보더니, 정전으로 들어가 목어를 두드렸다.

　치엔 시인은 루이추안을 향해 손짓을 하고 발걸음을 돌려 제일 북쪽에 있는 작은 방으로 들어갔다. 루이추안은 노인의 뒤를 바짝 따라갔다. 일단 방에 들어서자 "셋째"와 "치엔 아저씨"는 두 개의 불덩이가 동시에 분사하듯 했다. 루이추안은 어깨를 들어서 행리를 땅에 내던졌다. 네 개의 손이 한 곳에 모여서 꼭 쥐었다. 루이추안은 "치엔 아저씨"라고 소리 지르더니, 다른 할 말을 찾을 수 없었다. 그의 기억에는 치엔 아저씨는 통통하게 살이 쪄서 중후하고 머리는 새까만 선량하고 따뜻한 시인이었다. 그리고 그는 치엔 아저씨의 좌우에는 당연히 각양각색의 꽃들과 낡은 고서들이 가득해야 한다고 생각했다. 그는 절대로 치엔 아저씨가 이렇게 낭패한 모습으로 허물어진 작은 암자에 있으리라고는 생각해보지 못했다. 한참이나 멍청해 하다가 그는 마치 폭격 맞은 도시를 자세히 살핀 후에야 희미하게 길거리와 방향을 짐작해내듯이 치엔 아저씨를 알아보았다. 노인의 눈은 옛날처럼 감긴 듯했다. 노인의 목소리는 낮고 부드럽고 온화했다.

"나는 너를 보고 있었지. 보고 있었어!"

노인은 웃으며 말했다. 그의 움푹 파인 두 뺨이 그의 미소 띤 얼굴을 아름답게 꾸미는 것에 도움이 되지 않았지만, 눈가의 웃음기를 아주 보기 좋게 했다.

"셋째야, 너를 만났구나!"

루이추안은 아주 뻣뻣해져서 어째야 좋을지 모르는 듯이 거저 바보같이 어색하게 미소를 짓는 모습으로 노인을 대했다.

노인은 셋째를 보면서 연신 머리를 끄덕였다. 갑자기 노인이 고개를 숙였다. 그는 자기의 아들과 손자 생각이 났다.

"무슨 일이에요? 치엔 아저씨!"

노인은 천천히 고개를 쳐들고 억지로 웃었다.

"아무것도 아니야. 앉게!"

루이추안은 방에는 나무 침상과 벽에 기대어 놓지 않으면, 제힘으로 서 있기도 힘든 작은 탁자 하나에 의자가 전부였다.

노인의 마음속에서는 자기 아들 생각을 떨쳐버리고 말을 하지 않기 위해 자신을 억제하고 있었다.

루이추안은 앞 전각에서 울리는 목어소리를 들었다.

"아저씨, 이렇게 변하시다니?"

루이추안이 침묵을 깨트렸다.

노인의 입술이 떨렸다. 그는 감옥에서의 형벌, 자기 가족의 죽음에 대해 뇌 속에 외워둔 것을 배송하듯이 전부 들려주고 싶었다. 그러나 그는 루이추안이 막 외부에서 돌아왔으니 전장을 보아왔을 것이라 생각했다. 전장에서 하루나 한 시간 있었다면, 얼마나 많은 피를 보고 죽음을 보았겠는가. 자신의 작은 고통쯤이야 말할만한 가치가 있겠는가? 그는 강하고 용감하다. 그리고 그는 역시 겸손하다.

"일본인들을 끝장내자!"

노인은 이러한 말이 루이추안을 만족시킬 수 있기를 희망하면서 낮은 소리로 말했다.

"뭐라고요?"

루이추안은 화들짝 일어나서, 검은 콩 같은 눈알로 노인의 이마를 노려보았다.

루이추안은 치엔 시인—치엔 아저씨가 천하에 가장 착실한 분이 설마 독형을 받았으리라고 생각 못 했다. 밖에 3~4년을 집 생각을 하려고 하지 않아서 북평에는 냉담했다. 그는 북평에 백만 이상의 망국노들이 몇 년 동안 틀림없이 끽소리도 못하고 피 한 방울도 흘리지 않고 오래된 낡은 성벽에 둘러싸여 있을 줄 알았다. 누가 알랴? 치엔 선생 같이 착실한 노인이 고문을 받을 수 있고, 그 고문 때문에 반항적이 될 줄이야.

그의 생각 속에서 북평의 냉담에 대한 것은 바로 국가 전체에 대한 관심 때문이었다. 그래서 그는 북평에 돌아왔지만, 절대로 집안일에 대해서 알아보지 않는 것이 좋다고 생각했다. 그는 마음을 독하게 먹고 집을 잊어야 국가를 생각할 수 있으며, 그것은 크게 비난할 일이 아니라고 생각했다.

지금 치엔 아저씨의 한 마디가 곧 집안 생각을 하게 했다. 치엔 아저씨가 형을 받을 수 있다면 모든 사람이 형을 받을 수 있을 것이며, 자기 집도 예외일 수 없을 것이다. 특별히 자기의 큰 형이 그렇다. 큰형은 치엔 선생에 비해서 하옥되어 형을 받을 자격이 더 클 것이다. 그는 자기도 모르게 질문이 튀어 나왔다.

"저의 집안은요?"

치엔 노인은 낮은 소리로 온화하게 말했다.

"앉아라!"

루이추안은 바보처럼 앉았다.

노인은 다시 눈썹을 들어 올리지 않았다. 어려웠다. 그는 머리 숙이고 생각했다. 마땅히 곧이곧대로 이야기해야 하는가?

"치엔 아저씨!"

루이추안이 독촉했다.

치엔 노인은 루이추안에게 북평에 도착하자마자, 집안의 참사에 대해서 말해주고 싶지 않았다. 그러나 그가 만약 말해주지 않으면 다른 곳에 들을 수 있을까? 그는 곧이곧대로 말하기로 결정했다. 그는 아마도 루이추안은 자기 면전에서 대성통곡하기를 부끄러워하지 않으리라는 것을 알았다. 그는 루이추안의 오랜 벗이고, 오랜 이웃이다. 루이추안이 어릴 때 잠방이를 풀어헤치고 다닐 때부터 모두 알고 있다. 좋아. 그가 울고 싶어 한다면 당연히 자기 앞에서 울어야 할 것이다.

그는 고개를 푹 숙이고 천천히 말했다.

"자네 부친과 둘째가 모두 돌아가셨네! 다른 분들은 아직은 잘 있어!"

적들이 도시를 폭격한 것을 보고, 산과 강의 전장을 보고, 살상과 죽음을 보아 왔으므로 루이추안의 마음은 오래 거친 일을 한 손바닥 가죽처럼 두꺼워져 있었다. 노인의 이야기를 듣고서, 그는 곧 강렬한 자극을 받지 않았다. 명백히 듣지 못한 듯이 물었다.

"뭐라고요?"

그러나 노인이 다시 말하기를 기다리지 않고 고개를 떨구더니 조수처럼 눈물이 흘러나왔다. 그리고 '아버지! 아버지!' 하고 낮은 소리로 불렀다.

　노인은 아주 난감했다. 한 손을 루이추안의 어깨 위에 올려놓고 가만히 말했다.

　"셋째야! 셋째야!"

　그는 루이추안을 말리지 않았다. 누가 아버지의 죽음을 슬퍼하지 않을 수 있으랴? 그는 또 루이추안을 위로하려 들지 않았다. 누가 친구가 상심하는 것을 보고 위로하고 싶지 않겠나? 그러나 무슨 말로 위로할 수 있는가? 노인은 '셋째'라고 부르며 한편으로 땀을 흘렸다.

　한참 울고 나서 루이추안은 목을 똑바로 하더니 말했다.

　"저에게 샤오양쥐안이 어떤지 말해주세요."

　그는 중국을 잊고 심지어 북평을 잊은 듯하더니 샤오양쥐안이 자기가 태어난 곳임을 생각해냈다.

　노인은 기꺼이 루이추안의 슬픔을 줄이려고 간단하게 말했다. 관 씨 댁의 일, 샤오원 부부의 일, 샤오추이의 일, 포장사 리우셔푸의 일을 죽 읊었다.

　루이추안이 다 듣더니 한동안 정신이 나간 듯했다. 그는 샤오양쥐안 같이 궁벽한 곳에 그렇게 많은 일이 일어나서 그렇게 많은 사람이 죽으리라고 생각하지 못했다. 흥, 그는 전장을 찾아 남으로 북으로 내달았으나, 원래 전장이란 자기 집이 있는 후통 안에 있었구나! 그가 적을 찾아 탈출했더니, 적은 북평에서 부친에게 핍박을 가해 죽게 하고 자기의 이웃을 살해했다. 그가 북평을 탈출한 것을 후회하지 않았지만, 그의 청춘의 뜨거운 피가 집안에서 아버지를 지키지 못하게 한 것을 한했다. 그는 마음의 안정을 잃었다. 그의 마음은 집에서 뛰쳐나와 고산 대천으로 갔다가, 고산 대천에서 다시 뛰쳐나와 샤오양쥐안으로 돌아왔다. 그는 이제 어디가 진정한 종국이고, 어디에서 응당 작전을 펼쳐야 하는지 분명히 말할 수 없었다. 그는 가장 합리적인 것은 곧 적의 머리를 베어 와서 아버지 영전에 제물로 바치는 것이라고 생각했다!

그는 다시 감히 치엔 아저씨를 볼 수 없었다. 치엔 아저씨가 바로 영웅이다. 진정한 영웅이다. 감히 적들의 눈앞에서 상처받은 몸을 이끌고, 나라를 위해 적에게 보복을 하고 있다.

치엔 시인은 루이추안이 말이 없는 것을 보고, 급히 루이추안이 밖에서 가지고 온 새 소식을 듣고 싶어 하면서도, 감히 입을 열어 말하지 못했다. 이 청년 면전에서 노인은 자기가 한 일들이란, 계획이라 할 것도 없고, 거대한 뜻이 없는 작은 일이라 생각했다. 오히려 루이추안의 몸에 묻은 회색 흙이 전장에서 날아오른 것이고, 루이추안이 알고 있는 것이 국가의 대사라는 생각이 들었다.

이렇게 한 늙은이와 젊은이가 여러 해 동안 쌓아온 이야기를 쏟아내어야 하는데도 불구하고 오히려 서로 쳐다보고 말이 없었다. 그들은 앞 전각에서 들려오는 목어 소리에 귀를 기울였다.

역시 루이추안이 먼저 입을 열었다.

"치엔 아저씨, 아저씨 당신의 이야기를 해주십시오!"

"내 일이라니?"

노인은 입을 삐쭉거리며 웃었다. 그는 원래 말을 하고 싶지 않았다. 그러나 당연히 청년 친구의 요구를 거절할 수는 없었다. 다시 말하면 루이추안이 곡을 마치자 노인의 이야기는 약간 무료하고 공허했다.

"나의 일은 아주 많다네. 그러나 아주 간단해. 내가 이렇게 해석해 줄게. 내 일은 세 단계가 있어. 제일 단계는 내가 고문을 받고 출옥한 후다. 그때는 나는 계획도 없었어. 그냥 복수하고 싶었다. 내 마음속에는 한 가지 기분밖에 없었어. 그것은 노여움 즉 한이야. 내가 안정된 생활을 버리고, 미친 듯이 선전하고 암살하려 했다. 그때는 나는 급했다. 나는

233

성이 났어. 그래서 나는 남의 의견을 받아들이려 하지 않았지. 만약 나와 주장이 다르면 즉시 그들을 적으로 보았다. 그때는 나는 독불장군이었다. 천천히 나는 둘째 단계로 접어들었다. 나는 기꺼이 친구가 되고 친구를 맞이했다. 좋아, 나는 친구가 되어 마음과 힘을 합쳐야 한다는 것을 분명히 알았다. 나는 아직도 나는 나고 국가는 국가다라는 태도는 고치지 않았다. 혼자서 목숨을 바치는 것보다 모두가 힘을 합치는 쪽이 더 힘이 커진다는 것을 확실히 깨달았다. 그래서 나는 남의 계획이 어떠하든 당파가 무엇이든 그들의 요청이 있으면 즉시 도와주었다. 그들이 나에게 글을 써주길 바라면 나는 써주었다. 그들이 선전물을 성 밖으로 반출해주길 원하면 나는 해주었다. 그들이 나에게 폭탄을 던지도록 폭탄을 주면 나는 그렇게 했다. 이렇게 나는 일하는 방식을 터득하여 부탁하는 일이 아니어도 했다. 거기다 나는 공연하게 성을 내지도 않았다. 나는 항전의 도구가 되었다. 누가 쓰려고 하면 언제나 최선을 다했다. 동시에 나는 거리낌이 없었다. 보수도 바라지 않고 앞날의 계획도 없었다. 나는 항전 전사들 모두에게 속했으며, 항전에 관련된 모든 일을 했으며, 죽음도 불사했다. 첫째 단계가 영웅주의 단계라면 두 번째 단계는 애국주의 단계. 전자가 처와 자식을 위한 자기 복수라면, 후자 항전 공작에 참여하여 개인의 복수를 잊고, 나를 위해 수치를 씻는 단계. 현재는 세 번째 단계에 들어섰다. 자네가 방금 저 화상을 보았지?"

노인은 앞 전각을 손가락으로 가리켰다.

"그는 명월화상이다. 나의 가장 가까운 친구다. 우리 둘의 우정은 순진하고 아주 괴상하다. 내가 처음 알게 되었을 때 원수를 갚는 데는 살인을 해야 한다고 알고 있었다. 그는 북평이 망해도 자신의 신앙 즉 살생해서는 안 된다는 주장을 버리지 않았다. 이렇게 나는 부처가 북평에 태어나고 부처의 부모형제가 적에게 살해되었다면, 부처도 화내고 항전하였을 것이라고 생각했다. 명월화상은 그렇게 보지 않았다. 침략, 전쟁은 인간의 운명이다. 전부 인간의 수성(짐승의 성질)을 못 버린 인간 모두의 죄이니 개인의 죄가 아니라고 생각한다. 이상하지만 우리 두 사람의 견해는 같지 않아도 여전히 좋은 친구다. 그는 원수 갚기 위해 살인하는 것은 인간의 죄악을 조장하고 전쟁을 없앨 수 없다고 생각하기 때문에, 살인을 주장하지 않는다. 그러나 그는 탁발하여 나를 먹여 살린다. 그는 살인을 주장하지 않지만, 손에 피 묻힌 친구를 먹여 살리고 있다. 재미있는 일이다. 그러나 내가 그의 신앙을 받아들이지 않아도 그의 영향을 어느 정도 받았다. 그는 나에게 더 멀리 보도록 가르쳤다—국가를 위해 원수를 갚는 데서 전쟁의 소멸에 이르게 했다. 그것은 다시 말하면 우리의 항전은 눈에는 눈 이에는 이식의 원수를 갚는 무력 남용에 불과해서는 안 된다. 마땅히 장래의 평화를 건설하는 것이어야 한다. 이렇게 나는 나 자신을 찾아 나와 종전의 나를 일치시킬 수 있었어. 이것은 말하자면 전쟁이 시작되자, 나는 갑자기 형을 받고 갑자기 집안이 망해서 미쳐버렸다. 오로지 살인과 파괴만이 나의 한을 씻어줄 수 있었다. 나는 평소의 이상과 시가를 잊어버리고 야수와 목숨을 걸고 싸우려 했다. 그때는 나는 죽음을 돌아가는 것으로 생각하고, 오로지 빨리 적과 끝장을 보기만 원했다. 지금은 자네가 내 말을 듣고 웃을지 모르지만 내가 이제 성숙해진 것 같다. 나는 한편으로 공작하면서, 한편으로 이상을 가지고 있다. 나는 흐리멍덩하게 내 머리를 잃어버리지 않고, 온당하게 조용히 서둘지 않고, 마음을 평화롭게 일을 하여, 나의 이상에 이르고자 한다. 이 때문에 나와 자신을 찾았다고 하는 것이다. 전에는 평화로운 사람을 사랑했다. 지금도 역시 그렇다. 만약 여기가 다른 지방 전전(전쟁 이전)이라면 나는 언제 나처럼 안일과 화평을 추구할 것이다. 현재는 나는 침착하고 굳세게 평화를 얻으려 하고 있다. 내가 너에게 내가 한 일을 하나하나 얘기할 필요는 없을 것이다. 내가 정말 너에게 내가 점점 조금씩 변화해온 내력을 기쁘게 얘기해준다. 변화란 성장 단계이다. 나는 절대로 죽지 않는다. 나는 절대로 죽으려고 성을 내서 덤비지 않는다. 나는 어린애 혹은 작은 나무같이 매일매일 자란다. 이렇게 나는 내 눈은 명월화상이 서천[18]을 보듯이 멀리 보기 때문에, 위험이나 고생을 두려워하지 않는다. 나는 이를 갈면서, 눈썹을 찌푸리고, 되도록 조급하게 일을 처리하지 않는다. 그리고 종전처럼 타협하지 않고, 일을 처리하지 않는다. 나는 내가 한 일은 생각이 있고 이상이 있는 사람이 응당해야 할 일이라는 것을 안다. 나는 자신이 있다. 그렇다. 오늘 나는 부처님에게 귀의하지 않을 것이고 장래도 그렇다. 그러나 명월화상도 나에게 영향을 주었다. 나는 아주 그에게 감격하고 있다. 그는 부처를 쫓아 불법을 말하여 영생을 얻으려 한다. 나는 평화를 건립하기 위해 적에 대항하고 원수를 갚는다—만약 인류의 최종 목적이 서로 다툼 없이 무사하게 사는 것이라면, 나도 유쾌하게 살아서 영생을 얻을 수 있다고 생각한다."

정신을 차리고 치엔 아저씨의 말을 한마디도 놓치지 않고 들으려 했다.

그는 치엔 선생님이 개괄적으로 자세하게 말씀해주시리라 생각지 못했다. 그는 원래 노인은 반드시 할머니들처럼 자기에게 어느 때 어느 곳에 이런 일이 있었다는 식으로 이야기할 줄 알았다. 이러한 대단락을 듣자, 그는 치엔 아저씨를 멍하게 쳐다보았다. 그렇다. 치엔 아저씨도 자기가 생각했던 것처럼 모두가 바뀌었다. 그에게는 치엔 노인은 모르는 사람이기도 하고 더 잘 알게 된 사람 같기도 했다. 치엔 노인은

---

18) 서역국. 혹은 깨달음을 얻은 사람이 가는 곳.

사실을 곧이곧대로 풀어서 얘기하지 않고 하나로 뭉쳐서 말했다. 구체적 상황을 말하지는 않았지만, 그에게 감동을 주고 자기 자신을 알아보게 했다. 3~4년 동안에 자기처럼 변하지 않았겠는가? 그의 변화는 한 번의 열기로 인해서가 아니고 깊은 사색에서 일어난 것이 아닌가? 그는 곧 자기 마음이 노인의 마음에 기대고 있다는 것을 알았다. 노인의 경험과 변화는 곧 루이추안, 자기의 것이었다.

그는 자기의 경험을 노인에게 말하고 싶었다. 그러나 그럴 용기가 나지 않았다. 사실은 하나의 사상이라는 실로 꿰어서 강령으로 만들지 않으면 흩어진 벽돌이나 기왓조각에 불과해서, 서로 아주 관계가 전연 없는 것 같았다.

"셋째야, 네 일을 이야기해보렴!"

노인은 미소를 지으며 말했다.

셋째는 다리를 폈다.

"치엔 아저씨, 말해도 소용없어요. 저도 변하고 있는 걸요!"

"그래, 좋아, 좋아!"

노인의 눈이 루이추안을 겨냥했다.

"자네 보듯이 다른 사람에 대해서는 나는 절대로 이런 이야기는 하지 않네. 남들이 우리가 자화자찬하고 있다고 말할까 두려워. 자네에 대해서 열에 열 가지 모두가 확실히 사실일 테니 그렇게 말할 수 없네. 다만 이렇게 너에게 말하는 것은 너가 내 마음을 정말 알아주리라 믿기 때문이야. 내가 만약 진부한 것만 이야기했다면, 너는 곧 싫증을 냈을 것이야. 오우, 셋째야. 너는 내가 허풍을 떨거나 겉만 번지르하다고 생각지는 않지?"

"제가 어떻게 그럴 수 있겠습니까? 치엔 아저씨!"

"좋아! 좋아! 이야기해봐. 자네 얘기를 해봐! 나는 어떤지 많이 알면

알수록 마음도 넉넉해진다네!"

루이추안은 입을 열지 않을 수 없었다. 그는 원래 북평을 탈출한 뒤에 듣고 본 것을 모두 이야기했다. 말을 하면 할수록 전에 경험해보지 못한 정도로 통쾌하고 기분이 좋았다. 그것은 치엔 아저씨와 아무 거리낌 없이 마음을 털어놓았기 때문이다. 사실 이외에도 자기의 의견과 비평을 말했다.

한달음에 셋째가 이야기를 끝내자 치엔 시인이 말했다.

"좋았어! 자네가 중국을 보았군! 중국도 너와 나처럼 모순이 얼마나 많은가? 나는 우리가 낙담하지 말고 고상한 이상으로 곤란과 모순을 해결하기를 희망하자!"

"그러면 우리 협력해야지요?"

"당연하지!"

노소의 두 마음이 하나로 합쳐졌다.

85

　치엔 아저씨와 마음을 털어놓은 후에 루이추엔은 전에 없이 유쾌해졌
다. 정말로 그는 자기가 어느 단계까지 변화했는가 전부 몇 단계가
있는가 확실하지 않았다. 그러나 치엔 선생의 말 속에서 하나의 영감을
얻었다. 해나가자, 해나가자. 해내기만 하면 자기의 세계가 명백해질
것이다. 자기의 이상과 세계가 마땅히 가져야 하는 이상이 하나로 연결
되면 정말 생명이 살만한 가치가 있다고 생각했다.

　그는 다시 허튼 생각을 하지 않았다. 곧 유쾌하게 결정적으로 공작에
임할 수 있었다.

　그는 동성의 신발 가게로 가서, 자전거를 사서 뛰기 시작하기로 했다.

　길에서 가방을 팔에 걸고 있는 오빠와 누이동생 같은 남녀 초등학생
을 만났다. 그는 자기도 모르게 그들의 두 눈을 보았다. 그는 샤오슌얼과
뉴뉴를 생각했다.

　남자는 10살쯤이고 여자는 7살쯤이었다. 샤오슌얼과 뉴쯔와 비슷했
다. 두 아이는 모두 키가 크고 상당히 체격이 좋았다. 그러나 작은
얼굴은 누렇고 여위었다. 여자아이의 의상은 아주 짧고, 손과 팔이 나와

있었다. 마치 꽃이 필 때, 바깥 푸른 꽃받침이 꽃잎을 여전히 싸고 있는 듯했다. 남자의 옷에는 기운 자국이 몇 개나 있었다. 그들은 천천히 걷고 있었다.

루이추안도 자기도 모르게 천천히 걸었다. 그는 자기가 학교 가던 광경을 생각했다. 대문에 나서면 그냥 달리기만 했다. 그런데 두 아이는 뛸 줄을 모르는 것 같았다. 빨리 걸을 줄도 모르나!

걸어가다가 남자아이가 길에 있는 기와 조각을 보고 발로 찼다.

여자아이가 남자아이와 마주 섰다. 그녀의 얼굴은 누렇게 여위었다. 그녀는 성이 나고 경멸하는 눈치였다. 나무라고 싶은 마음을 못 참는 듯이 복잡한 마음을 드러냈다. 그녀의 얇은 입술이 움직이듯 말 듯이 말했다.

"오빠! 차면 신발 떨어져요. 엄마가 화내셔."

남자아이는 얼굴이 빨개지면서 웃는 척했다.

"내가 한번 차는 것 별거 아니야!"

루이추안은 숨을 죽였다. 치엔 아저씨, 자기가 변했다고? 흥, 저 두 아이들조차 노인으로 변했다. 전쟁이 어린아이의 천진과 어린이다움을 앗아갔다!

몇 걸음 가다가 남자아이는 벽돌을 찬 죄를 속죄하듯이 석 자 정도 되는 마른 가지를 주웠다. 동생의 도움을 받아서 그는 가지를 세 조각 내어서 책가방 안에 넣었다. 형제의 얼굴에 웃음이 번졌다.

루이추안은 다시 보려고 하지도 않고 발걸음을 서둘렀다. 그가 북평에 들어오자 고성의 영락과 한심한 상황을 보았다. 현재는 두 아이들의 신상과 거동에서 기황의 검은 그림자를 보았다. 어린 여자애는 이미 마른 나뭇가지가 보배라는 것을 배웠다.

몇 걸음 가다가 그는 멈춰 섰다. 두 아이에게 샤오뼁 두 개를 사라고 돈을 몇 푼 쥐어줄 뻔 했다. 그러나 그는 멈춰 서고 어린애들도 멈춰 섰다. 오빠가 여동생의 손을 잡고서 두 개의 작은 얼굴을 한곳에 모아서 귓속말을 속닥거렸다. 루이추안은 할 수 없이 걸어갔다. 아이들은 망한 성안에서 어떻게 조심해야 하며, 일본인에 대비해야 할 뿐만 아니라, 일체의 사람을 경계해야 한다는 것을 알고 있었다. 전쟁은 사람과 사람의 관계가 고양이와 개의 관계로 변하게 했다. 공포가 어린아이들의 눈치를 빠르게 해서 굶어 죽을지언정 피살되지 않게 하는 듯했다! 샤오 순얼과 뉴뉴가 틀림없이 저럴 것이라 생각했다! 그는 감히 뒤돌아보지 못하고 계속 걸었다.

동서패루 근방에서 신발가게를 찾았다.

가게는 두 칸짜리였다. 문 위에 걸린 간판의 페인트가 벗겨져서 간판 글씨조차 이미 분명치 않았다. 창문의 유리가 크게 갈라져 있고 종이를 발라두었다. 유리창 안에 두서너 켤레의 신발이 먼지를 뒤집어쓰고 있었다.

루이추안은 이 집이 찾는 곳인지 의심이 갔다. 그는 다시 간판의 글자를 다시 보고서야 잘못 찾지 않았다는 것을 알았다. 그는 치엔 아저씨의 도포와 그 암자를 생각하고 자기 자신에게 말했다. 이런 곳이라야 비밀공작을 하기에 적절한 곳이다. 그는 안으로 들어갔다.

실내는 상당히 어둡고 습기가 차서 눅눅했다. 썩은 풀과 아편 냄새가 섞였다. 그는 기침을 했다. 대답이 없었다. 그는 암호를 말했다.

"헝겊신 있소? 장궤가 신는 것 있어요?"

안에서 소리가 났다. 그는 끈기 있게 기다렸다. 안쪽 문이 삐거덕하더니 키가 크고 여윈 사람이 입으로 무엇인가 씹으면서 나왔다. 그는 아편쟁이 같았다.

루이추안은 일본 통치 하에서 아편을 피우는 것은 일종의 좋은 엄호였다. 그는 안경을 꺼냈다. 안경의 차폐물 안에 작은 신분증이 감춰져 있었다. 그는 신분증을 집어내어 깡마른 녀석에게 보여주었다. 그러고 나서 그는 낮은 소리로 말했다.

"돈을 가지러 왔소."

그 녀석은 안면을 바꾸었다.

"무슨 돈이요?"

루이추안은 무엇인가 잘못되었다는 것을 알았다.

"당신 동생이 맡긴 돈 찾으러 왔소!"

"내 동생 말이요? 저는 동생이 없는데요!"

아편쟁이는 입속의 물건을 넘겼다.

"없다고요?"

루이추안의 검은 눈동자가 누런 여윈 얼굴을 들여다보고, 즉시 손으로 가늘고 긴 목을 눌러버리고 싶었다. 그러나 그는 자제했다. 여기는 북평이다. 저 귀신이 소리만 질러도 자기가 틀림없이 위험에 빠질 것이다.

"놀리지 마라! 노형!"

그는 억지로 웃으면서 말했다.

"당신은 그 돈이 얼마나 중요한지 알 것이요!"

여윈 귀신은 오히려 참지 못했다.

"가시오, 빨리 가시오! 나에게 당신과 노닥거릴 시간 없소!"

루이추안은 여윈 귀신이 안심하고 자기를 속이려 한다는 것을 분명히 알았다. 그는 확 달려들어 한 손으로 귀신의 오른팔을 잡고, 한 손으로 목을 눌렀다. 그는 여윈 귀신이 소리를 못 지르게 하려는 의도였지 죽이고 싶지 않았다. 다만 그 귀신에게 따끔한 맛을 보여주어야 했다.

여윈 귀신은 키는 컸지만 힘이 없었다. 루이추안에게 잡히자 목구멍으로 다 죽어가듯이 호소했다.

"놓아주세요! 놓아주세요!"

루이추안은 약간 힘을 풀어주었다.

"너 소리치면 눌러 죽여버리겠다!"

"안 칠게요! 안 칠게요! 놓아주세요!"

루이추안은 손을 놓고 말했다.

"할 말 있으면 빨리해!"

여윈 귀신은 입술을 핥더니 루이추안을 힐끗 보았다.

"좋아요. 사실대로 말하지요! 그 돈, 제가 받았어요. 그러나 제가 그 돈을 써버렸어요! 장사가 안되고, 아편을 피워야 했지요. 돈이 없었어요! 저는 당신과 나의 동생이 훌륭하다고 알고 있어요. 저는 다른 방법이 없었어요! 저는 절대로 나쁜 사람이 아니요. 그러나 흥, 4년 동안, 4년 동안 일본인 발아래에서 살자니, 신선이라도 나쁜 놈으로 변했을 거요!"

루이추안은 목을 펴고 밖으로 나왔다. 그는 다시 여윈 귀신 이야기를 듣고 싶지 않았다. 노기가 그의 폐를 터지게 할 것 같았다. 그는 다시 냄새나는 어두운 방에 서 있을 수 없었다.

그러나 문을 막 나서자 몸을 돌려 돌아왔다. 안 된다. 쉽게 여윈 귀신을 내버려두어서는 안 된다. 그의 손은 이제 전투용이 되었다. 그는 마음대로 돈을 잃어버리고 자기 공작을 늦출 수 없었다. 그는 다시 육체적 고통으로 여윈 귀신을 징벌하여, 만일 약간의 돈이라도 짜낼 수 있다면, 전부를 잃어버리는 것보다는 낫지 않을까? 그는 여윈 귀신 때문에 마음 아파할 필요 없다. 그는 조만간 죽을 테니까.

그러나 여윈 귀신은 계산대 위에 엎드려 통곡했다!

루이추안은 주저했다. 여윈 귀신은 통곡을 하고 있지만, 반드시 심장도 간도 없는 인간이다. 아니다, 아니다. 절대로 마음이 약해져서는 안 된다! 그는 다가가서 계산대 위에 엎드려 있는 머리를 쳐들었다.

여윈 귀신은 눈물을 머금고 멍하니 루이추안을 바라보았다.

루이추안은 생각했던 말들을 모두 잊었다. 그는 손을 놓았다. 그는 방법이 없었다. 이 여윈 귀신은 생명이 없다. 그러나 살아있다. 못난 놈이다. 그러나 어떤 점은 착하다. 방법이 없다!

"죄송합니다!"

여윈 귀신은 소리 낮춰 말했다.

"죄송합니다. 저는 당신이 급하다는 것을 압니다. 그러나 돈은 이미 다 써버렸습니다. 몽땅!"

루이추안은 갑자기 할 말이 생각났다.

"너, 나를 팔아먹을 생각이지? 너는 나의 번호와 모양을 안다. 너…?"

"나는 그럴 수 없습니다! 저는 할 수 없어요! 나의 동생은 당신과 같아요! 나는 당신을 팔아먹을 수 없어요. 내 마음은 괴로워요! 나도 중국인이요!"

루이추안은 밖으로 나왔다. 그는 성이 나고 괴로웠지만 어쩔 도리가 없었다. 나는 듯이 걸었다. 마음이 약간 편해졌다. 그는 치엔 아저씨 생각이 났다. 오우, 치엔 아저씨는 얼마나 타격을 입었겠는가? 흥, 아마도 자기가 당한 것보다 10배, 100배는 더 당했을 것이다! 그러나 치엔 아저씨는 낙담하지 않고 누구도 원망하지 않고 온당하게 공작을 하고 있다. 하, 이 정도의 좌절이 뭐 대수야? 그의 눈이 밝아졌다. 돈이 없으면 공작을 계속할 수 없단 말인가? 웃기는 소리!

그러나 만일 여윈 그 귀신이 나를 팔아넘겼다면? 그렇다. 여윈 귀신에게 달려있다. 절대로 나를 팔 수 없으리라. 그러나 아편쟁이 말을 믿을 수 있나? 아편을 위해서라면 자기 영혼도 팔아먹지 않는가!

나는 정말 곧 신발 가게로 돌아가서 여윈 귀신을 끝장내버려야 하지 않을까? 그것은 절대로 어렵지 않다. 내 손으로 여윈 귀신의 목을 누르기만 하면… 아니다. 이 두 손은 여윈 귀신의 목보다는 더 가치가 있는 목 위에 있어야 한다. 독수는 반드시 내리눌러야 하지만 어디인지를 알아야 한다. 그는 일본인을 모방할 수 없다. 그들은 심지어 어린애에게도 독수를 가한다.

그는 지하 공작자의 기관을 찾았다. 첫째는 보고하기 위해서이고, 둘째는 자전거를 빌릴 수 있는가를 알아보기 위해서였다.

걸었다. 걸었다. 그는 버드나무 아래에 기대어 놓은 자전거를 보았다. 그는 정말 그것을 훔쳐가고 싶었다. 자전거만 있으면 그는 바로 날개를 단 듯이 성 안팎을 분주하게 다닐 수 있다. 그렇게 그의 공작이 그의 절도죄를 상쇄해줄 것이다! 그는 웃었다.

그러나 그는 자전거를 훔치지 않았다. 좋아. 일본인은 북평을 몽땅 훔쳤는데, 자전거 한 대 훔치지 못한단 말인가. 이것은 도덕적 우월의 문제인가? 그는 웃고 웃었다.

그는 목적지에 도착했다. 그는 발걸음을 천천히 늦추었다. 일체의 생각을 마음에서 밖으로 쫓아내었다. 그는 조심해야 했다. 쥐새끼가 한낮에 튀어나올지 모르지. 조심해야 한다. 그는 일체를 잊고 모든 솜털을 곧추세워 조심했다.

대로 쪽 문이 열려 있다. 그는 문 두드릴 필요가 없었다. 그는 의젓하게 문을 들어섰다. 작은 마당에 네모 반듯하게 햇빛이 비치고 있어서 그를 따뜻하게 했다. 그는 자기도 모르게 말했다.

"작은 마당이 아주 마음에 드는구나!"

남쪽 담장에 나무 사다리가 놓여있다. 그는 사다리 쪽으로 걸어갔다. 그는 곧장 집 안으로 들어갈 수 없어서, 마당 안에서 천천히 걸으며 눈과 귀로 방안의 동정을 살폈다.

북쪽 방문이 가만히 열렸다. 루이추안은 옆 눈을 치켜떠서, 문 앞에 서 있는 완전히 일본인 같은 중국인을 보았다.

루이추안은 마음속으로 말했다. '큰일이구나!' 그러나 그는 오히려 약간 기분이 좋았다. 이것은 전투다. 신발 가게의 일막과 다르게 답답하거나 무료하지 않다.

그는 몸을 돌려 중·일 합작품, 전쟁이라는 가마에서 구워낸 물건과 마주했다.

"무슨 일이야?"

가짜 일본인이 무표정한 얼굴로 물었다.

"성이 뭐요? 형씨?"

루이추안은 천천히 다가가서 만면에 웃음을 띠고 말했다.

"당신이 집을 관리하는 거요? 나는 삼순재 목재상에서 방을 보러 왔소."

그 가짜 동양인은 루이추안을 노려보며 한마디도 하지 않았다.

루이추안은 더 다가서면서 목소리를 낮추었다.

"집주인이 3만을 원해요! 3만!"

그는 혀를 내밀었다.

"허 참, 3만이라! 방이 몇 개지요! 마당은 마음에 들지만 그래도 3만 정도 가치는 없소!"

말을 마치자 그는 멋쩍은 듯이 슬쩍 피했다.

"제가 올라가서 보지요. 3만이라! 자세히 보지 않으면 안 돼요!"

그는 남쪽 담장 밑으로 가서 사다리를 옮겼다. 그때 그는 작은 동쪽 방 유리창에 어떤 사람의 얼굴을 보았다.

그가 지붕에 올라가서 벽돌과 기와를 두들겨보고 서까래도 점검했다.

그는 사다리로 내려와서 세심하게 벽, 계단석, 기둥을 살폈다. 한쪽으로는 보는 척하면서 중얼거렸다.

"목재는 좋은데, 벽에는 부스러기 벽돌이 섞였구만! 3만은 안 되겠어!"

바깥은 다 보고 나서 사다리를 제자리에 갖다두고 방안을 보려고 했다. 가짜 일본인의 눈의 눈알이 시종 루이추안을 따라다녔다.

루이추안은 반 시간이나 천천히 걸었다. 사다리를 타고 높이 기어올랐더니, 그의 뺨은 붉어지고 코에는 땀이 났다. 손수건으로 얼굴을 닦고 나와서 돌계단에 앉아서 들릴락 말락 하게 계산을 했다. '방이 너무 작다! 새로 지으려면 아마 5만이라도 지을 수 없다!' 이렇게 계산을 하고는 큰 소리로 말했다.

"수고했소, 노형!"

태연자약하게 이쪽저쪽에 눈길을 주고는 마당 밖으로 걸어갔다.

그가 대로 쪽 문을 보자 한 번에 뛰쳐나가지 못하는 것이 원망스러웠다! 그는 이 기관이 이미 장악되고 공작원 전원이 잡혔을 것이라고 추측했다. 그는 잡혀가면 살아서 돌아올 수 없다는 것을 알고 있었다. 기관 안에 있는 서류가 적들의 손에 들어갔다면 자기 자신의 비밀의 태반이 누설된다.

그러나 그는 이 때문에 절대로 당황해서는 안 된다. 그는 어떻게 만들어졌는가를 알아보듯이 가볍게 대문의 문간과 문설주를 두드렸다. 그런 후에 문간에 앉아서 수건으로 얼굴을 부쳤다. 이렇게 잠시 머뭇거리다 마당 안의 사람이 뒤에서 자기를 감시하는지 알아보고서, 그가 당황하지 않고, 목재상이라고 믿고 있다고 생각하고, 허리를 펴고 천천히 일어서서 걸어 나왔다. 그때 그의 마음이 입속에서 빠져나오는 것 같았다. 심장이 쿵 하더니 온몸에 땀이 비 오듯 했다.

멀리 나와서까지 땀이 계속 나왔다. 그는 통쾌했다. 이것이 북평에서의 극의 서막이 시작되었다는 의미다. 전장이 격렬하고 치열하게 펼쳐질 수밖에 없다. 기차역에서 검문을 받고 암자에서 치엔 아저씨를 만나고 돈을 잃고 생명을 잃을 뻔했다! 파이팅! 파이팅!

그는 기분이 좋았다. 이게 공작이다. 정말 공작이다. 이것이 정말로 생명을 화약고 안에 두는 것이다. 여기 바로 이곳이 적의, 칼의 피 냄새를 맡을 수 있는 곳이다. 감옥 안에서의 칼과 고문을 보라. "좋아, 해보자!"

거리를 바라보았다. 그는 북평이 전전과 마찬가지로 사랑스러웠다! 하늘도 맑았다. 햇빛도 밝게 비치고 모두가 더 아름다울 수 없었다. 그렇다. 역시 북평이다. 북평은 영원히 망하지 않는다. 치엔 아저씨와 이 셋째가 있는 한!

"셋째야, 힘내라!"

86

진주만! 동경, 상해, 북평 기타 많은 도시에서 악마의 피 묻은 입이 확성기에 대고 미리 예비를 하고 있었다. 비행기가 진주만 부근 상공에서 아직 폭탄을 투하하기 전 이미 피 묻은 입을 벌리고 쏟아낼 준비를 충실히 했다. "미국 해군, 전체 침몰!"

북평의 일본인들은 발광했다. 식량 절약을 위해 일본인들은 이미 술을 마시지 못하게 되어 있었다. 오늘 미국에 승리한 것을 기념하기 위해서, 모든 일본인이 술을 구할 수 있었다.

이렇게 술을 좋아하면서 집안에서만 마실 수 없었다. 무리 지은 왜놈들이 술병을 들고 미친 듯이 대일본제국 만세를 부르며 거리에서 비틀거리며 미친 듯이 뛰고 춤추었다. 기차, 전차, 행인들의 머리 모두가 술병을 던지는 표적이 되었다.

1호집의 술 취한 귀신들의 함성이 바깥의 함성과 하나가 되었다. 호외! 호외! 앞면의 글자는 인류 왕의 머리만큼 크고 그만큼 발광했다. 미 해군 침몰! 미주 정복, 전 세계 정복!

학생들은 오랫동안 단체행진을 하지 않다가, 오늘은 인류의 지배자를 위해서 승리를 축하하지 않을 수 없었다.

이 소식을 접하고 루이추안이 전연 놀라지 않았다. 그가 북평성에 들어왔을 때 일본인은 지하 공작자를 잡아서 없애는 데 혈안이 되어있었다. 그것은 일본인이 영미와 전쟁을 전개하기 위해서 먼저 "내환"을 숙청하는 중이라고 짐작했다.

다른 한편 그는 몇 번 짜오디가 서양인과 거리에서 함께 가는 추악한 모습을 여러 번 보았다. 그는 질투가 나서 끈으로 그녀를 목 졸라 죽이지 못하는 것이 원망스러웠다. 그러나 감히 그녀와 마주할 수 없어 분을 삭일뿐이었다. 분을 삭이면서 그는 짜오디의 공작의 배후에 훨씬 더 큰 음모가 있다고 생각했다. 그녀의 유혹은 일종의 거미망이다. 서양의 꿀벌들이 들러붙으면 나중에 수용소에 보내어버린다.

까오디의 보고에서, 그는 기차역에서 들어오는 손님에 대한 검사가 한결 심해졌으며, 한편으로는 북평의 부녀자와 어린애들이 북평을 떠나 먼 곳으로 소개된다는 것을 알았다. 일본인이 식량을 절약하기 위해서 부녀자와 어린애를 내보내고 있었다. 식량을 비축하는 것은 장기작전에 대비하는 것이기 때문이다.

동시에 그는 일본이 세계 전쟁의 막을 연다고 생각했기 때문에, 자기의 공작은 아마도 더 긴장되고 더 스릴이 있을 것이라 생각했다. 예를 들면 그는 화북지방 군사 동향과 소식을 정탐할 책임을 졌기 때문에 훨씬 더 험난하고 위험해졌다! 야아! 그가 정말 군사 소식을 정탐한다면 그것은 바로 세계 대전에 참가하는 것이다! 그는 기분이 좋았다. 그의 두 검은 눈동자는 두 개의 등처럼 빛났다.

그는 갑자기 치엔 아저씨의 이상이 분명해졌다. 노인과 자기의 전쟁 경험이 같지 않고, 변화도 같지 않고, 고립된 개인이지만 4억 명의 동포와 함께 변화를 겪으면서, 관계가 밀접해지고 서로 동등하게 되었다. 현재는 전쟁이 세계대전으로 바뀌고, 그들도 마찬가지로 바뀌어 세계와 관계가 맺어지는 인간이 된다. 루이추안의 상상은 재빨리 미래로 날아갔다. 야! 지금은 전 세계가 양대 진영으로 갈렸다. 내일은 공리와 정의가 반드시 전쟁에서 이긴다. 내일은 세계인들이 모두 전쟁의 고통을 당하게 되어, 반드시 영원히 전쟁을 원망하여 영원한 세계 평화를 건설하리라. 야아, 그 자신은 얼마나 능력이 있는지 상관없이 자기의 피가 북평을 적실지, 천진을 적실지 상관없이, 언제나 인류의 숭고한 이상을 위해서 죽어가리라! 그는 자기는 아주 작고 모두 합쳐 160파운드의 뼈와 살이 있고 5척 8촌의 키에 불과하다. 그러나 이상이 마치 어린이의 풍선처럼 그를 팽창시켜 자신의 원래보다 몇 배나 더 크게 할 것이다. 그는 5척 8촌의 육체뿐만 아니라 날아오를 수 있는 정령일 수도 있다. 다리는 땅 위에 있지만, 머리는 구름 밖에 있다. 이상이 그가 육체적 능력이 유한하다는 것을 인정하고, 정신이 산을 바다로 옮길 수 있는 능력도 인정한다. 그는 영국의 국민, 미국, 소련, 프랑스의 국민이… 모두 자기들이 가진 능력을 모아 이상을 위해서 분투한다면, 한 사람 한 사람 모두가 하나의 금성이 되어 세계를 휘황찬란하게 할 것이다.

샤오양쥐안에서 1호집 노파는 문을 단단히 잠그고 아이들이 나가지 못하게 했다.

전쟁의 광증이 그녀 집안의 남자들을 재로 만들고 여자를 기녀로 만들었다. 지금 그녀는 일본 전체가 망할 때가 가까워졌다는 것을 알았다. 다만 그녀는 자신의 예언을 감히 말하지 못하고 문을 꽁꽁 잠가서 광증이 문안으로 들어오지 못하게 하려 했다.

3호의 일본 남녀는 모두 대로에 나가 뛰고 소리치고 주사를 부렸다. 대로에서 주사를 부리다가 샤오양쥐안으로 돌아와서 비틀거리며 회나무를 둘러싸고 소리 지르고 뛰었다. 그들의 눈알의 흰창은 모두 붉어졌고 얼굴은 붉으락푸르락했다. 그들의 다리는 닿을 자리를 못 찾고 닿기만 하면 공중으로 솟았다. 어떤 때는 고양이와 개처럼 땅에서 굴렀다. 아, 인류의 왕이여!

중국인 가운데는 띵쫀은 거의 반은 죽은 거나 다름없었다. 그의 영국 대사관은 봉해지고 그의 대천사인 구드리치 선생은 체포되고 그의 하나님은 이미 그를 떠났다. 그는 거의 하늘이 갑자기 무너지고 땅이 갑자기 꺼질 수 있다고 믿었지만, 영국대사관이 봉해지리라고는 믿지 않았다. 그의 세계는 마지막 날이 왔다!

그는 자기 눈으로 구드리치 선생이 죄수차에 실려 끌려가는 것을 보았다. 그 자신은 요와 이불 깡통조차 가지고 나오지 못하고, 일본인에게 걷어채서 쫓겨났다! 그는 울지도 못했다.

그는 평소에 일본인을 경시한 것을 후회했다. 오늘 일본인이 영국대사관의 위세를 꺾을 뿐만 아니라, 일본인이 능히 서양인의 하느님을 타도할 수 있다는 것이 명백해졌다. 그는 당연히 하느님의 모양을 바꿔야 한다고 생각했다. 하느님의 모양이 코가 높고 눈은 푸르지 않아야 한다. 일본사람처럼 피부는 누렇고 눈은 검어야 한다. 그렇다. 그와 서양 종교로 밥을 먹는 다른 사람은 동일했다. 다만 어느 외국인이 강하고 약한가를 비교하여 중국인이 어떤 모양일까를 알 수 있을 뿐이다.

하늘은 아직 밝지 않았다. 구드리치 선생은 언어맞으면서 죄수차에 태워졌다. 동시에 일본 종군 문인들이 이미 구드리치 선생이 수집한 중국의 골동품 "작은 유리창" 안의 물건들을 모두 몰수해갔다. 그들도 구드리치 선생의 평생 소원이 《북평》의 집필이라는 것을 알고 있었다. 그래서 그들은 세심하게 수색하여 원고 한장 한장을 읽고 봉해서 자기네들의 저서의 자료로 삼았다. 그들은 "문명"의 강도였다.

구드리치 선생이 죄수차에 타고 있는 것을 보고 띵쭌은 울었다. 일본인이 북평과 중국의 반을 점령하고, 천천만만 명의 중국인을 살해하고, 무수한 도시 마을들을 불살랐지만, 띵쭌은 눈물 한 방울 흘리지 않았다. 그는 중국을 위해서는 눈물을 흘릴 가치가 없다고 생각했다. 왜냐하면, 그가 먹고 사는 데는 중국과 관계가 전연 없기 때문이었다. 그는 자기의 피부가 누렇고 코가 짧은 것을 항상 한탄했다. 흥, 만약 자기도 얼굴이 희고 코가 높다면 하느님은 자기를 사랑하지 않으셨겠는가? 그때는 그의 하느님은 확실히 얼굴이 희고 코가 높았다.

그는 마귀에 쫓기듯이 샤오양줘안으로 돌아왔다. 집으로 갈 생각도 않고 먼저 치 씨 댁 문을 두드렸다. 샤오양줘안 심지어 북평 전체에서도 루이쉬안을 제외하고, 그의 마음을 알아줄 사람이 없었다. 그것은 절대로 평소에 루이쉬안이 그에게 호감을 가지고 있었다는 말이 아니고 띵쭌의 생각에 불과했다. 루이쉬안도 영국대사관에서 밥을 빌어먹고 살기 때문에 자연히 자기와 같은 종류의 인간이라고 생각했다.

때는 이미 겨울인데도 띵쭌은 전신이 땀에 흠뻑 젖도록 뛰었다. 그는 영국대사관의 예절을 잊고, 초상을 알리듯이 주먹으로 대문을 두드렸다.

루이쉬안은 아직 자리에서 일어나지 않았다. 윤메이는 불을 지피고 있는 중이었다. 대문 두드리는 소리를 듣고 그녀는 뛰어나갔다. 문이 열리자 찜통에서 꺼낸 만두 같은 물건을 보았다. 그것이 띵쭌의 머리였다.

"치 부인, 접니다!"

띵쭌은 들어오라는 말을 기다릴 새도 없이 문을 밀고 들어왔다.

"치 선생님은? 중요한 일이 있어요! 중요한 일이에요!"

그렇게 말하면서 마당으로 뛰어들었다. 그는 점잖음과 예절을 잊고 루이쉬안이 대성통곡을 하고 있으리라 생각했다.

치 노인은 이미 깨어있었다. 그는 날씨가 추워서 이불 속에서 늙은

253

다리를 움츠리고 추위를 참고 있었다. 마당에서 말소리를 듣고 말을 했다.

"누구요?"

띵쭌은 창밖에서 대답했다.

"어르신, 우리는 끝장났어요! 끝났어요! 끝났어!"

"무슨 일이야?"

노인은 일어나 앉아서 면빠오를 걸치고 문을 빼꼼이 열었다.

띵쭌이 문을 밀고 들어가면서 내뱉었다.

"영국대사관이 몰수되고 봉해졌어요! 구드리치 선생님도 죄수 차에 탔어요! 하늘이 무너지고 땅이 꺼졌어요!"

"영국대사관? 구드리치 선생?"

치 노인은 서양 종교로 서양식으로 먹고 살지는 않지만, 어느 정도 외국인에 대해서는 미신이 있다. 그는 유년 때부터 중국은 서양인에게 사기를 당했지만, 그의 황제와 총통이 모두 반항을 허용하지 않았다. 억울한 것을 참는 것이 습관이 되었다. 일본이 침략하지 4년이 지나서 그는 확실히 일본인을 원망해야 한다는 것을 알고 있지만, 서양인에 대해서는 자신의 고정 의견을 바꾸지 않았다. 일본인이 갑자기 감히 영국대사관을 공격해? 노인은 간단히 말해 띵쭌의 이야기를 믿지 못했다. 하물며 루이쉬안이 영국대사관에서 일하고, 구드리치 선생이 중추절에 그에게 밀가루 한 자루를 보내지 않았던가?

"사실이요. 영국대사관, 구드리치 선생도 끝났어요!"

띵쭌은 뜨거운 땀이 흘러내리기 때문에 눈을 닦았다.

그때 루이쉬안이 면빠오를 걸치고 들어왔다.

"치 선생!"

띵쭌은 친척을 본 듯이 울면서 말했다.

"치 선생! 우리는 끝장났어요!"

"영국대사관! 구드리치 선생!"

치 노인이 끼어들었다.

"하느님이 우리를 설마 굶어죽게 하겠나?"

윤메이와 시어머니도 문밖에서 듣고 있었다. 영국대사관이 끝장났다는 소식을 듣고, 티엔요우 부인은 몸이 떨렸다. 윤메이가 시어머니의 손을 잡았다.

루이쉬안은 이 나쁜 소식에 대해 조부의 강렬한 반응과 전연 같지 않았다. 그는 일찍이 이러한 날이 올 것이라고 예상했다. 그의 처지는 구드리치와 밀접한 관계에 있었다. 구드리치 선생은 말할 것 없이 자기의 다년간에 걸친 좋은 선생이고 좋은 친구였다. 구드리치 선생이 체포되고 수용소에 갇혔다? 루이쉬안은 치엔 아저씨의 하옥과 자기의 체포가 생각났다. 그는 곧 노인을 찾아서 위로받고 보호받지 못하는 것이 한스러웠다. 그러나 그는 폐물이고 어쩔 수 없는 처지였다.

조부가 질문했다.

"우리는 어쩌지? 나는 이미 많이 살았으니 굶어 죽는 것은 일도 아니다! 너의 늙은 애미, 자식들이 굶어 죽지 않을까?"

루이쉬안의 얼굴에 열이 달아올랐다. 그는 구드리치 선생을 도울 수 없고, 조부의 문제 해결을 도울 방법도 없었다. 그는 막다른 골목에 이르렀다.

윤메이가 문밖에서 말했다.

"띵 선생, 당신은 돌아가셔서 쉬세요! 하늘은 인간에게 길을 막지 않는다오. 어떻게 하면…"

그녀는 하늘이 사람의 길을 막을 수 있다는 것을 알지만 그렇게 말할 수는 없었다. 그녀는 띵쫀을 권해서 보내고 나서, 루이쉬안에게 조용히 방법을 생각해보게 하고 싶었다. 그녀는 루이쉬안은 급할수록 어쩔 수 없어 한다는 것을 안다.

띵쭌은 영국대사관의 예절을 잊어버리고 곧 가려고 하지 않았다. 그는 치 씨 집과 동병상련하는 사이이기 때문에, 푸념을 하려면 여기서 해야 했다. 그는 주저앉았다. 루이쉬안이 자기를 상대하는 것을 달가워하지 않아서 그는 치 노인에게 마음을 터놓아야 한다. 그는 평생 호두씨 모양으로 자기에게만 관심을 가졌기 때문에, 쉽게 껍질을 드러내려하지 않았다. 오늘 그는 일체를 잃었다. 그는 마땅히 껍질을 열고 마음에 있는 말을 해야 했다.

루이쉬안은 밖으로 나왔다.

한눈에 어머니를 알아보았다. 그녀는 왜소하고 여위었다. 전신을 발발 떨고 있었다. 그는 자기도 모르게 어머니를 몇 마디 말로 위로해주고 싶었다. 그러나 그는 적절한 말을 찾지 못했다. 그는 일본이 미국을 습격한 것은 이미 예상한 것이고, 그것은 일본의 자멸의 길이라고 생각한다고 말하고 싶었다. 그러나 그 말이 어머니에게 위로가 될까?

어머니는 장자를 보고 억지로 웃었다. 그녀는 마음속으로 걱정이 태산이었으나, 일부러 무한히 자애로운 모습을 보여주었다. 아들이 위로하길 기다리지 않고 말을 꺼냈다.

"루이쉬안, 조급하게 굴지 마라! 조급하게 굴지 마라!"

루이쉬안도 억지로 웃으면서 말했다.

"저는 조급하지 않아요. 엄마!"

노부인은 한숨을 쉬었다.

"그래, 우리는 언제나 수가 있었지! 네가 조급하지만 않는다면 나도 견딜 수 있어!"

"엄마, 들어와요. 마당이 추워요!"

"좋아. 들어가지! 내 들어가지!"

노부인은 한참 큰아들을 보더니 아주 빨리 그러나 아들의 마음속으로 들어가서 알아내려는 듯했다. 그녀는 천천히 방안으로 돌아왔다.

윤메이는 주방으로 돌아갔다.

루이쉬안은 혼자 마당에 서 있었다. 그는 구드리치 선생을 걱정했다. 그러나 오래지 않아 생각들이 이어졌다. 부친, 둘째 모두 무고하게 죽어간 게 아닌가? 전쟁 중에는 사람도 누가 누구인지 상관없이 파리와 같이 되는 것 아닌가?

그는 응당 무엇을 해야 하는가? 글을 가르쳐? 안 된다. 그는 등기하러 교육국에 가고 싶지 않았다. 사실대로 말하면 그와 같은 정도로 학식이 있다면, 교육수준이 떨어진 지금이기는 하지만, 대학교수가 되면 멋질 것이다. 다만 그는 흙탕물 속에서 고기를 찾듯이 요령으로 교수 직함을 얻고 싶은 사람은 아니었다.

글을 쓴다? 무엇을 쓴단 말인가? 신문지상에 잡지에 일본 통치 하에 색정적이고 쓸데없는 글자를 긁적거린다. 그는 유독한 문자로 일본인을 도와서 중국인의 심령을 마취시켜서 돈을 벌고 싶지 않았다. 이 길은 통하지 않는다.

번역? 어떤 책을 번역한단 말인가? 좋은 책은 출판되지 않고, 나쁜 책은 번역할 가치가 없다.

그는 탈출구를 생각할 수 없었다. 그는 약간의 능력도 있고 학식도 있었지만, 소용이 없었다. 전쟁은 살인이고 그의 재능과 학식은 태평연월에나 쓸모 있는 것이다.

"루이쉬안!"

노부인은 아들에게 사과하듯이 그를 불렀다.

"왜요, 엄마!"

"너에게 말할 게 있어!"

노부인은 쓴웃음을 지었다.

"나는 네가 듣고서 언짢아할까 겁난다."

"말씀하세요, 엄마!"

"내가 보기에 너는 일본인을 위해서 일하고 싶지 않다는 것을 안다. 그런데 요즘 같은 세상에 다른 길이 없잖은가?"

"그래요, 엄마! 나는 그들을 위해서 일할 수 없어요!"

"좋아! 모두가 죽어도 멋지게 죽자. 나는 다른 길을 선택할 수 있을 것 같다. 그러나…"

"무슨 길인데요?"

"흥, 말하기 어렵구나!"

루이쉬안이 잠시 생각하고 나서 말했다.

"이 집을 팔자는 것이지요?"

노부인은 부끄러워하면서 머리를 끄덕였다.

"내가 수천 번이나 생각했지만 집을 파는 것 외에는 방법이 없다!"

"조부님도 받아들이실까요?"

"곧 말씀드리지! 나는 입에 올릴 수 없다! 나는 외성받이야. 그런 생각을 내놓아서는 안 돼! 그러나 정말 어떤 방법도 없을 때는 마음을 독하게 먹으라고 너한테 일러주는 거야! 집은 죽은 거야. 사람은 살아야 돼. 나는 네가 조급해하는 것을 볼 수 없어!"

"좋아요! 엄마! 내 마음속에는 어떤 복안도 없어요. 그러나 어머님도 먼저 조급해하지 마세요. 저에게 말미를 주시면 천천히 좋은 생각을 할 수 있겠지요!"

티엔요우 부인이 하고 싶은 말이 많았지만 마침 뉴뉴가 잠이 깼다. 작은 눈을 뜨자마자 그녀는 말을 했다.

"할머니, 저는 공화면은 안 먹을래요!"

노부인은 마음속의 할 말을 모두 잊었다. 그녀는 곧 손녀에게 말하고 싶었다.

"네 아버지가 일을 잃었어. 공화면도 못 먹을까 걱정이야!"

그러나 그녀는 차마 말을 하지 못했다. 그녀는 조모다. 손녀에게 그렇게 무정할 수 없었다. 그녀는 머리를 숙이고 차마 손녀도 아들도 보지 못했다. 그녀는 만약 그녀가 루이쉬안을 보면 그도 아마도 뉴뉴가 불쌍하여 화를 내거나 눈물을 흘릴지 모른다.

루이쉬안은 어쩔 수 없이 밖으로 나왔다.

티엔요우 부인은 정신을 차리고 뉴뉴를 얼렀다.

"뉴뉴가 크면 꽃가마 타고 잘생긴 신랑이랑 결혼하지!"

"뉴뉴는 가마 안 타요, 결혼 안 해요. 뉴뉴는 밀가루 만두가 먹고 싶어요!"

티엔요우 부인은 할 말을 잃었다.

87

바로 샤오양쥐안의 일본 남녀들이 회나무 주위에서 뛰고, 소리 지르고 있을 때 작은 생명이 청창순의 향화를 이었다. 이 작은 생명은 자기가 망국노인 것을 알기나 하듯이 태어나자마자 응애응애 울어댔다.

청창순은 취한 듯이 동서남북도 제대로 구별하지 못했다. 황홀하게 진주만 폭격 소식을 들었고, 황홀하게 일본의 술 취한 사신(死神)들이 길거리에서 놀아나는 꼴을 보았다. 그러나 이 모든 것이 황홀하기만 해서 하나도 분명한 인상을 느끼지 못했다. 그는 바쁘게 산파를 청하고, 바쁘게 화장지와 다른 필요한 작은 물건들을 사다 날랐다. 그는 들락날락하면서 일본인과 마찬가지로 발광을 하고 있다고 생각했다.

그는 진주만이 무엇인지, 진주만과 전국의 관계가 어떻게 되는지, 몹시 알고 싶었지만, 아내를 방심할 수 없었다. 그때 그는 그의 아내가 세계의 어떤 사람보다 더 중요하다고 생각하고, 자식을 얻는 것이 세계에 어떤 일보다 훨씬 더 가치 있다고 생각했다. 세계 전쟁의 가치는 하나의 아기보다 못한 것 같았다.

마 노과부는 평소의 안정을 잃었다. 진주만 때문이 아니라, 외손자와 증손자의 안전 때문이었다. 여러 해 동안 일본놈의 수하에 당한 고통을 모두 잊고, 자신의 진정한 가치와 중요성을 깨닫기 시작했다. 바로 창순을 고생하면서 키운 사람은 그녀다. 창순에게 아내를 얻게 해준 것도 그녀다. 장차 증조모가 되는 사람도 그녀다. 그녀의 지위는 치 노인보다 오히려 높아진다. 자기도 증손자가 있다.

그녀는 기분이 좋았지만 방심하지 않았다. 그녀는 진정해야 하는데도 불구하고 당황하기도 했다. 그녀는 말을 많이 하고 나오는 대로 지껄이는 것을 좋아하지 않았다. 그녀의 백발이 흩어지고 누런 얼굴에 붉은 점이 드러났다. 그녀는 진주만이 무엇인지 관심이 없었다. 오로지 증손자에게만 주의를 집중했다. 아기가 한번 웃는 것이 중국과 전 세계에 기쁨과 행복을 준다고 생각했다.

샤오양쥐안 사람들은 모두 이 즐거운 소식을 듣고 전쟁을 한편으로 미뤄두고, 이목을 청 씨 집에 집중했다. 적어도 장차 태어날 저 아기와 세계의 병화와 시살과 평형이 될 것이다. 전쟁은 스스로 전쟁 자체에만 관여할 것이고, 아기의 출생은 아기의 출생이다. 아기가 태어나는 것은 언제라도 나쁜 일은 아니다. 그들은 아기의 울음소리를 기다렸다. 이 소리가 마 노부인과 청창순에게 즐거움을 주었다. 그렇다. 그들은 축하 인사를 기다려야 했다. 그들은 이런 아기를 낳는 것은 용감한 일이다. 그들은 청창순과 청 부인(청창순의 부인)을 존경하지 않을 수 없었다.

리스따마가 황망하고 열렬하기는 마 노부인보다 몇 배 더 했다. 산실 일은 모두 그녀의 책임이었으니, 그녀가 선봉에 서지 않을 수 없었다. 아기가 태어나는 것은 "작은 보배"가 늘어나는 일이다. 그녀의 열심과 관심이 더하지는 않더라도 산부보다 덜할 리가 없었다. 다망한 중에 그녀는 진주만 이야기를 얼핏 들은 것 같았다. 그녀는 근시안을 껌벅이며 모두에게 물었다.

"좋아, 너희들은 사람을 죽여라. 우리는 어린애를 낳을 테다!"

청 부인은 뭐가 뭐인지 몰랐다. 진주만도 모르고 세계가 피눈물 속에서 장차 어떻게 변할지 몰랐다. 그녀는 심지어 샤오추이와 샤오추이를 죽인 일본인도 몰랐다. 그녀는 자기 몸에 진통이 오고 진통이 잠시 정지했을 때 아기를 낳기를 희망했다. 그녀는 모든 것을 잊었다. 오로지 인류 일체의 근원인 아기를 낳는 것만 생각했다.

아기가 태어났다. 그것도 아들이었다. 전 세계의 포성도 아기의 울음소리를 누를 수 없었다. 그 소리는 억울하고 날카롭고 취약하지만, 위대함이 샤오양쥐안 사람들을 모두 흥분시키고, 오히려 그들에게 암흑 가운데서 희망과 광명을 주는 듯했다.

이렇게 기쁨을 말로 축하한 후에 그들은 정신을 차리고 축하를 구체적으로 하기 위해서 산부에게 계란, 사탕, 좁쌀 등을 보내야 했다. 아이야 샤오청 부인이 낳지만 계란, 사탕, 좁쌀은 모두 일본인들의 손에 있다.

이 때문에 그들은 자연히 생각하게 되었다. 아기를 낳는 것은 이런 세상에 공화면을 먹는 번거로움을 더해준다. 이런 작은 물건조차 혹시나 공화면이 우유로 변하지 않으면, 아기는 공화면이 변한 우유를 먹어야 살아가기 때문에, 성장하여 건장한 아기로 크지 못한다. 이렇게 태어나서 곧장 요절하게 될지 모른다. 생과 사는 그렇게 가까이 있다. 인생의 양 극단을 갓난아이 신상에서 볼 수 있다. 그들은 더 이상 기분 좋아할 수가 없었다.

아이가 태어난 이틀 후에 영미가 일제히 일본에게 선전포고를 했다. 청창순은 원래 주름살투성이 아기에게 이름을 지어주려 했으나 안심할 수 없었다. 아기를 보자 자기의 신분을 생각하게 되었다. 그러나 세계 전쟁에 생각이 미치자 그는 자기가 아주 칠칠치 못하다고 생각했다.

이렇게 큰 전쟁 중에 그는 아무 힘도 없으니까. 별 볼 일 없는 자식이 별 볼 일 없는 아비가 된다. 보라, 저 붉고 붉은 눈썹이 없는 주름살투성이 얼굴! 저것이 바로 낡은 천에 싸여 있는 자기 아들이다. 모두가 각 처에서 자기가 사서 날라 온 헌것들이다. 자기의 아들에게 새 옷감으로 입혀주지 못했다! 그는 그 불쌍한 작은 물건을 다시 볼 수 없었다.

아기가 태어난 지 3일 후에 중국이 이태리와 독일에 선전포고를 했다. 청창순은 자신의 지식과 사상을 총동원하여 왜 중국은 오늘날까지 일본에 선전포고를 하지 않았는지 알 수가 없었다. 대일 선전포고 후에 반드시 중국은 승리를 거두어야 한다고 생각했다. 아하, 자기 자식은 틀림없이 복이 있다. 반년만 전쟁을 하면 중국이 승리하여 자기 자식은 어릴 때부터 태평시대의 사람이 되는 것을 보고 싶었다. 흥 아들은 쭈글쭈글하고 볼품이 없다. 자세히 보니까 아기도 눈썹이 있다! 그렇다. 이 아이의 이름은 응당 "카이(凱) (승리)"라 불러야 한다. 그는 자기도 모르게 '카! 카이!'라 불렀다. 아기는 갑자기 눈을 떴다!

그러나 카이는 사흘 동안 기운이 없어 보였다. 이웃 사람들이 모두 축하인사차 왔으나, 누구도 예물을 가지고 오지 못하고 빈손으로 왔다. 마 노부인은 축하주를 준비해서 손님을 초대하고 싶었다. 그러나 그녀가 현금이 있다 해도, 물건을 살 수가 없었다. 전쟁은 쉽게 어떤 사람이라도 용서하지 않았다. 샤오카이의 사흘걸이는 까치 참새 소리조차 없이 지나갔다.

오직 리스마만 어디서 구했는지 모를 계란을 더러운 특이한 털수건에 싸서 직접 가지고 왔다. 이 다섯 개의 계란을 건네주면서 다년간 익혀온 별로 좋지 않은 단어들을 마구 쏟아냈다. 그녀는 자기를 "이 늙은 것아"라고 꾸짖었다. 일본인과 살아오기 때문에 기껏 다섯 개의 계란으로밖에 축하 인사할 수 없었다.

"다섯 개 계란으로 사람 체면을 잃는구나!"

그녀는 자기 허벅지를 치면서 큰 소리로 말했다.

그러나 마 노부인은 감동해서 눈물을 흘렸다. 다섯 개 계란을 요즘 같은 세상에 어디 가서 구하겠는가!

치 노인은 청 씨 댁에 경사가 났다는 소식을 듣고 탄식을 끊이지 않았다. 그는 이 후통에서 노인성[19]이다. 반드시 축하인사를 해야 한다. 첫째는 이웃 정리상, 둘째는 이런 말이 있지 않은가. '아기가 노인의 축복을 받으면 100세까지 살 수 있다!' 그러나 예물이 없어서 갈 수가 없었다.

티엔요우 부인은 노인의 한숨 소리를 듣고 재빨리 구석구석을 뒤져서 예물로 쓰일 것이 없나 하고 찾았다. 병 밑바닥을 흔들어서 "도광" 큰 동전을 찾아냈다. 동전을 윤이 나게 닦아서 몇 개의 붉은 실을 찾아 단단히 붙들어 매어서 뉴뉴에게 주면서 할아버지에게 말씀드리게 했다. "이것을 청 씨 댁에 드리라고 말씀드려."

노인은 고개를 끄덕였다. 증손자와 증손녀를 대동하고 청 씨 댁에 가서 자기가 노인성이라는 것을 증명해 보였다.

치 노인이 손자를 데리고 간 후에 루이쉬안은 대문에 잠시 서 있었다. 그가 막 몸을 돌려 들어가려고 할 때 어떤 화상이 가만히 다가오더니 '나무아미타불'이라고 말했다. 루이쉬안이 멈춰 섰다. 화상이 좌우에 사람이 없는지 확인하고 큰 소매에서 작은 종이쪽지를 꺼내어 건네주었다. 그런 후에 몇 가지 묻더니 몸을 돌려 가버렸다.

루이쉬안은 재빨리 마당으로 들어와서 영벽을 돌아서자마자 종이쪽지를 들여다보았다. 그는 흰 종이 위에서 셋째의 필적을 알아볼 수 있었다. 그의 심장이 두근거렸다. 세 번 읽고 나서야 이런 글자들을

---

19) 최장수 노인.

알아볼 수 있었다. '오후 2시, 중산공원 후문에서 봅시다. 꼭!'

종이쪽지를 들고 방 안에 들어가서 잠시 침상에 누웠다. 그는 다시 못 일어날 것 같았다. 침상에 누워서 첫째 떠오른 하나의 생각, '내가 셋째를 탈출시켰다!'는 생각이 그를 만족스럽고 자랑스럽게 했다.

그는 생각했다. 셋째는 밖에서 세상을 깜짝 놀라게 할 일을 했다. 그래서 북평에 위험한 일을 하도록 파견되었다. 그가 셋째를 탈출시켰으니, 셋째의 성공이 당연히 간접적으로 자기의 성공이 되는 것이다! 좋아, 이렇게 말하더라도 이러한 동생이 하나 있는 것으로 충분하다. 둘째에 대한 충분한 속죄가 되리라.

잠시 후에 그렇게 기분이 좋지 않았다. 셋째가 자기에게 '아버지는? 둘째 형은?' 하고 묻는다면 자기는 어떻게 답변할까? 셋째가 탈출한 것은 나라를 위해서이고, 자기가 집에 남은 것은 효를 다하기 위해서였다. 그러나 자신의 효도는 어디에 있는가? 부친을 보호하지도 못하고, 부친을 위해서 원수를 갚지도 못했다! 그는 식은땀이 났다. 셋째를 볼 면목이 없었다!

아니다. 셋째는 아마 자기를 지나치게 책망하지 않을 것이다. 셋째는 분명히 밖에서 몇 년을 단련했을 것이다. 그렇다. 셋째는 반드시 큰형을 용서할 것이다. 루이쉬안은 비참하게 웃었다.

그는 윤메이에게 말하고 싶었다. '당신 말이 맞소. 셋째가 확실히 돌아왔소!' 그는 또 모친, 조부와 이웃들에게도 말하고 싶었다. '우리 치가의 영웅이 돌아왔소!' 그러나 그는 움직이지 않았다. 그는 자기 집의 영웅을 위해 비밀을 엄수해야 했다. 이것이 그를 어렵게 했다. 그리고 기분 좋게 했다—아하, 셋째가 온 것을 자기만 알자. 그는 영웅의 형이다!

그는 자기의 낡은 시계가 이미 정지하지나 않았나 의심했다. 왜 아직도 11시 밖에 안 되었나? 그는 방문을 열고 해 그림자를 보았다. 시계는 멈추지 않았다. 해 그림자는 아직 정오가 되지 않았다는 것을 알려주었다.

그는 점심에 무엇을 삼켰는지 알 수가 없었다. 그는 정신 나간 듯이 대문을 나섰다. 반나절을 걸었다. 그래도 너무 일찍 온 게 분명했다. 분명히 오기는 했지만, 여전히 너무 빨리 왔다. 그는 자기 다리를 통제할 수 없는 것 같았다. 그렇다. 그는 정말 자기의 동생, 중국의 영웅을 만나러 간다.

흥, 셋째는 틀림없이 금 투구에 금 갑옷을 입은, 존엄과 위무를 떨치는 천신 같을 것이다.

날씨는 상당히 쌀쌀했다. 그러나 바람 없어서 차지만 건조하고 상쾌했다. 최소한 루이쉬안에게는 끝장난 북평이 양광을 빌려와서 일종의 궁색하지만 교만한 신색을 드러내는 것 같이 보였다.

멀리서 자금성의 붉은 담이 보이고 72개의 등마루의 누런 기와 누각이 있었다. 그는 발을 멈추고 시계를 보았다. 이제 겨우 1시였다. 그는 먼저 공원에 들어가기로 했다. 혹시나 루이추안이 일찍 올 수도 있지 않은가?

공원에는 놀러 온 사람이 없었다. 수로 변에는 찻집도 없고 땅에는 향기 나는 송화도 없었다. 그는 남쪽으로 갔다. 몇 명의 청년 남녀들이 스케이트장에서 스케이트를 타고 있었다. 그는 그들을 볼 수 없었다. 그들이 한간이나 다른 사람의 자제들이라도 셋째와는 상반된다. 적에게 항거하려 하지 않고, 안일을 추구하고, 향락을 즐기고 있다. 그는 그들을 볼 필요도 없었다.

그는 소나무 옆 벤치에 앉았다. 햇빛이 그의 머리에 내리쬐였다. 그는 약간 피곤했다. 그는 급히 일어났다. 피곤하여 졸다가 셋째와 만날 시간을 놓쳐서는 안 된다.

겨우 2시가 되어서야 공원 후문으로 향했다. 도착하기도 전에 걸어오는 청년과 마주했다. 그 청년은 땅에 끌릴 듯이 긴 면빠오를 걸치고 있었다. 그는 그것이 셋째라고 생각할 수 없었다.

셋째가 형을 툭 쳤다.

"야! 뜻밖에 뵈옵네요! 루이형!"

셋째의 목소리는 공원이 있는 사람에게 거의 모두 들릴 정도로 높았다.

그제야 루이쉬안은 셋째를 알아보았다. 그의 눈에는 눈물이 흘러내렸다.

그러나 셋째는 형에게 눈물 흘릴 기회조차 주지 않았다. 한 손으로 큰형의 팔을 잡고 큰 소리로 말했다.

"자, 좀 걸을까요. 오랜만이요. 형수님은 안녕하시오?"

루이쉬안은 셋째가 연극을 하고 있다는 것을 알아챘다. 그리고 마땅히 그럴 수밖에 없다는 것을 알았지만 셋째가 그럴 정도로 감정을 억제하면서 연극을 하는 게 원망스러웠다.

루이쉬안은 셋째를 찬찬히 보고 싶었다. 그의 얼굴을 봄으로써 그의 마음을 보고 싶었다. 그러나 셋째는 그를 힘껏 끌고 앞으로 갔다.

루이쉬안은 셋째의 얼굴을 찾으려고 시도했으나 그는 고의로 얼굴을 옆으로 돌렸다. 그게 루이쉬안에게 잘 보이게 되었다. 셋째는 형제가 대면하면, 자기도 눈물을 흘리게 될까봐 고의로 피하고 있었다. 루이쉬안은 그를 원망하지 않았다. 셋째는 용기가 있을 뿐만 아니라 얼마나 조심해야 하는가도 알았다. 정말이다. 셋째는 금 투구에 갑옷을 입은 천신 같지는 않았다. 그러나 셋째는 허송세월하지 않고 재능을 키웠다. 셋째는 이미 치 씨 댁만의 도령님이 아니라 혼자서 새로운 중국의 일면을 맡을 수 있는 신중국인이었다. 셋째가 걸친 땅에 닿을듯한 면빠오를 보라!

"우리 앉을까?"

루이쉬안은 겨우 이러한 말이 떠올랐다.

형제는 늙은 측백나무 아래에 앉았다.

루이쉬안은 지난 4년 동안 쌓인 울분을 쏟아내고 싶었다. 셋째는 자기의 친동생이고 마음을 알아주는 친구다. 그의 억울, 수치를 모두 셋째에게 솔직히 말할 수 있다. 게다가 셋째에게서 이해와 위로를 얻을 수 있다는 것을 알고 있다.

그러나 그는 말이 나오지 않았다. 자기 옆에 있는 셋째는 자기의 동생일 뿐만 아니라 일종의 상징적인 어떤 역량을 가지고 있다고 생각했다. 이 역량은 루이쉬안 시대에는 없었던 국가적인 것이다. 오늘 이 역량은 빛처럼 발사되어, 아마도 내일, 내년 혹은 1세기 지나서 어떤 지방을 밝힐 것이다. 그는 이러한 모양의 일종의 힘, 일종의 빛에 대고 반딧불이 태양이 비칠 때 날아다니지 못하듯이 자기 마음속의 억울함을 말할 수 없었다. 이렇게 그는 셋째가 갑자기 알지 못할 사람으로 바뀌었다고 생각했다. 그는 원래 자세히 동생을 보고 싶었으나 이제는 갑자기 머리를 숙였다. 떨어져 있던 빛의 근원에 가까이 다가가자 빛이 두려웠다.

셋째가 말했다.

"큰형, 어떻게 지내요?"

"응?"

루이쉬안은 거의 알아듣지 못했다.

"제가 어떻게 지내시느냐고 했어요. 형은 실업자가 되셨지요?"

"아! 그래!"

루이쉬안은 연신 머리를 끄덕였다. 그는 마음속에서 셋째가 입을 열면 먼저 할아버지와 식구들의 안부를 물을 것이라고 생각했다. 그러나 그가 입을 열자 자기가 실업자가 아니냐고 물으리라고 생각지 못했다. 그는 이런 일 때문에 셋째를 골치 아프게 할 수는 없다. 셋째는 다른 세계의 인간이다. 그래서 그는 '아'라고 말했다.

"큰형!"

루이추안은 목소리를 낮추었다.

"나는 여기 오래 있을 수 없습니다! 제게 빨리 말하세요. 다시 학생들을 가르치겠어요?"

"어디 가서 가르치지?"

루이쉬안은 셋째가 북평 밖에서 가르치라는 의미로 알아들었다. 그도 나가고 싶었다. 일단 북평을 떠나면 자기는 셋째와 가까워진다고 생각했다.

"여기서!"

"여기라니?"

루이쉬안은 한 편의 이야기가 생각났다.

"여기서 4년을 지나는 동안 주나라 곡식을 먹지 않으려고 많은 고통을 겪었다! 적극적으로 나는 어떤 일도 하지 않았다. 소극적으로 내 몸 하나를 깨끗이 하려고 했다! 현재에 이르러 북평에서 학생들을 가르친다. 물론 이유야 충분하고, 마음은 결백하겠지. 남은 나를 이해하지 못할 것이며, 평생 나 자신을 깨끗이 씻지 못할 것이다. 승리의 그날이 오면 옛 친구들이 밖에서 돌아올 것이다. 나는 무슨 면목으로 그들을 다시 볼 수 있겠나? 나는 아마도 어둠 속의 인간으로 변해야 할 것이다!"

루이쉬안의 말은 아주 유창했다. 그는 셋째를 만나서 말다툼하듯이 예의도 차리지 않고 쟁론하리라 생각을 못 했다. 동시에 그는 셋째가 자기 동생이고 일종의 다른 종류의 사람이기 때문에, 셋째에게 바른대로, 숨김없이, 응당 예의도 차리지 않고 말해야 한다고 생각했다. 그는 통쾌하다고 생각했다.

"내가 학생을 가르치러 간다면 좋아. 다만…"

"다만 어떻게?"

"네가 나에게 증명서를 발급해주어. 내가 하는 일이 부역이나, 투항한 것이 아니라고 증명해주는 것이면 돼!"

셋째는 한참 동안 말을 못하다가 겨우 입을 열었다.

"형, 나는 그런 증명을 해줄 대권은 없어!"

형이 대답하기를 기다리지 않고 이어서 말했다.

"내가 형에게 말해줄 수 있어. 선생이 되세요. 제가 필요로 하는 선생이 되세요. 형은 저와 협동하는 것입니다. 위험할 수 있습니다. 어느 학교든지 2~3명의 학생과 선생이 체포되어요. 이 때문에 나는 모험을 알고, 학생들을 격려할 선생이 필요합니다. 일본인은 공포심을 이용하여 청년들의 애국심을 분쇄하고 있습니다. 우리는 일본인을 두려워하는 마음을 깨뜨릴 수가 없습니다. 형, 좋아요. 형은 당연히 자신의 결백을 생각해야 해요. 그러나 형이 학교에 가면 오래지 않아 형의 언행 때문에 체포되면, 모르는 사람이 있겠어요? 전쟁 중에는 무명의 한간(탐관오리와 간상)이 있고 무명의 영웅이 있습니다. 형이 교원이 되는 것이 체면을 잃을까 두렵다고 했지요. 그러나 귀신도 모르는 무명 영웅이 되는 것이 두렵습니까? 형, 제가 형을 알고, 형이 형을 알면 됐지. 더 무엇을 생각해야 합니까."

루이쉬안은 아무 말도 할 수 없었다.

"그리고 또 큰형, 태평양에서 전쟁이 시작되었어요. 나도 농촌 지역으로 내려가서, 군사 소식을 정탐해야 돼요. 내가 담당하는 선전 공작은 치엔 아저씨가 아주 잘 맡고 있어요. 나는 그 책임을 형에게 맡길 수 없어요. 너무 위험해. 그러나 형은 적어도 치엔 아저씨를 도와서 글을 써줄 수 있어요. 만약 형이 학교에 가면 청년들에게 접근하여 형은 자연스럽게 글을 쓸 자료를 얻을 수 있어요. 형, 어때요?"

루이쉬안의 뇌 속에는 무대의 막이 열리듯 등불이 있고, 선명한 무대 장치와 배우가 있다. 자기는 배우 중의 한 사람이다. 그는 전쟁에서의 자기 자리를 찾았다.

아, 셋째는 자기의 의사는 고려하지 않았다. 셋째는 자기에게 모험을 하게 하고, 학생을 보호하게 하고, 문장을 쓰게 했다. 좋아. 이왕 셋째가 그가 일을 하도록 요구하니, 셋째와 일체가 되자. 셋째가 영웅이면 자기는 적어도 반 혹은 사분지 일의 영웅이다.

셋째가 집안일은 묻지 않았다. 셋째가 옳아! 가정을 생각하고 국가를 생각할 수 없다. 그렇다. 그는 다시 물을 필요가 없다. '만약 내가 위험한 일을 하다가 체포되면 집안은 어떻게 되는가?' 물을 필요가 없다. 필요가 없어. 그 문제는 셋째를 어렵게 할 뿐이다. 그리고 자기의 허약을 드러낼 뿐이다. 셋째는 다른 종류의 큰 것만 보고, 작은 절개에 개의치 않는 사람이다. 루이쉬안 자신이 셋째에게서 배웠다. 하물며 자기가 모험을 하지 않으면 집안이 굶어 죽지 않을까? 그의 마음이 밝아지며 웃는 얼굴에 미소가 떠올랐다.

"셋째야, 내가 네 말을 들을게! 네가 하라는 대로 할게!"

말을 마치자 셋째를 보았다. 그는 셋째가 반드시 기분이 좋아서 자기를 칭찬할 줄 알았다. 그러나 셋째는 아무런 표정도 없이 훌쩍 일어섰다.

"좋아요, 제 말을 들으세요! 저는 더 이상 여기 있을 수 없어요. 가야 돼요! 저는 앞문으로 갈게요. 저를 따라오지 마세요! 다시 봅시다. 큰

형!"

셋째는 공원 앞으로 갔다.

루이쉬안은 거기에 앉아서, 셋째의 뒷모습을 보았다. 그는 가슴이 텅 빈 것 같았다. 셋째는 어떤 표시도 하지 않았다.

잠시 후 그는 비참하게 웃으며 일어섰다.

"셋째는 변했구나. 크게 변했어! 흥, 루이쉬안 너도 어린애 아니잖아. 그런데 셋째가 듣기 좋게 격려해주길 바라? 셋째는 살기를 띨 정도로 진지한 사람이야. 여자 같은 작은 절개에 관심을 둘 시간이 없을 것이다!"

그는 또 공원의 앞문으로 눈길을 주었다. 셋째는 이미 보이지 않았다.

"그렇게 되어야 해!" 그는 자기에게 말했다.

"나도 셋째와 함께 쓸모가 있다면!"

88 20)

란뚱양은 특무와 결탁하여 하루에 철도학교 학생 12명과 교원 1명을 체포했다. 13명의 죄명은 모두 동일하게 "적과 내통"한 "스파이"였다. 모두 형장으로 끌려가서 총살되었다.

철도학교 교장은 쫓겨나고, 란뚱양이 대리 교장이 되었다.

그의 의도는 학생들에게 배급되는 식량을 가로채는 것이었다. 13명의 목숨을 대가로 목적을 달성했다. 그는 아주 기분이 좋고, 만족했다. 지금 그는 처장 겸 교장임으로 정말 모두를 떨게 만들었다. 간단히 말하면 남경에서 대량 학살과 강간을 마음대로 저질은 일본인들과 마찬가지로 우쭐대었다.

그는 두 시간이나 들여서 취임식에 대비하여 원고를 손질했다. 고전 문체로 썼다. 그는 일본인들이 고전문체로 글을 쓰는 중국인을 좋아한다는 것을 알았기 때문이었다. 취임사를 읽기도 전에 뚱보 주쯔는 란뚱양이 임명한 회계주임을 쫓아내고, 자기가 주임이 되었다. 13명의 생명

---

20) 88장에서 100장까지의 13장은 노사(老舍)의 원래 원고는 소실되었다. 여기 실린 13장은 노사가 미국에서 영어로 출간한 영어판(*The Yellow Storm*, Ida Pruitt 역, 1951년 뉴욕에서 출판)의 마지막 13장을 马小弥가 중국어로 재번역한 것과 *The Yellow Storm*을 대조하여 번역한 것이다.

과 바꾼 양식이랑 전교의 재정대권을 뚱보 주쯔가 탈취했다. 란뚱양은 화가 나서 피가 나도록 손톱을 물어뜯었다. 그는 명령을 내려 용인들에게 그녀를 묶어서 집으로 보내지 못하는 것이 한이 되었다. 그러나 그녀 뒤에는 짜오디라는 태산 같은 빽이 있다. 그녀는 짜오디를 학교의 여학감으로 삼았다. 란뚱양도 그녀는 건드릴 수 없었다.

진주만 사변 전에는 짜오디의 임무는 서양인 감시였다. 그녀는 이 일을 아주 능숙하게 처리했다. 그는 미국인, 영국인과 어울렸을 뿐만 아니라 독일인, 이태리인, 불란서인, 러시아인과도 어울려서 그들을 자기의 석류꽃이 수놓인 치마 밑에 엎드리게 했다. 그녀의 육체는 국제화되었다.

그녀는 서양인과 섞이는 것에 익숙해지자 중국인은 박력이 없다고 얕보았다. 서양인을 못 찾으면 일본인에 접근했다. 중국 여성의 온유하고 수줍음을 잃었다. 자신이 새 풍조를 여는 선구자라고 생각했다.

이 세 명을 처리하기 위해서 루이추안은 자세하게 검토했다.

그는 마음을 굳히자 아무 일 없는 듯이 짜오디를 만났다. 짜오디는 그때는 약간 한가했다. 북평의 서양인은 모두 집단 수용소에 수용되었다. 감옥에 갇히지 않은 사람은 어느 나라 사람이라는 것을 명시하는 완장을 차야 했다. 그녀는 다시 그들을 가르칠 필요가 없었다.

그녀는 학교 일에 흥미가 없었다. 모두 뚱보 주쯔에게 맡겨버렸다. 그녀가 학교에 가는 것은 언제나 오후였으며 어떤 학생들이 기합을 줄 필요가 있는지 알아보고, 한두 명 혼내주면 그만이었다. 그런 후에 그녀는 거들먹거리며 교문을 나와서 시간을 보내기 위해 놀 곳을 찾아간다. 어머니가 살아계실 때 언제나 집이 있었다. 이제는 손님을 초대할 곳조차 없었다. 그녀가 한가할 때는 어디 가더라도 환영해 주었다. 아무도 그녀를 홀대하지 못했다. 도박장, 아편굴, 창녀굴, 영화관 어디서나 그녀를 환영했다. 그녀와 교정을 쌓으면, 어려운 일이 있을 때 쉽게 해결해 주었다.

오늘은 짜오디가 특별히 요사스럽게 치장을 했다. 옷을 차려입는 것이 그녀의 최대 오락이고 위로였다. 그녀는 곧 시들어질 꽃이라는 것을 잘 알았다. 옷을 챙겨 입고 화장을 하는데 한층 더 세심한 배려를 했다. 매일 아침 일찍 거울을 들여다보는 것이 두려웠다. 루주와 분을 바르지 않으면 자기 자신을 못 알아볼 정도였다.

그녀의 얼굴, 입술을 모두 붉게 칠한다. 눈썹은 굽은 대나무 잎 같았다. 바람이 없는데도 머리에 흰 비단 스카프를 묶은 것 같았다. 그녀의 몸에 착 달라붙는 얇은 양모 붉은 드레스를 입고, 그녀의 가슴과 엉덩이를 드러냈다. 그녀의 통통하고 아름다움을 드러내 주는 짧은 페르시아산 양털코트를 어깨에 걸치고 있었다.

머리에는 흰 스카프, 붉은 가운, 그녀의 털코트는 모두 그녀의 몸으로 산 것이다. 그녀는 어느 것이 백계 러시아인이 준 것이고, 어느 것이 불란서 상인에게서 받은 것인지 기억할 수 없었다. 그녀는 모든 것이 모자라는 북평에서 자기는 잘 입을 수 있다는 것을 자랑스럽게 여겨야 한다고 생각했다.

루이추안은 짜오디 뒤를 가까이 따라가고 있었다. 마음은 착잡했다. 저것이 음흉하기 짝이 없는 여인이지만, 소년 시대에는 마음에 둔 여인이었고 마음속의 천사였었다. 그가 그녀의 그림자만 보아도 심장은 격렬하게 뛰었었다.

그는 자기에게 부탁했다. '저 여자가 현재 어떤 인간인지 잊지 마라.' 지금은 일본과 싸우고 있는 중이라는 것을 잊지 마라. 냉정하고 침착하라. 그는 허리를 꼿꼿이 세우고 과감하게 앞으로 나아갔다.

북해 앞문에 이르자 그는 앞으로 치고 들어가서 표를 두 장 샀다.

"짜오디, 나를 기억하지?"

그는 미소를 지으며 물었다. 자기의 옷이 남루해서 그녀가 못 알아볼까 겁이 났다.

짜오디는 곧 그를 알아보고 자연스럽게 미소를 지었다.

"셋째, 당신이셨구려!"

그 미소가 전전의 짜오디의 흔적이 엿보였다. 루이추안이 때때로 거울 속에 자신을 비추어 보고, 10년 전의 자기 모습을 겨우 알아보는 것과 같았다.

그는 그녀를 보고 또 보았다. 아니다. 이미 그것은 전전의 짜오디가 아니었다. 그는 그 짜오디를 보고자 했다. 그러나 그것은 자기가 사랑했던 여인—꿈속의 여인일 뿐이었다. 그는 억지로 미소를 짓고, 그녀를 따라 공원으로 들어가자 몇 걸음 따라붙어서 그녀와 어깨를 나란히 했다. 그녀는 자연스럽게 손으로 그의 팔을 꼈다. 그녀의 손이 팔에 닿자 루이추안은 놀랐다. '조심해! 조심해!' 조심하지 않으면 당한다.

그녀는 그에게 몸을 기댔다.

"이 여러 해 동안 어디서 즐거움을 찾았어?"

그녀는 마음 쓰지 않은 듯이 되는대로 묻는 것 같았다.

그는 그녀의 얼굴을 다시 보았다. 자기도 모르게 마음속에서 침을 뱉었다.

"나 말이야? 너는 아직 모르니?"

그는 지금은 지하 공작원이고 여자 특무를 상대하고 있다. 그는 교활함을 보여야 한다.

"나는 정말 몰라."

"알아도 되고 몰라도 돼!"

그녀는 냉정하고 딱딱하게 말했다.

몇 걸음 가다가 그녀는 갑자기 웃었다.

"여자 친구 있어?"

루이추안은 그녀가 자기를 놀리는지 아니면 자신을 비웃고 있는지 몰랐다.

"없어. 나는 죽 너를 생각하고 있었어."

"누가 믿어?"

그녀는 웃더니 곧 침묵을 지켰다.

루이추안은 그녀가 타락하기는 했지만 결국은 사람이라고 생각했다. 아직도 변하지 않은 어떤 감정은 있는 것 같았다.

공원에는 사람이 많지 않았다. 큰 버드나무 아래에 다다르자 짜오디의 어깨가 루이추안의 팔에 닿았다. 그들은 나무 뒤로 갔다. 나무 뒤에 그녀가 팔을 뻗쳐 그의 목을 껴안았다.

그는 고개를 숙여서 그녀 얼굴, 눈썹, 눈알 그리고 매끄럽고 반짝이는 붉은 입술을 보았다. 그것은 얼굴이 아니라 두껍게 페인트칠을 한 가면 같았다. 그는 그녀를 밀쳐버리고 싶었으나, 그녀의 가슴과 다리는 그에게 부드럽고 매혹적으로 밀착되어 왔다. 그에게 그녀의 유혹이라는 수단을 펼쳐 보이고 있었다.

그녀는 그에게 키스했다.

그런 후에 그도 그녀를 어쩔 수 없이 꼭 껴안았다. 그녀는 더 이상 더럽혀지고 천하고 위험하지 않았다. 그녀는 한때의 애인이었고, 그녀의 몸은 향기로웠다.

그녀는 나긋나긋하게 말했다.

"셋째야, 나는 여전히 당신을 사랑해, 정말이야!"

루이추안은 감동 받은 듯이 머리를 떨구었다.

"뭐라고? 당신은 말조차 못하는구려."

코트를 바로잡더니 걸어가 버렸다.

루이추안은 서둘러 그녀를 따라붙었다. 그녀를 그렇게 가게 둘 수 없었다. 그녀의 꿀 같은 달콤한 입술을 맛보지 마라. 그는 그녀의 손에 얼마나 많은 청년의 피가 묻어 있는지 알고 있다. 안 돼. 그녀를 그냥 가게 둘 수 없다. 그녀에게 눈은 눈으로, 이는 이로 갚아 주어야 한다.

루이추안이 따라가서 그녀의 팔을 잡았다.

"야아! 아직도 네 성질을 고치지 않았네. 조금만 거슬리면 성을 내는구만."

"물론이지."

그녀는 입을 삐죽거렸다.

"바보짓 하지 마. 내가 공짜로 키스해준 줄 알아!

"나는 너에게 사랑 밖에 줄 것이 없어!"

셋째는 자기 말이 공허하고 신빙성이 없다고 생각했다.

"야아, 너는 여전히 옛날 그대로구나…"

그녀는 갑자기 입을 다물었다.

"너… 너는 어때?"

짜오디는 대답은 하지 않고 그에게 몸을 기댔다. 그리고 몇 걸음 가다가 얼굴을 들었다.

"셋째, 네가 원하면 무엇이든지 주겠다. 정말이야 나는 정말 너를 사랑해."

셋째는 뭐라고 대답해야 할지 몰랐다.

"정말이야. 네가 필요로 하면 내가 기꺼이 나를 너에게 주겠어요."

그녀가 다시 말했다.

셋째는 짜오디가 애정과 육욕을 일회용으로 본다는 것을 깨달았다. 그를 보자, 그녀는 옛정을 움직여서 음욕을 채울 수 있다고 생각했다.

그녀는 육체를 파는 창녀이고 일본인의 주구, 특무였다. 셋째는 자신에게 경고했다. '그녀가 짜오디인 것을 잊자, 그녀가 창녀인 것도 잊자. 오직 그녀가 일본인의 특무라는 것만 기억하자.'

그들은 흰 탑 아래에 도착했다. 탑은 희미한 햇빛에 가늘고 길었다.

"우리 탑 밑에 동굴에 들어가 볼까?"

그녀가 조금도 수줍어하지도 않고 제안했다.

"거기는 춥지 않을까?"

루이추안은 바보인 척 했다.

"겨울에는 따뜻하고 여름에는 시원해요."

그녀는 빨리 걷기 시작했다. 들어서자 눈앞이 깜깜했다. 짜오디가 루이추안의 손을 잡았다. 그녀의 손은 따뜻했다. 창녀도 특무도 아니다. 그녀는 자기의 사랑일 뿐이다.

그들은 천천히 계단을 내려가서, 작은 동굴 속으로 들어갔다. 안에는 네모꼴 돌 탁자와 네 개의 돌 의자가 있었다. 동굴 꼭대기에 구멍이 있었고 그 구멍으로 빛이 들어 왔다. 짜오디는 돌 의자에 앉았다. 루이추안도 그녀 가까이에 앉았다.

몽롱한 중에 짜오디 얼굴의 연지와 루주가 그렇게 눈을 찌르지 않았다. 루이추안은 당년의 짜오디를 보는 듯했다.

"뭐 생각하지, 셋째?"

짜오디가 물었다.

"나 말이야? 아무 생각 없어."

"너는!"

그녀는 그를 보고 웃었다.

"거짓말하지 마. 나는 너가 무엇을 하는지 모두 안다."

루이추안은 사방을 둘러보았다. 그는 누가 잠복해 있을까 두려웠다.

"무서워하지 마라. 나뿐이야. 나 혼자서 당신을 상대할 수 있어."

"무슨 말이야?"

"너 몰라? 보다시피 우리 한때는 연인이었잖아?

루이추안은 머리를 끄덕였다.

"좋아. 우리는 같은 일을 하고 있다. 옛말에 있듯이 같은 장사를 하는 사람은 원수다. 그러나 우리는 그럴 필요야 있겠어…"

"우리가 같은 일을 하다니?"

"내숭 떨지 마. 죽어도 말 안 하겠지. 속을 털어놔. 너의 생명은 내 손안에 있어. 내가 너가 죽어야 한다고 말하면, 너는 죽는 거야."

"그런데 그 말은 왜 해?"

"나는 내 계획이 있어."

짜오디가 웃었다.

"그거야 너가 정보를 가져다주면, 나는 너를 사랑해줄 거야."

"너는 나에게 무엇을 줄 건데?"

"사랑이야. 나는 너를 사랑한다고."

루이추안은 그녀의 손을 잡았다.

"좋아, 사랑을 주려면 지금 주어."

"지금이라고? 너는 내 조건을 수긍하지 않았잖아."

"사랑이 먼저야, 그러면 내가 무엇이든 약속할게."

그는 그녀를 동굴 안 깊숙한 곳으로 끌고 갔다.

앞으로 갈수록 동굴이 좁아지고 더 어두워졌다. 짜오디는 버럭 의심이 생겼다.

"여기는 안 되겠는데, 더 들어갈 필요 있겠어?"

루이추안은 말이 없었다. 그는 갑자기 두 손으로 그녀의 목을 졸랐다. 그녀는 끽소리도 못 내고 숨이 끊어졌다.

루이추안은 시체를 동굴 끝에까지 끌고 갔다. 이마에 땀을 닦고 짜오디의 신분증과 반지를 집어서 자기 호주머니에 넣었다.

그는 일어서서 가만히 '짜오디' 하고 불러보았다. 그는 그녀의 여러 해 전의 청순한 웃음소리를 들은 듯했다.

그는 재빨리 뛰어나왔다. 동굴 밖은 햇빛이 강하지 않았는데도 눈이 부셨다. 잠시 후에 겨우 눈을 뜨고 빠른 걸음으로 멀어져 갔다.

공원에서 나오자 길거리의 행인, 짐차, 말을 보자 약간 겁이 났다. 방금 어두컴컴한 동굴 안에서… 이제는 밝은 태양 아래 대로를 걸어가는 사람, 왕래하는 차량들, 방금 전에 강력하게 힘을 썼던 그의 손은 이제는 약간 떨리고 있었다. 그는 머리 숙여 해자를 보고, 얼음 틈으로 손을 넣어 씻고 싶었다. 그러나 그는 또 뚱보 주쯔를 빨리 찾아가야 한다! 흥! 독하고 더러운 창녀! 그는 배속이 부글거리며 토하고 싶었다. 그러나 어쩔 수 없다. 그것이 자기의 할 일이고, 할 일은 완수해야 한다.

그는 란 씨 집 근방에서 뚱보 주쯔를 기다렸다. 고개를 들 때마다 그는 흰 탑을 볼 수 있었다. 탑은 푸른 하늘을 이고 고고하고 아름답게 순백을 뽐내고 있었다.

"둘째 형수."

뚱보 주쯔가 대문을 막 넘어서려다, 루이추안에게 제지당해 발을 멈췄다.

그가 앞에 나서기 전에, 그녀는 그의 목소리를 알아들었다. 그녀의 얼굴이 놀라서 백지장처럼 하얘지고 다리가 말을 듣지 않았다.

"들어가서 이야기합시다."

루이추안은 목소리를 낮추어 명령했다.

뚱보 주쯔는 머리를 푹 숙이고 대문을 들어서고, 셋째가 바짝 따라 들어갔다. 방에 들어서자 그녀는 지친 듯이 소파에 뚱뚱한 몸뚱이를 털썩 던졌다. 그녀는 후회는 없지만, 몹시 무서웠다. 그녀는 루이추안이 보복을 할까 두려웠다. 그녀도 루이펑에게 못살게 굴었다. 그거야 별개 문제다. 그녀는 못할 짓을 한 것이 없다고 생각했다. 지난 몇 년간 그녀가 한 일은 시의에 맞게 처신했을 뿐이라고 생각했다.

루이추안은 짜오디의 신분증과 반지를 손바닥을 펴서 보여 주었다.

"알아보겠어?"

주쯔는 고개를 끄덕였다.

"그녀는 끝장났어. 그녀는 첫 번째고, 두 번째는 너다."

주쯔의 몸의 살이 한 덩어리가 되었다. 그녀는 자기도 모르게 도망치고 싶었다. 그러나 발이 떨어지지 않았다.

"셋째, 셋째 서방님, 나와 짜오디는 한패가 아니요. 나는 몰라요. 몰라요."

"그러면 네가 한 일은 알겠지."

루이추안은 신분증과 반지를 놓고 방금 사람의 목을 조른 손을 쳐들었다. 뚱보 주쯔의 안색을 살폈다. 그는 좌우로 세게 뺨을 내리치고 또 쳤다.

그녀는 돼지 멱 따듯이 소리를 질렀다. 루이추안은 곧 사람을 죽여서 얻은 돈으로 파마한 머리털을 감아쥐었다.

"끽소리만 내면 멱을 따버리겠다."

뚱보 주쯔는 눈을 감았다. 입가가 터져서 피가 흘러나왔다. 그녀는 지금까지 얻어맞은 적이 없었다. 이제 얻어맞고, 아픈 맛을 보았다.

"때리지 마, 때리지 마요"

그녀는 양손으로 얼굴을 가렸다.

"하라는 대로 할게요."

이 말을 듣자 셋째는 더 화가 났다. 그녀의 말은 짜오디와 같았다. 천하고 무치했다.

"죽는 게, 그렇게 두려워?"

루이추안이 물었다.

"내가 원하면 어느 곳에서든 너 개 같은 년의 명줄을 끊어버릴 수 있어. 너는 도망치지 못해."

"살려주세요. 셋째 서방님."

"내 말 들어. 너 다시 학생들의 양식을 한 근이라도 떼먹으면, 짜오디를 만나게 될 거야. 알아들었어?"

"알아들었어요!"

"란뚱양이 다시 학생 한 명이라도 죽이면, 내가 너에게 책임을 따지겠어. 알아들었지?"

"알아들었어요."

"학교에 현재 어문 교원이 결원인 것을 알고 있다. 네가 란뚱양에게 형을 초빙하도록 말해. 너희 둘이 힘을 합쳐서 나에게 덤비면 그것은 잘못하는 짓이야. 내가 하루라도 살아 있으면 너희 개 같은 연놈의 생명도 살려두는 거야. 만약 내가 잡히면, 너희들은 목숨으로 보상해야 할 거야. 성 내에 있는 동료들이 나를 위해 너희들에게 보복할 거야. 알아들었어?"

"알겠습니다."

"자!"

루이추안이 작은 봉지를 꺼냈다. 안에는 총알이 있었다.

"이것을 란뚱양에게 주라. 그에게 내가 가져왔더라고 말해. 여기 있어!"

그는 짜오디의 반지를 그녀의 품 안에 집어넣었다.

"이것도 주어라. 네가 간이 배 밖에 나와서 내 시키는 대로 하지 않으면 짜오디와 함께 염라대왕 만날 줄 알아라!"

말을 마치자, 셋째는 짜오디의 신분증을 집어 들고 성큼성큼 문을 나갔다.

89

명월화상이 루이쉬안에게 편지를 가져왔다.

'가시오. 가시오. 매우 위험. 가지 않아도 화를 당하지 않으리란 보장 없음. 늘 가던 길로 갈 수 없음. 새 길을 찾기 바람. 전쟁에서 누구나 편을 선택해야 함. 중간은 없음.'

그 편지에는 서두도 마침구도 없었다. 서명도 없었다. 루이쉬안은 읽고 아주 기분이 좋아서 눈으로 웃었다. 그는 학교에서 초빙서가 오기를 조용히 기다렸다. 초빙서가 오면 학교에 가서 가르치기로 결심했다. 그곳이 자기의 형장이 될까 두려웠다.

이미 4년이나 전투가 계속되고 있다. 그는 이것이 자기가 주견을 갖게 된 최초의 기회였다. 그는 기분이 좋았다. 이제야 셋째와 어깨를 나란히 전투할 수 있다. 집안 전체가 연루될 수 있고 모두가 죽을 수도 있다. 그러나 이제 퇴청북을 울릴 수 없다.

초빙서가 왔다. 란퉁양이 겉표지에 서명했다. 과거 같았으면 루이쉬안은 대단한 치욕으로 생각하여, 굶어 죽을지언정 란퉁양을 "교장"으로 부를 수 없었을 것이다. 이번에는 그는 기분이 좋았다.

집안 식구들이 이 소식을 듣자, 모두가 몰려와서 새 자리에 대해서 물었다. 루이쉬안은 취직이 되고 양식을 얻을 수 있다고만 말했다. 그러나 그는 그 자리는 어떻게 얻었고, 교장이 누구인지는 말하지 않았다.

치 노인은 이 좋은 소식을 듣자, 흰 눈썹을 꼬면서 머리를 연속으로 끄덕이며 말했다.

"아이고, 역시 하늘도 눈이 있구나, 눈이 있어!"

루이쉬안은 할아버지를 찬찬히 보았다. 할아버지가 음양의 경계선상—죽음과 삶의 경계—에서 배회하시는 것 같지 않고, 다시 살아나는 것 같았다. 그는 웃어야 할지, 울어야 할지 몰랐다.

뚱보 주쯔는 루이쉬안을 여전히 시아주버니로 이해하고 있고, 둘째의 문제를 잊어버릴 수 있으시도록, 예의 바르게 그리고 끈기 있게 루이쉬안의 마음을 누그러뜨릴 수 있기를 희망했다. 그녀는 란뚱양이 아직 교장이고, 학교의 재정대권을 그녀가 장악하고 있으므로, 치 씨 댁이 란 씨 댁과 교정을 맺기를 희망했다.

그녀는 자기의 계획이 아주 합리적이고 옳다고 계산했다. 처음 그녀는 루이추안이 그녀의 귀싸대기를 때렸기 때문에 보복을 하고 싶었다. 란뚱양에게 일본인에게 보고하여 4대문을 잠그고 루이추안을 수색하여 치 씨 댁 전체를 압수 수색하고 처형하도록 하라고 말하고 싶었다. 그녀는 치욕을 당하여 아팠다. 반드시 치 씨 댁의 피로써 깨끗이 씻어야 한다고 생각했다.

뚱양은 총알과 짜오디의 반지를 보고 놀라서 오줌을 쌌다! 그의 성공은 두 가지에 달려있다. 무치와 북평 국민들의 온순이었다. 지금 그가 총알을 보고 그는 북평인들이 죽음도 두려워하지 않는다는 것을 알게 되었다. 흰 서리가 푸른 얼굴을 덮었다. 그의 두 눈알이 위로 말려 올라갔다. 그는 두려움과 죽음을 보았다. 죽음은 두려웠다.

그는 재빨리 대문과 방문을 닫아걸었다. 그런 후에 손을 떨면서 손가락을 입에 넣고 힘껏 손톱을 물었다. 그는 먼저 일본인의 보호를 받으려 했다. 예를 들어 일개 소대나 더 좋게 일개 연대가 자기 집 주위에 초소를 세우고 지키면, 그는 베개를 높이 베고 걱정 없겠지. 그러나 그게 가능할까? 그가 보호를 요구하더라도 일본인이 형사 한두 명 보낼 것이다. 그게 무슨 쓸모가 있는가?

그는 생각에 생각을 거듭한 끝에 마음을 정했다. 가장 좋은 방법은 이렇다. 첫째, 감기라고 말하고 병가를 내고 방문을 잠그고 방 안에 들어 앉아 있자. 둘째는 루이추안과 화해가 되지 않으면 일본으로 도망가는 방법을 찾아보자. 그는 총알이 날아오기를 기다리면서 그대로 북평에 머물 수는 없다.

뚱보 주쯔는 란뚱양이 정말 두려워하는 것을 보고, 자기 얼굴을 문지르면서 누그릴 방법을 찾으려 애썼다. 그녀는 치 씨 댁에 가봐야 했다. 늙은이와 어린애에게 선물을 사다 주고, 그들의 환심을 사보자. 그러면서 이야기 하다 보면, 셋째의 소재지를 알아낼 수 있을지도 모른다. 그들이 더 조심하여 입을 다물고 셋째 이야기를 하려고 들지 않으면, 최소한 그들의 말과 표정에서 무엇인가 건질 수 있지 않을까? 아무것도 얻을 수 없으면, 친선 관계를 회복하는 것이 나쁠 것은 없을 것이다. 이러한 외교관계가 회복되면, 그녀는 점차 그들을 설득하여 자기에게 협조하게 할 수 있을 것이다.

그녀는 선물을 들고 몸소 치 씨 댁에 갔다. 그녀는 자신이 총명하고 용기가 있다고 생각하고 득의에 차 있었다.

샤오양쥐안에 들어서자 그녀는 사방을 둘러보았다. 샤오양쥐안은 조금도 변하지 않았다. 각 집의 대문과 담장이 더 낡고 허물어졌을 뿐이었다. 영화에 나오는 빈민굴이나 다름없었다. 그녀는 자기가 상당한 견식이 있었기에 급기야 역경에서 탈출할 수 있었다고 생각했다. 그렇지 않으면 정말로 이러한 개똥밭에 꽂혀있는 한 송이 꽃같이 되었을 것이다.

태양이 따뜻했다. 티엔요우 부인은 문간에서 햇볕을 쪼이고 있었다. 두 어린이는 계단 앞에서 놀고 있었다. 샤오뉴쯔는 이미 피골이 상접하고 놀 정신이 없는 듯이 멍하게 옆에 서서, 오빠가 노는 꼴을 보고만 있었다. 샤오슌얼도 말라서 깡충깡충 뛸 힘조차 없었다.

두 아이가 먼저 주쯔를 보았다. 그들은 이미 그녀를 잘 기억하지 못했다. 평소에 한담할 때는 늘상 "뚱보 둘째 숙모"라 했으나, 그들의 작은 머릿속에 있는 그녀의 현상은 이미 점점 흐려져 있었다. 그 샤오슌얼이 '어'라 말할 뿐, 다른 말을 할 수가 없었다.

티엔요우 부인이 천천히 눈을 떠서 한눈에 주쯔를 알아보았다. 그녀는 비틀거리며 일어서서 아이들을 불렀다.

"샤오슌얼, 뉴쯔 빨리 들어와!"

아이들의 손을 잡고 성큼성큼 자기 방문 앞으로 갔다. 사세동당의 대가족은 노부인이 얼마나 화목이 중요한지 아신다. 그러나 주쯔 같이 더러운 여자는 도저히 참을 수 없었다. 뚱보 주쯔는 화가 났다. 그녀는 당연히 티엔요우 부인이 체면 불구하고 온 자신의 체면을 세워주어야 할 것 아닌가.

아냐 그녀는 진짜로 성을 낼 수 없었다. 외교술을 발휘하려면 울화를 참아야 한다. 온 목적이 외교 관계 수립에 있다는 것을 잊지 마라. 그녀는 싹싹하게 말을 걸었다.

"형님!"

윤메이는 비교적 상대하기가 쉽다는 것을 알고 있었다.

윤메이는 주방에서 밖을 내다보지도 않고 목소리만 듣고도, 뚱보 주쯔가 온 것을 알아차리고 그녀의 표정이 싹 달라졌다. 그녀는 지금까지 남을 언짢게 하고 싶지 않아서, 시비를 분명히 하지 않았다. 도대체 동서를 맞이하러 나가야 할까? 말까?

그녀는 뚱보 주쯔가 도둑고양이처럼 집에 들어왔지만, 아무 일도 일어나지 않을 리가 없다. 이번에는 무슨 말썽을 일으킬까? 그녀는 짐작할 수가 없었다. 그녀는 아무 소리도 안 하기로 결심했다. 저렇게 몰염치한 여자에게 인사라도 했다가는 저 여자가 일으키는 말썽에 말려 들어 가서 구정물을 뒤집어쓸지 모른다.

치 노인이 "형님" 하는 소리를 듣고는 손님이 온 줄 알고 천천히 방문을 열었다. 한눈에 주쯔라는 것을 알아보고, 노인은 마치 하느님에게 이 여자를 어떻게 다루어야 할지 물어보는 듯이 하늘을 쳐다보았다.

"할아버지, 제가 선물을 가지고 왔어요!"

뚱보 주쯔는 치미는 울화를 누르고 외교적 수단을 발휘했다.

노인의 수염이 떨기만 하고 말이 나오지 않았다. 뚱보 주쯔는 노인의 방에 들어가서, 가지고 온 물건을 눈앞에 높이 들어 주의를 끌려고 했다.

노인은 그녀를 막아섰다. 그의 목소리는 높지 않았지만 단호했다.

"꺼져!"

그 후에는 봇물이 터지듯이 연달이 소리 질렀다.

"꺼져! 나가! 무슨 체면으로 집에 와서, 나에게 선물을 가져와! 내가 너의 선물을 받으면 지하에 계시는 조상님들조차 쉴 수 없어. 아무 소리 말고 꺼져! 내가 끌어낼까?"

윤메이가 주방에서 나왔다. 그녀는 뚱보 주쯔가 뭐라고 하기만 하면 노인이 참지 못하실까 두려웠다. 그녀는 주방 문에서 큰 소리로 말했다.

"자네, 빨리 안 가? 빨리 가!"

뚱보 주쯔는 돌아서는 수밖에 없었다. 처음에 그녀는 선물을 땅에 팽개쳐서 모욕을 주고 싶었다. 그러나 생각을 바꿔 선물을 품에 꼭 안았다.

윤메이는 재빨리 할아버지에게 다가가서 말했다.

"할아버지 좀 쉬세요!"

노인은 할 말이 남았지만, 너무 성이 나서 어떻게 말을 뱉어야 할지 몰랐다.

루이쉬안이 집에 돌아와서 집사람들의 푸념을 듣고 혼자 말을 했다.

"잘했어. 치 씨 집 사람들도 골대가리가 있구나!"

90

란뚱양은 병가를 연장했다. 그가 일본인을 도와서 공포를 조장할 때, 그는 공포의 맛이 어떤 것인지 생각하지 못했다. 청춘 남녀들이 잡혀 왔을 때, 놀라서 어쩔 줄 모르는 것을 두고라도, 그들의 부모들은 얼마나 비통해하고 원통하게 여길까 하는 것을 진심으로 생각해본 적이 없었다. 그는 돈이 있고, 세력이 있기 때문에 득의만만했다.

이번에 루이추안이 총알을 자기 눈앞에 가져다 놓았다. 그는 감히 그것을 만질 수 없었다. 손이 닿기만 하면 뻥하고 터져버릴 수 있을 것 같았다. 총알은 반짝이며 차갑게 그를 노려보고, 어디 가나 움직일 수 있는 눈알처럼 따라다녔다.

그는 어떤 죄도 짓지 않았으므로, 죄의식을 느낀 적이 없기 때문에 보복을 당하리라고 생각한 적이 없었다. 그런데 지금은 바로 죽음에 직면하고 있다. 그는 자기가 죄를 지었다고 생각하지 않으므로, 속죄 문제가 존재할 리가 없다고 생각했다. 종교를 믿는 사람이면, 죄는 속죄를 통해서 개과천선 될 수 있다고 믿지만, 란뚱양 같은 사람은 속죄조차 믿지 않으니 희망이라는 것조차 없었다.

그는 언제나 두려웠다. 굉장히 두려웠다. 그는 손톱을 깨물면서 째지는 소리를 질러댔다. 머리를 이불 속에 처넣고, 숨조차 못 쉬고, 온몸이 땀으로 흥건히 젖었다. 사신(死神)이 머리맡에 서 있기라도 한 듯이 이불을 젖히지 못했다.

뚱보 주쯔가 집에 돌아오자, 그는 감히 이불을 젖히고 일어나 앉을 수조차 없을 지경이었다. 그는 그녀를 큰 소리로 불렀다. 그녀를 와락 껴안고 그녀의 살찐 팔을 거칠게 깨물었다. 그녀는 자기의 살찐 여자였다. 그가 죽기 전에 그녀를 깨물어서 발로 짓밟아야 한다. 그래서 본전을 뽑고 싶었다.

그녀를 깨물고 난 뒤 방을 둘러보고 물건들을 보았다. 그가 얼마나 많은 돈을 썼는지 헤아려보았다. 그는 소리쳤다.

"이대로 죽을 수는 없다. 죽어서는 안 된다."

신을 신을 생각조차 않고 종이와 연필을 찾았다. 그가 가지고 있는 모든 가구, 옷, 찻주전자, 주발, 심지어 빗자루와 먼지떨이까지 기록했다. 기록한 물건의 수가 늘어날수록 기분이 좋아지기도 했지만 두렵기도 했다. 자기가 죽으면 누구에게 물려주지? 아니다. 저 뚱보 주쯔에게 물려주고 싶지는 않았다. 그녀는 자기 돈과 지위 때문에 자기와 결혼했다. 그녀에게 물려주다니 말도 안 되는 소리.

그는 다시 그녀를 껴안았다. 자기 얼굴을 그녀 얼굴에 붙이고 물었다.

"당신, 나와 함께 죽자, 꼭 함께!"

그렇다. 관 속에 함께 있을 동반자가 필요하다. 죽고 난 뒤에 동반자가 없을까 봐 언제나 그것이 두려웠다.

뚱보 주쯔는 그를 밀쳐서 그의 팔에서 빠져나왔다. 그는 이를 갈았다. 아하! 그녀는 결국 치 씨 집 사람 아닌가. 그녀는 아마 치 씨 집에 돌아가 루이추안과 결혼할지 모른다.

그는 그녀에게 자기를 버리지 말라고 간청하고, 그녀와 함께 북평을 탈출하자고 의논했다.

그렇다. 북평을 탈출할 수 있다. 북평을 나가면 루이추안이 자기를 찾지 못할 것이다. 하늘 아래 루이추안은 하나이고, 그가 다른 지방에 가기만 하면 자기는 주단 옷을 걸칠 수 있다. 루이추안이 없으면 적은 없다.

그런데 도망을 간다면 이 물건들은 어떻게 가지고 가느냐? 탁자나 의자는 금은만큼 가치는 없다 해도, 모두 다 자기 것이다. 목재이든 자기이든 자기 피 같은 돈을 주고 구한 것이 아니던가. 그래도 물건을 너무 많이 가지고 가면 일본인이 제지하지 않겠나.

저녁이 되자 큰길에서 펑하는 소리—인력거 타이어 터지는 소리일 수도 있다—가 나기라도 하면, 침대에 굴러 내려와서 두 손으로 얼굴을 감싼다.

밤낮으로 그는 오마조마하고 깜짝깜짝 놀랐다. 위가 뒤집혀 밥이 내려가지 않았다. 그러나 정신을 차려서 억지로라도 먹어야 했다. 먹어야 도망갈 방법을 생각해낼 수 있었다. 그런데 먹은 후에는 소화를 시킬 수 없어서 힘이 더 빠졌다. 방문을 꼭꼭 처닫고 굳게 잠갔다. 방 안 공기가 점점 나빠져 여우굴 같은 악취가 났다.

그의 병이 오래가자 일본인이 의심이 나서 의사를 가보게 했다. 의사가 문을 두드리고 열었을 때 악취가 어찌나 심했던지 질식할 정도였다. 의사들은 모든 문을 열어젖혔다.

일본 의사가 오자 란뚱양은 의사에게 벌레 같이 기면서 수도 없이 머리를 조아렸다. 그러나 그는 그날은 기분이 좋지 않았다. 겁이 났다. 일본인을 위해서 일했던 많은 사람이 항상 일본인에게 독살되지 않았던가?

의사는 그에게 소화제를 처방했으나, 그는 먹으려 들지 않았다. 의사는 까다로운 어린애에게 하듯이 어르고 달래서 약을 넘기게 했다.

똥양은 침대에 누웠다. 자기가 죽을 거라고 생각하고 큰 소리로 울었다.

약은 천천히 목구멍을 지나 배 속에 이르렀다. 얼마 지나지 않아 배 속에서 꾸르륵 소리가 나더니 울렁거렸다. 확실히 비상을 먹었는가 보다. 그는 침상을 기어 내려와서 창문을 꼭꼭 잠그자 마음이 좀 놓였다. 배 속이 좀 편해지자 그도 웃었다. 아니야. 자기가 독약을 먹었을 리 없어. 그는 여전히 일본인을 신뢰할 수 있었다. 좋아. 북평을 탈출할 확실한 방법을 찾아보자.

아! 일본으로 못 갈 리 없잖아? 거기가 자기의 조국 아닌가?

똥보 주쯔는 나름대로 자기 계획을 세우기 시작했다. 그는 똥양 뒷바라지나 하고 싶지 않았다. 그것은 계산에 맞지 않는다. 그녀는 이미 자기의 살찐 몸뚱이로 벌써 3년이나 그를 즐겁게 했다. 이제는 다시 안 할 짓까지 해가면서 그의 호의를 사고 싶지 않았다.

그녀가 정말 도망가려면 그것도 빨리 가야 한다. 똥양의 돈을 모두 가지고 튀어야 된다. 병이 나을 때까지 기다릴 수 없다. 병이 나서 누워있을 때가 정말 좋은 기회다.

그녀는 똥양이 갈취해온 돈을 금은으로 바꾸어 친정에 숨겨두었다. 그러나 똥양이 죽고 나면, 일본인이 자기 친정을 수색하지 않을 것이라고 보증할 수 있는가? 도망가려면 빨리 그리고 멀리 가야 한다. 빨리 가야 한다. 그래야 친정에 있는 물건뿐만 아니라 똥양이 지니고 있는 귀중품을 가지고 갈 수 있다.

그녀가 금을 들고 상해나 남경 같은 대도시로 가서, 자기가 다년간 따져빠오 란똥양에게 배운 기술을 발휘하면, 새집을 이루어 한판 벌릴 수 있을 것이 아니겠어?

우물쭈물할 때가 아니었다. 그는 재빨리 손을 써서 란뚱양이 빈사 상태에 있을 때, 귀중품을 친정에 옮겨 놓고, 란뚱양의 도장을 가지고 은행에 가서 예금을 전부 찾았다.

이렇게 값진 물건은 몸에 지니고 무거운 물건을 친정에 두고 천진으로 연기처럼 사라졌다.

주쯔가 사라지자 그는 그녀에게 연연하지 않았다. 이런 전쟁통에는 밀가루 한 푸대만 주면 얼마든지 처녀를 살 수 있었다. 그는 살찐 여자를 좋아했다. 그러나 여자의 살은 무게에 따라 계산되므로 밀가루 두 푸대면 살찐 여자를 구할 수 있을 것이다.

그러나 뚱보 주쯔가 자기의 돈을 몽땅 털어갔다는 것을 알게 되자, 그는 눈알이 까뒤집히고 반 시간이나 정신이 나가버렸다. 확실히 방안에 물건이야 손을 대지 않고, 은행에 그녀가 모르는 돈이 있기는 하지만, 그것이 크게 위로가 되지 않았다.

뚱양은 정말 병이 심해졌다. 초조, 한기, 공포가 사면 팔방에서 그를 엄습했다. 그는 갑자기 한기가 들고 얼굴이 붉으락푸르락 하다가 시뻘겋게 되기도 했다. 한기가 나면 누런 이빨이 끝도 없이 달가닥거렸다. 그는 계획을 세우려 해도, 한기 때문에 정신을 집중할 수 없었다. 그는 자꾸만 죽음을 떨쳐버릴 수 없었다.

그런데 갑자기 열이 나더니 머릿속이 웅웅거리며 큰 메뚜기가 날아다니는 것 같았다. 정신이 약간 들자 그는 크게 소리 질렀다.

"나는 죽고 싶지 않다. 나에게 돈을 주어, 일본에 가고 싶다······."

일본 의사가 왔다. 뚱양은 약을 먹었다. 정신이 몽롱해지다 잠이 들었다. 그의 머리가 맑지 않으니 잠이 오지 않았다. 그는 돈과 뚱보 주쯔를 놓아버릴 수 없었다.

뚱양의 병이 오래 끌자 상부에서 교장을 철도학교에 파견했다. 평상

시대로면 루이쉬안은 마땅히 규칙에 따라 사직을 해야 했다. 그러나 그런 생각을 하지 않고 전처럼 수업에 나갔다. 새 교장이 쫓아내지 않아서 루이추안의 생각대로 옛날처럼 학생을 가르쳤다. 만약 교장이 정말 그를 원하지 않으면 그때 가서 임기응변하리라.

신교장은 중년 남자로 비전이 있는 사람이 아니었지만, 의도는 나쁘지 않았다. 그 자리를 차지하려고 적잖게 운동을 했지만, 학생의 목숨으로 착취하려는 생각은 없는 것 같았다. 그는 아무도 쫓아내지 않았다. 루이쉬안도 자리를 지켰다.

루이쉬안을 두고 말하면, 그 자리는 단순히 취직이 아니라 학생과 나라를 위할 기회였다. 그는 모든 낱말의 의미를 설명했다—낱말의 의미를 자세히 설명하여 여러 세기에 걸쳐서 축적된 의미들을 벗겨내었다. 그래서 그들이 낱말들의 쓰임을 이해할 수 있게 했다. 그는 교과서 외의 많은 참고서를 인용했다. 그는 의도적으로 그들의 상상력과 조국애를 자극하는 문헌들, 특히 그들의 마음속에서 나라의 수치심을 씻어내는 문헌들을 골랐다. 그는 이런 식으로 학생들 사이에 비밀요원이 있더라도, 쉽게 꼬투리를 잡을 수 없을 것이라고 생각했다.

가장 어려운 것은 작문 문제였다. 그의 교육원칙에 의하면, 그는 학생들에게 공허한 제목을 내서, 학생들이 어떻게 시작할지 모르는 문제, 예를 들어 '사람이 세상에 처하려면…'과 같이 시작하고는 다음에 무엇을 쓸까 생각하느라, 붓끝이나 깨물 수밖에 없는 문제를 내고 싶지 않았다. 그러나 그는 현시대 상황과 관계 있는 시사 문제를 낼 수 없었다. 만약 그가 학생들의 생활과 직접 관계가 있는 것을 흑판에 쓴다면 그는 아마 즉시 체포될 것이다. 그는 공허한 테마를 피하고, 자기가 체포도 되지 않으려고 이미 자기가 가르친 것을 이해했는지와 관계되는 테마를 제시했다. 이렇게 하여 학생들이 쓸 것이 있는 테마를 골라주고,

그가 가르친 것에 대한 학생들의 반응도 살필 수 있었다.

작문을 수정하면서 그는 언제나 흥분되었다. 아주 많은 학생이 작문에서 그들이 그의 고심을 이해하고 설명할 뿐만 아니라, 그에게 자신들의 마음속에 있는 고통을 아주 조심스럽게 쏟아 붓고 있었다. 작문을 채점하고 고치는 일은 아주 무미건조한 일인데도 요즘은 오히려 그의 큰 기쁨이 되었다. 간단히 말하면 그는 은어를 사용하여 청년과 대화를 하고 있었다.

그는 특별히 의심스러운 학생들에게 주의했다. 그들이 일본인이 그들의 마음속에 심으려고 한 노예화 교육의 영향을 알게 모르게 보여주는지를 관찰했다.

그를 흥분시킨 것은 어떤 두 명의 한간 가정 출신의 자제가 관점이 부친과 전연 다른 것이었다. 이러한 사실을 발견하자 자기가 이전에는 비관적이었다는 것을 반성했다. 그는 원래 북평이 일단 일본인에게 점령되자, 북평은 썩은 물로 가득 찬 못 같이 되었다고 생각했다. 그는 틀렸다.

그는 자기 가르칠 시간이 없어서 샤오순얼을 학교에 보내어 공부하도록 했다. 이제 그는 분명히 알았다. 학교 선생님들이 그가 원래 생각했던 것 같이 연약하거나 무능하지 않았다.

똥양이 침상에 누워 오열에 시달리고 있을 때, 겨울이 소리 없이 북평에서 물러갔다. 이 겨울에 옷으로 몸을 가리지 못한 많은 사람과 배를 채우지 못한 사람들이 굶어 죽었다. 봄바람이 여전히 어떻게 처신해야 할지 모르고 있는 것 같았다. 때때로 바람이 차고 벽 위의 눈을 흩날렸다. 때로는 따뜻하고 습기와 봄 구름을 몰고 왔다. 북평의 옛 성벽 위에 쌓인 눈이 녹기 시작했다. 벽돌 사이에 습기가 보였다. 벽 아래에 생명이 특별히 위험에 직면할 준비를 하는 것 같았다. 이미

작고 연한 녹색은 부드러운 풀 싹이 돋았다. 때때로 탑의 금빛 꼭대기
왕궁의 누런 타일이 빛을 발산했다. 때때로 갑자기 얼기도 해서 사람들
이 다시 한 번 겨울의 무서움을 생각하게 했다.

이때 사람들은 두꺼운 넝마 같은 겨울옷을 찢는다. 그러나 차가운
돌풍이 불어닥치면 감기에 걸려 죽어간다. 겨울과 봄의 경계선에서
많은 사람이 죽어간다.

드디어 봄이 자리를 잡으면 모든 눈과 얼음이 녹는다. 용감한 꿀벌들
이 공중에 나타난다. 갑자기 봄바람보다 훈훈한 소식이 전해져서, 모든
북평 사람들이 긴 겨울의 추위와 배고픔을 잊게 해준다. 미국 공군기가
일본 본토를 폭격했다. 루이쉬안은 셋째가 보내온 전단으로 알게 되었다.

전단을 읽자 루이쉬안은 미친 듯이 기뻐하며 부지불식간에 학교에
이르렀다.

교실에 들어가자 루이쉬안은 웃음꽃이 번진 많은 얼굴들을 보았다.
그 눈들은 그에게 자기들도 그 소식을 들었노라고 말해주었다. 그 행복
한 눈빛들이 열기를 내뿜어 교실이 평소와 다르게 따뜻했다. 그는 아무
말도 하지 않고 그들과 같은 눈빛으로 마주했다. 모두의 얼굴이 미소를
띠고 있었으며 그중에 많은 얼굴에는 눈물이 번지고 있었다.

루이쉬안은 수업을 시작했다. 그는 한 마디를 끼워 넣고 싶었다.
'일본 본토가 폭격당했다.' 그러나 자제하려고 안간힘을 다했다. 이
말은 음악처럼 마음속에 맴돌았다.

그는 학생들에게 말하고 싶었다. '내 어린 형제들이여. 이 좋은 소식
은 내 동생이 가지고 온 것이야!' 그러나 감히 입을 열 수 없었다.

그는 이제 선전의 힘을 믿는다. 전에는 그는 아주 비관적이어서 선전
은 공허한 말에 불과해서 가치가 없다고 생각했다. 그러나 지금 보라,
이 소식이 자기와 학생과 전 북평인들을 들뜨게 하고 즐겁게 해주고

있다.

그러면 선전을 더 많이 하지 못할 리 없다? 그는 셋째를 도와서 선전을 하기로 결심했다. 그는 글을 쓸 줄 안다. 셋째는 그가 쓴 것을 인쇄하고, 치엔 아저씨는 그것을 여기저기로 보낸다.

그는 명월화상을 거리에서 만나 지하조직을 위해 글을 쓰고 싶다고 말했다. 명월화상은 그가 쓴 것을 보낼 수 있는 곳을 몇 군데 말해주고, 특무에게 잡히지 않도록 자주 위치를 바꾸라고 말했다.

명월화상과 헤어지고 나서야 루이쉬안은 북평의 봄 햇빛을 보았다. 그는 기분이 좋았다. 그는 구체적인 확실한 역할을 찾았다. 이제 그는 자신을 부끄럽게 생각하거나 주저하지 않았다.

작년 순무의 속이 텅 비고, 머리에 다시 신선한 녹색 잎이 돋아났다. 땅속에 묻어두었던 배추가 거의 말라갔으나, 노란 연한 싹을 틔울 만큼의 습기는 품고 있었다. 모든 물건이 썩어가고 모든 것이 또 살아난다.

91

일본인들은 방공령을 반포하여, 모든 집은 검은 베로 집의 창문을
가리게 했다.

샤오양쥐안 집들은 어느 집이나 검은 천을 살 수가 없어서, 바이순장
과 리스예는 걱정이 많았다. 그들은 상부 명령을 어길 수 없지만, 사람이
입을 옷도 못 사는 주제에, 검은 베를 살 수 없다는 것도 알고 있었다.

바이순장은 리스예를 보고 한숨부터 쉬었다.

"내가 방금 즐거움이 극에 달하면 슬픔이 생기는 법이라 했지. 집집이
검은 천으로 창문을 가려야 한다네."

"흥, 이번에 또 내가 말 듣게 되었구만."

"오우… 흰소리 치우고. 어떻게 하는가가 중요해. 모두가 검은 천이
있을 리 없지. 대신 우리가 어떻게 해주지?"

"신문지를 검게 칠한다. 그러면 검은 천이 되지. 일본인이 검사하러
왔을 때 모든 창문이 새까마면 되지 않나?"

"당신 말에 일리가 있어. 그런데 풀을 어디 가서 얻지? 공화면은
풀을 끓여도 찰기가 없어."

"내가 풀을 한 통 쑤어서 사람들에게 무료로 주지. 사실은 내가 그들에게 풀 한 통을 공짜로 주어도 욕을 들어먹을 거다."

바이순장이 재빨리 말했다.

"요번에는 자네 욕 들어 먹게 하지 않을게. 내가 먼저 가서 검은 천을 사용해야 된다고 말할게. 그 다음에 자네가 가서 종이를 써도 된다고 말하게. 그 다음에 당신이 그들에게 풀을 주면 사람들은 좋고 나쁜 것을 모를 거야."

리스예는 머리를 끄덕였다.

"그러나 문제는 그리 간단하지 않아."

"뭐라고?"

노인이 소리쳤다.

바이순장이 웃었다.

"우리는 사람들에게 공습이 있으면, 모든 집은 불을 끄고 방안에만 있어야 한다고 말해야 돼!"

"폭격을 당하면 모두 폭사 당하잖아?"

바이순장은 노인이 끼어들어도 대꾸하지 않고, 이어서 상부의 명령만 전했다. 공습이 이루어지면, 집집마다 한 사람씩 나와서 보초를 서고 문단속을 철저히 해야 한다. 보초를 낼 수 없는 집은 사람을 고용해야 한다. 공정 가격이 한 시간에 3콰이다.

"왜 이래, 이게 모두 무슨 짓이야?"

"내 생각에는 좀 이상한데? 문을 열어두면 일본 사람들이 쉽게 들어와서 쉽게 저들이 원하는 사람을 잡아가겠구만."

"당신 말이 옳아. 이것은 원래 방공을 위해서가 아니라, 체포의 편의를 위해서야."

바이순장은 집집에 방공에 관한 일을 전했다. 가는 곳마다 원성이 넘쳤다. 집을 미처 다 돌기도 전에 그는 이런 생각이 났다. '이렇게 보면 일본이 정말 폭격을 당했구나!' 이 생각이 나자 그는 기분이 좋아졌다.

리스예는 청창슌을 찾아가서 헌 신문지를 내놓으라 했다.

청창슌은 리스예에게 말했다.

"헌 신문, 헌 옷 모두 있습니다. 마음대로 가지고 가십시오. 스예예, 어르신이 한 아름 가지고 가십시오. 집집이 와서 가지고 가는 것보다 그게 낫습니다. 저는 장사꾼입니다. 모두가 내가 거저 드리는 것으로 아시면 안 됩니다. 제 말이 맞지요?"

"너 말이 맞아."

스예는 머리를 끄덕였다.

"헌 옷을 말할라치면—누가 원한다면—제가 구입한 가격으로 팔지요. 그러나 거저 줄 수는 없습니다."

리스예는 헌 신문 한 아름과 큰 풀 들고 집집마다 돌렸다. 모두가 크게 감격했다. 띵쫀조차 노인이 가지고 온 물건을 받았다.

유독 윤메이만이 노인이 가지고 온 신문지와 풀을 받지 않았다. 그녀는 이미 먹으로 검게 신문지를 창문에 발랐다.

밤 10시에 공습경보 사이렌이 울렸다. 샤오양쥐안 사람 대부분은 이미 잠자리에 들었다.

어른들은 자기 옷을 찾지 못하고, 신도 제 짝을 찾지 못했다. 아이들은 잠자다 놀라서 큰 소리로 울어댔다. 그들은 허둥지둥 아이들을 안고 마당으로 나왔다. 그들은 며칠 전에 바이순장이 한 말이 기억났다. '공습경보가 울리면 빨리 등을 끄고 방에 들어 앉아있어라. 나오지 마라.'

마당을 보고 하늘을 쳐다보다가 가고 싶어도 갈 곳이 없다는 생각이 났다. 일본인은 원래 방공호를 파게 하지 않아서 모두가 방안으로 돌아가서 앉아 있을 수밖에 없었다.

루이쉬안, 윤메이 모두 옷을 입고 일어나 가만히 마당에 나가서 남쪽 방에 대고 불렀다.

"공습경보예요. 어머니, 일어나시지 않아도 돼요."

그 후에 할아버지 방 창밖에서 귀를 기울였다. 노인이 주무시면 구태여 놀라시게 할 필요가 없었다.

윤메이는 대문을 열고 계단 위에 앉아서 계속 경보해제까지 기다릴 참이었다. 그녀는 루이쉬안이 문에서 보초를 서게 하고 싶지 않았다. 그는 내일 수업이 있기 때문이다. 그리고 또 3콰이 돈을 들여 자기 대신에 사람을 고용하고 싶지도 않았다.

루이쉬안이 문에 가서 그녀를 보았다. 그녀는 단호하게 말했다.

"가서 주무세요."

"내가 먼저 망을 볼게. 한 시간 반 후에 당신이 날 대신하구려. 이 소동이 몇 시간 계속될지 누가 알아?"

"당신이 가서 주무세요. 나는 잠이 오지 않아요."

이 말을 할 때 그녀는 3호집 일본인들이 소리 없이 아주 빠르게 대문을 나와, 도둑처럼 담장에 붙어서 큰 길로 빠져나가는 것이 보였다.

"그들은 무엇을 하려는 거요?"

윤메이는 소리를 죽여서 물었다.

"그들은 방공호로 가고 있는 거요. 흥!"

루이쉬안은 잠시 가만히 서 있다가 마당으로 들어갔다.

어둠 속에서 윤메이는 그림자와 기침 소리로 서서히 리스예 집 대문에 서 있는 것은 그의 뚱뚱한 아들이고, 마 노부인 집 밖에 서 있는 것은 청창순이고, 6호 집 밖에는 띵쮠이 있다는 것을 알아챘다. 아무도 소리를 내지 않았다.

반 시간이나 지나도록 아무런 동정도 없었다. 치 노인이 나왔다.

"도대체 무슨 일이야? 아무 일도 없으면 너 집에 들어가거라!"

"할아버지, 들어가 쉬세요. 제가 여기서 볼게요. 일본인이 검사차 올지 몰라요."

윤메이는 어르고 달래서 노인을 들어가시도록 권했다.

윤메이의 생각이 과연 틀리지 않았다. 전 성안의 헌병과 경찰을 동원하여 집집마다 검사를 했다. 방공 연습이었지만 그들은 진짜처럼 했다. 그들은 밤을 새워서라도 북평사람들을 철저히 훈련을 시켜, 등불과 부엌 불을 끄고 집 밖으로 나오지 못하게 하려 했다. 이것은 일본인들이 지체 없이 안전한 곳에 갈 수 있고, 일본인이 약탈을 당하지 않게 하기 위해서였다.

그들은 정말 왔다. 4명의 그림자가 서쪽에서 와서 윤메이 앞에 섰다. 키 큰 두 사람은 리스예와 바이순장이고 키 작은 두 명은 일본인이었다.

그들은 1호와 3호는 통과하고 바로 윤메이에게 닥쳤다. 윤메이는 끽소리도 내지 않았다. 리스예와 바이순장도 말없이 일본인을 따라 마당에 들어왔다.

등불도 부엌 불도 없었다. 일본인들 손전등을 창문에 비쳤다. 캄캄했다. 그들은 나갔다.

6호에도 잘못된 것이 없었다.

7호 공동주택에 가자, 리스예와 바이순장은 혹시나 싶어 진땀이 났다. 상황이 나쁘지 않았다. 집집마다 등불도 끄고 부엌 불도 지피지 않았다 —7호 사람들은 원래가 기름도 석탄도 없었다.

헌병이 손전등 불빛으로 창문을 훑었다. 바이순장은 놀라서 진땀이 났다. 적어도 세 집은 창문이 검지 않았다. 리스예는 참을 수 없어서 욕이 튀어나왔다.

"제기랄! 내가 풀까지 쑤어 주었는데 어쩌자고…"

바이순장은 문제의 심각성을 알아챘다. 이 때문에 목이 잘릴 수 있다. 그는 성을 내면서 급하게 물었다.

"왜 창에 신문지 종이를 바르지 않았나? 왜? 리스예와 내가 당부했잖은가?"

그는 이 말을 7호 사람들이 들으라고 말한 것이지만, 사실은 일본인이 들으라고 한 것이고, 자기와 리스예가 책임을 벗으려고 한 말이었다.

"죄송합니다."

한쪽에 서 있던 여인이 가련한 목소리로 말했다.

"아이가 풀을 먹어버렸습니다. 바이순장 제발 말 좀 잘해주십시오. 1년 4계절 내내 아이들이 흰 가루를 못 보았으니."

바이순장은 말을 하지 않았다.

일본 헌병은 중국말을 많이 알아듣지 못하기 때문에, 그 여자가 무엇이라고 말하는지 알아듣지 못했다. 그는 흑백청홍을 구별하려고도 하지 않고, 다짜고짜로 리스예 뺨을 때렸다.

리스예는 놀랐다. 그가 먹고살려고 골목을 누비고 다니며 여러 종류의 사람과 교정을 쌓았지만, 지금까지 누구하고도 손을 쓰지 않았다. 오히려 사람이 싸우는 것을 볼라치면, 그 사람이 곤봉이나 칼, 창을 들고 있거나 상관하지 않고, 위험을 무릅쓰고 사람을 갈라 놓았다.

갑자기 분노가 치밀었다. 그는 자신이 평화를 사랑하고 폭력에 반대해온 자기의 평소의 주장을 잊고, 신중을 우선으로 여긴 자신의 철학도 잊은 채, 수염이 허연 늙은이를 때린 두 짐승이 서 있는 것만 눈에 들어왔다. 그는 냉정하게 아무 말도 않고, 손을 들고 일본인의 얼굴을 쳤다. 그는 행복하고 만족했다. 말을 한마디도 하지 않고 온 힘을 다해 주먹을 휘둘렀다.

헌병의 구둣발이 노인의 사타구니를 냅다 찼다. 노인은 쓰러졌다. 바이순장은 감히 말릴 수가 없었다. 그는 자기의 오랜 친구를 구하고 싶었으나, 두 마리 미친 야수를 자극할까 두려웠다.

마당에 있는 사람들도 꼼짝하지 않았다. 노인이 헌병의 다리를 잡고 그를 땅에 내팽개쳤다. 두 명이 한 덩어리가 되어 땅바닥에 굴렀다.

다른 헌병은 구르고 있는 인간 덩어리를 따라다니며 기회를 엿보다가 노인의 관자놀이를 찼다. 노인은 다시 움직이지 않았다.

두 헌병이 손을 멈추고 바이순장에게 창에 검은 천을 바르지 않은 집은 모두 하옥시키라고 명령했다.

헌병과 바이순장은 모두 나가고 마당 안 사람들은 벌처럼 리스예를 둘러쌌다. 그가 이장이 된 이래로 얼마나 많은 욕을 들어먹었는지 모른다. 그것은 빈곤이 공연히 무고한 사람을 욕하게 만든 것이었다. 지금은 그들 때문에 그가 일어나지 못하고 있다. 모두가 곡을 했다.

모두가 리스예를 집으로 모셨다. 스예는 두 시간쯤 의식이 없었다. 경보가 아직 해제되지 않았는데도 스따마는 개의치 않았다. 그녀는 큰 소리로 울었다. 그녀는 불을 지펴서 노인에게 물을 데워드렸다. 샤오 양쥐안 사람들은 경보를 잊어버리고 하나둘씩 리스예를 보러 왔다.

새벽 2시 경에 경보가 해제되었다. 치 노인은 내내 잠을 잘 수 없었다. 잠시 후에 윤메이를 보러 나왔다가 다시 방에 들어가 자리에 눕기를 반복했다.

윤메이는 헌 면코트를 걸치고 문간에 기대서 계단 위에서 자는 둥 마는 둥 하고 있었다. 그녀는 리스예에게 가보고 싶었으나, 자리를 뜰 수가 없었다. 공습이 진짜인지 연습인지 문제가 아니었다. 그녀는 자기 임무를 다해야 했다. 혹시 이 일로 집안이 귀찮아지면 안 된다고 생각했다.

경보가 해제되기 몇 분 전에 3호집 일본인들이 깔깔거리며 집에 돌아오는 것을 보고 일이 끝났음을 알았다.

해제경보가 울리고 윤메이는 곧 리 씨 댁에 치 노인을 모시고 갔다. 리스예는 눈을 부릅뜨고 그들을 보고 눈을 감았다. 모두가 그를 위로할 방법을 찾지 못했다. 치 노인은 침상에 누워 다 죽어가는 친구를 보고 방성대곡을 하고 싶었다.

"할아버지 집에 돌아갈까요?"

윤메이가 가만히 할아버지에게 물었다.

치 노인은 고개를 끄덕였다. 그녀가 부축하여 집으로 돌아왔다.

사흘이 지나도록 리스예는 정신이 돌아오지 않았다. 그러고 나서 눈을 뜨더니 아내와 가족을 보고, 천천히 눈을 감았다. 그리고 다시 눈을 뜨지 않았다.

스따마가 조문객들에게 아무것도 내놓지 못했지만, 장례 절차는 모두 전통을 따랐다. 리 씨 댁에 은혜를 입은 적이 없는 사람이라도, 스예가 평생 호인이라는 것을 알고, 그에게 기꺼이 세 번씩 머리를 조아렸다. 그에게 은혜를 입은 사람은 곡을 하고 그를 위해 술을 따랐다. 그에게 빚진 사람으로 그를 욕하던 사람들은 그의 영전에 곡을 하고, 마음속의 괴로움과 노인을 욕한 것이 공정치 못했다는 후회를 털어놓았다.

치 노인은 크게 상심하여 곡했다. 그와 리스예는 샤오양쥐안의 큰 어른이었다. 나이, 경력과 성격을 두고 보아도 별 차이가 없었다. 친척은 아니라 해도 여러 해 동안 수족과 다름없었다. 리스예가 죽자 온 거리에 또 전 세계에 다시 치 노인의 사소한 케케묵은 이야기들을 이해해줄 사람이 없었다. 그들은 모두 평생을 함께해온 서로의 증인이었다.

리스예의 장사는 번듯하게 치러졌다. 문상객들도 많았다. 이삿짐을 나르는 사람, 장의사, 심지어 고수, 상두꾼들이 모두 그의 친구들이었다. 그들은 모두 상복을 입고 성심성의껏 출상을 동반하여 그를 성 밖으로 전송했다. 그들은 그를 위해 복수할 수 없었지만, 의식, 음악으로 자신들의 마음을 표하고, 영원히 안식할 묘지까지 그를 바래다주었다. 그들은 일본인들이 비행장과 고속도로를 닦느라 묘들을 파버렸듯이 제발 그의 묘만은 파헤치지 않기를 바랄 뿐이었다.

92

여름 동안은 일장기가 태평양과 남해 곳곳에서 펄럭이고 있었다. 사탕수수와 고무나무가 빽빽하게 차 있는 많은 초록색 섬들이 군신들의 후손들에게 무릎을 꿇었다. 그러나 안짱다리 일본병들이 북평에는 눈에 덜 띄었다. 그들의 군복과 군장은 낡고 구두가 해어져서 감히 낮에는 행진하지 못했다. 황군들은 떨어진 군복을 걸친 넝마 부대가 되었다.

황군들이 부끄러운 모습을 감추려고 밤에야 나가는 반면에 북평의 보통 일본인은 체면에는 아랑곳하지 않았다. 일본 옷을 걸친 머리를 숙인 일본 부인들이 시장에서, 후통에서 물건을 보면 탈취를 자행했다. 그들은 3~5명씩 짝을 지어서 야채시장에 들이닥쳐, 좌판을 둘러싸고 야채나 과일을 털어 달아났다. '너는 배추를 가져라, 나는 오이를 가질게.' 하는 식으로 집어서는 바구니에 처넣었다. 누구도 가만있지 않고 가지나 호박을 바구니에 채워 넣었다. 약탈이 끝나면 아름다운 자기 인형처럼 재잘거리며 웃으며 헤어져 자기 집으로 돌아갔다.

그들에게 주는 배급량은 중국인보다 많고, 질도 좋지만 배부르게 먹지 못했다. 정복자와 피정복자 모두가 굶주린 악마였다. 약탈이 가장 간편했다. 중국 경찰은 관심이 없고, 일본 헌병은 불문에 부치고, 아무도 약탈자를 제지하지 않았다.

일본 부인들의 앞잡이는 상당한 자질을 갖춘 고려인 로닌, 조선인(무뢰배)이었다. 그들은 물건을 약탈하고 낚아챌 뿐만 아니라 파괴하기도 했다. 그들은 돈을 내지 않고 멜론 한두 개를 먹으면 나머지 몇 개는 깨트려 버린다. 이런 앞잡이를 자기네들 앞에 두면 자기들의 매너는 나쁘다고 생각해주지 않을 것이라 여겼다—자기들은 적어도 짓밟지는 않으니까.

여름이 되자 샤오양쥐안 사람들은 과일, 채소, 행상이 없이 살아야 했다. 행상들은 낚아채고 강탈하는 3호집 일본 여인이 무서웠다.

그래서 윈메이 같은 중국부인들은 양파나 시금치를 대문 앞에서 사는 편리함을 잃어버렸다. 그들은 시금치 한 단이라도 사려면 큰길까지 나가야 했다. 거기다 고려인이나 일본 여인들에게 털리고 나면, 행상꾼들은 중국 여자에게서 본전을 찾으려 했다. 그들은 값을 올렸다. 윈메이는 세금을 강탈당하는 것 같았다.

리스예가 세상을 떠난 후로 바이순장은 하루하루 번뇌에 쌓였다. 그도 두어 가지 이유를 끌어대서 변명을 할 수 있지만, 어떻게 생각하더라도 마음에 걸리고 리스예에게 미안했다. 그렇다. 리스예를 강제로 끌어내어 이장을 하게 하고, 일본 헌병에게 얻어맞은 그 날도 나서서 말리지 않았다. 그는 샤오양쥐안에 들어가서 순찰을 돌 수가 없었다. 또 그는 스따마와 그녀의 아들을 만날까 두려웠다. 순찰할 때마다 그는 언제나 머리를 숙이고 감히 바로 볼 수가 없었다. 그는 사람 앞에서 허리를 펼 수가 없었다. 간단히 말하면 구차하게 생을 구걸하여 살아가는 가련한 벌레였다.

그는 수하들에게 고려 깡패나 일본 부인이 물건을 강탈하는 일에 관여하지 않도록 했다.

"우리가 보고하고 간섭을 하면, 저 오만한 것들이 오히려 행상인들을 하옥시키라고 할 거야. 여러분, 제일 좋은 방법은 모른 척하는 거야. 북평을 저들이 점령하고 있는데, 어떤 기준으로 시비를 가린단 말인가?"

샤오양쥐안에는 이장이 없었다. 그는 루이쉬안과 청창순을 생각했다. 그들은 마음이 너무 물러터져서 일을 처리하지 못할 것 같았다.

리스예가 죽자 띵쭌이 그 자리를 탐냈다. 그는 시간이 있었다. 영국대사관을 나오고 난 뒤 일을 찾지 못했다. 그는 영국대사관에서 일했기 때문에 서양식 레스토랑에 가서 일하고 싶지 않았다. 그가 기꺼이 자기 신분을 낮추더라도—일본인들의 반미와 반영 감정 때문에—대부분의 외국식당이 문을 닫았기 때문에 그가—일을 찾을 수 있을지 의문이었다.

바이순장의 띵쭌의 서양식 짓거리 때문에 싫어했지만, 적합한 인물을 찾지 못해서 머리를 끄덕이고 말았다.

이장 일을 마무리 짓고 나서 밤낮으로 마음에 걸리는 일이 있었다. 말하기도 곤란한 일이지만 바로 자기 나이였다.

매일 낡은 면도칼로 꼼꼼하게 면도하고, 낡은 제복을 손질하고, 헌 가죽구두를 닦고, 칠하고 걸을 때마다 가슴을 내밀고 걷지만, 나이를 속일 수 없다는 것을 알고 있었다. 그는 일본인을 위해서 주구가 되고 싶지 않았지만 그래도 일본인이 자기의 목을 칠까 두려웠다. 순찰을 돌 때 그는 어떤 일본인이 나타나서 '꺼져! 누가 당신 같은 퇴물이 순장되기를 바라겠어?'라고 말하는 일본인을 만날까 겁이 났다.

또 골치 아픈 것은 일본인이 물건을 탈취하는 것을 보고, 중국인도 따라 배울지 모른다는 것이다. 그가 수하들에게 일본 여인이 물건을 탈취하는 것에 관여치 말라 해두고는, 어떻게 그들에게 중국인을 어떻게 관여하라고 말할 수 있나? 더군다나 중국인은 일본인보다 더 보호받지 못하잖은가? 자신이 일본인을 간섭하지 않으면서 어떻게 중국인을 간섭할 수 있단 말인가?

그는 머리를 숙이고 자기 부하에게 말했다.

"어느 쪽도 내버려두는 것이 좋겠다. 배에 살이 너무 없다. 누가 굶주림의 맛을 모를까? 우리가 일본인을 체포하면, 일본인은 우리가 잘했다고 하지 않을 것이다. 감옥이 이미 만원이 되었으니 범인을 먹일 양식도 없다. 자, 다시 말하지. '한쪽 눈은 뜨고 한쪽 눈은 감아라.' 우리 두 눈이 모두 감기고 다시 뜨이지 않으면 세계에 평화가 올 것이다."

식량 부족이 통치자 위치에 있는 종족이 이미 여우 꼬리를 보이게 하기 시작했다. 기아 때문에 노예는 수치심을 잃었다. 배고픈 사람은 입에 넣을 것만 생각한다. 체면 같은 것에 관심이 없다. 낚아채거나 강탈하는 것은 흔한 일이었다.

익힌 고기나 생고기를 파는 북평의 가게에서 익힌 고기나 생고기를 자르는 도마는 거의 한 길이나 되는 높은 곳에 있었다. 이것은 가게주인이 도마에서 집어가는 고객의 손가락을 자를까 겁이 나서 그렇다. 그러나 이제는 큰 나무만큼 높은 도마라도 사람의 손을 제지할 수 없다. 생고기를 파는 정육점에서는 과거에는 아무리 게걸스러운 사람이라도 날고기를 집어서 입에 넣는 사람은 없기 때문에 고기를 편편한 판자에 두고서 팔았다. 그러나 이제는 날고기도 낚아채 가는 놈이 있다.

일본인들이 양식을 배급한 이래 정육점 장사도 찬바람이 불었다. 늘상 연이어 3~5일은 팔 고기가 없었다. 고기가 나오면 밤에 나오더라도, 날고기가 익은 고기 불문하고, 작은 덩어리로 잘라서 종이나 연잎으로 사서 장 속에 숨긴다. 손님이 먼저 돈을 내야 작은 고기 꾸러미를 받을 수 있었다.

이렇게 돈을 먼저 건네주고 물건을 받는 방법은 북평 전체에 퍼졌다. 먼저 돈을 내지 않으면 아무것도 살 수 없다.

샤오삥, 치아오쯔를 파는 사람과 다른 먹거리를 파는 사람들이 철사망으로 바구니를 덮고 덮개를 열쇠로 잠갔다. 고객이 먼저 돈을 낸 후에 열쇠를 열고 물건을 꺼냈다. 물건을 넘겨주면서 행상들은 고객 손에 물건이 넘어가면 책임을 안 진다고 말해준다. 이것은 음식이 넘어 갈 때 가판대나 행상 옆에 있던 사람이 그것을 낚아채 갔기 때문이다.

윤메이는 두어 번 당하고 나서는 샤오슌얼에게 물건을 사러 보내지 않았다. 물건이 가치가 있던 없던 그녀는 그가 다칠까 겁이 났다.

티엔요우 부인은 우물쭈물 하면서 한 마디 했다.

"샤오슌얼을 데리고 가면 어때? 눈이 네 개면 두 개일 때보다 낫지 않겠어?"

윤메이는 샤오슌얼이 쓸데가 있든 없든 간에 자기의 담을 크게 해줄 것이다. 그러나 그는 학교에 가야 했다.

"에이."

치 노인은 한숨을 쉬었다. 이런 세월에 학교에 가는 게 무슨 문제야. 샤오슌얼은 이 일을 맡게 되자 우쭐해졌다. 즉시 막대기를 가지고 가겠 단 소리를 했다.

"누구라도 엄마의 자루에 손이라도 대면 내 막대기로 갈겨 줄 거야!"

"진정해."

윤메이는 눈물을 글썽이며 웃으며 말했다.

"눈을 크게 떠라. 그러면 돼. 잘 보고 있다가, 누구라도 우리를 따라오 면 소리쳐라."

"경찰을 부를까요?"

샤오슌얼이 끼어들었다.

"흥! 경찰이 눈이라도 깜짝이면, 그게 오히려 이상하지!"

"그러면 내가 무엇 때문에 소리 질러?"

샤오슌얼은 무엇이나 분명히 하고 싶었다. 그래서 어머니 보호책임을 수행할 수 있었다.

"무슨 소리라도 소리 질러. 거저 소리만 지르면 돼."

할머니가 설명했다.

치 노인은 모두에게 자기가 비록 늙고 몸은 허약하지만, 여전히 지혜와 계략은 있다는 것을 보여주기 위해서 낡은 천과 밧줄을 찾기 시작했다. 그것들을 찾자 윤메이에게 말했다.

"이것을 바구니에 묶어라. 네가 물건을 구입하면 소매상들의 바구니처럼 단단히 묶어라. 그러면 더 안전하지 않겠니?"

윤메이가 말했다.

"할아버지 말씀이 틀리지 않아요."

그러나 그녀는 이 말은 차마 꺼낼 수 없었다. '만약 바구니 채로 털린다면 어쩌지요?'

루이쉬안도 돕고 싶었다. 학교에서 돌아오는 길에 윤메이가 가게에 가는 횟수를 줄이려고, 물건을 사오곤 했다. 그러면 털 치기 당할 수 있는 기회도 줄어들 테니까.

어느 날 학교에서 돌아오는 길에 윤메이가 무엇을 사오라고 했던 것 같은데 무엇인지 아무래도 기억이 나지 않았다.

얼마쯤 걷다가 샤오삥과 후라이케이크 장수를 보았다. 전전에도 샤오삥이 있었지만, 이 즈음은 아주 드문 것이었다. 바구니 위의 철사망도 아주 신기하고 고괴했다.

그는 샤오뼁과 후라이케이크를 사고 싶었다. 사가야 할 물건을 못 산 실수를 보상할 겸, 뉴쯔를 즐겁게 하고 싶었다. 뉴쯔는 공화면만 보면 울었다.

손에 샤오뼁과 후라이케이크를 들고 걸어가면서 그는 구드리치 선생을 생각했다. 그가 언제나 뉴쯔에게 비스킷과 빵을 보내지 않았던가? 그는 오랜 친구가 보고 싶었다. 그는 구드리치 선생이 어디 있는지 알 수 없어서, 감히 만나러 가지도 못한다. 일본인들은 서양인 중에서도 중국인과 내왕이 있었던 사람을 몹시 싫어했다.

생각에 생각을 거듭하는 중에 느닷없이 옆에서 아주 더럽고 아주 마른 손이 덥석 튀어나왔다. 그는 무슨 일인지 알지도 못하는 새에 샤오뼁과 후라이케이크가 날개가 돋친 듯이 날아가버렸다. 발을 멈추고 돌아보았다.

샤오뼁을 낚아챈 사람은 아주 여위고 허약해서 숨넘어가듯이 허우적거리며 뛰었다. 걸음이 더뎠다. 그는 잡혀도 사람들에게 뺏기지 않으려고 샤오뼁과 후라이케이크에 몇 번이나 침을 뱉었다.

루이쉬안이 그를 잡았다. 그 여윈 사람이 마치 궁지에 몰린 암탉처럼 벽을 마주 보고 섰다. 루이쉬안은 그 사람이 수치를 아는 사람이라는 것을 알았을 때, 쫓아와서 그 사람을 잡은 것이 마음 아팠다.

"친구, 당신 먹어요. 내가 달라고 하지 않을게요."

루이쉬안은 여윈 사람이 돌아서 주기를 바라면서 부드럽게 말했다. 그 여윈 사람은 오히려 얼굴을 더 바짝 벽에 붙였다.

루이쉬안은 말하고 싶었다. '전쟁이 우리의 영혼을 파괴하고 우리의 얼굴에서 가죽까지 벗겨갔소. 이것은 당신만의 잘못이 아니요.' 그러나 말을 할 수 없었다. 그는 이 말들이 공허하다고 생각했다. 어떤 말로도 주린 배를 채워 줄 수 없다. 그는 말했다.

"친구, 먹어요!"

그 여윈 사람은 감동을 받은 듯 천천히 돌아섰다.

루이쉬안은 한 눈에 알아보았다. 그는 치엔 시인의 처남 천예치우였다. 그는 준비했던 말을 모두 잊어버리고, 겨우 한 마디 내뱉었다.

"예치우!"

예치우는 머리를 푹 숙이고 몸을 벽에 기대고 아무 표정도 없이 서 있었다. 몇 달이나 손질하지 않은 그의 머리털은 길고 더럽게 머리 위에 묶여 있었다. 그의 얼굴은 여위어서 칼끝 같이 날카로웠으며 씻은 지 며칠 되는 것 같았다. 그가 후라이케이크를 보면서, 얼굴에는 아무 표정도 없고, 눈물도 비치지 않았다.

루이쉬안이 예치우의 팔을 잡았다. 예치우는 손을 빼려고 했으나 힘이 없었다. 비틀거리며 루이쉬안을 따라왔다. 겨우 그는 말했다.

"어디 가시오?"

"앉을 자리를 찾아봅시다."

루이쉬안이 말했다.

그들은 작은 레스토랑에 들어갔다. 문에 들어서자 웨이터가 그들을 제지했다.

"죄송합니다. 오늘 우리는 아무것도 구하지 못했습니다. 불을 지피지 않았습니다. 장사 안 합니다."

불이 없고 그릇 달그락거리는 소리가 나지 않는 레스토랑은 아주 볼썽사나웠다. 식탁이나 의자들은 질서정연하게 놓여있고, 수년 동안 쌓이고 쌓인 기름 냄새와 요리 냄새가 났다.

"잠시 앉아도 되겠소?"

루이쉬안은 예의 바르게 물었다.

"이 분이 몸이 좋지 않으셔."

그는 예치우는 가리켰다.

"괜찮습니다. 의자가 비어있는 걸요."

웨이터는 웃으며 말했다.

"보다시피, 선생님, 우리가 어떻게 장사를 하겠어요? 팔 것이 없는데 문을 닫으면 안 됩니다. 웃기는 일이지요."

둘은 앉았다. 예치우의 얼굴이 더 여위어 보이고 더 길어 보였다. 그는 눈알이 죽은 고기 눈깔 같았다. 그는 가만히 무표정하게 꼼짝 않고 앉아 있었다.

예치우는 한숨을 쉬었다.

"나는 할 말이 없네. 난 곧 죽을 거야."

그가 말하는 동안 그의 얼굴 근육이 거의 움직이지 않았다. 그가 사실을 말하는데 표정으로 뒷받침할 필요가 없었다.

"나는 모든 것을 망쳤어!"

예치우는 조용히 말했다.

"나는 내 병든 아내와 아이들을 부양하느라, 일본사람을 위해서 일하고, 나 자신을 마취시키느라 아편을 했지. 그래. 나는 아내와 아이들을 굶기지 않으려고 내 영혼을 팔았어. 허나 영혼을 팔고, 한 가족의 생명을 구했으니 나쁜 거래는 아니지 않나."

말을 마치자 식탁을 멍청하게 쳐다보았다.

루이쉬안은 말을 독촉할 수 없어서 헛기침했다.

이 헛기침 소리에 예치우는 정신이 난 듯이 말을 이었다.

"내 아내는 좀 이상하게도 내가 준 음식이 독이라도 되는 듯이, 먹을 것이 있자 전보다 더 약해졌어. 그녀는 죽었어. 죽은 사람은 운이 좋아. 나는 내 아들, 딸들이 커서 돈을 벌면 나를 먹여 살려 줄줄 알았어. 내 큰아들이 돈을 벌기 시작하자 한마디 말도 없이 북평을 떠났어.

그는 나에게 고마워하기는커녕, 내가 영혼을 팔아먹었다고 증오하기까지 했어. 내 다른 세 아들도 큰아들과 꼭 같이 되더군. 나는 그들을 키우기 위해서 내 영혼을 팔았는데, 나는 그들에게서 무엇을 얻었단 말인가? 공허하고 허탈할 뿐이네."

그는 여윈 입술을 축였다.

"웃을 일이 많다네. 내가 자네에게 털어놓겠는데, 아편 때문에 일본인들이 나를 잘 대접했다네. 내 습관이 굳어지고 내가 너무 게을러지자, 그들이 나를 해고했네. 내 수입이 없어지자 돈을 벌지 못하는 몇 놈만 남았지만, 그들도 돈을 벌게 되자 모두 도망갔네. 나는 그들을 돌볼 수 없었어. 내가 그들을 돌보았더래도, 그들은 나에게 고마워하지 않았을 거야. 나는 그들이 굶주리더라도 개의치 않는다. 나는 어쩔 수 없으니까. 나는 여전히 아편을 피워. 아편이 나를 마취시킨다. 그게 아편의 큰 미덕 아닌가? 내가 부끄러워할 것 뭐 있나? 나는 내 아이들조차 아버지로 인정해주지 않는 사람이다. 오늘 내가 당신의 물건을 강탈했지만, 나는 사과하지 않을 거야. 나는 자네가 죽어가는 사람을 이해해주리라고 알고 있네!"

"이렇게 죽을 수는 없어요."

루이쉬안은 그를 돕고 싶었다.

"누구도 이렇게 죽어서는 안 되지만, 나는 이렇게 죽어야겠소. 내일 아마 길거리에서 죽을 것이고, 큰 트럭에 실려 성 밖으로 실려 가서 버려지겠지. 나는 조상의 무덤에 묻히기를 바라지 않아. 나는 내 조상을 뵐 면목이 없네."

그는 흐느적거리며 일어나 나가버렸다.

예치우는 레스토랑 밖 계단에 앉아, 샤오삥을 먹기 시작했다.

93

진산예는 돈을 벌어서 집을 세 채나 샀다. 그의 모양, 자태, 입는 것, 장신구 하나 변한 것이 없지만, 마음만은 전 같지 않았다. 지금은 대로변에 서서 남의 물건을 날치기하는 사람과는 다르게 돈 있는 사람이 되어 약간의 위신을 갖추었다. 매일 여전히 차관에 앉아 있지만 작은 액수의 거래는 이미 거들떠보지도 않았다. 동업자와 함께 있을 때는 허리를 꼿꼿이 하여 좀 떨어진 곳에 앉아서 이렇게 말하는 듯했다. '작은 일로 나를 귀찮게 하지 마라. 참깨 세 알이나, 대추 두 알 때문에 이 진산예가 다리를 괴롭힐 수 없다네.'

집을 사거나 팔 고객들에 따라서 그의 태도는 달라졌다. 그가 고객을 만나자마자 '저도 집이 있습니다' 하고 말하곤 한다. 그리곤 이렇게 덧붙인다. '내가 당신들이 손짓하면 오고 손을 흔들면 가는 보통 거간이라 생각하지 마시라. 흥! 나도 내 신분이 있다오.'

그는 일본인이 그의 사돈인 치엔모인 일가를 해쳤다는 것을 잊지 않았다. 그러나 일본인이 북평에 들어온 이래로 장사가 잘 되어서, 자기가 집을 가질 수 있게 되었다는 것도 간과하지 않았다. 치엔 선생 때문에 그는 일본인을 미워해야 하지만 자신을 위해서는 그들에게 감사해야 한다. 이러한 모순을 해결할 수 없으니, 그는 오직 균형을 취하는 수밖에 없었다.

점차 이 균형은 유지할 수 없었다. 균형이 한쪽으로 기울기 시작했다. 그는 자기 재산을 영원히 보존하기 위해서, 일본 사람들의 선전을 믿지 않을 수 없게 되었다. 그래서 일본사람들은 중국인과 싸우는 것이 아니고, 중국인이 공산당을 제거하는 것을 돕는 것이라고 믿게 되었다. 진산예는 그의 사각형 머리로 일본인이 공산당을 섬멸한다면 그것은 바로 자기의 집 세 채를 보존하는 것이 된다고 생각했다.

그는 언제나 사돈 치엔모인을 생각했다. 그가 거리를 걷거나 차관에서 차를 마시며 쉴 때도, 그의 눈은 혹시나 그가 그토록 존경하는 그 사람을 만날 수 있을까 경계를 늦추지 않았다. 비슷한 사람이라도 볼라치면 혹시나 싶어 뛰어나가 본다. 치엔 선생이 아니란 것을 알면, 눈을 문지르며, 이제는 시력도 전 같지 않다며 자신을 나무란다.

그는 외손자를 익애해서 거의 아기 버릇을 망칠 지경이었다. 치엔 선생이 감옥에서 고초를 겪고 있을 때 손자는 사랑과 응석으로 숨막힐 지경이 되었다. 진산예는 자신은 공화면을 먹고 맛없는 차를 마시면서, 아기에게는 더 좋은 것을 먹고 마시게 하려고 가진 수단을 다했다. 아기가 열이라도 조금 있을라치면 북평에서 최고 의사를 초빙했다. 아기를 행복하고 편안하게 하는 것이 보살을 공양하듯 했다.

외손자가 잘못해서 애미가 벌이라도 주려고 하면, 진산예가 외손자를 품에 안고 그녀를 나무란다.

"너는 이런 아기를 가지는 것이 복이야. 그런데 너가 벌을 주려고 해! 아기가 없었으면 너는 어떻게 되었겠니?"

아기가 걸을 수 있게 되자, 진산예는 아기에게 세상을 보여주어야 한다고 생각했다. 아기를 등이나 목에 태우고 가슴을 쑥 내밀고 큰 걸음으로 걸어서 거리와 절 축제나 시장을 구경시켰다. 물건이 먹을 만하고 아니고, 아이가 가지고 놀기에 적절하고 아니고 관계없이 아기가 '아, 아'라고 말만 하면 진산예는 재빨리 돈을 꺼내어 사주었다.

그러나 아기가 여러 가지를 말할 수 있게 되자, 진산예는 골치가 아팠다. 아기는 엄마에게서 들은 "타도 일본 귀신!", "아버지 원수를 갚자"라는 말을 작은 가슴을 펴고 되뇌었다.

"내 성은 치엔이다."

진산예는 "일본타도"라고 외치는 손자를 데리고 외출할 수가 없었다. 그리고 자기 딸과 다툴 수도 없었다. 만약 이웃이 듣고 일본인에게 고자질하면 어쩌나? 그는 자신이 체포되는 것은 겁내지 않았다. 자신은 신체가 건강하다. 몇 대 맞아 보았자 무슨 문제인가. 그러나 일본인이 재산을 몰수 한다면 그건 정말 죽을 지경일 것이다.

그는 사각형 머리로 일본인과 가까워질 방법을 모색하기로 결정했다. 이것은 일본인의 협력자가 된다든지 주구가 되는 것을 의미하지 않았다. 그는 그럴 정도로 천박하지 않았다. 다만 자기의 안전을 위해서 일본인과 너무 가까이도 너무 떨어지지 않고 싶을 뿐이었다.

그는 삼청회에 가입했다. 삼청회는 어느 정도 총명하거나 진산예처럼 능력이 있지만, 머리가 좀 모자라는 사람들을 위한 모임이었다. 일본인들은 그를 유용한 사람으로 분류하고 그와 사귀고 싶어 했다.

일본인들이 진산예가 일본인들의 의도가 선량하다는 것을 믿게 한 후, 일본인들이 갑자기 치엔 선생 이야기를 꺼냈다. 진산예는 놀라서 눈이 휘둥그레졌다. 일본인들의 말은 그가 퍼트린 하찮은 말들을 종합한 것이었다. 일본인들은 즉시 그에게 절대로 치엔 선생을 해치지 않겠다고 보증했다. 오히려 그들은 치엔 선생의 학문, 인품과 지식을 진산예처럼 존경한다고 말했다. 그들은 그를 찾아서 그를 용서하고 그와 친구가 되고 싶다고 그에게 말하고자 했다. 진산예는 그들을 도와주어야 한다. 그리고 그들은 그에게 넌지시 일러 주었다. 만약 협조하지 않으면 그의 집 세 채와 그의 손자의 안전은 보장할 수 없다.

진산예는 평생을 눈치 빠르게 산 사람이지만, 이번에는 함정에 걸려들었다. 그는 화가 나고 괴로웠다. 항상 붉고 번쩍거리던 코끝이 완전히 붉어졌다. 그는 일본인이 치엔 선생을 다치지 않게 하겠다고 했지만, 일본인이 치엔 선생을 체포하는 것을 돕고 싶지 않았다.

진산예는 생각에 생각을 거듭했으나 계획을 세울 수 없었다. 그는 치엔 선생을 찾아가서 가르침을 받고 싶었다.

어디서 치엔 선생을 찾아야 한단 말인가? 그는 예치우 생각이 났다. 그 여윈 녀석을 본지가 오래되었지만, 그가 치엔 선생 걱정을 많이 하던 생각이 났다.

그 다음 길을 찾지 못했다. 예치우의 이웃들이 전 가족이 사라져버려서 어디에 갔는지 모른다고 말했다.

진산예는 루이쉬안을 생각해냈다.

치 씨 댁 사람들이 모두 귀를 쫑긋하고 치엔 씨 댁 며느리와 애기가 어떻게 지내는지 듣고 싶어 했다.

진산예는 한가하게 딸과 외손자 얘기를 할 시간이 없었다. 그는 단도직입적으로 치엔 선생이 어떻게 사시는지 물었다.

처음에는 루이쉬안은 진산예가 치엔 선생을 염려해서 그가 계시는 곳을 급히 알려고 하는 줄 알았다. 곧 그는 사정이 약간 묘하다는 생각을 하고 진산예에게 꼬치꼬치 캐물었다.

진산예는 몹시 초조해져서 쉴 새 없이 파이프를 두들겼다. 그렇지만 사실대로 말하지 않았다. 루이쉬안은 조심해서 어떤 정보도 주지 않기

322

로 결심했다. 결국, 진산예는 풀이 죽어서 낙담한 채 가버렸다.

루이쉬안은 마음이 불안했다. 왜 진산예가 치엔 선생을 찾는가. 정황이 약간 묘하다는 생각을 했다. 그는 곧 치엔 선생을 찾아서 주의하라고 당부하고 싶었다. 그러나 다시 생각해보니 작은 일에 크게 놀란 것 같았다. 바람도 없고 파도도 높지 않은데 치엔 선생은 놀라게 할 수 없었다. 무슨 말을 하든지 간에 진산예는 치엔 선생의 사돈이 아닌가?

그는 명월화상에게 원고를 줄 때까지 기다렸다가 그와 상의를 해보기로 결심했다.

진산예는 루이쉬안이 입을 굳게 다물고 있어서, 자기가 의심을 샀다는 것을 알게 되었다. 그는 루이쉬안이 치엔 선생이 어디에 있는지 알면서 고의로 말을 하지 않는다고 생각했다. 그는 루이쉬안을 미행하기로 결정했다.

그는 루이쉬안이 작은 가게에서 명월화상을 만나고 있는 것을 알아내고, 명월 화상을 따라가서 작은 암자를 발견했다. 진산예는 감히 암자에 들어가지 못했다. 만약 치엔이 정말 그곳에 있고 그가 경솔하게 뛰어들어 사돈에게 일본과 협력하도록 권해도 치엔 선생이 그의 설득을 듣지 않고 다른 곳으로 옮겨서 숨어버린다면? 다른 한편, 치엔 선생이 그의 말을 듣지 않아 그가 양심도 없이 그를 일본인에게 알려서 일본인이 와서 그를 잡아간다면?

그가 루이쉬안에게 갔을 때 샤오양쥐안의 1호와 3호집 일본인들을 보았다. 그는 수년 전에 치엔 선생을 업고 관샤오허 집을 찾아갔던 일을 생각했다. 이제는 자기가 관샤오허와 같은 인간이 되지 않았다고 할 수 있나? 관샤오허는 개새끼지만 자기는 황제의 자손이다.

만약 치엔 사돈이 정말 저 암자에 있고, 그가 일본인에게 고자질을 안 해도, 친척을 숨겨준 죄를 범하지 않아도, 그가 연류되어 그와 재산이 끝장나지 않을까? 그의 마음속에서 양심과 악마가 싸우고 있다. 어느 쪽도 양보하려 하지 않는다. 전쟁이란 양심이 자기의 안전만 생각하고 친척을 팔아먹게 하는 범죄를 저지르게 한다.

그는 가끔 암자 부근을 서성거렸지만, 감히 들어가지 못하고 있었다. 그는 친척이고 가장 존경하는 친구이기도 한 치엔을 만나고 싶었다. 그러나 그는 치엔에게 욕을 들어먹을까 겁이 났다.

그가 암자 밖에서 머뭇거리자 어떤 사람들이 그를 미행했다. 그가 차마 들어가지 못하고 있을 때 그들은 들어갔다.

그리고 치엔은 체포되었다.

94

이태리가 항복했다. 황국 해군이 곳곳에서 후퇴했다. 북평의 일본인들은 매인당 10명의 중국인을 사귀라는 명령을 받았다.

샤오양쥐안의 일본인들도 "친구를 사귀려고" 대부분 나섰다. 지금까지 그들은 이웃들과 거래가 없었다. 그런데 지금은 얼굴 표정까지 명령대로 바뀌어야만 했다.

스따마는 그들과 친구가 되자는 제의를 거절한 첫 번째 사람이었다. 그녀는 모두를 사랑하지만 자기 남편을 발로 차서 죽게 만든 사람들을 사랑할 순 없었다. 그녀는 자기 남편을 죽인 사람들이 3호집 사람이 아닌 것을 알기는 하지만, 그래도 일본사람은 일본사람이다. 그리고 그녀는 그 차이를 분명히 알려고도 하지 않았다.

이 늙은 과부의 입은 과부의 입이 마땅히 그러해야 하는 입은 아니었다. 그녀가 아는 모든 악담을 퍼부었다. 일본 사람들은 그녀의 말이 실린 사전을 못 찾아, 웃고 들을 수밖에 없었다. 그들은 그녀가 자기들에게 좋게 말한다고 생각했다. 그들은 그녀와 친구가 되어야 했다. 그녀가 어찌 그들에게 욕할 수 있겠는가?

청창쉰은 할머니와 거의 말다툼을 할 뻔했다. 할머니는 누구에게나 친절해야 한다는 생각을 가지고 있어서 일본인에게 책이 잡혀서는 안 된다고 생각했다. 그녀는 일본인들은 무서운 사람들이고 미워해야 할 사람이지만, 일본인들이 오면 적어도 차라도 대접해야지, 쫓아내면 안 된다고 생각했다. 그런데 청창쉰은 문을 걸어 잠그고, 그런 종류의 "친구"는 맞아들이지 않기로 결정했다.

샤오양쥐안 사람들은 한쪽으로는 사람을 죽이고, 또 한쪽으로 친구가 되자는 사람은 알다가도 모를 인간이고 웃기는 일이라 생각했다. 모두가 약속이나 한 듯이 일본인들을 외면했다.

다만 띵쭌은 예외였다.

사실 과거에 영국대사관에 근무할 때는 어느 누구보다 일본 사람을 멸시했다. 지금은 오랫동안 실업자로 지내고 영국대사관으로 돌아갈 희망은 점점 희박해졌다. 마음의 평화를 위해서 마음에 외국인 주인을 모셔야 했다. 그는 외국인에게 노예가 되는 것이 습관이 되어 있었다.

그가 하루아침에 이장이 되자, 재주를 부려서 석탄을 꼬불쳤다. 석탄이 있으면 매일 약간의 돈벌이가 되었다. 그는 마당에 화롯불을 피워서 불을 팔기 시작했다. 불을 못 피우는 이웃들은 그에게 와서 찻물을 끓이거나 요리를 했다. 그는 큰 시계를 가져다 놓고 시간에 따라 돈을 받았다.

3호집 일본인들은 중국인들이 왜 이렇게 인정머리가 없고, 사리를 분별하지 못하고, 그들에게 쌀쌀맞게 구는지 이해할 수가 없었다.

띵쭌이 답방을 했을 때 그들은 기뻐하기 시작했다. 그들은 한 사람도 사귀지 못해서 처벌 받을까 두려워했다. 그들은 1호집 노파에게 가서 어떻게 노파가 모든 이웃과 친절하게 지내는지 물어보기로 했다. 그 노파는 사실을 사실대로 말하지 않았다. 그 노파는 그들이 말하지 않으려 하면 그녀를 협박하여 그녀를 고발하여 해쳤을 것이다. 다행히 띵죤이 그들과 기꺼이 친구가 되어주었다. 그래서 그들은 이웃 나라를 침범하는 식으로 그를 꽉 잡았다―첫째 한 곳을 점령하고 다음에 누에가 뽕잎을 먹듯이 점차 앞으로 잠식해 들어간다.

띵죤은 모든 양인들의 노예처럼, 모든 사람을 양인들의 노예로 만들어서 자기가 꼭두각시 겸 리더가 되고자 했다. 그는 3호집 일본인에게 말했다.

"나는 이 후통의 이장이요. 제가 모두에게 당신들의 친구가 되라고 명령하겠소."

그가 3호집 대문을 나설 때 그가 영국대사관에 있을 때처럼 등을 꼿꼿이 하고 부응하는 기색을 보였다.

그는 바이순장을 찾아갔다. 그는 실제로 바이순장에게 일본인에게 좋게 대해달라고 이웃들에게 알려달라고 명령하다시피 했다.

바이순장은 실제적인 사람이고 정리에 통달한 사람이다. 그는 아주 분명한 사람이었다. 형편 따라 일을 처리했지만 나라에 대한 사랑과 동료에 대한 사랑을 잃지 않는 사람이었다. 그래서 띵죤의 말에 동의하지 않았다.

띵죤에게 말했다.

"흥, 한 마디면 충분하구먼. 일본인이 우리와 친구가 되자고? 이건 족제비가 닭에게 세배하는 격이구만!"

띵죤은 괴로웠다. 그는 수백 년에 걸친 민족 자기 비하의 산물이다. 그는 국치의 공기를 마시며 성장했다. 그의 최고의 이상은 외국인에게 간청하여 명예로운 손을 들어 자기는 때리지 말고 외국인의 노예로 삶을 이어가도록 하는 것이다. 그가 생각한 바에 의하면 영국이 일본인에게 패하면 일본은 중국에 패할 수 없었다. 만약 일본이 패하면 영국과 미국이 다시 강해져서 자기의 국민이 되지 않겠나? 중국인들은 허리를 펴고 영국인과 미국인과 어깨를 나란히 할 수 없다. 그는 더 이상 바이순장과 말하고 싶지 않았다.

띵쫀은 루이쉬안을 찾아갔다. 루이쉬안은 영국대사관 밥을 먹었으니 자기를 이해해 주리라 생각했다.

이런 일이 전에 일어났으면 루이쉬안은 웃으면서 약간 비꼬아서 띵쫀을 물러가게 했을 것이다. 그러나 이번에는 띵쫀에게 세계정세에 관해서, 그가 알아듣든 말든, 듣고 싶어 하든 말든, 자세히 말해주기로 결심했다. 루이쉬안은 자기의 선전을 퍼뜨리기 위해 모든 기회를 이용했다. 한바탕 연설을 한 후에 그는 띵쫀에게 말했다.

"바이순장과 이웃들이 옳아요. 틀린 것은 당신 생각이요."

띵쫀은 루이쉬안의 말을 자세히 곱씹어 보고, 자기도 모르게 크게 깨달았다.

"오, 알겠어요. 지금 선생님은 미국과 영국이 이길 것이며, 당신과 내가 영국대사관으로 다시 돌아가 일할 수 있다는 말이지요. 그것 참 좋구나. 정말 좋아."

루이쉬안은 띵쫀의 얼굴에 침을 뱉어주고 싶었다. 그는 참았다.

"당신 말이 틀렸소. 우리는 남에게 의존해서는 안 되오. 우리가 우리의 주인이라야 되는 것이오."

띵쫀은 더는 말하지 않고 공손하게 물러났다. 그는 루이쉬안의 말을 알아듣지 못했다.

그는 다시 3호에 가서 바이순장이 협조할 생각이 없다고 말했다. 그는 바이순장을 등 뒤에 해칠 생각은 없었지만, 일본인들이 그가 얼마나 열심히 그들을 위해서 애쓰는지를 분명히 알게 하고 싶었다. 일본인들이 불행히도 바이순장을 미워한다면 그거야 어쩔 수가 없다.

일본인들은 곧 바이순장을 미워했다. 그들의 증오심은 우정보다 더 빨리 생겼다.

그들은 이 작은 일로 고위 일본 관리에게 말하고 싶지 않아서 바이순장의 상관인 중국인에게 편지를 써서 그가 직무수행에 태만하다고 말했다. 바이순장의 상사는 쫓겨나서 굶어 죽을까 겁이 났다. 밥그릇을 지키기 위해서 그는 바이순장을 감쌀 수 없어서 그를 직장에서 쫓아냈다.

바이순장의 좋은 날이 끝났다. 그는 경험도 있고 자기주장도 있어서 이웃들이 받들어 모셨다. 그러나 그는 저축도 희망도 없었다. 그는 평생 돈을 긁어모으지 않았다. 그가 교활하고 사기술만 있고, 친절한 마음이 없었다면, 이 어지러운 세상에 쫓겨나기까지 되지는 않았을 것이다.

좋아, 착한 마음이 좋은 보답을 받지 못한다면, 살인 방화도 못 할게 뭐있나! 일본인은 살인 방화를 하고도 북평의 주인이 되었잖는가! 그는 띵존을 죽이기로 결심했다. 살인이 선인지 악인지 누가 관심이나 두겠냐? 전쟁이 최대의 교훈이다. 전쟁은 전에 살인을 해 본 적이 없는 사람들에게 살인 방법을 보여주는 것이다.

다시 생각해보니, 사람을 죽인다면 일본인이 어때?

그는 가족에게 그가 직장에 쫓겨났다는 얘기를 하지 않았다. 그는 부엌식칼을 코트에 찔러 넣고 밖으로 나갔다.

그는 샤오양쥐안으로 갔다. 어느 후통에도 일본인들이 있었다. 그는 습관대로 아무 생각도 없이 샤오양쥐안에 갔다. 그곳은 잘 아는 곳이었다. 자기 등 뒤에서 험담을 한 사람은 분명히 3호집 사람일 것이다. 자, 우선 식칼을 시험해 보자. 그의 긴 얼굴은 창백하고 이마에 땀방울이 맺혔다. 그는 꼿꼿이 서서 눈은 똑바로 앞을 쏘아보았지만, 아무것도 보지 않았다. 그는 이미 바이순장이 아니었다. 그는 키가 오륙 척 되는 칼날 같은 희고 반짝이는 사신에 불과했다. 그는 과거도 현재도 잃어버리고 그의 교활함도 선량함도 잃어버렸다. 그는 모든 것을 잃었다. 그는 식칼을 살 속 깊이 박아 명줄을 따버릴 생각만 했다.

그가 3호집의 영벽 앞에 이르자 갑자기 멈춰 섰다. 갑자기 정신이 든 듯이 풀죽은 모양으로 서 있었다. 그는 평생의 이상을 저버리는 짓을 하려고 했다.

루이쉬안이 막 대문을 나서던 참이었다. 루이쉬안을 보자 바이순장이 살인을 하겠다는 생각이 갑자기 사라졌다. 어깨가 축 처지고 그의 손과 다리가 떨렸다.

"무슨 일이요. 바이순장?"

루이쉬안이 물었다.

바이순장은 루이쉬안이 자기 몸을 수색할까 두려워하는 듯이 식칼 숨긴 곳으로 손을 뻗쳤다.

루이쉬안은 무슨 일이 났다는 것을 직감했다.

"갑시다. 저와 제집에서 얘기나 합시다."

어쩔 줄 몰라서 바이순장이 루이쉬안에게 끌려가다가, 문간을 넘자, 사람을 죽이려던 생각은 잊어버리고 원래의 예의 바른 모습으로 돌아갔다.

"치 선생님, 저는 들어가지 않을래요."

그는 들어가서 루이쉬안과 이야기하고 싶지 않았다. 그는 살인하는 것, 심지어 자기를 실업자가 되게 한 일본 사람을 죽이는 것조차 부끄러운 일이라는 생각이 들었다.

루이쉬안은 바이순장의 마음속에 무슨 고민이 있다는 것을 간파했다.

"들어가시고 싶지 않으시면 여기서 이야기 하죠."

그러고는 대문을 닫았다.

바이순장은 그가 살인할 생각을 했다는 것을 후회할 뿐만 아니라, 자기가 살인할 용기가 없다는 것도 후회스러웠다. 그가 할 수 있는 일은 마음에 있는 것을 털어놓고 루이쉬안이 심판관이 되어 주십사하는 것이었다. 재빨리 그는 루이쉬안에게 모든 것을 털어놓았다.

루이쉬안은 이야기를 듣고 한동안 말이 없었다. 바이순장이 부딪친 일에 허다한 북평인들이 부딪친다. 루이쉬안과 많은 북평사람과 같았다.

그러나 모두가 이야기할 수 없었다. 백성들은 일본인들이 노예로 부리는 것을 원하지 않고 반항하고 싶었다. 그러나 수천 년에 걸쳐서 형성된 평화 준법 사상이 그들의 손발을 묶고, 그들이 힘을 못 쓰게 했다.

루이쉬안은 바이순장이 무슨 생각을 하는지 알고서, 그가 필마단창식으로 일본인을 죽이지 말고, 모두와 협력하여 지하공작을 벌이자고 권했다. 그런데 그가 치엔 선생과 셋째 이야기를 할 수 있을까? 그는 조심해야 한다고 생각했다. 우선 치엔 선생과 셋째 이야기는 숨기고 자신에 대한 이야기만 했다.

루이쉬안은 머뭇거리며 말했다. 바이순장은 아주 주의 깊게 들었다. 그는 이야기를 다 듣더니 바이순장이 말을 가로막고 말했다.

"치 선생님, 하시고 싶은 것을 모두 털어놓으세요. 속 시원하게 말씀하세요. 나는 주구도 아니고 친구를 팔 사람도 아니오. 나는 살길이 없는 사람이요. 나는 이미 일본인 몇 명을 죽이고, 나 자신까지 죽이려던 놈이요. 나는 돈 몇 푼에 친구를 팔 놈이 아니요. 선생이 나를 믿지 못하면 맹세라도 하겠소."

루이쉬안은 마음이 놓여서 곧이곧대로 털어놓았다.

"바이순장, 우리 둘이 힘을 합치면, 치엔 선생보다 더 많은 일을 할 수 있소. 치엔 선생이 할 수 있다면 우리 둘이 왜 못하겠소? 합시다! 어떻게? 나는 당신이 수입이 없으며, 살아갈 길이 막막하다고 말할 필요도 없지요. 내가 가지게 되면 당신도 한 부분을 갖게 되는 거요. 말할 것 없지요. 셋째가 당신을 위해서 무엇인가 할 수 있을 거요. 오늘 우리가 함께 일하다가 내일 불행히도 체포된다면 우리가 죽어서라도 좋은 이름을 얻지 않겠어요?"

"제가 우선 해야 할 일을 말해 주시오."

바이순장은 조금도 망설임이 없었다.

"내가 셋째와 치엔 씨와 연락이 끊긴 지 며칠 됩니다. 저는 암자로 갈 수가 없습니다. 나는 진산예가 수상하다고 생각합니다. 며칠 전에 그가 갑자기 나에게 왔습니다. 치엔 씨가 다시 체포되었다면 일본인들은 틀림없이 명월화상과 셋째와 다른 사람을 잡기 위한 미끼로 절에 그냥 두고 있을 것입니다. 저는 갈 수가 없습니다. 당신이 가주시겠소?"

"보세요."

바이순장은 서글프게 웃으며 코트 안에서 식칼을 꺼냈다.

"내가 죽을 준비를 했지요. 내가 무엇을 두려워하겠소?"

"식칼을 들고 갈 필요 없소."

루이쉬안도 웃었다.

"나는 당신이 암자에 가는 것이 가장 적절하다고 생각합니다. 당신은 눈썰미가 있어서 한눈에 상황을 파악하고 가야 될지 말아야 될지 알 수 있을 것입니다. 명월화상이 당신을 모르는 것이 또 하나의 이점이요. 서로 모르면 자기도 모르게 정보를 노출하는 표정을 짓지 않을 수 있소. 당신이 거기에 가시면 들어가야 될지 아닐지를 결정해야 합니다. 절에 들어가더라도 절대로 화상에게 말을 걸지 마시오. 당신은 당신의 미래의 길흉을 알고 싶은 사람 행세를 하시오. 격식대로 행동해야 합니다. 당신이 직장을 잃었다고 말하면서 기도하시오. 당신이 산통을 흔들고 점괘가 적힌 쪽지를 바닥에서 집으세요. 우리가 알고 싶은 뉴스가 거기에 적혀 있소. 당신이 그 쪽지를 가지고 오시면 왜 셋째와 연락이 두절되었는지 알 수 있소. 당신은 절대로 그 쪽지를 직접 저에게 가지고 오지 마시오. 백탑사 시장에서 당신을 만날 것이요. 우리는 사람이 많은 곳—마술 쇼를 하는 곳 아니면 헌 옷 파는 매대를 찾읍시다. 우리는 그런 곳에서 만나지요."

"그런 일이야 내가 할 수 있는 일이지요."

바이순장의 얼굴이 밝아지기 시작했다.

"나는 알아요. 게다가 띵쭌이 당신을 의심하지 않도록, 아무리 작은 일이라도 심지어 땅콩이라도 팔아야 할 거요. 당신은 가끔 그에게 가서 허튼소리 좀 해요. 그리고 기독교 예찬도 좀 하고. 간단히 말해서 그에게 너스레를 떨어서—의심이 나서—당신에 대해 고자질하게 하지 말아요."

"좋아요. 치 선생, 나는 다시 살아났어요. 내가 2~3일 더 살게 되도 나는 분명히 당신에게 고마워할 거요."

바이순장은 칼을 숨기고 손을 뻗쳐 문을 열고 나갔다.

"당신이 만약 체포되거든 뼈가 부서지더라도 다른 사람을 연루시키지 마세요."

루이쉬안은 낮은 소리로 말했다.

바이순장은 머리를 끄덕이고 문을 열었다. 식칼을 들고 집으로 돌아갔다가 곧 암자로 갔다.

그는 머리를 숙이고 암자를 지나가면서 옆 눈으로 살폈다. 암자문이 열려 있고 마당이나 불당에 한 사람도 보이지 않았다. 그는 암자문 옆에 갔을 때 향을 사서 손에 들고 점치러 온 사람처럼 보이게 하고 싶었다.

암자에서 멀지 않은 곳에서 그는 진산예를 보았다. 바이순장은 진산예의 붉은 코와 사각형 머리를 보았다. 그가 기침을 하자 진산예가 펄쩍 뛰었다. 바이순장은 자신 있게 웃으며 말했다.

"안녕하세요, 진산예씨?"

그의 태도는 익숙하고 경솔하지 않았다. 오래 경찰이었던 그에게는 그런 정도는 아주 자연스러웠다.

"무슨 일이요? 누구요?"

진산예는 당황했다.

"나를 모르시겠소?"

바이순장은 지인인 척 했다.

"내 성은 바이에요. 저는 샤오양쥐안 가까이 살아요."

샤오양쥐안이라는 말이 진산예의 가슴에 비수처럼 꽂혔다.

바이순장이 서쪽으로 걸어가자 진산예가 무의식적으로 따라왔다.

진산예의 코가 여전히 붉었지만 반짝이지 않았다. 항상 빛나던 그의 이마는 어둡고 주름이 깊이 박혔다. 그의 눈꺼풀은 며칠 잠을 못 잔듯했다. 그의 신발뿐만 아니라 바지도 며칠 길거리를 쏘다닌 듯이 먼지가 앉아 있었다.

"우리 어디 가서 잠시 앉읍시다."

진산예가 사각형 머리를 끄덕였다.

그들이 앉자마자 진산예가 질문을 했다. 바이순장이 그에게 질문을 했던 것처럼, 진산예는 마음속에 할 말을 가득 채워 두고, 때가 오기를 기다리고 있었던 것 같이, 이야기 갑문을 열고 쏟아냈다. 개가 그에게 꼬리를 쳤어도, 그는 아마 마음에 있는 것을 말했을 것이다.

"내 사돈, 내 사돈, 그들이 잡아갔어."

그가 갑자기 소리쳤다.

"치엔 선생이라뇨?"

바이순장은 치엔 선생이 체포된 7년 전을 생각하면서 말했다.

"어떻게 알았소?"

"그들이 말했소. 그들은 일본사람이요. 하, 제가 꾀를 부렸소! 내 재산을 지키고 외손자와 딸을 먹일 식량을 구하려고 일본인에게 접근했지요. 결과적으로 내가 암자를 기웃거리자, 그들이 몰래 들어가 내 사돈을 묶어서 끌고 갔다오. 그 후에 그들은 나에게 걱정하지 마라. 그들은 치엔 선생을 괴롭히지 않을 것이라고 말했소. 흠, 7년 전에 그들은 내 사돈의 등에 가죽이 벗겨지게 두들겨 팼소! 나는 집에 돌아가서 외손자를 볼 면목이 없다오. 내가 호랑이 아가리에 그의 할아버지를 쳐넣었소. 내가 무슨 낯으로 그 아이를 보겠소?"

진산예는 말을 되풀이 했다. 마치 마음속의 응어리를 토해내듯이 했다.

"치엔 선생을 구할 방법을 생각해 봅시다."

바이순장은 진산예가 계획을 생각해보는 방향으로 유도하기 위해서 이 말을 꺼냈다.

"그를 구해야지요. 물론이요."

진산예는 품 안에서 돈다발을 꺼냈다. "제가 돈을 준비했습니다. 사방을 수소문해 보시고, 돈을 써서라도 내 사돈을 구해 주시오. 이 돈이 충분치 않으면 제가 집을 팔지요. 제가 돈을 쓸 수 있습니다. 돈, 재산이 다 뭐예요! 어떤 어려움이 있더라도 제가 사돈을 다시 보아야 해요. 만나면 그에게 내가 바보이고 사람도 아니라고 말해줄 거요. 내가 이 말을 하면 그는 나를 이해하고 나를 용서해줄 것이라고 믿어요. 그가 그들 손에 맞아 죽어서, 내가 그를 보지 못한다면, 내가 구천에서 그를 어떻게 볼 수 있겠소. 내 뼈가 관 속에서도 평안을 찾지 못할 것이요. 형씨 나를 도와주시오. 제발, 불쌍하게 여기시고, 저를 도와주시오.”

“제가 당연히 돕지요.”

“무슨 방법이 있소?”

진산예가 기꺼이 돈을 내겠지만, 어디에 쓸지 먼저 알고 싶어 했다.

“먼저 치엔 선생의 친구들을 찾아본 후에, 다시 그를 찾아볼 방법을 함께 찾아봅시다.”

“어디 가서 알아보지요?”

“암자에 가보지요.”

“좋아요. 제가 가지요.”

진산예는 말하면서 일어섰다.

“기다려요.”

바이순장도 일어서면서 진산예를 말렸다.

“내가 갈 테니 당신은 멀리서 보기나 해요. 만일 그들이 나를 잡아가면 당신은 루이쉬안에게 소식을 전해주오.”

“좋아요.”

진산예 얼굴에 핏기가 돌아왔다. 치엔 선생을 구하는 것은 요원했지만 그래도 희망이 있는 것 같았다. 그는 바이순장에게 지폐를 몇 장 주었다.

“받으시오 당신이 받지 않으시면 저는 개새끼예요. 당신이 내 사돈을 위해서 일하신다면 당신 돈으로 먹고 마시게 할 순 없소.”

95

치엔 씨 댁 며느리는 턱을 괴고 문밖 계단 위에 앉아 있었다. 불과 몇 시간 전에 일어난 일의 기억이 가물가물했다. 그녀는 기억해내려고 애쓰면서 더듬거리며 말했다.

"걔는 먹을 것 사려고 나갔는데…"

"그래서 어떻게 됐어? 빨리 말해봐."

진산예는 안달이 났다.

"나가서요, 반나절이 지나도 돌아오지 않아요."

"너가 어쩌자고 혼자 보냈어?"

그녀는 논란을 벌이고 싶지 않았다.

"나는 대문 안에서 먹고 놀고 있으려니 했지요. 한참 후에 제가 걱정 돼서 나와봤지요. 애가 없어졌어요. 큰길까지 나가서 찾아보고 불러 봤어요."

그녀는 고개를 숙였다.

진산예는 계단 위에 주저앉았다. 그는 화를 가라앉히고 생각했다. 한참 생각에 잠기다 딸에게 지난 며칠 동안 일어났던 일 중에서 아기실종의 단서를 찾을 수 있기를 바라면서 얘기해 주었다.

치엔 씨 댁 며느리가 아버지의 얘기를 듣더니 일어섰다.

"틀림없이 일본인들이 얘기를 훔쳐 갔어요."

"뭐, 일본놈들이?"

"그들이 내 시아버지를 체포하고, 아기를 훔쳤다. 아기를 옆에 두면—강철 심장을 가졌더라도—아기가 고통을 당하게 되면, 마음이 약해져서, 저들이 듣고 싶은 이야기를 해줄 것이다. 그들이 내 아기를 고문해서 죽일지 모른다. 아버지는 오히려 좋겠소. 집 세 채 때문에 치엔 씨 댁의 씨를 말려 버리게 됐소!"

진산예는 한마디도 못했다. 그는 지치고, 부끄럽고, 화가 나서, 멍하니 벽만 쳐다보고 있었다.

이튿날 바이순장이 왔다. 치엔 선생은 과연 하옥되어 있으며, 고문을 당하고 있지 않다고 진산예에게 말했다.

"오! 그가 고문을 당하지는 않는다고요?"

진산예는 웃었다.

"흠… 일본이 곧 망할 테니, 감히 때리지 못하겠지. 제기랄! 약자를 못살게 굴고, 강자에게 굽실거리는 못된 놈들!"

"그러나 내 손자가 실종되었어요."

진산예는 미소를 거두어들였다.

"실종이라니요?"

바이순장도 멍해졌다.

"실종되었소."

"일본인이 그랬지요?"

진산예는 대답할 수 없었다. 그는 자신의 뺨을 때리고 싶었으나 손을 들 수 없었다. 한참 말없이 앉아 있다가 그는 물었다.

"당신이 좀 알아봐 주실 수 있지요?"

바이순장은 거절할 수가 없고, 진산예를 절망에 빠지게 할 수 없다는 것을 알았다.

"애써보지요. 하는 데까지 해보겠습니다."

바이순장은 떠났다. 그는 진산예의 집안일이 매우 심각하여, 그가 해줄 수 있는 일이 없다는 것을 알았다. 그는 자기 일이 있었다. 루이쉬안과 그는 점괘에서 얻은 메시지를 풀어 적었다.

1. 치엔 씨는 투옥되었지만, 일본인들이 자기들에게 협조해달라고 설득하고 있음. 고문은 당하지 않고 있음.
2. 명월화상은 당분간 활동할 수 없음. 스파이들이 언제나 그를 미행하고 있음.
3. 루이추안은 북평 밖에서 활동해야 할 일이 많아서 자주 북평을 비움.
4. 루이쉬안이 치엔 씨 대신에 지하 신문편집을 맡음. 그리고 원고를 시 밖으로 보낼 방법을 찾으려 애쓰고 있음. 걷는 데 자신이 있는 사람 구함.

루이쉬안은 기꺼이 편집을 맡았다. 바이순장은 기꺼이 신문을 날랐다. 그는 행상으로 분장하여 매일매일 딴 길로 다녔다.

그는 샤오양쥐안에 올 때는 곧장 루이쉬안을 찾지 않았다. 그와 루이쉬안은 상의 끝에 샤오양쥐안 부근에서 만났다. 그는 샤오양쥐안에 올 때마다 띵쥰을 찾았다. 그와 띵쥰은 자기 장사에 대한 이야기를 늘어놓았다. 어려운 점이나 시시콜콜한 이야기를 늘어놓아, 띵쥰이 의심을 사지 않게 했다. 띵쥰이 의심하지 않으면 샤오양쥐안에서는 달리 그에 대해서 나쁜 소문을 만들어 낼 사람이 없었다.

치엔 씨 댁 며느리가 매일 아기들을 찾으러 거리에 나섰다. 그녀의 생명이 두 쪽으로 나누었다. 한쪽은 살아 있고, 나머지 반쪽은 이미 죽었다. 그녀는 죽은 사람처럼 먹지도 않고, 집안일도 내팽개쳤다. 그녀가 성을 돌아다니며 아기를 부르고 있을 때는 살아 있었다. 그녀는 사방을 바쁘게 다녔다. 자기 아들과 키가 비슷한 아이만 보면 곧장 달려가서 아기를 자세히 보았다. 매번 아기를 놀라게 했다. 아기가 자기 아들이 아니란 것을 알면 아무 소리 없이 아기 머리를 두어 번 톡톡 치고는 가버렸다.

하루 찾아다니면 파김치가 되어서야 다리를 질질 끌며 집으로 돌아온다. 그녀는 아버지와 말을 하지 않았다. 이미 그는 그녀의 아버지가 아니었다. 밤이 되면 그녀는 마당에서 꿇어앉아서 빌었다.

"아기 아버지시여, 당신 아들을 보호해 주소서."

그녀는 이 한 구절만 되풀이했다.

진산예는 뼈가 으스러져라 큰 주먹을 꽉 쥐었다. 그는 아기를 찾으려고 사람들을 고용했다. 그가 고용한 사람들은 징을 울리면서, 모든 후통을 누비며 소리 질렀다. 그는 또 사람들에게 부탁하여 포스터를 써서 시내 곳곳에 붙였다.

일본인들은 그에게 치엔 선생은 감옥에 있으며, 대접을 잘 받고 있으니 걱정하지 말라고 말했다. 일본인들은 그와 그의 딸이 치엔 씨에게 너무 고집부리지 말라고 편지를 써주는 것이 최상의 방법이라고 말했다. 치엔 선생님이 자기들에게 협조해주면 치엔 씨가 높은 자리에 오를 수 있을 뿐만 아니라, 진산예에게도 큰 덕이 되게 하겠다고 말했다.

진산예가 자기 손자에 대해서 물었다. 그들은 희미한 미소를 띠며 대답하지 않았다. 그래서 그는 십중팔구는 아기를 그들이 훔쳐가서, 치엔 선생이 협조하지 않기로 결심하면 아기에게 위해를 가하리라는 것을 알았다. 진산예는 치엔 선생에게 편지 쓰기로 약속할 수밖에 없었다. 편지가 효과가 있으면 당분간 괴로움을 당하지 않을 것이다. 그는 친구에게 편지를 써달라고 부탁하여 편지를 일본인에게 주었다.

그는 편지를 전하고는 후회했다. 그는 사돈의 성질이 얼마나 고집불통인지 잘 알았다. 사돈이 자기 편지를 보면 훨씬 더 고집을 부려 일본인과의 협조를 거절할 것이다. 그러면 아기를 죽이지 않겠나?

그는 일본인에게 치엔 씨를 만나게 해달라고 간청했다. 그는 한 번이라도 사돈을 보면 모든 것을 다 설명을 할 것이고, 그러면 용서해줄 것이라고 생각했다. 일본인들은 머리를 흔들었다.

96

독일이 무조건 항복했다.

북평의 신문들은 독일의 투항 원인을 직접 게재하지 않고, 사람들의 주의를 다른 데로 쏠리게 하려고 애썼다. 황군은 끝까지 싸울 것이며, 본토가 연합군의 침입을 받더라도, 절대로 굴복하지 않는다고 떠들었다. 이러한 "성전"이라는 말도 매일 떠들어대면서 김이 새버렸다.

북평에 사는 일본인은 중국인과 사귀려고 한 층 더 애썼다. 이번에는 상부의 지시 때문이 아니라 자신들의 필요 때문이었다. 어떤 일본인은 심지어 중국인과 의형제를 맺기도 하고, 북평의 늙은 숙녀를 "양모"로 모시기도 했다.

이때 일본군은 다 죽어가는 몇 죄수들에게 관용을 베풀어 놓아 주었다. 그들은 뼈가 그때까지 부러지지 않은 젊은이 몇 명을 골라서 그들에게 자백서를 쓰게 했다. 그 자백서를 내지로 보내서 평화를 추구하고 평화 뉴스를 퍼트리게 했다.

"일본 군부는 평화를 사랑한다. 새 중국과 일본이 평화를 이룩하고 함께 영국과 미국에 대항해 싸운다면 얼마나 멋지겠는가?"

일본인을 제외하고 가장 바쁜 녀석들은 한간들이었다. 그들의 가장 큰 재능은 바람이 바뀌면 바람 부는 데로 키를 돌리는 것이었다. 독일의 항복은 자기들도 무엇인가를 해야 한다는 것을 의미했다. 그들 중 일부는 자신들이 가장 엄격한 처벌은 피할 수 없을지라도, 자기 아내와 자식은 재산을 잃지 않도록 아내와 이혼했다고 재빨리 발표했다. 일부는 비밀리에 자식들을 내지로 보냈다. 그들은 배에 한 발을 들여놓아서 나라를 팔아먹은 죄책감이 덜어지기를 희망했다. 일부는 친한 친구와 친척을 내지로 보내어 중국인과 합류하여 그들이 적에게 항복한 것이 중국인을 위해 지하공작을 하는 것 같이 꾸몄다.

샤오양쥐안을 말하더라도 니우 교육국장은—대문 밖에 네 그루의 큰 버드나무가 있는 저택에 살면서, 자신이 한간이라는 것을 인정하지 않았다—더 이상 조용히 있을 수가 없었다. 그는 더 이상 책과 실험기구에 머리를 처박고 있을 수가 없었다. 그는 몰래 북평을 빠져나가고 싶었다. 그는 전문역까지 밖에 못 가서 일본인에게 잡혀서 감옥에 갇혔다.

관용의 바람 덕에 상성배우 팡리우가 감옥에서 풀려났다.

샤오양쥐안 사람들은 교육국장 니우가 하옥된 것보다 팡리우가 풀려난 것에 더 흥미가 있었다. 그들은 벌떼처럼 그를 둘러싸고 위로했다. 그가 체포되었을 때 그를 석방시키려는 청원서에 서명할 용기도 없던 사람들이 그가 나오니 그에게 냉담할 수 없었다.

팡리우는 이미 자기들이 알던 팡리우가 아니었다. 그는 이제 언제나 웃기는 이야기를 하려 하지 않았다. 그는 감옥에 갔다 왔으며 죽음과 고문을 보았다.

그는 곧 먹고살기 위해 상성을 했다. 그는 고개를 숙이고 갔다가 돌아올 때도 마찬가지였다. 그는 방송국에 돌아갈 수 없었다. 차관에서는 전처럼 그를 고용해주지 않았다. 그는 천교에 있는 놀이 공원에 가거나 동시와 서시의 두 묘 시장에 가서 노천에서 이야기를 들려주고 몇 푼을 벌었다.

천교에서거나 다른 데서거나 그는 자주 자신의 울분을 털어내는 가장 독이 있는 말들을 사용하곤 했다. 그는 청중들을 웃겼을 뿐만 아니라, 시사 문제에 대해서 풍자적이고, 냉소적으로 말해서, 청중들의 애국심을 고취했다.

청중들은 그의 풍자와 냉소를 이해할 수 있었다. 그래서 그가 이야기할 때는 많은 중국 민중들에게 둘러싸여서 바람도 통하지 못할 정도였다. 그들은 뼈 있고, 힘 있게 자신들의 증오심을 드러내 주는 농담과 이야기를 좋아했다.

그는 심지어 신문에 난 새로운 용어를 루이쉬안에게 설명해달라고 요청했다.

루이쉬안은 기꺼이 무급 선생이 되어 주었다. 그러나 그는 팡리우가 너무 자주 오지 말라고 경고하고, 루이쉬안이 학교에 오갈 때 거리에서 만나 도중에 이야기하는 게 좋겠다고 말했다. 루이쉬안이 치엔 선생 대신에 지하신문 편집자가 되었기 때문에 더 조심해야 했다. 팡리우가 그를 만나러 와서 띵쭌이 그들을 본다면 문제가 될 가능성이 있었다.

루이쉬안은 팡리우를 좋아하고 띵쭌을 싫어했다. 띵쭌은 독일이 항복했다는 소식을 듣고 루이쉬안을 종종 찾아왔다. 루이쉬안은 띵쭌이 그의 원고를 볼까 봐 몹시 두려워했다. 그는 감히 바쁘다는 핑계로 그를 거절할 수 없었다.

띵쭌은 독일이 영국의 혼자 힘으로 패했다고 생각했다. 그는 세상일에 대해서 아는 것이 별로 없었다. 그는 언제나 국제 정세에 대해서 자기만의 견해를 가지고 있었다.

영국을 제외하고 띵쭌은 독일을 가장 존경했다. 그가 독일을 존경하는 이유는 자전거와 화학 염료와 관계가 있다. 그는 대화 중에 이런 말을 하길 즐겼다.

"영국을 제외하고 독일 솜씨가 제일이야."

이 말을 보면 그가 세계 문제를 어떻게 이해하는지 엿 볼 수 있다. 그가 말할 때는 마치 그와 독일이 오랜 이웃인 것처럼 독일이라는 말 앞에 언제나 "라오(老)"라는 말을 붙인다.

그는 루이쉬안과 친하려고 애써야 했다. 그것이 그의 자본이야! 영국대사관이 다시 문을 열면 루이쉬안이 대사관 사람들에게 자기와 함께 일본인을 잘 요리했다고 말해주길 바랬다—그가 참아 견디어 낼 수 있었을까?

그는 루이쉬안과 영국이 얼마나 독일보다 더 강한가를 얘기했다. 그는 루이쉬안에게 충고를 구했다.

"일본이 패배하면 우리가 북평에서 모든 일본인들을 죽여야 하지 않을까요?"

루이쉬안은 아무 대답도 하기도 싫어서 띵쫀을 밖으로 차버리고 싶었다.

루이쉬안이 대답을 하지 않자 띵쫀은 그가 한 말이 옳다고 생각하고 재빨리 덧붙였다.

"우리의 샤오양쥐안에서 제가 이장이요. 기다려 봅시다. 내가 1호집 3호집 일본인에게 본때를 보여주지 않으면 그게 이상한 거요. 치엔 선생님은 내가 처음부터 끝까지 언제나 영국대사관 사람이라는 것을 증명해 주실 증인이십니다. 구드리치 선생님이 돌아오시면, 다시 그분을 모실 수 있습니다. 그렇지요?"

루이쉬안은 자기가 '그렇다'라고 말만 하면, 그가 영국대사관에 들어가고 못 가고는 루이쉬안의 말에 달려 있는 듯이, 즉시 그에게 절하고 자기에게 친절해 주시길 청할 것이다. 자기가 만일 '그렇지 않다'고 말하면 띵쭌은 틀림없이 자세한 설명을 요구할 것이다. 그에게는 이 주구와 노닥거리며 낭비할 시간이 없었다.

청챵슌이 루이쉬안에게 새로운 소문을 전해주었다. 챵슌은 최근에 일본인들이 물건을 팔기 시작했다고 그에게 말해주었다. 챵슌 자신은 일본인과 거래하기 싫어서, 그들의 물건은 산적이 없다고 말했다. "그러나 치 선생님, 다른 동업자들이 그들에게서 물건을 사는 것을 두고 본다면, 일본인들이 정말 망해가는가 봐요. 그들이 일본에 돌아가려고 온갖 것을 팔아서 현금을 확보하려고 해요."

루이쉬안은 챵슌이 옳다고 말하지 않을 수 없었다.

"치 선생님, 독일이 항복하고 난 뒤부터 일본인들의 태도가 달라졌다는 것을 알아채셨지요?"

챵슌의 코맹맹이 소리가 울렸다.

"그들이 요즘은 우리에게 절도하고 미소도 짓습니다. 그리고 보세요. 3호집 사람들은 누군가 들어와서 자기들을 죽일까 봐 항상 대문을 닫고 있지 않아요."

어느 날 루이쉬안은 예기치 않은 편지를 받았다. 편지에 가명으로 서명이 되어 있었지만, 필체는 분명히 셋째의 필체였다. 그는 셋째가 어떻게 이렇게 대담하게 집에 편지를 보내나 하고 궁금했다. 셋째의 편지는 항상 비밀 통로로 통해서 왔다. 한 번도 우편을 통해서 온 적이 없었다.

몇 줄을 읽고서 그는 마음을 놓았다. 이런 편지를 검열관이 보았더라도 아무 문제가 있을 수 없을 것이다.

"제가 낙마호 어디선가 뚱보 형수를 만났습니다. 그녀의 물건들은 모두 몰수되어서, 그녀 자신의 기름 덩어리를 팔지 않을 수 없었습니다.

그녀의 온몸에 부스럼이 나고 손가락에도 진물이 났습니다. 저는 불쌍히 여길 수도 없고, 욕해주고 싶지도 않았습니다. 그녀는 거기에서 썩을 것입니다."

루이쉬안은 뚱보 형수를 뚱보 주쯔임에 틀림없다고 생각했다. 낙마호가 어딘지는 모르지만 그리 평판이 좋은 것은 아닌 것을 행간에서 읽을 수 있었다. 그는 팡리우에게 갔다. 팡리우는 그곳은 천진에서 가장 저질 매음굴이 있는 곳이라고 말해주었다.

북평에 있는 일본인들이 양어미를 확보하고, 물건을 파는데 바쁜 반면, 일본에 있는 중국인들은 중국에 돌아오려고, 수단과 방법을 가리지 않았다. 일본 본토는 심한 공습으로 몸살을 앓았다. 그들은 한간이든 학생이든 일본에서 자신들의 생명과 돈을 잃고 싶지 않았다. 폭탄이 떨어지는 것을 보면서 그들은 조국을 생각했다.

북평에서는 일본에 가려고 하는 사람들이 회의나 사업차 일본에 보내질까 두려웠다. 그는 갖은 수단을 다해 일본 파견을 피하려고 애썼다. 그런데 그들의 생명이 무엇보다 중요했다. 그들은 폭탄이 비처럼 떨어지는 곳에 갈 수 없었다.

란똥양은 여전히 일본에 가겠다는 희망에 불탔다. 그는 오랫동안 앓았다. 병든 동안에 일본 의사와 간호원이 끊임없이 돌보았다. 일본 의사는 일본 군부의 명령대로 죽이거나 살릴 수 있었다. 란똥양이 헛소리를 할 때, 일본에 불만을 가지고 있다는 말을 한두 마디 했다면, 의사는 그에게 약을 주어서 눈을 까뒤집고 다시는 내리뜨지 못하게 할 수 있었다. 똥양은 헛소리를 할 때조차 "천황 만세"를 외쳤다. 이런 사실이 의사와 간호사를 감동시켰을 뿐만 아니라, 상부에는 물론 천황에게까지 최고의 충성스러운 중국인이라는 보고서를 올렸다. 그들은 그를 살리려고 극진히 간호했다. 그들은 그의 전신을 엑스레이 촬영해서 과학적 연구를 위해서 본토에 보내어져 그를 일본에 충성을 다하게 만드는 어떤 특별한 구조가 그의 심장, 뇌, 간, 폐에 있는지를 알아보려 했다.

똥양은 루이추안의 총알이 자기 심장에 날아와서 꽂힐까 여전히 두려워했다. 병에서 회복되자 일본으로 가서 루이추안의 위협에서 벗어나고 싶었다.

병 때문에 신민회 처장 자리는 다른 사람에게 넘어갔다. 이 일에 대해서 그는 조금도 기분 나쁘지 않았다. 왜냐하면, 일본의사와 간호사가 그에게 그가 일본에 가면 더 높은 자리가 주어질 것이라고 말했다. 그는 그들이 자기에게 말해준 것을 믿었다.

교육국장 니우의 체포 때문에 그 자리는 공석이었다. 일본인들이 란똥양을 생각하기 시작했다. 그는 그들의 충성스러운 하인이고 충실한 개였다. 그의 공적은 기록에 나와 있고, 그들은 그를 절대적으로 믿을 수 있었다.

그래서 똥양은 기꺼이 교육국장이 되었을 것이다. 그는 일본 교육시찰이란 명목으로 일본에 갔다. 루이추안이 그가 일본에 있는 동안에 체포되어 처형되면, 교육국장으로 평화 속에 돌아올 수 있지 않겠나? 더구나 일본에 있는 동안에 일본 여인과 결혼할 수 있을지 누가 알아? 그리고 일본 황실의 사위가 될지도 모른다. 란똥양이 일본에 갔다.

그를 전송하려던 사람들은 실망했다. 왜냐하면, 그는 위장하고 두 명의 비밀경찰의 호위를 받으면서, 조용히 야음을 틈타서 북평을 떠났기 때문이다. 그는 역으로 갔다가 자기 때문에 소동이 생길까 두려웠다. 그렇게 되면 루이추안의 주목을 끌어서 피격될지도 모르기 때문이다.

전송할 때 작별 선물을 준비했던 사람들은 그가 떠나자 한숨을 쉬면서 서로 쳐다보며 말했다.

"결국, 그 사람 란은 해냈구만. 무서운 놈이야. 일본은 매일 폭격을 당하고 있는데도 갔구만. 흠, 우리를 보아라. 우리는 먹고 싶어 하면서도 델까 두려워하지 않나. 우리같이 하다가는 어디도 못 갈 거야."

그러나 그들은 란이 일본에 갈 수 있지만, 절대로 돌아오지는 못할 것이란 생각은 못 했다. 뼈도 못 추리게 될 것이란 것도.

란둥양과 중화 민족의 5천 년 문화는 상관이 없다. 그의 교활과 잔인함은 인간의 원시적 야만성에서 왔다. 그는 인간이 인간을 먹고 개가 개를 먹던 시대의 산물이다. 그가 전쟁을 만나자 전쟁은 일본 군벌에 의해서 시작되었지만, 그의 개가 서로 잡아먹는 식의 철학이 일본 군벌의 철학과 맞아 떨어졌다. 그래서 그를 높은 자리로 밀어 올려졌다. 그래서 그는 일본 군벌과 마찬가지로, 사람 말을 하고 사람 가죽을 썼지만, 인간성은 없고 짐승의 교활과 잔인성만 가지고 있다.

그는 세계가 어떠해야 하는지 생각해 본적이 없다. 그는 파리였다. 그가 피를 빨 때, 똥을 먹을 때, 오로지 자기가 만족하면 그만이었다. 세계는 그와 관계가 없다. 그가 썩은 고기라도 먹을 것이 있으면 이 세계는 아름답다. 그는 총, 폭탄, 전쟁이 없는 세계를 생각해 본 적이 없다. 그리고 세계는 총, 폭탄, 전쟁이 있어야 하는지, 아닌지도 생각해 본 적이 없다.

과학은 인간의 사고 영역을 벗어나서 원자탄을 발명했다. 원자력을 발견하여 최우선으로 전쟁에 응용한 것은 인류 최대의 수치다. 란둥양이 자기보다 더 교활하고 잔인한 죽음의 무기를 만난 것은 이 인류의 수치 속에서였다. 그는 새 시대의 시작을 보지 못했지만, 그의 뼈가 인간이 인간을 먹고, 개가 개를 먹는 시대 즉 구시대 속에 자기 뼈를 흩어지게 하는 데는 성공했다.

97

아이들의 눈에 전쟁의 공포가 비칠 수 있다면 바로 뉴쯔의 눈알 속에 그랬다. 굶주림 때문에 그녀는 이미 뛰놀 수가 없었다. 그녀의 목은 아주 가늘어져서 굉장히 길어 보였다. 이미 살이 많지 않아서 가늘고 긴 목이 그녀의 작은 머리통을 떠받칠 수가 없었다. 그녀의 옷은 낡고 짧아서 아주 풍덩해보였고, 여위어서 뼈만 남은 것 같았다. 보아하니 그녀는 이미 반은 죽은 것 같았다.

그녀가 공화면은 못 먹겠다고 말할 때는 그녀의 눈이 집안사람들에게 자기의 작은 생명도 존엄이 있다고 말하고, 그녀의 존엄은 개나 돼지도 먹지 않을 것은 먹지 못하겠다는 의미인 것 같았다. 그녀의 결심은 흔들리지 않았다. 아무도 강제로 먹일 수가 없었다. 아무도 이 때문에 그녀를 나무랄 수 없었다. 그녀의 눈 속의 분노가 가족 모두의 침략 전쟁에 대한 증오심을 대표하고 있는 듯했다. 그녀는 분노가 삭으면, 반쯤 눈을 감고 몰래 가족을 보고, 그들에게 자기를 용서해달라고 사과하는 것 같았다. 그녀는 말할 수가 없었다. '이렇게 어려울 때 내가 성을 내서는 안 되지.' 그러나 그녀의 눈은 이런 뜻을 전하고 있었다.

그러고 나서 천천히 그녀는 눈을 감고 모든 괴로움을 그녀의 작은 마음속에 숨겼다.

그녀는 눈을 감았지만, 어른들이 자기를 보러 와서 몰래 한숨을 쉰다는 것을 알았다. 그녀는 또 그들이 자기를 동정하고 사랑한다는 것을 알기에 자제하고 울지 않았다. 그녀는 고통을 참아야 한다. 전쟁은 그녀에게 인내하면서 괴로워하는 법을 가르쳤다.

그녀는 잠시 졸았다. 눈을 떴을 때 억지로 웃으려 했다. 작은 눈을 깜박이며 자신을 속였다. 자기는 착한 뉴쯔라 깨자마자 웃었다. 그래서 모두가 자기를 사랑하게 했다.

우연히 어른들이 그녀가 먹을 수 있는 것을 가져다주면, 그녀는 눈을 활짝 뜬다. 그녀는 그 음식이 자기를 살도록 도와줄 것이라 생각했다. 그녀의 눈은 그녀가 삶을 찬양하는 노래를 부를 것 같이 밝아졌다.

루이쉬안은 차마 딸을 보지 못했다. 영국과 미국 해군이 일본 본토에 접근하고 있었다. 그는 동양의 군신이 오래지 않아 독일과 이태리처럼 무조건 행복하리라는 것을 알았다. 그는 기분이 좋아야 할 것이다. 그러나 일본에 이기더라도 자기 딸을 구하지 못한다면 무슨 소용일까? 한번 가버린 인생은 다시 돌아오지 않는다. 어린 뉴쯔가 무슨 죄를 지었기에 이렇게 죽어야 한단 말인가?

치 노인은 최근에 기력이 쇠잔해져서, 아무것에도 관심이 없었다. 그는 억지로라도 뉴쯔 걱정을 하지 않을 수 없었다. 늙은이와 어린이의 마음은 쉽게 하나가 된다. 윤메이가 공화면 보다 더 좋은 먹거리를 잡수시라고 가져오면 그는 이렇게 말하곤 했다.

"뉴쯔에게 주어라. 나는 이미 죽을 때가 되었지만 뉴쯔는…"

그렇게 말하고 한숨을 짓는다. 그는 뉴쯔가 그 한 입을 먹으면 힘이 생기고 건강해질지 모른다고 생각했다. 그는 또 죽은 아들을 생각하고 사라진 두 손자 생각을 했다.

"사세동당의 마지막 세대에 무슨 일이라도 생기면 어쩌나!"

잠이 오지 않는 밤이면 그는 가끔 기도했다.

"하느님, 나를 데리고 가십시오. 절대로 뉴쯔는 안됩니다. 걔는 치씨 집에 남겨 주십시오."

어머니 윤메이의 눈은 오래전에 위험을 감지했다. 그러나 그녀는 낮은 소리로 탄식만 할 뿐 노인들을 감히 놀라게 해서 걱정을 끼칠 수 없었다. 오히려 그녀는 때때로 관심이 없는 척 했다.

"괜찮아요. 괜찮아, 뉴쯔는 어린 계집애예요. 어린 계집애는 힘들지요."

말은 이렇게 하지만 그녀는 누구보다 마음이 아팠다. 뉴쯔는 자기 딸이었다. 그녀의 장래 계획에는 뉴쯔가 희망의 중심이었다. 그녀는 눈을 감으면 뉴쯔가 아름다운 부인으로 성장하여 결혼하고 아들딸 낳는 것을 볼 수 있었다. 그러면 자기는 할머니가 되어 의젓한 위엄을 갖춘 노마님이 된다.

샤오슌얼이 물론 중요하다. 조상들 눈에는 대를 이을 아들이지만 걔는 아직 어리다. 그렇지만 자신이 아들을 대신할 수는 없고, 오로지 마음을 다해 그를 대신해서 계획할 뿐이다. 뉴쯔는 딸이다. 그래서 윤메이는 자신의 경험을 이용하여, 뉴쯔의 미래를 생각할 수 있다. 어머니와 딸은 서로에게 필요불가결한 존재다.

윤메이는 절대로 뉴쯔가 죽으리라고는 생각해보지 못했다. 정말 뉴쯔가 죽으면 윤메이의 반이 죽는 거다. 매정스러운 일이지만 할아버지나 시어머니는 죽을 수 있지만 뉴쯔는 살아야 한다. 늙은이들은 추풍낙엽 같다. 때가 오면 떨어져야 한다. 그러나 뉴쯔는 새로 필 꽃의 싹이다. 윤메이는 뉴쯔가 태어난 지 2~3달 되었을 때처럼 팔로 꼭 껴안아 주고 싶다. 그녀는 뉴쯔 손과 팔을 만지작거리고 있을 동안에는 뉴쯔에게 자기 젖을 물려주고 싶다.

뉴쯔는 항상 할머니와 함께 있었다. 이 둘—늙은이와 어린이—은 몸과 그림자처럼 항상 함께였다. 할머니 삶이란 뉴쯔를 돌보고 달래기 위해서 이어가지, 그 외에는 아무런 쓸모가 없는 것 같았다. 윤메이는 시어머니에게서 뉴쯔를 떼어놓지 않았다. 때때로 윤메이는 질투가 나서 시어머니에게서 뉴쯔를 낚아채 오고 싶었다. 그러나 그녀는 그러지 않았다. 그녀는 시어머니가 딸이 없다는 것을 알았다. 뉴쯔는 그녀의 손녀이기도 하고 딸이기도 했다. 그래서 윤메이는 시어머니에게 말한다.

"뉴쯔에게 아무 일 없겠지요. 걔가 중병도 아니지요."

마치 뉴쯔가 그녀의 딸이 아니고 시어머니의 손녀이기만 한 것처럼 말했다.

작은 생명이 사생을 오가는 동안에 루이쉬안과 셋째가 가져오는 허다한 좋은 소식을 접했다. 너무 많아서 취사선택하는 데 애를 먹을 지경이었다. 미국 제3함대가 이미 동경 만에 진공했으며, 미·영·소는 포츠담에서 협정을 맺었으며, 첫 번째 원자탄이 히로시마에 투하되었다.

날씨는 아주 더웠다. 루이쉬안은 늦게까지 등에 땀을 비 오듯이 흘리며 선고, 편집, 발송하느라 바빴다. 그러나 겉으로 조용했지만, 눈에는 광채가 나고 심장은 기뻐서 터질듯했다. 그는 자신의 몸이 연약하다는 것을 잊고, 정신적 힘은 무한하다고 생각하고, 잠시도 쉬려고 하지 않았다. 그는 인류의 최대 비극이 끝나가는 것을 경축하는 노래를 부르고 싶었다.

그는 승리 소식을 전하는 것 외에, 세계의 미래에 대한 자신의 희망을 적었다. 그는 앞으로 피로써 얻은 교훈을 좇아 아무도 힘으로 문제를 풀려고 해서는 안 된다고 생각했다. 그는 이 생각을 글로 다 쓰지는 않았다. 그의 지하신문은 이런 글을 쓰기에는 너무 좁았다.

그러나 그는 자신의 이러한 희망을 수업시간에 학생들에게 들려주었다. 그는 인간을 무기의 노예로 보았다. 그는 노예로서의 인류를 경멸했다. 그러나 인간은 부드러워질 수 있으며, 전쟁 후에 평화를 찾을 수 있기 때문에 행복하다고 느꼈다. 인류가 무장을 해제하고 무기의 노예에서 벗어나면, 평화를 지향하고자 하는 희망이 싹틀 것이다.

그런데 그가 뉴쯔를 보았을 때는 그의 마음이 얼어붙었다. 뉴쯔는 그가 내일에 대해 희망을 품게 놔두지 않았다. 그는 마음으로 기도했다.

"승리가 우리 앞에 있다. 니우야, 니우야, 죽어서는 안 된다! 제발 반년, 아니 한 달, 열흘만이라도 더 살아라. 착한 뉴쯔야, 그러면 평화를 보게 될 것이다."

그의 기도도 아무 응답이 없었다. 승리가 뉴쯔를 구할 수 없었다. 승리는 전쟁의 끝일뿐이고, 죽은 사람을 되살릴 수 없고, 중상을 입은 이들을 죽음에서 구할 수 없었다.

뉴쯔가 공화면을 한 입 넘기면 언제나 물과 국으로 뱃속으로 씻어내주어야 했다. 공화면속의 가루가 쌓였다. 모래와 곡식 껍질이 맹장에 쌓였다. 급성 맹장염에 걸렸다. 8년 동안의 전쟁이 한 곳에 집중하듯이, 격심한 경련이 그녀를 공갈이 똘똘 말았다. 진땀이 전신을 덮어서 그녀의 헤진 코트와 바지가 흠뻑 젖게 했다. 그녀는 두어 번 날카롭게 소리질렀다. 그녀의 입술이 파랗게 질리고 눈알은 뒤집혔다.

전 가족이 그녀 주위에 모였다. 아무도 어째야 좋을지 몰랐다. 전쟁 때처럼 아무도 어쩔 줄 모르고 쩔쩔매기만 했다. 때때로 뉴쯔가 꼼짝도 하지 않는 것을 보고 치 노인이 큰 소리로 불렀다.

"뉴쯔야, 착하지, 정신 차려라, 뉴쯔야."

뉴쯔의 수수깡같이 가느다란 다리를 뻗쳤다. 티엔요우 부인과 윤메이 둘 다 그녀를 안으려고 달려갔으나, 윤메이가 시어머니가 안도록 양보했다. 티엔요우 부인이 부드럽게 가만히 불렀다.

"뉴쯔야, 뉴쯔야."

어린 뉴쯔는 힘없이 숨만 헐떡거리고 있었다.

"내가 의사를 데려오지요."

갑자기 꿈에서 깨어난 듯이 루이쉬안이 방에서 뛰쳐나갔다.

또 한 바탕 경련이 일어났다. 뉴쯔는 할머니 팔에 안겨 가진 힘을 소진하고 고시라져 갔다. 티엔요우 부인은 안고 있지 못하고 침상에 내려 놓았다.

뉴쯔의 쇠약한 몸이 내부의 병마를 이기지 못했다. 그녀는 몇 번 꿈틀거리더니 눈을 치켜뜨고는 다시 움직이지 않았다.

티엔요우 부인은 뉴쯔의 입술에 손을 대었다. 숨이 끊어졌다. 뉴쯔는 다시는 눈을 떠서 감미로운 목소리로 '엄마'라고 부르지 않았다.

티엔요우 부인의 전신이 진땀에 젖었다. 그녀는 손을 뻗친 채 움직이지도 울지도 않았다. 그녀는 작은 침상 앞에 전신이 마비된 듯이 멍하게 서 있었다. 심장이 칼로 도려내는 듯이 우는 것조차 잊었다.

뉴쯔가 움직이지 않은 것을 보자 윤메이는 어린 딸의 시체 위에 쓰러져서 여전히 눈물과 땀으로 범벅이 된 딸을 안고 있었다. 그녀는 우는 것도 잊어버리고 그녀의 입을 뉴쯔 가슴에 대고 마구 불러대었다.

"뉴쯔야, 뉴쯔야, 내 새끼야, 내 새끼야!"

샤오슌얼이 큰 소리로 울기 시작했다.

치 노인은 와들와들 떨면서 의자에 앉아, 머리를 타라매고 있었다. 방에는 윤메이의 울음소리와 샤오슌얼의 훌쩍거리는 소리뿐이었다.

노인은 한참 동안 머리를 숙이고 있더니 갑자기 일어났다. 천천히 그러나 결연히 작은 침대로 다가갔다. 그는 윤메이의 어깨를 잡고 옆으로 끌어내려 했다.

윤메이는 뉴쯔를 꼭 껴안았다. 뉴쯔는 자기 뱃속에서 태어났기 때문에, 그녀가 다시 어린 딸과 한몸이 되려는 듯했다.

치 노인은 반은 성난 듯이 반은 애소하듯이 말했다.

"비켜, 저리 비켜!"

윤메이가 할아버지 목소리를 듣고 거칠게 말했다.

"뭘 어찌하시려구요?"

노인이 다시 잡아당기자 윤메이는 바닥에 털썩 주저앉았다. 노인은 어린 뉴쯔를 끌어안고 소리쳤다.

"뉴쯔야"

그는 문으로 갔다.

"뉴쯔야, 큰할아버지랑 함께 가자."

뉴쯔의 대답은 다리가 약간 흔들리는 것이 전부였다.

노인은 비틀거리며 뉴쯔를 마당으로 들고 갔다. 이마에서 땀이 흘러내렸다. 그의 짧은 코트는 한두 개의 단추가 채워져 있을 뿐 그의 버쩍 마른 가슴이 드러나 있었다. 그는 계단 아래에 가만히 서 있었다. 그가 해야 할 일을 잊을까 두려운 듯이 헐떡거렸다. 그는 뉴쯔를 더 단단히 껴안고 낮은 소리로 말했다.

"뉴쯔, 나와 함께 가자, 가자."

노인은 낮은 소리로 티엔요우 부인을 불렀다. 뉴쯔를 부르고 있지 않고 그녀를 부르고 있는 것처럼 똑바로 앞으로 보고 허수아비처럼 뻣뻣하게 노인을 따라갔다.

윤메이의 곡소리와 샤오슌얼의 흐느낌이 이때쯤에야 몇몇 이웃을 불러 모았다.

띵쭌은 이장이라는 자리 때문에 무리 제일 앞에 섰다. 그의 표정은 할 말이 있으며 자기가 말해야 할 사람이라고 말하고 있는 듯했다.

스따마는 이제 거의 눈이 멀었지만, 그녀의 따뜻한 마음씨와 진지함은 전과 마찬가지였다. 지팡이를 짚고 걸으면서 영감이 죽은 후에 그녀 혼자서 이웃을 돕는 것을 책임져야 하는 것처럼 남을 돕느라 바빴다.

청창슌은 샤오카이를 안고 스따마 뒤에 서 있었다. 그는 이제 중년 사나이 같았고, 어린 샤오카이는 뚱뚱하지는 않았지만, 잘생긴 소년이었다.

마과부는 나오지 않았다. 그녀는 곡소리가 치 씨 댁에서 나는 것이라 걱정을 많이 했지만, 그녀는 문에 서서 창슌이 와서 전부 얘기해 주기를 기다렸다.

상성 리우와 많은 다른 사람들이 말없이 마당에 서 있었다.

노인은 결연히 그러나 매우 천천히 걸었다. 넘어지지 않으려 이리 비틀 저리 비틀 하느라 빨리 걸을 수 없었다.

루이쉬안이 의사를 데리고 마당에 들어섰다. 그가 영벽을 돌아서 마당에 있는 사람들을 보고, 그들을 헤치고 바로 할아버지 앞으로 나갔다.

의사가 나서서 이미 굳어져 가는 뉴쯔의 손목을 잡았다.

치 노인은 갑자기 멈춰 서더니 머리를 쳐들었다. 그는 의사를 보았다.

"당신 뭐하는 거요?"

그는 성이 나서 소리 질렀다. 의사는 노인의 성난 소리에 주의하지 않고 루이쉬안에게 조용히 말했다.

"아기가 죽었습니다."

루이쉬안은 의사의 말을 듣지 않은 것 같았다. 눈물을 글썽이며 할아버지의 팔을 잡았다. 의사는 가버렸다.

"할아버지 어디 가시는 거예요? 걔는 이미…"

'죽었다'라는 말이 루이쉬안의 목구멍 가시처럼 박혀 있었다.

"비켜!"

노인의 다리는 거의 움직이지 못했으나, 여전히 앞으로 나가고 싶어 했다.

"나는 3호집의 일본 악마에게 얘를 보여줄 작정이야. 그들은 우리의 양식을 빼앗아 갔어. 그들의 아이들은 먹을 곡식이 있었으나 그들이 내 증손녀를 굶겨 죽였어. 내가 그들에게 보여주겠어. 비켜!"

98

치 노인은 마당에서 나가려고 비틀거렸다. 3호집 일본인들은 이미 빗장을 걸어 잠갔다. 그들은 마치 시가전에 대비하듯이 물건들을 쌓아서 대문에 고았다.

그들은 이미 일본 항복 소식을 들었다.

그들은 매우 겁이 났다. 그들의 군벌은 전쟁을 선동했지만, 전쟁을 끝낼 용기는 없었다. 전투가 잘 돼 갈 때는 그들은 죄책감을 잊고, 전쟁이 주는 만족감과 영광만 느꼈다. 그들 자신이 사람을 죽이기를 원하지 않았지만, 얼마나 많은 중국인들이 그들의 군인들에 의해 죽지 않았는가?

문에 빗장을 걸고 바리케이드를 치고는 그들은 모두 한 방에 들어가 소리 없이 울었다. 전쟁은 이제 악몽이다. 영광과 특권은 이미 사라졌다. 아름다운 북평을 버려야 하고, 아름다운 집과 여유 있는 생활을 포기하고, 마치 죄수처럼 본국으로 도망쳐야 한다. 만약 부근의 중국인이 보복하려고 든다면, 타향에서 목숨을 잃을 것이다.

그들은 한 면으로는 소리 없이 울고, 한 면으로는 바깥 동정을 살폈다.

일본이 항복했다는 소식이 중국인들의 귀에 들어가면 중국인이 칼, 몽둥이, 곤봉을 들고 자기들의 대문을 부수고 들어와서, 그들의 머리통을 부숴버리지 않을까? 그들이 생각하는 것은 전쟁을 일으킨 죄악이 아니라 패전 후의 치욕과 두려움이었다. 그들은 전쟁이란 믿을 것이 못 된다고 생각했다.

1호집 노파는 대문을 활짝 열었다. 문이 열리자, 그녀는 자신에게 이렇게 말하는 듯이 웃었다. '복수하고 싶은 사람은 와라. 우리가 8년 동안 당신들을 억압했소. 이제 당신들이 복수할 때요. 이것이 정의일 거요.'

문간에 서서 그녀는 대문 밖의 큰 회나무를 보았다. 그녀는 일본군의 패전 소식에 기분이 좋지 않았지만, 수치로 생각지 않았다. 그녀는 애초부터 반전주의자였다. 그녀는 오래전부터 무력을 맹목적으로 믿는 사람은 자신에게 재앙을 안겨준다고 알고 있었다. 그녀는 조용히 문에 서 있었다. 가슴속에는 슬픔이 가득했다. 전쟁은 끝났다. 그런데 죽은 수천 수백만 명은 어떻게 되나?

그녀는 대문을 나갔다. 그녀는 이웃들에게 일본이 항복했다고 말을 해주어야 했다. 이것은 부끄러운 일이 아니었다. 일본의 항복은 맹목적인 무력 숭배의 불가피한 결과였다. 그녀는 자신이 일본 사람이기 때문에 이 진실을 받아들이기를 거부할 수 없었다. 동시에 그녀는 중국 사람들과 좋은 친구로 사귀어서, 복수와 증오심을 초월한 기반 위에 이루어진 우정을 자기와 중국인을 위해서 쌓아올려야 한다고 믿었다.

그녀가 대문을 나서자마자 그녀는 자기도 모르게 치 씨 댁 대문을 향해서 갔다. 그녀는 항상 치 노인은 어떤 권위를 대표한다고 생각해 왔다. 그리고 그녀는 루이쉬안을 이해했다고 느꼈다. 루이쉬안은 그녀와 영어로 말할 수 있다. 그녀의 태도와 지식은 그녀가 그를 좋아하고 존경하게 만들 정도가 되었다. 그녀는 전 세계를 여행했다. 루이쉬안은 북평 밖을 나간 적이 없었다. 그러나 그녀가 아는 것은 그도 알고 있었다. 아니다. 그는 세계 사정을 알뿐만 아니라, 이해하고 있으며 인류 미래에 대한 확실한 희망을 가지고 있다.

그녀가 치 씨 댁 대문에 이르렀을 때 뉴쯔를 안고 있는 치 노인이 영벽을 돌아 나오고 있었다. 루이쉬안이 할아버지를 부축하고 있었다. 일본 부인이 가만히 멈춰 섰다. 한눈에 뉴쯔가 죽었다는 것을 알았다.

그녀는 원래 기쁜 소식을 치 씨 댁에 전하고, 루이쉬안과 금후의 중·일 관계에 대해서 논의할 생각이었으나, 반쯤 죽은 노인이 죽은 어린이를 안고 있는 것을 보리란 생각을 못 했다—마치 반쯤 죽은 중국이 수천수만에 달하는 죽은 아이들을 안고 있는 것 같았다. 승리와 패배가 어떻게 다른가? 승리에 무슨 좋은 점이 있는가? 승리하는 날이 당연히 저주받은 날이고 울어야 되는 날이다.

항복의 수치는 그녀를 낙담시켰지만, 뉴쯔의 죽음은 그녀의 자신과 용기를 잃게 했다. 그녀는 집으로 돌아가기 시작했다.

치 노인의 눈이 뉴쯔에게서 대문으로 옮겨갔다. 그는 수천 번이나 드나들던 대문을 알아볼 수 없는 것 같았다. 그곳을 나가면 일본인을 찾을 수 있는 곳이라 느꼈다. 그는 늙은 일본 부인을 보았다.

그 늙은 부인은 치 노인처럼 평화를 사랑했지만, 그녀는 가족 중에 젊은 사람을 잃었다. 그녀는 어떤 수치심도 없이 그 노인에게 갈 수 있어야 했다. 그러나 침략 전쟁은 군벌들을 오만하게 만들고, 양심 있는 사람이 부끄럽게 느끼게 한다. 그녀도 결국 일본 국민이었다. 그녀는 어린 뉴쯔의 죽음에 대해서 약간의 죄책감을 느꼈다. 그녀는 몇 발짝 뒤로 물러섰다. 치 노인 앞에서 그녀는 죄책감을 느꼈다.

치 노인은 아무 생각도 없이 소리 질렀다.

"가만히 서 있어. 보아라, 보아라!"

그는 뉴쯔의 가느다란 시체를 들어서 일본 여인이 보도록 들어 올렸다.

노파는 말없이 서 있었다. 그녀는 돌아서서 도망가고 싶었다. 그러나 그 노인이 그녀를 꼭 잡고 있는 것 같았다.

루이쉬안은 할아버지를 부축하면서 조용히 불렀다.

"할아버지, 할아버지"

그는 뉴쯔의 죽음이 1호집 노파하고 아무 관계가 없다는 것을 분명히 알고 있었다. 그리고 그는 할아버지가 항상 그 부인을 존경하고 있다는 것도 알고 있었다. 그러나 그는 이미 반은 죽고, 반은 살아 있는, 거의 무의식 상태로 반은 정신 나간 노인과 감히 논쟁할 수 없었다.

노인은 여전히 비틀거리며 앞으로 나갔다. 이웃들이 말없이 그를 따랐다.

노부인은 할아버지가 다가와서 그녀를 공격할 것 같이 생각했다. 그녀는 노인이 두려웠다. 그러나 그녀는 그가 바른 사람이고 뉴쯔의 죽음이 아니면 이런 소동을 벌일 리가 없다는 것을 알았다. 그녀는 일본이 항복했다고 말해서 그들을 위로할 수 있을 것이다.

그녀는 루이쉬안에게 영어로 말했다.

"할아버지에게 일본이 항복했다고 말해줘요."

루이쉬안은 못 알아들은 것 같이 영어로 자문했다.

"일본이 항복해?"

그리고는 노파를 다시 보았다.

그 노파는 머리를 약간 끄덕였다. 루이쉬안은 갑자기 떨기 시작했다. 어쩔 줄 모르면서 멍하게 뉴쯔의 몸에 손을 얹었다.

"그녀가 뭐라고 했어?"

치 노인이 큰소리로 물었다.

루이쉬안은 뉴쯔의 차가운 손을 잡고 뉴쯔의 얼굴을 보고 혼자 중얼거렸다.

"승리했어. 뉴쯔야, 그러나 너는…."

루이쉬안은 급히 뉴쯔의 손을 놓고, 할아버지를 보고 이웃들을 보았다. 그는 눈물을 머금고 웃었다. 그는 소리치고 싶었다. '우리가 이겼다.' 그러나 낮은 소리로 마치 할아버지에게 미처 말하고 싶지 않은 듯이 말했다.

"일본이 항복했습니다."

그가 그들에게 말할 때 눈물이 그의 얼굴에 흘러내렸다. 지난 8년 동안의 마음과 몸의 고초가 천균의 힘으로 그의 마음을 눌렀다.

루이쉬안의 목소리는 낮았지만 '일본이 항복했다'는 말은 바람에 실리듯이 모두의 귀에 전해졌다.

모두 즉시 어린 뉴쯔의 죽음을 잊었다. 치 노인과 루이쉬안을 동정하는 것도 잊고, 윤메이와 티엔요우 부인을 위로하는 것도 잊었다. 모두가 무엇인가 하고 싶고, 무슨 말이든지 하고 싶었다. 그들은 승리가 어떤 것인지 보고, 뛰쳐나가서 입을 열고 큰 소리로 "중화민국 만세"를 외치고 싶었다. 치 노인조차 무엇을 할지 잊은 듯이 여기저기를 두리번거릴 수밖에 없었다. 슬픔, 기쁨과 혼란이 뒤섞였다.

일본 노파가 갑자기 모든 눈의 목표가 되었다. 노파는 더 이상 이상을 가진 평화를 사랑하는 여인이 아니었다. 그녀는 일본인이고 폭력, 침략과 학살의 상징이었다. 그 눈들은 모두가 증오의 불길이 이글거리고 그녀를 파고들었다. 그녀는 어떻게 해야 하는가? 말로는 자신을 변명할 수 없었다. 끝장을 보아야 할 때는 말이 구제해 주지 않는다. 그녀는 자신이 아무 죄도 없다는 것을 알지만, 말을 할 수가 없었다. 그녀는 일본군부의 죄를 분담해야 될 것 같았다. 그녀의 이상은 국경과 민족의 경계를 초월한다는 사실에도 불구하고 그녀의 나라와 민족 때문에 죄를 자인하고 떠안아야 했다.

그녀는 자기 앞에 있는 사람들을 보았다. 갑자기 그녀는 그들을 모른다는 생각이 들었다. 그들은 이제는 이웃이 아니고 자기를 미워하고 죽이고 싶어 하는 사람들에 불과했다. 그녀는 이 이웃들이 점잖은 사람들이고 다루기 쉬운 사람들이지만, 오늘 이들이 제정신을 잃고 복수를 원하지 않으리라고 누가 보장할 수 있는가?

윤메이는 곡을 멈추고, 할아버지에게로 달려가서 뉴쯔를 받아 안았다. 승리가 그녀와 무슨 관계란 말인가? 그녀는 뉴쯔만 좀 더 오래 안고 있고 싶었다.

윤메이는 뉴쯔의 시체를 꼭 껴안고 천천히 마당으로 돌아왔다. 그녀는 머리를 숙이고 뉴쯔의 회색빛 가냘프고 조용한 작은 얼굴을 보고, 뉴쯔가 자고 있는 것처럼 가만히 "뉴쯔"라고 불렀다.

치 노인은 몸을 돌려 그녀를 따라갔다.

"샤오슌얼 애미야, 너 들었어? 일본이 항복했어. 샤오슌얼 애미야, 다시 울지마. 좋은 날이 올 거야. 방금은 슬퍼서 내 정신이 아니었어. 내가 뉴쯔를 데리고 일본인을 찾아가려 했어. 내가 잘못했어. 그렇게 뉴쯔를 더럽혀서는 안 되는 거야. 샤오슌얼 애미야, 뉴쯔에게 깨끗한 옷을 찾아주고 얼굴도 씻겨. 걔가 눈물이 얼굴에 묻은 채 관속에 넣지 마라. 샤오슌얼 애미야, 걱정하지 마라. 일본인들이 물러가고 나면 우리는 평화롭고 행복하게 살아갈 수 있다. 너와 큰애는 아직 젊으니, 자식을 더 낳을 수 있다."

윤메이는 늙은이의 호소, 자기를 위로하려는 말이 들리지 않는 것 같았다. 그녀는 천천히 낮은 소리로 "뉴쯔"라고 부르며 앞으로 나아갔다.

티엔요우 부인은 아직 마당에 서 있었다. 윤메이를 보자 따라갔다. 그녀는 자기가 뉴쯔를 안고 가게 하고 싶지 않은 것을 아는 것처럼 며느리를 따라 들어갔다.

리스따만 티엔요우 부인과 함께 서 있다가, 아무 생각 없이 윤메이와 시어머니를 따라갔다. 세 여인은 천천히 방 안으로 들어갔다.

이때 병벽 옆에서 상성 팡리우가 이웃들에게 큰 소리로 말했다.

"여러분, 우리 오늘 복수를 해야 합니다."

이 말은 이웃들이 들으라고 말했지만, 그의 눈은 일본 부인에게로 향하고 있었다.

모두가 팡리우의 말을 듣기는 했지만 무슨 말인지 알아듣지 못했다. 그들 모두는 재앙을 끈기 있게 참을 수 있지만, 재앙이 사라지면 복수할 생각을 하지 않는 북평사람들이었다. 그들 모두는 역사에 순종하지만, 역사를 창조하거나 바꿀 생각을 하지 않는다. 역풍이 불 때조차도, 그들은 세상에 살아가기 위해서, 결코 바뀌지 않은 철학을 지키며 살아가려 한다. 이 철학 뒤에는 악도 나름대로의 응답을 받는다는 믿음이 깔려 있다. 그들의 적들을 쳐서 물리칠 필요가 없다. 일본인들이 얼마나 무서웠나? 그런데 그들도 항복했다. 8년 동안의 점령—얼마나 길었나. 그러나 7~8백 년 북평역사에 비하면 8년이란 새 발의 피 아닌가? 아무도 꿈쩍하지 않았다.

팡리우가 그들에게 설명하기 시작했다.

"우리는 8년 동안 고통을 당했다. 어느 하루 말 한마디 잘못했다가 목이 달아나는 사람이 없는 날이 없었다. 우리가 그들에게 따끔한 맛을 보여주어야 한다. 여러분이 죽이지 못하면 침이라도 뱉어주어야 하는 것 아닌가?"

항상 착하기만 하던 청챵슌이 팡리우의 말에 동의했다.

"옳소, 우리가 그들을 때리거나 죽이지 못하면, 우리가 그들의 얼굴에 침이라도 뱉어야 되지 않아요?"

그는 코맹맹이 소리로 소리 질렀다.

"자, 가자!"

모두가 그 늙은 일본 부인에게 다가갔다. 그녀는 그들이 무슨 말을 하고 있었는지 모두 이해할 수는 없었지만 그들의 태도가 적대적이 되었다는 것을 알아챌 수 있었다. 그녀는 도망치고 싶었으나, 발걸음이 떨어지지 않았다. 그녀는 등을 꼿꼿이 펴고 그들의 공격을 용감하게 기다렸다. 그녀는 그들의 모욕과 주먹을 견뎌야 했다. 그래야만 그녀와 다른 일본인들의 죄가 감해질 것 같았다.

루이쉬안은 그동안 정신없이 땅바닥에 앉아 있었다. 갑자기 그는 일어서서 군중들과 그녀 사이에 끼어들었다. 그의 얼굴은 창백했지만, 눈은 빛났다. 그가 가슴을 치켜들자 갑자기 키가 커진 것 같았다. 단호하지만 부드럽게 말했다.

"여러분, 어쩔 작정이요?"

아무도 팡리우조차도 감히 대답을 못 했다. 중국 사람들은 학자를 존경한다. 루이쉬안은 그들의 이상에 맞았다. 그들 중에 유일하게 교육 받은 사람이었다.

"여러분이 이 늙은 여인을 때릴 작정이요?"

루이쉬안은 '늙은'이란 말에 힘주어 말했다.

모두가 루이쉬안을 보고 늙은 일본 부인을 바라보았다. 팡리우가 먼저 고개를 저었다. 아무도 늙은 부인을 해치고 싶어 하지 않았다.

루이쉬안은 고개를 돌려, 그 일본 부인에게 말했다.

"들어가시는 것이 좋겠습니다."

그 부인은 한숨을 쉬더니 모두에게 절을 하고 가버렸다.

노부인이 가고 난 후에 띵쫀이 들어왔다.

팡리우가 띵쫀이 들어오는 것을 보자 원군을 만난듯했다. 띵쫀은 독일이 항복한 후에 일본이 패망하면, 북평에 있는 일본인들에게 본때를 보아야 한다고 말해 왔다.

"띵, 당신은 어떻게 생각해? 우리 3호 집에 가서 일본인들에게 좀 따끔한 맛을 보여야 하지 않을까요?"

"무슨 일 있었어?"

띵쫀은 여전히 일본 항복 소식을 듣지 못하고 있었다.

"일본은 끝났어. 항복했다."

펑리우가 큰 소리로 말했다.

띵쫀은 교회에서 "아멘"이라고 말할 때 눈을 감듯이 눈을 감았다. 그다음에 몸을 돌리더니 뛰기 시작했다.

"당신 어디 가는 거요?"

루이쉬안이 물었다.

"저… 저요, 영국대사관에 가는 길이요."

띵쫀이 소리 질렀다.

99

중경, 성도, 곤명, 서안과 허다한 도시에서 사람들이 소리치고 노래했다. 심지어 어떤 사람은 너무 기뻐서 눈물을 흘렸다. 북평은 맑고 차갑기만 했다. 북평의 일본병들은 아직도 무장해제하지 않았다. 일본 헌병이 여전히 거리를 순찰하고 있었다.

정복된 나라의 슬픔과 고통은 식탁에 먼지를 쓸어내듯이 승리로 쓸어버릴 수 없다. 그러나 한 가지 즐거운 일이 있었다. 일본인들은 자기네 일장기를 끌어내리고, 중국인들이 푸른 하늘에 흰 태양이 그려진 청천백일기를 내걸었다. 행진도, 예포도, 함성도 없었지만 푸른 하늘을 바탕으로 흰 태양을 그린 청천백일기가 백성들에게 위로를 주었다.

북해의 백탑이 여전히 당당하게 서 있었다. 호수의 연꽃은 여전히 붉고, 흰 꽃잎을 뽐내며 향기를 뿌리고 있었다. 제단, 사원, 궁전들은 여전히 금빛과 초록빛으로 위엄 있게 빛나고 있었다. 오래된 유리 타일이 여전히 새로 만든 것처럼 빛난다.

북평은 조용했다. 이 승리의 순간에도 성안에 소요라고는 없었다. 다만 일본 사람들이 지나치게 서둘러 문을 닫고 빗장을 걸었을 뿐이다.

가장 조용한 곳은 아마도 치 씨 댁일 것이다. 루이쉬안은 할아버지를 부축하여 방으로 모셨다. 노인은 침대 모서리에 앉아 루이쉬안의 손을 잡았다. 노인은 지난 8년 동안의 고초를 생각하며 큰 소리로 저주를 퍼붓고 싶었다. 그는 죽은 아들, 손자, 증손녀를 생각하며 큰 소리로 울고 싶었다.

천천히 루이쉬안의 손을 놓고 천천히 자리에 누웠다. 루이쉬안은 샤오슌얼을 불러서 할아버지 곁에서 시중들게 했다.

이 일을 샤오슌얼이 기꺼이 맡았다. 그는 뉴쯔를 눕혀 놓은 방에 들어갈 용기가 없었고, 마당에서 바보같이 혼자 놀고 싶지 않았다. 뉴쯔가 없으니, 어디 가야 할지 몰랐다. 할아버지랑 함께 있는 것이 자기가 할 일 같았다. 그는 착하게 할아버지가 손을 잡고 계시게 했다.

노인은 자는 척 눈을 감고 있었다. 샤오슌얼의 온기가 노인의 손을 타고 심장에 전해지는 듯했다. 그는 자기가 살아서 증손자의 손을 잡고 있을 뿐만 아니라—나이 가장 많은 사람과 전쟁에서 죽지 않은 가장 나이 적은 사람—구름 위에 누워서 구름 속으로 산화되어 버리는 것 같았다. 그는 샤오슌얼의 손을 더 꼭 쥐었다. 샤오슌얼은 평화를 누리며 아들딸을 가질 것이며, 치 씨 댁은 대대손손 조상 숭배를 위한 향화가 그치지 않을 것이다. 노인은 샤오슌얼의 손을 더 꼭 잡았다. 그러면 마치 두 손이 하나가 될 수 있는 것처럼 노인은 샤오슌얼에게 얘기라도 하려는 듯이 눈을 떴다. '너와 나는 한집의 첫째 세대와 마지막 세대다. 우리 두 세대는 꼭 살아야 한다. 우리가 살 수만 있다면 전쟁이 대순가? 그리고 내가 죽더라도 너는 내 나이까지 살아서 한 집에 네 세대가 되도록 해라.'

샤오슌얼은 할아버지가 눈을 뜨는 것을 보고 얘기를 하고 싶었다. 그는 말했다.

"큰할아버지, 깨셨어요?"

노인은 대답하지 않고 다시 눈을 감았다. 그러나 그의 얼굴에는 미소가 비쳤다.

루이쉬안은 뜰을 몇 바퀴 돌다가 유리창으로 방안을 들여다보았다. 그의 어머니와 아내가 뉴쯔를 보면서 침대 머리맡에 앉아 있었다. 갑자기 그의 눈에 눈물이 났다. 그는 걸어가서 대추나무 아래에 섰다.

그는 머리가 아파서 집중할 수가 없었다. 뉴쯔의 죽음이 그가 8년 동안 싸워온 목표를 지워버렸다.

루이쉬안이 대추나무 아래에 서 있을 때 바이순장과 진산예가 왔다.

바이순장은 땀을 흘리며 달려왔다. 한 손으로 땀을 닦으며 다른 손으로 루이쉬안에게 뻗쳤다.

"야아! 치 선생 우리가 이겼어요?"

그는 루이쉬안 손을 정답게 잡고 싶었다. 그러나 그는 루이쉬안의 슬픈 얼굴을 보고 손을 뺐다.

"무슨 일이요, 치 선생?"

루이쉬안이 미처 대답도 하기 전에 진산예가 말했다.

"치 선생, 좀 도와주십시오. 우리가 전쟁을 이겼는데, 왜 빨리 치엔 선생과 내 손자를 구하러 가지 않소? 제발 선생님이 저를 도와서 그들이 어디에 있는지 찾아봅시다."

루이쉬안은 진산예와 함께 그들을 찾으러 몹시 가고 싶었다. 그러나 그는 두 여인네와 뉴쯔의 시체를 두고 갈 수 없었다. 애미가 이별의 슬픔에 못 이겨 기절하거나 죽을지 누가 알랴. 그는 방을 손가락질했다.

바이순장이 보러 가고 진산예가 뒤를 따랐다.

바이순장이 유리창으로 안을 들여다보았다. 다년간 순경 노릇을 했기 때문에, 그는 슬픔에 젖어 있는 광경에 익숙했다. 그는 이 두 부인이 큰 소리로 울게 하는 방법을 찾아야 한다는 것을 알았다. 만약 아무 소리도 못 내고 뉴쯔만 쳐다보고 있으면, 심각한 문제가, 특히 티엔요우 부인에게 일어날 수 있다.

"치 선생, 당신이 곡을 시작하시오."

바이순장은 낮은 소리로 말했다. "당신이 곡을 하면 그들도 곡을 할 꺼요. 그들이 곡을 하지 않으면 마음속의 괴로움이 그들을 숨이 막히게 할거요. 아니면 죽을 수도 있어요."

루이쉬안이 바이순장의 말을 들을까 말까 결정을 못 하고 있을 때, 한 남자와 여자가 밖에서 들어왔다.

남자는 홀쭉한 검은 탑같이 키가 크고 날씬했지만, 그의 몸은 강하고 단단해 보였다. 그의 머리에는 모자가 없었으며 군인같이 머리가 빡빡 깎여 있었다. 그의 얼굴은 홀쭉하고 단단하고 검었다. 그의 검은 콩 같은 눈알에는 만족의 빛이 역력했다. 그는 2~3 사이즈 정도 작아 보이는 학생복을 입고 있었다. 그의 코트는 겨우 가슴을 가릴 정도이고, 바지는 무릎을 반이나 가리지 못했다. 그의 옷은 모양새도 없고 어울리지도 않았지만, 그는 만족한 듯이 수수하게 차려입고 있었다. 그는 머리를 높이 치켜들고, 단단한 뺨에는 미소가 걸려 있었다. 그의 오른손은 까오디의 손을 잡고 있었다.

까오디의 얼굴도 여위었다. 그녀의 두꺼운 입술이 보기가 더 좋았다. 그녀의 짧은 코에 미소가 만든 물결 같은 잔주름이 잡혔다. 그녀의 머리는 파마한 적이 없는 것 같았으며, 입술에 립스틱을 바르지 않았다. 그녀는 따져빠오와 짜오디의 영향을 완전히 털어버린 듯했으며, 화장을 하지 않아서, 그녀의 진짜 모습이 드러나는 듯했다. 그녀의 머리는 하도 높이 쳐들어서, 셋째의 뺨을 보거나 푸른 하늘을 보고 있는 듯했다.

그들이 영벽을 돌아들자 셋째가 큰 소리로 "엄마"라고 소리 질렀다.

루이추안이 자기도 모르게 큰소리를 질렀다. 그가 오랫동안 써 보지 못했던 말이 저절로 튀어나온 듯했다.

"셋째야."

루이쉬안도 소리쳤다. 그는 그 순간에 뉴쯔가 죽었다는 것도 잊은 것 같았다. 셋째는 중국 젊은이의 대표, 용감하고 활기찬 새 중국의 상징이었다. 루이쉬안이 그들에게 다가가자 까오디를 알아보았다. 한 사람씩 손을 잡고 그들을 가까이로 끌어당겼다. 뜨거운 눈물이 방울방울 떨어졌다.

바이순장이 셋째에게 인사하고 싶었으나 루이쉬안이 셋째의 손을 놓을 기미가 보이지 않자 조용히 옆으로 비켰다. 그는 가족이 함께 오면 남이 끼어드는 것을 원치 않는다는 것을 알고 있었다. '갑시다'라고 말하면서, 바이순장이 진산예의 손을 잡고 진산예를 마당에서 끌고 나갔다.

셋째의 목소리로 방안의 얼음을 녹였다. 티엔요우 부인은 내내 울지는 않았지만, 뉴쯔를 바라보면서 멍청하게 앉아 있었다. 그녀가 셋째의 목소리를 듣자, 그녀의 심장이, 아기의 심장이, 어머니의 자궁 속에서 뛰듯이 뛰었다. 셋째, 그녀의 아기가 마당에서 그녀를 부르고 있다. 그녀는 다시 살아났다. 오래 억누르고 있었던 눈물이 갑자기 쏟아지기 시작했다.

셋째가 돌아오자 그녀는 더 이상 뉴쯔를 볼 필요가 없었다. 뉴쯔는 이미 죽었지만, 그녀의 아들은 살아 있다. 눈물이 그녀의 눈을 가렸다. 그녀는 눈물을 닦고 방을 나섰다.

그녀가 방에서 나오자, 셋째는 형의 손을 놓고 그녀에게 달려갔다.

티엔요우 부인은 통곡했다. 셋째는 그녀의 차가운 손을 쥐고 되풀이해서 "엄마"를 불렀다.

어머니 등 너머로 그는 형수를 보았다.

"형수님, 제가 왔어요."

윤메이는 머리를 돌려 시동생을 보지도 않고, 뉴쯔의 시체에 엎드려 통곡하기 시작했다.

"무슨 일이요? 무슨 일이요?"

셋째가 어머니와 형수가 우는데 당황해서 참지 못했다. 어머니의 손을 잡고 윤메이가 있는 방에 들어갔다. 한눈에 그는 작은 침대를 보았다.

루이쉬안은 그의 어머니와 아내가 우는 소리를 듣고 안심했다. 그는 우는 것이 슬픔을 제거하는 최고 방법이라는 것을 알고 있었다. 그는 할아버지에게 셋째가 돌아왔다는 소식을 알리기로 결심했다.

"할아버지, 할아버지"

루이쉬안은 잠긴 목소리로 불렀다.

노인은 자는 듯하다가 눈도 뜨지 않고 투덜거렸다.

"할아버지, 셋째가 왔어요."

"뭐라고?"

눈은 여전히 잠겨 있었다.

"셋째가 왔다고?"

노인은 눈을 떴다.

"셋째야, 이 귀여운 것아, 어디에 있니?"

노인은 일어나 앉았다.

"어디 있니?"

노인은 참을 수 없는 듯이 물었다. 루이쉬안이 대답하기를 기다리지 않고 소리 질렀다.

"셋째야, 셋째야 이리 와. 내가 보고 싶다."

루이쉬안에게 기대서 방을 나오기 시작했다.

"돌아왔으면, 할아버지부터 먼저 봐야지! 이 녀석!"

셋째는 할아버지를 보자 갑자기 가만히 서 있었다. 할아버지는 더 이상 자기의 기억 속에 있는 강하고 건강한 할아버지가 아니었다. 그는 여위고, 약하고 허리가 굽은 늙은이로 바뀌어 있었다. 할아버지의 머리 수염뿐만 아니라 눈썹까지도 시었다.

노인은 마르고 쭈글쭈글해진 손을 손자의 어깨에 얹고 말했다.

"좋아, 아주 좋아졌어. 셋째야 더 커지고 더 튼튼해졌구나. 아! 네가 집을 나간 지 8년이 되었구나. 이 할아버지는 내내 너를 기다렸단다. 좋아, 이제 편안해. 내 손자가 돌아왔으니 내가 편안하게 죽을 수 있을 거야."

티엔요우 부인은 여전히 울고 있었다. 그녀는 마당으로 나와 아들에게 다가갔다.

노인은 며느리를 보고 한숨을 쉬면서 부드럽게 말했다.

"울지 마라. 셋째가 돌아왔잖니. 행복한 일이 아닌가?"

티엔요우 부인은 고개를 끄덕이며 옷섶으로 눈물을 닦았다.

노인은 까오디를 보고 자기의 노안을 닦고 물었다.

"네가 관 씨 댁 큰딸 아닌가?"

까오디는 머리를 끄덕였다.

"너 셋째와 같이 왔니?"

노인은 까오디가 따져빠오와 짜오디 보다는 처신을 잘한 것을 알지만 관 씨 댁 사람은 좋아하지 않았다.

"그렇습니다."

까오디는 대답하고는 나아가서 티엔요우 부인의 손을 잡았다.

"아…"

374

노인은 까오디를 기분 나쁘게 하고 싶지 않았다. 그래서 더 이상 질문하지 않았다.

잠시 후에 노인은 셋째를 자기 방으로 불러들였다.

"셋째야, 저 관 씨 댁 처녀는 어떻게 된 거니?"

셋째는 주저하지 않고 바로 대답했다.

"그녀는 갈 곳이 없어요. 며칠 머물러야 합니다."

"오…."

노인은 천천히 누웠다.

"너…"

셋째는 할아버지 무슨 말씀을 하실지 잠잠했다.

"아마…"

노인은 한참 말이 없었다. 그는 까오디가 아무리 좋다 해도 관 씨 집 사람을 좋아하지 않았다.

"할아버지, 우리 집에 사람이 불어나는 게 좋지 않아요?"

셋째가 웃었다.

노인은 잠시 생각하더니 말했다.

"네 말이 옳아."

100

새 옷이 없어서 어린 뉴쯔는 짧지만 깨끗한 옷을 입혔다. 그녀는 작은 나무 상자에 넣어 성 밖에 묻혔다.

윤메이는 앓아누워서 일어날 수가 없었다. 셋째와 까오디가 있어서 다행이었다. 셋째는 집에 머물 계획이 아니었다. 적에게 저항하는 만큼 중요한 일을 하러 떠나야 했다. 그는 중국을 보아서 중국이 무엇을 필요로 하는지 알았다.

그가 늙은 여인처럼 집에 있으면서, 시시콜콜한 작은 집안일이나 할 수는 없었다. 그러나 그는 지금은 갈 수 없었다. 그는 먼저 치엔 아저씨를 감옥에서 모시고 나와서, 치엔 아저씨가 편안하게 살 곳을 찾아보아야 했다. 그러나 이번에는 할아버지, 어머니, 형, 심지어 형수가 자기를 필요로 하였다. 그는 자기의 너털웃음과 허튼소리와 버릇없는 것 같은 행동이 집안의 죽음 같은 침묵을 깨뜨릴 수 있다는 것을 알았다.

셋째가 형수를 다루는 솜씨는 아주 단순했지만 효과적이었다. 그는 그녀를 위로하려고 들지 않고, 아침부터 저녁까지 그녀를 쉴 새 없이 부려 먹었다.

"형수님, 아직 안 일어났어요? 만두가 먹고 싶어요. 8년 동안 형수님이 해주시는 만두 같은 것은 먹지 못했어요."

혹은,

"형수님, 일어나셔서 옷 좀 찾아 줘요. 제가 입고 있는 옷 좀 봐요. 너무 쫄려서 숨을 못 쉬겠어요."

그는 친절하게 해주길 좋아하는 형수가 자기 꾀에 넘어가 억지로라도 무엇인가를 하게 되면, 마음속의 상처가 치유될 수 있다는 것을 알고 있었다.

셋째는 온갖 부탁으로 형수를 자극하는 것 외에, 형수에게 자기 눈으로 본 많은 불행한 일들을 들려주었다—공습에 폭격당한 소년, 소녀들, 부모가 도망칠 수밖에 없어서, 부모가 강에 던져버릴 수밖에 없었던 아기들, 뉴쯔는 전쟁 속에 죽은 수천 수백만 어린이 중의 하나에 불과하다.

점차 형수도 일어나서 일을 하기 시작했다. 그녀는 여위었다. 여윌수록 그녀의 눈은 더 커지는 것 같았다. 그녀는 일하다가 갑자기 어떤 것이 생각나면 가만히 멈춰서 있었다. 그녀가 이렇게 침묵을 지킬 수 있는 틈을 주지 않아야 했다. 그는 샤오슌얼에게 일러서 어머니와 더 오래 함께 있으며 어머니와 이야기를 하라고 말했다.

셋째는 형과 여러 가지 문제에 대해서 이야기를 나누었다.

이 둘은 한 방으로 이사를 가서 까오디가 윤메이와 함께 있게 했다.

사나흘 밤을 형제가 지새운 후에, 얘깃거리가 다 떨어졌는데도, 얘기를 그만두려 하지 않았다. 그들은 나라의 번영과 세계의 평화가 자기들이 세운 계획에 달린 것처럼 집안일, 나랏일, 세계의 일에 대해서 이야기해야 했다. 그들의 할 얘기가 없어지면 했던 이야기를 다시 했다.

가족 전체가 까오디를 좋아했다. 그녀는 이제 "젊은 아가씨"가 아니었다. 무엇이든지 기꺼이 해야한다는 전제 아래 훈련된 사람이었다. 그녀는 치 노인과 티엔요우 부인을 돌보고 가족 전체를 위해서 요리를 했다. 그녀의 요리 솜씨는 별로였지만, 이 문제로 크게 걱정하지 않았다. 잘하던 못하던 먼저 시작하고 보았다. 이번에 잘 못하면 다음에는 더 잘하겠지?

이것이 윤메이가 일어나야겠다고 생각한 또 하나의 이유였다. 손님에게 모든 것을 맡겨둘 수는 없었다. 치 노인 조차 감동을 받아서 관씨에 대한 편견을 잊었다. 셋째에게 은밀히 물어보았다.

"손님이 우리를 보살피게 하면 되나. 이 무슨 짓인가?"

셋째는 웃기만 하고 아무 말이 없었다.

치엔 시인은 승리 후 7일째 되는 날 풀려날 수 있었다.

셋째는 치엔 아저씨에게 환영파티를 열어 주기로 결정했다. 북평은 승리 후에 조용했다. 루이추안은 이 침묵이 싫었다.

그는 할아버지와 이 문제를 얘기했다. 할아버지는 찬동하고 열렬하게 말했다.

"너 가서 술을 좀 구해와. 그분이 한두 잔 잡수시면 좋아할 거야."

"예, 제가 술을 구할 수 있는 곳을 압니다."

또 그는 윤메이와 까오디와 무슨 안주를 준비할지 의논했다. 윤메이는 간 두부와 땅콩이면 술안주로 충분하다고 생각했다. 그녀는 연회 손님들 전부가 먹을 식사를 요리할 수도 없고 돈도 없고 힘도 없었다.

"좋아요. 그거면 충분해요. 형수님, 우리가 차를 준비하지요."

그는 어머니에게 갔다.

"엄마, 치엔 아저씨가 오시는데 일어나셔서 인사해야지요."

티엔요우 부인이 고개를 끄덕였다.

루이추안은 형에게 치엔 씨를 모시러 함께 가자고 말했다. 루이쉬안은 물론 가고 싶었다. 그는 그의 옛 친구를 찾으려고 하루 종일 애썼다. 구드리치 선생은 몇 달 전에 산동의 웨이시엔 수용소에 끌려갔다는 것을 알았다.

셋째는 진산예와 치엔 씨 댁 며느리에게 치엔 선생님이 치가로 온다고 알리고, 오시라고 초대했다. 다음 그는 또 리스따마, 청창슌, 샤오양 쥐안의 모든 이웃들을 초대했다.

루이쉬안과 루이추안이 치엔 씨를 데리고 왔다.

치엔 씨는 입은 옷 밖에는 가진 것이 하나도 없었다. 그는 한 손을 셋째의 어깨에 얹고, 한 손으로 손자의 손을 잡고 감옥 문을 절룩거리며 나왔다. 루이쉬안이 뒤를 따랐다.

치엔 씨는 감옥에서 심문을 받았으나, 이번에는 고문을 당하지 않았다. 일본인들은 그가 항복하기를 원했다. 그가 그들의 "친절"을 거부하자, 그들은 손자를 훔쳐서 감옥으로 데리고 왔다. 매일 한 번 그들은 할아버지와 손자가 서로 만나게 했다. 치엔 씨는 그들이 아기를 이용하여 그에게 압력을 넣는다는 것을 알았다. 그가 머리 숙여 항복하면 아이는 살 것이고, 그가 거절하면 그들은 자기의 면전에서 아기를 고문할 것이다.

그러나 치엔 씨는 걱정하지 않았다. 그는 성을 내서 그들을 자극하여 아기를 괴롭히거나, 아이를 안전하게 하기 위해 항복할 뜻을 비치지도 않으려 했다. 그는 부드럽게 웃으며 있는 그대로 받아들였다. 그가 정말 아기를 보호할 수 없는 때가 오더라도 그가 할 수 있는 일이라고는 없었다. 그는 항복하려 들지 않았다. 전쟁에서 사람이 죽어가는데, 그게 자기 손자라 해도 무슨 문제인가?

아기가 처음 감옥에 왔을 때 울고불고 끊임없이 보챘다. 아기가 처음 치엔 씨에게 왔을 때 온 얼굴이 눈물범벅이었다. 그는 할아버지 다리를 쥐어박으며 소리쳤다.

"엄마, 엄마가 보고 싶어!"

치엔 씨는 아기의 머리를 다독거리며 되풀이해서 말했다.

"조용히 해라. 착한 아이가 되어라. 울지 마라."

아기가 울음을 멈추고 보채는 것을 멈춘 후에 아기가 물었다.

"왜 그들이 우리를 여기 가두어 두었지요? 왜 우리를 집에 보내주지 않아요?"

"아무 이유가 없단다."

"왜 이유가 없지요?"

"그냥, 이유가 없는 거야."

며칠 후에 아기도 환경에 적응했는지 울지도 보채지도 않았다. 그를 할아버지에게 데리고 가면 특별히 기뻐했다. 그는 할아버지에게 꽤나 많은 질문을 했다—전쟁이 무엇이냐, 감옥이 무엇이냐, 일본인들은 어디에서 왔느냐, 일본인은 왜 북평에 왔는가? 할아버지는 질문마다 부드럽게 설명을 했다.

손자가 할아버지에게 이름을 지어달라고 말했다. 그는 그의 어머니가 종종 그의 이름은 할아버지가 지어 주실 거라고 하신 말씀을 기억했다.

아기가 태어나기 전에 할아버지는 이름을 준비했다—치엔초우(仇)—원수 갚는 것을 잊지 말라는 의미이다. 그러나 이제 아기가 자기 옆에 서 있자, 그는 그 아이가 평생 그런 독한 이름을 달고 다녀서는 안된다고 생각했다. 노인은 아기에게 물었다.

"너는 '초우'라는 이름이 어떠니?"

손자는 눈을 깜박이며 생각하는 척했다. 그는 고양이, 개, 소는 어떻게 생겼는지 알지만—복수는 뭐야? 그는 상상할 수 없으니, 틀림없이 나쁜 것이다. 그는 말했다.

"나는 싫어요."

할아버지는 사과했다.

"좋아, 기다려라. 생각해보자. 너에게 좋은 이름을 생각해 보자"

그리고 어느 날 그는 말했다.

"치엔샨(善)은 어떠니 샨은 정의, 선량의 의미야. 네가 너에게 가르쳐 온《삼자경》의 첫 줄에서 따온 것이야.[21] 기억나니?"

그리고 아기는 동의했다.

일본인들은 처음에 아기가 한 번에 몇 분 정도만 할아버지와 함께 지내게 하다가, 할아버지와 손자가 정이 들면 점차 함께 있는 시간을 늘려서 얘기도 나누게 하여, 치엔 씨의 마음을 약하게 하려고 했다. 그 다음에 아기를 갑자기 떼어내어 애기가 발버둥 치며 울게 했다.

치엔 씨 댁 며느리와 샤오슌얼이 샤오양쥐안의 입구에 서서 그녀의 시아버지와 아들을 기다렸다. 그녀는 못 알아볼 정도로 여위었다. 그녀의 눈은 모든 힘을 아들을 찾는데 쏟아부은 것처럼 여전히 밝게 깜박거렸다. 그녀가 아기가 자기에게 오고 있는 것을 알게 되자, 그녀의 눈은 다시 빛났다.

젊은 치엔 부인이 할아버지와 아들을 보자마자 앞으로 뛰어나갔다. 그녀는 어린 샨을 와락 껴안았다. 그녀는 땅에 웅크리고 앉아 그녀의 얼굴을 아들 얼굴에 갖다댔다.

그들이 1호집에 다다르자 치엔 부인은 습관적으로 쳐다보지도 않고 천천히 지나갔다.

치 씨 댁 대문 밖에 사람들이 모여 있었다. 그들 모두는 치엔 씨를 보았을 때 앞으로 달려가고 싶었다. 그러나 아무도 움직이지 않았다.

---

21) '人之初, 性本善': 인간은 태어날 때 본성은 착했다.

그들은 좋은 이웃이고 오랜 친구이고 영웅인 치엔 씨는 무릎까지 겨우 오는 낡고 푸른 면 승복을 입고 있었다. 그의 머리는 하얗고 손질이 되어 있지 않았다. 그의 뺨은 움푹 패고 마르고 혈색이라고는 없었다. 그는 그들의 영웅 같지 않고, 전쟁의 상처에 덮인 것 같았다. 그들은 서로 쳐다보지 않을 수 없었다―자기 자신들의 옷도 허름하고, 얼굴은 창백하고 여위었다. 그다음 그들은 샤오양쥐안을 둘러보고 대문은 칠이 되어 있지 않고 벽은 벗겨져 있었다. 모든 것이 슬프게도 볼품 없이 보였다.

상성 팡리우가 전통적 방식으로 영웅을 환영하기 위해 작은 줄의 폭죽을 터뜨렸다.

모두가 치엔 씨의 손을 잡을 첫 사람이 되고 싶어 했다. 그러나 모두가 상의하지 않고도, 그 특권은 치 노인에게 양보했다. 치 노인은 두 손으로 치엔 선생의 손을 잡았다. 그리고는 "돌아오셨군요"라고만 하고 더 말이 없었다. 그는 티엔요우를 생각했다. 샤오양쥐안에서 나이, 키, 성질에서 티엔요우를 가장 많이 닮은 사람이 치엔 선생이었다.

치엔 선생은 노인의 손을 따뜻하게 잡았다. 말을 할 수가 없었다.

셋째는 환영파티가 가능한 한 활기차기를 바라면서 말했다.

"자, 자, 들어가서 뜰에서 한잔 합시다."

치 노인은 치엔 선생이 먼저 들어가시도록 옆으로 비켜섰다. 그리고는 그에게 독촉했다.

"제발, 먼저."

치엔 선생은 정말 한 잔이 생각났다. 그는 승리의 그 날까지 술을 입에 대지 않겠다고 맹세했었다. 그러니 오늘 그는 술을 마셔야 했다.

그가 문을 들어가면서 까오디, 티엔요우 부인, 리우셔푸 부인과 그밖에 다른 사람에게 인사했다.

치 노인은 모두가 마당에 들어올 때까지 기다렸다가 천천히 안으로 들어갔다. 루이추안은 다른 사람들에 합류했지만, 할아버지를 부축하기 위해 기다렸다. 몇 발자국 가다가 노인이 고개를 끄덕이고 말했다.

"루이쉬안아, 모두 오셨니? 이것은 정말 축하파티야."

노인의 얼굴에 미소가 퍼졌다.

"우리가 할아버지 구순 생일을 축하할 때 이보다 더 떠들썩할 거요."

루이쉬안이 말했다.

샤오양쥐안에서 회나무 잎들이 산들거렸다.

바람이 일고 있었다.

『황색 폭풍』(『사세동당』의 영어판)이 북평을 강타한다. 일본인이 몰아온 이 폭풍은 세계대전과 맞물려 8년간 북평을 재난과 불행에 허덕이게 한다. 이 소용돌이가 북평 전역을 휩쓸어 별 볼 일 없는 샤오양쥐안조차 내버려두지 않았다.

샤오양쥐안 후통주민들은 폭풍의 충격으로 어쩔 바를 모른다. 그들 모두가 살아남기 위해 발버둥을 치지만 그중 일부가 제일 먼저 머리를 쳐들었다. 이 부류는 폭풍을 몰고 온 침략자 일본인에게 투항하여 그들의 비호아래 살아남으려 했다. 이들을 일러서 일본인을 쫓는다는 의미에서 순민(친일파)이라 불리었다. 이 부류의 대표가 관샤오허네다. 관씨네가 치엔 시인의 아들이 일본병들을 처박아 죽였다고 밀고하여 그 공로로 부인이 창녀검사소 소장이 되고 그 덕에 그들은 번영을 누려 호화판 생활을 한다.

둘째 부류는 일본인의 온갖 만행에 원한을 가지지만 용기가 없어 복수를 행동으로 옮기지 못하고 구차하게 삶을 이어가려는 부류다. 이 부류는 사세동당을 이루고 사는 치 씨네가 대표한다. 이 집의 큰 어른인 치어른은 자기가 일본인에게 잘못한 것이 없기 때문에 일본인이 자기 집은 해치지 않을 것이라고 생각한다. 그러나 치 노인의 예상은 빗나갔다. 첫째는 3개월이면 끝나야 할 난리가 8년간 이어진 것이고 둘째는 치 씨 집이 참혹한 불행을 당한 것이다. 치 씨 집의 불행을 보면 아들은 일본인의 핍박으로 자살하고 첫째 손자는 직장을 잃고 투옥까지 당한다. 둘째 손자는 순민이 되려다 도리어 일본의 특무의 손에 죽임을 당하고 그의 부인 역시 친일파에게 강탈된다. 그뿐만 아니라 셋째 손자는 북평을 탈출, 이산을 맛보게 하고 증손녀마저 아사한다. 치 씨네의 사세동당은 거의 풍비박산 되다시피하여 전쟁은 누구도 편안하게 내버려두지 않는다는 것을 말해준다.

셋째 부류는 구차하게 삶을 이어가려는 소위 투생족들 중에 일본의 핍박에 못 이겨 항일 투사로 변신하는 부류다. 이 부류는 치엔 시인이 대표한다. 그는 시(詩)밖에 모르고 시적으로 살아가려던 사람이었다. 치엔 시인의 둘째가 차를 몰고 일본 군인과 함께 추락사하고 큰아들과 부인이 둘째 아들 때문에 분사하자 지하 항일 투사로 변신한다. 그러나 그는 항일이 투쟁 일변에 그쳐서는 안 되며 전쟁 후에 세계평화를 지향해야 한다고 강조한다.

치 노인의 손자들 중에 북평을 탈출한 셋째 손자는 애국투사 중에 또 다른 부류를 이룬다. 이 부류는 일본인이 북경을 강점하자 일본인에 대한 분노와 원한 때문에 항일 전선에 뛰어드는 피 끓는 젊은이들이다. 이러한 젊은이 중의 하나인 치 노인의 셋째 손자는 지하 공작원이 되어 항일전선에서 활약한다. 그는 전쟁 전에 자기의 연인이었지만 일본인의 밀정이 된 여인을 맨손으로 목 졸라 죽인다. 그에게는 연인의 목숨보다 구국이 더 중요했던 것이다. 노사는 이 셋째 부류의 젊은이들이 전후에 태어날 새 중국의 중추가 되리라고 내다본다.

일본인의 잔혹과 핍박은 반역할 수 없도록 1000여 년 동안 길들여진 북평인들을 자극해 애국이라는 숭고한 정신을 깨닫게 하여 항일전선에 뛰어들게 한다. 이런 부류의 대표가 치엔 시인이다. 치엔 시인은 젊은 항일투사들과 손을 잡고 일본인은 물론, 친일파까지 처단하여 중국인의 피를 맑게 하여 새 중국의 기틀을 마련하자고 역설한다. 치엔 시인은 한 걸음 더 나아가 피 끓는 젊은이들이 폭력을 넘어 평화를 지향하는 이상 사회를 이루는데 동참하자고 역설한다.

노사는 이 황색 폭풍이 중국인의 지나친 공·맹식 예교와 오랜 인습에 젖은 문화병(文化病)을 치유하는 계기를 제공했다고 생각한다. 그는 일본의 잔인한 핍박이 치엔 시인을 투사로 바꾸듯이 일본인의 잔혹함에 울분을 못 참는 피 끓는 젊은이들이 기꺼이 총을 들고 항일전선에 뛰어들게 한 것이 그 예라고 할 수 있다고 한다.

노사의 사세동당이 고전의 반열에 들어 천만 독자를 거느린 것은 등장인물이 원한과 복수에만 몰입하게 두지 않는 데서 찾을 수 있다. 노사는 중국문화의 이상은 결국 전쟁이 없는 사회를 지향하는 것이므로 이 이상을 이루기 위해서는 전쟁의 근본 원인을 제거하는 데서 출발해야 한다고 본다. 그는 전쟁의 근본원인은 인간이 문화의 발전에도 불구하고 버리지 못한 수성(짐승 같은 성질) 탓이며 이 수성의 극복은 상대 문화를 좀 더 깊이 이해함으로써 상생의 길을 모색하는데서 이루어진다고 본다. 그래서 상호이해를 바탕으로 상생의 길에 들어서면 중국의 문화병이 치유될 수 있으며 문화병이 치유된 새 중국은 한층 더 높은 차원에서 일본과 우정을 나눌 수 있는 우방이 될 수 있다고 본다. 이렇게 보면 노사는 반전, 친 평화적 인류의 큰 스승이라 할 수 있다.

노사가 우리 독자들과 좀 더 일찍 인연을 맺지 못한 것은 『사세동당』이 출간되었을 당시 우리가 6·25에 이어서 냉전 기류에 휘말려 적성국가의 작가에게 눈을 돌릴 여유가 없었기 때문이었다. 1951년에 이미 일본 독자들이 『사세동당』의 번역판을 접할 수 있었고 그 후 수년이 지나지 않아 사세동당이 구미 여러 나라 언어로도 번역되었으며 구미 독자들은 『사세동당』의 고전적 가치를 인정하여 1968년에는 노사가 노벨문학상 후보에 오를 수 있었으며 수상이 확실시되기에 이르렀다.

그러나 그때는 이미 노사가 고인이었으므로 수상의 영예는 영원히 노사를 빗겨가는 아쉬움을 남겼다.

이제 우리는 냉전 시대의 잘못된 세계관을 버리고 시야를 넓힐 때가 되었다. 냉전 70년은 검게 먹으로 지워진 일제 강점기의 검열된 신문지면같이 잃어버린 실지(失地)를 우리의 지성세계에 남겼다. 냉전에서 살아남은 우리에게 이 실지는 보기 흉한 흉터나 다름없다. 따라서 우리에게 실지회복은 우리 몸의 흉터를 제거하듯이 시대적 사명이라 할 수 있다. 이 사명을 다 하는 것은 우리의 가장 가까운 이웃 중국을 배우는 데서부터 시작되어야 한다. 일찍이 아동문학가 손동인 선생님은 소설을 읽는 것은 실지회복의 지름길이라 하셨다. 선생님 말씀을 좇으면 사세동당을 읽는 것이 바로 실지를 회복의 바른길이라 할 수 있다.

이쯤 되면 왜 중국이 도광양회(韜光养晦) 외교정책을 대국굴기(大國崛起)로 바꾸었는지 알 수 있다. 100년에 걸친 외침을 당하고 막판에는 8년 동안이나 수도 북평이 침략자에게 침탈당한 치욕을 속으로 삭이고 은인자중(도광양회)하다가 이제는 우뚝 서야(대국굴기) 하는 과정이 『사세동당』에 담겨있다.

노사가 등소평 시대에 들어오면서 각광을 받게 된 것은 문화혁명 시기에 권력을 휘두르던 4인방의 핍박이 노사의 죽음의 원인이 된 것도 한 가지 이유다. 문화혁명의 종식과 함께 4인방이 족쇄를 채워 고초를 겪게 한 하방된 중국 젊은이와 지식인들이 4인방의 몰락과 함께 하방에서 돌아오게 되었다. 그들은 노사가 자기들과 마찬가지로 4인방 핍박의 희생자로 생각하여 자기들의 순교 아이콘으로 받아들였다. 이들의 노사에 대한 연민과 존경이 노사의 작품에 대한 인기를 폭발시키는 기폭

제가 되었다. 마침 이때 들어선 중국 정부의 새 지도부는 젊은이들의 바람을 외면할 수 없어 노사를 복권하고 노사의 작품을 재조명하도록 조처한다.

이러한 시대 배경을 업고 『사세동당』이 물을 만난 듯 판을 거듭했을 뿐만 아니라 판을 키우듯 TV 연속극으로, 연극으로, 영화로 제작되어 수억 시청자들의 심금을 울렸다. 독자와 시청자들은 노사의 문화병 치유, 애국, 안보의 중요성 같은 메시지에 공감하게 되어 중국의 세계로 향하여 가슴을 헤치고 대국굴기라고까지 외치고 있다.

노사는 북평을 사랑하는 여인에 비유하고 북경의 침탈을 연인의 강간에 비유한다. 그는 자기의 연인 북평이 어떻게 아름다우며 어떻게 아름답게 되었는가를 구구절절이 서술하고 있다. 그리고 이 아름다움은 북평을 가꾸어온 역대 황제들의 노고 덕일 뿐만 아니라 역대 황제가 즐기던 것이라고 우리를 설득하고 있다. 이 덕에 우리는 노사의 『사세동당』을 읽으면 힘들이지 않고 북평의 문화, 예술 심지어 그 아름다운 언어에까지 접근할 수 있다고 생각한다.

그래서 역자는 천만 『사세동당』의 독자와 함께 『사세동당』의 세계에 여러분을 초청한다.

노사(老舍, 1899~1966)

노사는 천만 명 이상의 독자를 가진 중국의 현대 소설가이다. 그는 거의 모든 문학 장르를 넘나들며 이미 고전의 반열에 접어든 걸작들을 남겼다. 이러한 작품 중에 장편소설로는 『사세동당』 외에 『이혼』, 『낙타상자』, 『용수구』, 『정홍기하』 등이 있다.

노사는 경자년(1900년) 이화단의 난에 아버지가 순난하시고 홀어머니가 빨래로 생계를 이어가는 가난한 가정에 태어났다. 10살까지 학교 문턱에도 가보지 못하던 노사가 어느 날 기적같이 독지가(종월대사)의 도움으로 사숙에 들어가게 된다. 사숙을 졸업할 때 주위 사람들이 모두 행상을 하거나 목수가 되어서 어머니를 도우라고 권했지만 어머니의 고집으로 사범학교에 진학한다. 사범학교를 우수한 성적으로 졸업하자 초등학교 교장으로 발탁된다.

그는 그 후 장학사로 근무하던 중에 영국의 동방학원의 초청을 받아 영국으로 건너가서 5년 동안 중국어를 이 학원에서 가르친다. 이 동안에 그는 영국의 문학작품들을 섭렵하면서 문학 장르 중에 소설에 흥미를 가지게 되어 소설을 쓰기로 마음먹는다.

영국에 머무는 동안 『노장의 철학』, 『조자왈』, 『이마』를 탈고하여 중국에서 출판한다. 이 작품들이 주목을 받으면서 그가 귀국했을 때는 이미 상당한 독자를 확보한 유망한 청년작가가 되어 있었다.

귀국하여 대학 강단에 서던 중에 중일전쟁이 격화되면서 일본인의 체포를 피해 아내를 어머니와 친정이 있는 북경에 보내고 단신 항일전선에 뛰어든다.

중일전쟁이 계속되는 중에 부인이 노사가 머물고 있던 중경으로 와서 노사와 합류한다. 부인은 북평에서의 일본인의 만행을 노사에게 전해준다. 노사는 아내가 겪은 일과 아내가 전해준 북평 사람들의 일본인 치하의 참상을 듣고 『사세동당』을 쓰기로 작정한다. 혹자는 『사세동당』의 집필과정에 기여한 노사 부인의 공로를 인정하여 『사세동당』은 부부합작이라고까지 말한다. 독자들도 노사가 담배를 물고 창가에 서서 아내의 이야기를 전해 듣는 광경을 상상해보시라. 『사세동당』의 현실감이 어디에서 왔는지 짐작할 수 있을 것이다.

중일전쟁이 마무리되자 1946년 계획을 실천에 옮기게 되어 11월까지 1~2부를 탈고한다. 1947년에는 미국무성 초청으로 방미하여 3년 동안 머물면서 여러 대학에서 중국의 문학에 대해 강연한다. 이 동안에 『사세동당』 3부를 탈고하고 미국판 『사세동당』인 『The Yellow Storm(황색폭풍)』을 출판한다.

1949년 귀국하여 1950년 『사세동당』 3부의 일부를 잡지에 싣는다. 이때 출판사에 맡긴 마지막 13회분(88~100회)의 원고가 소실 당하는 불행한 일이 일어난다. 노사는 끝내 이 13회분을 다시 쓰지 않았지만 사후에 영어로 된 미국판의 13회분을 유족들의 동의하에 마소미씨가 다시 중국어로 번역하여 100회분으로 완성한다. 이 번역본은 100회 완성본을 저본으로 하였다.

노사가 귀국하여 새로 성립된 공산정권에 적극 참여하여 북경 작가연맹, 중국 문인연맹 등에서 여러 직책으로 봉사한다. 이 공로로 중국인민예술가라는 칭호를 받는 명예도 누린다. 그가 이렇게 공산정권에 협력했어도 공산당에 가입한 적이 없었다.

노사의 이러한 혁혁한 공헌에도 불구하고 그의 진정성에 의문을 제기하는 일부세력이 있었다. 이 세력 중에 속하는 4인방이 문화혁명 기간 중에 홍위병을 사주하여 그를 반혁명분자로 낙인찍는다. 홍위병들이 그를 끌어내어 공자묘의 뜰에서 인민재판에 회부한다. 홍위병들은 그를 꿇어 앉히고 뺨을 때리고 발로 차고 심지어 무대용 경극 소도구로 무자비하게 구타한다. 그는 너무나 뒤늦게 나타난 경찰에 의해 구조되기는 했지만 이미 몸과 마음이 만신창이가 되어 귀가할 수 있었다. 그러나 출두명령을 따르기 위해 이튿날 아침, 집을 나섰으나 현장에 가는 대신 덕승문 밖 태평호 호반에 하루 종일 앉아있었다고 전해지고 있다. 이튿날 그는 익사체로 행인에게 발견되었다. 그의 죽음은 비밀에 부쳐지고 1978년이 되어서야 복권될 수 있었다. 그는 4인방의 핍박으로 죽음에 이르렀다.